DE GEHEIMEN VAN HET ITALIAANSE EILAND

BARBARA JOSSELSOHN

DE GEHEIMEN VAN HET ITALIAANSE EILAND

Drie zussen. Drie liefdes.
Drie keuzes.

HET ITALIAANSE EILAND 1

Vertaald door Nellie Keukelaar – van Rijsbergen

oceaan

De geheimen van het Italiaanse eiland is het eerste deel van Het Italiaanse eiland

Eerste druk 2024
Vierde druk 2025

Oorspronkelijke titel *Secrets of the Italian Island*. Bookouture, Londen

Omslagontwerp Villa Grafica
Omslagbeelden © Adobe Stock / Shutterstock / Adobe Firefly
NUR 302
ISBN 9789046832196
ISBN 9789046832202 (eBook)
ISBN 9789046832219 (audiobook)
www.oceaanboeken.nl
Oceaan maakt deel uit van Park Uitgevers

FSC
www.fsc.org
MIX
Papier | Ondersteunt verantwoord bosbeheer
FSC® C004472

Voor Betty en Irving; Sarah en Jacob; Ida, Rose en Bessie
Mijn grootouders en mijn oudtantes
Wat had ik jullie graag beter gekend.

EEN

2018

Donderdag

'Ik vind het vreselijk als het zo vroeg donker wordt,' zei de vrouw op de stoel achter haar. 'Heb jij ook zo'n hekel aan deze tijd van het jaar? Het is nog niet eens half zeven! En het is pas... wat? 11 oktober? De klok wordt pas volgende maand verzet!'

De vrouw in de stoel ernaast mompelde iets, maar Mia deed geen moeite het antwoord te verstaan. Ze zette haar elleboog op de metalen armleuning en keek uit het raam. Het luidruchtige gekletter van de rails veranderde in een zacht metalig gezoem toen haar trein vanuit de diepte van Manhattan de buitenlucht inging. De vrouw had gelijk. De stad zag er heel anders uit dan zelfs maar een kwartier geleden, toen de ondergaande zon de lucht nog bescheen en ze Penn Station binnen was gelopen.

In tegenstelling tot de vrouw achter haar vond ze dat niet erg. Elk jaar wachtte ze met groeiend ongeduld op de herfst en de korter wordende dagen. Ze vond het fijn als straatverlichting en verkeerslichten, koplampen op auto's en zaklampen op telefoons zwakke vervangers van daglicht werden. Hun doel was de nacht te temmen en in bedwang te houden, zoals een tijger achter glas in een hok in de dierentuin. Maar hun macht was een illusie. Niemand had macht over de nacht. Je kon de nacht maar beter te vriend houden.

Mia streek haar tot op haar sleutelbeen vallende bruine haar achter haar oren en drukte haar voorhoofd tegen de ruit, hield haar handen naast haar ogen om het felle licht af te schermen dat van de plafondverlichting van de trein kwam. Dat was een van de lessen die haar grootmoeder haar had geleerd toen ze klein was, dat de nacht een vriend kon zijn, maar alleen als je snapte wat die allemaal te bieden had. Toen ze opgroeide, had ze veel vriendinnen die bang waren in het donker. En kennelijk waren hun ouders dat ook. Veel gezinnen in het dorp lieten de hele nacht de lampen op de veranda aan. Als ze bij iemand ging logeren, verbaasde ze zich over de overvloed aan nachtlampjes: op de wc, in de gang, zelfs in de slaapkamer waar zij en haar vriendinnen sliepen. Haar grootmoeder had altijd naar het donker verlangd. Ze beweerde dat lampen, kroonluchters en dergelijke onaangenaam en onbehulpzaam waren, met hun felle gloeilampen en de afleidende schaduwen die ze wierpen.

'Als je goed kijkt, zie je dat de nachtelijke lucht helder is,' zei ze altijd. 'Die maakt je duidelijk waar je naartoe moet.'

Mia's telefoon ging, verstoorde haar herinneringen. Ze beet op haar lip toen ze naar haar tas op de stoel naast zich keek. Ze hoopte dat het haar vriendin Erica zou zijn, om te bevestigen dat ze om half acht bij de kaartjesautomaat op het station zou staan om haar op te halen, waarna ze samen uit eten zouden gaan. Toen ze haar telefoon uit haar tas haalde, zag ze dat het Ryan was. Ze aarzelde even en bracht de telefoon naar haar oor.

'Hoi,' zei ze, waarbij ze blij probeerde te klinken. 'Waar ben je? Op de luchthaven?'

'Ik ga zo boarden,' zei hij. 'Waar ben jij?'

'Ik zit in de trein.'

'Ga je meteen door naar het huis?'

'Nee, Erica haalt me op. We gaan eerst eten en daarna zet ze me bij het huis af.'

Het bleef even stil en toen zei Ryan: 'Weet je het zeker?'

Mia perste haar lippen op elkaar, smoorde haar zucht zodat hij die niet zou horen. 'Het moet,' zei ze. 'Ik kan het huis niet aan zijn lot overlaten.'

'Ik blijf niet lang weg. Twee weken maakt toch niet uit? Dan kan ik met je mee. Daar heb je een vriend voor, wist je dat?' Hij gniffelde en vervolgde op serieuzere toon: 'Je hoeft dit niet alleen te doen. Je hoeft niets te bewijzen.'

'Ik probeer niets te bewijzen,' zei ze tegen hem. Ze hadden het hier al vaak over gehad. Ryan vond het fijn om nodig te zijn. Hij vond het vervelend dat ze niet wilde dat hij met haar meeging nu ze voor het eerst sinds het overlijden van haar oma terugging naar het huis.

'Ik wil daar in mijn eentje slapen,' voegde ze eraan toe. 'Morgen heb ik met Erica afgesproken en dan gaan we naar het Adirondack-gebergte.'

Ze zweeg even, wist zeker dat hij opnieuw zou protesteren, maar gelukkig hoorde ze een stem op de achtergrond roepen dat dit de laatste oproep tot boarden was voor vlucht 1642 naar Los Angeles.

'Is dat jouw vlucht?' vroeg ze.

'Ja,' antwoordde hij gelaten. 'Oké, zorg dat je de exacte afmetingen noteert van de twee slaapkamers boven en van de gang. Ik kan het handschrift op de oude bouwtekeningen die je bij het gemeentehuis hebt opgehaald niet lezen, en ik wil intelligent overkomen als ik het met de architect ga hebben over die tussenmuur weghalen. En regel dat de tuinman de bladeren weghaalt. Wat je er ook mee gaat doen, het huis moet er goed uitzien. En stel alsjeblieft een timer in, zodat de verlichting in de gang automatisch aangaat.'

'Dat is nergens voor...'

'Mia, dit is mijn werk. Ik zit in het vastgoed, weet je nog? Ik hoor zoveel verhalen... Als een huis onbewoond lijkt, is dat zo'n beetje een persoonlijke uitnodiging aan iedere inbreker binnen een straal van veertig kilometer.'

'Oké, ik zal het regelen. Ga nou maar, anders mis je je vlucht.'

'En bel me als je het eng vindt. Maakt niet uit hoe laat het is. Oké?'

'Ik zal niet bang zijn. Ik ben daar opgegroeid.'

'En dat is precies de reden dat het misschien raar zal voelen, Mia.'

Ze hoorde geritsel toen zijn stem wegstierf. Ze zag voor zich dat hij opstond van de plastic stoel, zijn jas over zijn arm hing en met zijn rolkoffer naar de gate liep.

'Ik moet ophangen,' zei hij. 'Ik hou van je. Ik bel je morgen, oké?'

'Oké,' zei ze. 'Goede vlucht.'

Ze wachtte tot hij had opgehangen en keek even naar het scherm, waarna ze de telefoon weer in haar tas deed. Het verbaasde haar altijd dat hij moeiteloos aan het eind van elk gesprek 'ik hou van je' zei. Daar was hij een paar maanden geleden mee begonnen. Ze wist nog steeds niet of hij het meende of dat het een automatisme was doordat ze nu bijna een jaar een relatie hadden. Ze vroeg zich af of hij doorhad dat ze nooit 'ik ook van jou' zei. Maar ze voelde het niet, dat wil zeggen nog niet, en ze was niet iemand die dingen zei die ze niet meende.

Ze snapte zijn frustratie over vannacht. Ze had het gemakkelijk zo kunnen plannen dat hij mee kon. Sterker nog, ze had deze reis doelbewust vandaag gepland omdat ze wist dat hij dan op zakenreis was. Ze hoopte dat hij haar geloofde dat ze liever in haar eentje ging. Ze vond het vervelend om geheimen voor hem te hebben, maar ze kon hem niet meenemen naar het lege huis.

Er was daar namelijk iets wat hij niet mocht zien. Iets wat ze moest vinden en moest regelen voordat ze hem daar kon toelaten.

Ze ging lekker zitten voor de zeventig minuten durende rit. Toen de trein vaart minderde omdat ze station Soundport naderden, trok ze haar bruine herfstjas aan en ze hing haar tas over haar schouder. Ze stond op, glimlachte vluchtig naar de vrouw die over het donker had geklaagd, haalde haar koffer uit het bagagerek boven haar hoofd en liep naar het halletje. De deuren gingen open en ze stapte op het perron, voelde een nauwelijks waarneembare herfstkoelte in het briesje dat om de zoom van haar broek danste en langs de huid boven haar bruine enkellaarsjes streek. Een voorbode van het koude weer binnenkort. Er hing een vage, vertrouwde geur van houtkachels, zoet en aardachtig, die ongetwijfeld uit de schoorstenen van huizen dichtbij kwam. De bladeren aan de hoge eiken aan weerszijden van het stationsgebouw kleurden oranje, weerspiegelden het licht van de halve maan en de sterren. Dit rook en voelde als thuis, zag er ook zo uit. Hoewel ze niet snel emotioneel reageerde, werd haar ademhaling oppervlakkiger. Het was de eerste herfst hier zonder haar grootmoeder.

'Mia!' riep een stem. Ze keek de korte betonnen trap af en zag Erica uit het raam van haar Civic zwaaien. Ze haalde diep adem en liep naar de auto.

Ze legde haar koffer in de achterbak, ging op de passagiersstoel zitten en omhelsde haar vriendin. 'Ik ben zo blij dat we dit doen,' zei ze. 'Het is heerlijk om er even tussenuit te zijn.'

'Ja, hè,' zei Erica. 'Een hele week hiken. Heb je honger? Ik wel. Laten we meteen naar Caryn's gaan.'

Ze reden het korte stuk naar de hoofdstraat, die dwars door het dorp liep en waar koffietentjes, restaurants, enkele supermarkten, woonwinkels en luxe kledingwinkels aan lagen. Erica parkeerde voor een laag gebouw met een felblauw bord in de etalage waarop CARYN'S FINE EATS stond. Mia vond het fijn dat Erica wist dat ze naar Caryn's wilde. Daar kwamen ze al sinds ze oud genoeg waren om zelf auto te mogen rijden. Daar gingen ze met vriendinnen naartoe toen ze op de middelbare school zaten en als ze in hun studietijd in de vakanties thuis waren. Later gingen ze daarnaartoe om iets te eten en te drinken als Mia bij haar grootmoeder was.

Ze bestelden wat ze altijd bestelden: cheeseburgers, zoete-aardappelfrites, extra zoete augurken en lokaal bier dat nergens anders te krijgen was. Erica schoof de menukaart terug in de houder en boog zich over de tafel heen. 'En, hoe gaat het?'

Mia nam een slokje uit het glas bier dat de serveerster voor haar had neergezet. 'Goed. Vannacht zal zwaar zijn, maar ze wilde dat ik zonder haar in het huis zou durven zijn.'

Erica haalde haar vingers door haar golvende, champagnekleurige haar. 'Ik kan nog steeds niet bevatten dat Lucy er niet meer is,' mompelde ze. 'Ik zag haar zo vaak in het dorp, tot vlak voor haar dood. Ze had zoveel energie en ze viel op met die grijze sweater en dat korte witgrijze haar, zoals ze stevig doorstapte. En zoals ze mensen aankeek als die praatten. Je weet wel, haar ogen vernauwd tot spleetjes, aandachtige blik, haar lippen op elkaar geperst. Alsof er miljoenen problemen op de wereld waren en ze zeker wilde weten dat ze niets miste, omdat ze die problemen stuk voor stuk moest oplossen.'

Mia knikte, zag die gezichtsuitdrukking voor zich. Dan werden Lucy's amberkleurige ogen klein, fronste ze haar wenkbrauwen en perste ze haar dunne lippen op elkaar terwijl ze aandachtig luisterde. Op jonge leeftijd al probeerde Mia serieus en scherpzinnig te zijn als ze met Lucy praatte, want niets was zo fijn als iets zeggen wat haar grootmoeders volledige aandacht kreeg.

Erica hield haar hoofd schuin. 'Wist je dat jij soms ook zo kijkt?' vroeg ze voorzichtig.

'Ik? Echt?'

'Ja. Op zich lijk je niet veel op haar. De vorm van je gezicht is anders. Zij had een lang gezicht en dat van jou is ronder. Maar jullie hebben dezelfde ogen, diezelfde heldere goudbruine kleur. En als je geconcentreerd bent, tuit je je lippen – net nog toen je de menukaart zat te lezen om te kijken of er nieuwe bieren op stonden – toen zag ik haar echt in jou.'

Mia trok verbaasd haar kin in. 'Meen je dat nou? Dat heb ik vast van haar overgenomen. Al heeft het bij mij waarschijnlijk niet hetzelfde effect als bij haar. Ze had zo'n sterke persoonlijkheid, hè? Mensen werden soms horendol van haar. Ryan kon maar niet aan haar wennen, maar gek genoeg vond ik het altijd gemakkelijk om van haar te houden. Jij toch ook?'

'O, ja. En ze hield zielsveel van je, Mia. Je mag gerust weten dat ik, met drie zussen, daar weleens jaloers op was. Als ik haar tegenkwam in het dorp had ze het alleen maar over jou. Ze was apetrots toen je in het ziekenhuis werd aangenomen en naar Manhattan verhuisde. Een van de beste onderzoeksinstituten ter wereld, zei ze dan. En ze kon niet wachten tot je verder zou studeren en zou promoveren, zodat je je eigen laboratorium kon opzetten. Je was alles voor haar.'

Mia sloeg haar ogen neer, glimlachte bescheiden, was het met Erica eens. Haar grootmoeder zei dat niet vaak. Ze was een vrouw van weinig woorden en over gevoelens praatte ze al helemaal niet, maar Mia had altijd geweten dat Lucy trots op haar was.

De serveerster kwam hun eten brengen en Erica en zij vielen erop aan. De burgers waren net zo dik en sappig als Mia zich herinnerde.

'Wat ga je met het huis doen?' vroeg Erica, terwijl ze een flinke klodder ketchup over haar frites deed.

Mia schudde traag haar hoofd. 'Ik weet het niet. Ik moet daar slapen en wennen aan het idee dat ze... er niet meer is...' Ze knikte als om aan te geven dat dat een goed plan was. 'Daarna zal ik een beslissing kunnen nemen.'

'Ik zou het wel weten,' zei Erica. 'Kom weer hier wonen. Het is een geweldig huis, pal aan het water. Er zijn hier in de buurt veel ziekenhuizen en farmaceutische bedrijven die medisch onderzoek doen. Je kunt hier hetzelfde werk doen als wat je nu in de stad doet.'

Mia gniffelde. 'Begin jij nu ook al?' Iedereen had een mening over wat ze met het huis moest doen.

Ryan, die altijd zijn vastgoedontwikkelaarspet ophad, wilde haar helpen het te renoveren en dan te verkopen. Hij was ervan overtuigd dat het huis flink wat geld zou opbrengen als ze er wat tijd en moeite in staken. Milt, die al heel lang de advocaat en nu executeur-testamentair van haar grootmoeder was, vond dat Mia het moest verhuren, zodat ze huurinkomsten zou hebben en niet direct al grote beslissingen hoefde te nemen. En nu leek het erop dat Erica, die lesgaf op een basisschool in de buurt en samenwoonde met haar vriend, die fysiotherapeut was, hoopte dat ze weer hier zou komen wonen.

Allemaal goede ideeën, maar Mia wist niet wat de beste oplossing zou zijn en of er misschien een alternatief was waar ze nog niet aan had gedacht. Ze dacht ook niet dat ze dat kon weten, want ze had sinds de begrafenis vorige maand geen voet meer in het huis gezet. Ze moest het huis in gaan en door alle kamers lopen. Ze moest haar voetstappen op de houten keukenvloer horen, waar het geluid van haar oma's pantoffels nu ontbrak. Ze moest haar tenen in de oude wollen kleden steken, die haar grootmoeder ondanks de slijtageplekken nooit had willen vervangen. Ze moest de armleuning van de stoelen in de keuken en in de woonkamer vastpakken, waar niet meer de warmte in hing van haar grootmoeders lange vingers en kleine lichaam. Zo had Lucy haar geleerd om beslissingen te nemen: je moest je ergens volledig in verdiepen, moest het beschikbare bewijs beoordelen. Je gebruikte je zintuigen, constateerde feiten en dan ging je door.

Maar voordat het zover was, moest ze eerst iets anders doen. Haar grootmoeder had iets voor haar achtergelaten, en hoewel Mia geen idee had wat het was, wist ze wel dat ze er niet over mocht praten. Niet met Ryan en zelfs niet met Erica.

Het was iets wat ze in haar eentje moest vinden.

TWEE

2018

Donderdag

Na het etentje reed Erica Mia naar Lucy's huis, een kleine splitlevelwoning aan een met bomen omzoomde onverharde straat, waarvan de achtertuin aan de rotskust van de Long Island Sound grensde. Mia stapte uit de auto en pakte haar koffer.

'Zeker weten dat je niet vannacht bij mij wilt logeren?' vroeg Erica. 'Het zal binnen supertriest zijn. Dylan is al naar Stamford voor het vrijgezellenfeest van zijn broer dit weekend, dus we zijn maar met z'n tweeën. Morgen kom je toch al logeren, dus waarom vannacht niet ook?'

'Nee, het is goed zo,' zei Mia. 'Ik moet hier vannacht in mijn eentje zijn. Ik zie je morgen na je werk, oké? Om half vier ben ik bij je huis.'

'En dan vertrekken we zaterdagochtend vroeg naar de bergen!' zei Erica met een opgewekte klank in haar stem.

Mia knikte en zwaaide toen Erica wegreed. Ze stak haar hand in haar tas om de sleutelbos met de sleutels van het huis en de auto van haar grootmoeder te pakken, en liep met haar rolkoffer naar de deur. Het was donker in huis en het was lastig om het sleutelgat te vinden bij alleen het flauwe schijnsel van de straatlantaarn, maar ze had zo lang bij haar oma gewoond dat ze dat gewend was. Ze was blij dat Erica niet tegen haar beslissing geprotesteerd had. Ze moest vanavond alle gaten en hoeken van het huis doorzoeken, dat was duidelijk geworden toen Milt haar vorige week belde omdat er bij de post van haar grootmoeder een verlengingscontract van een opslagruimte had gezeten.

'Het is heel gek,' had hij gezegd. 'Ik regelde alles voor haar: belasting, gas, water, licht, rekeningen, noem maar op. Maar ze heeft het nooit over een opslagruimte gehad... Ik had geen idee dat ze er een huurde tot ik haar doorgestuurde post doornam. De sleutel van die opslagruimte zal ergens in het huis liggen. Ik wil er zelf wel naar gaan zoeken, maar als jij volgende week toch komt, is het misschien handiger als jij dat doet. Ze zei altijd dat als er iets kwijt was jij wel zou weten waar het was.'

Dat gesprek was de aanleiding dat Mia in haar eentje een nacht in het huis zou doorbrengen. Haar grootmoeder had haar zaken tot in de puntjes geregeld en had alles aan Milt toevertrouwd. Als Milt niet op de hoogte was van een opslagruimte, dan had ze die informatie doelbewust voor hem achtergehouden. En dat laatste wat Milt zei – dat Mia zou weten waar alles was – had ze opgevat als een teken dat de inhoud van de opslagruimte alleen voor haar ogen bestemd was.

Eenmaal binnen knipte ze de lamp op het gangtafeltje aan. Doordat het huis nog steeds wekelijks werd schoongemaakt, zag het er smetteloos uit en er hing een lichte eucalyptusgeur, de lievelingsgeur van haar grootmoeder. Ze keek van de lamp naar de vier kleine familiefoto's op het gangtafeltje, de enige tierlantijnen in het hele huis. De nieuwste foto was van Mia's afstuderen, tien jaar geleden. Daarnaast stond een foto van de diploma-uitreiking van de middelbare school. Op beide foto's stond Mia in haar eentje, met hoed en toga, en ze waren door een officiële fotograaf genomen. Lucy moest niets hebben van foto's nemen of er zelf op staan.

De enige foto waar ze wel zelf op stond, was de derde foto, een zwart-wittrouwfoto van ruim zestig jaar geleden. Lucy droeg een eenvoudige, nauwsluitende, witte jurk en haar korte donkerbruine piekhaar was achter haar oren gestreken. Ze hield één lange roos vast. Ze keek opzij en haar gezicht straalde ongeduld uit, alsof er heel veel dingen waren die ze liever zou doen dan voor de camera poseren. Mia's grootvader, een knappe oudere man met achterovergekamd haar en een snor, keek zijn bruid geamuseerd aan. Hij wist ongetwijfeld precies wat ze dacht.

Op de vierde foto stond Mia's moeder. De foto was in de achtertuin genomen toen ze een jaar of zeventien was. Ze was een knappe verschijning met goudblond haar dat tot op haar slanke schouders viel. Zo te zien kon je met haar lachen. Het was iemand met wie Mia bevriend had kunnen raken als ze elkaar als tiener waren tegengekomen. Maar Mia had haar moeder nooit gekend, haar vader trouwens ook niet. Haar ouders waren bij een auto-ongeluk om het leven gekomen toen ze nog heel jong was.

Mia pakte de trouwfoto van haar grootmoeder en hield die even vast, liet haar vingers over de randen van het rechthoekige zilveren lijstje glijden. Haar grootmoeder zag er beslist niet uit als een gelukkige bruid. Het was niet de eerste keer dat het Mia opviel dat haar grootmoeder nooit echt blij leek. En toch was Mia toen ze opgroeide die rustige momenten gaan herkennen waarop haar grootmoeder... niet ongegeneerd blij maar wel tevreden leek. Dat zag je aan haar houding: een alertheid, een opgewekte helderheid, als een verre ster die glinsterde in een verder donkere lucht.

Mia had altijd uitgekeken naar die uitdrukking op het gezicht van haar grootmoeder en genoot als die verscheen: bij haar diploma-uitreikingen op de middelbare school en op de universiteit; toen ze haar eerste baan kreeg als onderzoeker bij een laboratorium op Long Island; toen ze haar volgende baan kreeg als laboratoriummanager bij Weill Cornell Medical in Manhattan; en telkens als ze thuiskwam toen ze eenmaal in een appartement in Manhattan vlak bij haar werk woonde. Lucy was het meest in haar element als Mia gelukkig was. Mia voelde zich schuldig dat haar grootmoeder nooit echt gelukkig leek.

Ze keek nog eens aandachtig naar haar grootmoeders gezicht op de foto. Erica had gelijk. Ze leek helemaal niet op haar grootmoeder. Mia had een rond gezicht en bolle wangen, terwijl Lucy's wangen vaak plat, zelfs ingevallen leken. Mia's haar was dik en recht, dat van Lucy was dun. Mia herinnerde zich hoe hard haar oma moest borstelen toen Mia klein was om de klitten uit haar pasgewassen haar te krijgen. 'O, Emilia, je haar!' riep ze soms als ze de klitten er maar niet uit kreeg, waarna ze antiklit in Mia's haar spoot en verderging met borstelen.

'Emilia?' zei Mia dan, waarbij ze Lucy via de badkamerspiegel aankeek. 'Ik ben Mia!'

'Ja, ja, Mia,' zei Lucy dan. 'Hou je hoofd stil dan kunnen we verder.'

Met een zucht zette Mia het fotolijstje terug op het gangtafeltje. Ze pakte het handvat van haar koffer vast en ging de eerste trap op. Ze liet haar koffer bij de ingang naar de woonkamer staan, stapte de keuken in en liep naar haar grootmoeders dierbaarste bezit – haar telescoop – die op een standaard stond. Voorzichtig raakte ze het gladde metaal aan. Hoe vaak hadden haar grootmoeder en zij de nacht niet op het terras doorgebracht, kijkend naar de lucht terwijl ze probeerden te berekenen hoe ver weg de sterren waren?

Ze wilde dat haar grootmoeder lang genoeg was blijven leven om te zien dat ze het geld bij elkaar had gespaard, haar baan opzei en ging promoveren. Het was Mia's droom om bij een van de beste cardiovasculaire onderzoeksprogramma's in het land – Boston University, Columbia University of Duke University –

promotieonderzoek te doen en daarna bij een belangrijk wetenschappelijk onderzoeksinstituut te gaan werken. In dat opzicht leken ze op elkaar, haar grootmoeder en zij. Beiden hielden ervan de natuur te bestuderen. Maar waar haar grootmoeder zich aangetrokken voelde tot grote zaken als de lucht en de oceaan, concentreerde Mia zich juist op kleine dingen: cellen en moleculen, antilichamen en enzymen. Toch wist Mia dat er dezelfde drijfveer achter zat: in de leegte naar antwoorden zoeken.

Ze deed de keukendeur open, stapte het verhoogde stenen terras op en keek naar de lucht, bedacht dat die nu zelfs nog donkerder leek dan toen ze in de trein zat en de plafondverlichting het naar buiten kijken bemoeilijkte. Vlakbij hoorde ze water kabbelen. Haar grootmoeder had het heerlijk gevonden om zo dicht bij dat geluid te wonen.

Weer binnen doorzocht ze de keukenladen om te kijken of de sleutel van de opslagruimte daar ergens lag. Maar net als dat voor al het andere in het huis gold – apparaten, kookboeken, een agenda, een leesbril – was alles keurig opgeborgen. Nergens slingerden sleutels rond, maar ze had ook niet verwacht dat het zo gemakkelijk zou zijn. Die sleutel zou goed verstopt zijn, als haar grootmoeder niet had gewild dat iemand die zou vinden. Mia had vanavond eigenlijk geen zin om te zoeken. Ze was moe en ze miste haar grootmoeder. Het liefst zou ze zich uitkleden en gaan slapen.

Ze ging terug naar haar koffer en zeulde die de volgende trap op. Voordat ze bij haar oude slaapkamer was, gleed haar blik naar het luik van de vlizotrap. De zolder was Mia's lievelingsplek in het huis geweest door zijn fascinerende kenmerken: het steile plafond, de dragende balken en de hoge openslaande ramen die de interessantste schaduwen op de vloer wierpen, waarvan de vormen met het uur veranderden doordat de zon door de lucht bewoog. Toen ze op de middelbare school zat, had ze gesmeekt of ze haar huiswerk daar mocht maken en dus had Lucy een klein bureau voor haar op de zolder neergezet.

Mia hapte naar adem. Opeens wist ze zeker dat als haar grootmoeder had gewild dat zij als enige de sleutel van de opslagruimte zou vinden, ze die op zolder verstopt zou hebben.

Ze klom naar de zolder en deed het licht aan. De schoonmakers kwamen hier nooit, dus het was er wat stoffig, maar verder zag het er opgeruimd uit. Haar kleine houten bureau stond nog tegen de muur, de stoel met latten rugleuning was ertegenaan geschoven. Er stonden opslagdozen langs de wanden, allemaal dichtgeplakt en voorzien van een etiket waar in haar grootmoeders hoekige handschrift '*foto's, schoolspullen Mia, boeken, beddengoed, overig*' op geschreven stond.

Toch klopte er iets niet, en Mia zag algauw wat het was. In de hoek van de zolder was een kleine inloopkast, waar haar grootmoeder hun kleren bewaarde die in dat seizoen niet gedragen werden: dikke truien en wollen sjaals in de zomer, zomerjurken en korte broeken in de winter. De deur van die kast stond een eindje open. In de meeste huizen zou dat niet raar zijn, maar Mia wist dat Lucy een deur nooit onbedoeld open zou laten staan: laden en kastdeuren moesten dicht nadat je gepakt had wat je wilde hebben. Mia twijfelde er niet aan dat haar grootmoeder geweten had dat ze hier boven naar de sleutel zou gaan zoeken en dat ze de deur expres open had gelaten, zodat Mia in de kast zou kijken.

Met gelijkmatige passen liep ze de kast in, ook al ging er een rilling over haar rug toen ze dat deed. De kast was vrijwel leeg, zo anders dan hoe die er het grootste gedeelte van Mia's leven had uitgezien, met kleren aan kleerhangers die allemaal even ver uit elkaar aan de stang hingen of keurig opgestapeld lagen op de planken. Nu waren er geen kledingstukken die niet in dat seizoen gedragen werden. Er was alleen een grijze stoffen kledinghoes waar iets groots in zat, die helemaal aan het eind van de stang hing. Ze liep verder de kast in en raakte de kledinghoes met haar vingertoppen aan. Daarna maakte ze langzaam de rits open. Ze hapte naar adem.

Er zat een trouwjurk in.

Ze haalde de kledinghoes van de stang en legde die op de vloer, bekeek de trouwjurk aan de hanger en liet haar handen eroverheen glijden. Het was het mooiste kledingstuk dat ze ooit had gezien. Het lijfje was bedekt met honderden piepkleine glinsterende kraaltjes, en de hals en mouwen waren van kant. De rok bestond uit lagen fijne tule, de zoom was geschulpt. De rits zat verborgen achter verfijnde kiezelachtige knoopjes met een lichtroze glans. De trouwjurk was duidelijk tientallen jaren eerder gemaakt, want de zijde was vergeeld en de tule voelde oud aan toen ze die met haar vingertoppen aanraakte. Bij de taille ontbraken enkele knoopjes. Toch leek deze trouwjurk totaal niet op de eenvoudige nauwsluitende jurk die haar grootmoeder aanhad op de trouwfoto beneden. Van wie was deze trouwjurk? Waarom werd die op haar grootmoeders zolder bewaard? En waarom had ze gewild dat Mia die zou vinden?

Ze liet haar vingers weer over het lijfje glijden. Zo te zien was elke kraal er met de hand op genaaid, en ze vroeg zich af wie deze jurk had ontworpen. Hij was niet alleen mooi, maar zat ook heel vernuftig in elkaar, zoals de verschillende stoffen en texturen een organisch geheel vormden, alsof elk deel van de jurk een natuurlijk verlengstuk was van de delen ernaast. Ze stak haar vingers onder de halslijn en vroeg zich af hoe zo'n tere jurk het gewicht van al die kraaltjes kon dragen.

En toen voelde ze iets, een pakketje van vloeipapier dat aan het lijfje vast geregen zat. Omdat ze ervan overtuigd was dat haar grootmoeder gewild had dat ze dit zou vinden, brak ze de draad en ze vouwde het pakketje open. Er zat een metalen sleutel in, aan een klein zilverkleurig medaillon, waarin de woorden HEMPSTEAD SELF-STORAGE gegraveerd stonden.

Mia huiverde toen ze de sleutel vasthield. Ze deed hem weer in het vloeipapier, klemde het pakketje tegen haar borst en ging naar beneden. Er zat een verhaal achter de trouwjurk, dat wist ze zeker, en die informatie moest zich in de opslagruimte bevinden, anders zou haar grootmoeder de sleutel niet specifiek aan het lijfje vast hebben geregen. Morgen zou ze naar Hempstead Self-Storage gaan om te kijken wat daar was.

In haar slaapkamer legde Mia het pakketje met de sleutel op het nachtkastje. Haar grootmoeder had niets aan de kamer veranderd sinds Mia haar middelbareschooldiploma had behaald. Op de planken bij het raam stonden nog haar oude natuurwetenschapstrofeeën, en op het prikbord ernaast hingen haar prijzen en certificaten voor uitmuntende schoolprestaties. Ze pakte haar telefoon uit haar tas en zag toen pas dat ze een bericht van de advocaat van haar grootmoeder, Milt, had gemist toen ze uit eten was. Het was niets voor hem om 's avonds contact met haar op te nemen. Toen ze het bericht opende, was ze nog verbaasder:

Ik weet dat je aan het inpakken bent om met je vriendin naar het Adirondack-gebergte te gaan, maar zou je morgenochtend even langs kunnen komen? Er zat iets bij de post van je grootmoeder wat je moet zien.

DRIE

2018

Donderdag

Toen ze later in bed lag, probeerde Mia de toon van Milts bericht te duiden.

Hij had haar nooit eerder zo op het laatste moment gevraagd om langs te komen. Dat was een van de dingen die ze prettig aan hem vond, dat hij zo rustig was. Als executeur-testamentair van haar grootmoeders nalatenschap – een woord dat ze nog steeds grappig vond klinken omdat haar grootmoeder, behalve het huis en haar oude auto, niets naliet – vroeg hij haar geregeld om documenten te ondertekenen, of rekeningen en bankoverzichten te controleren die hij had gevonden. Maar dit klonk anders. Hij klonk... nou ja, niet geschrokken, eerder verbaasd. Alsof datgene wat bij de post zat, hem voor een raadsel stelde.

Maar ze kon nu niets doen, want het was te laat om hem nog te bellen. Ze deed het licht uit en probeerde te gaan slapen. Zijn tekstbericht hield haar echter nog een tijdje wakker. Voor zover ze wist kreeg haar grootmoeder weinig post, afgezien van brieven 'aan de bewoners', doordat Milt al geruime tijd de standaardrekeningen afhandelde. Wat kon er zijn opgedoken dat ze moest zien? Een lening waar ze niets van afwisten? Iets met het huis of de auto? Dat leek onwaarschijnlijk, want Milt was al jaren betrokken bij elk aspect van Lucy's leven.

Het hoefde uiteraard niet per definitie slecht nieuws te zijn. Misschien was het een condoleancekaart van iemand die haar adres in New York niet had. Maar als het dat was, zou Milt zich niet zo cryptisch hebben uitgedrukt. Ze dacht er nog even over na en ging toen op haar zij liggen. Haar grootmoeder zou zeggen dat het geen zin had om te speculeren. De verklaring lag in Milts kantoor, zou ze tegen haar gezegd hebben. Dus ga ernaartoe en kom erachter waar het over gaat.

De volgende ochtend werd ze vroeg wakker. Ze trok een spijkerbroek en een blauwe katoenen sweater aan, deed haar haar in een paardenstaart en pakte de sleutel van de opslagruimte van het nachtkastje, zodat ze daar direct nadat ze bij Milt was geweest naartoe kon rijden. Dan had ze nog tijd genoeg om terug te gaan, de auto weer in de garage te zetten, haar koffer te pakken en een taxi te nemen, zodat ze zoals afgesproken om half vier bij Erica zou zijn. Ze trok haar schoenen met platte hak aan en liep al naar de slaapkamerdeur, maar bleef opeens staan en liep terug om het bed op te maken. Haar grootmoeder zou nooit toestaan dat de lakens verfomfaaid waren of dat de kussens niet waren opgeschud en niet netjes naast elkaar stonden. Dat was niet alleen omdat ze een opgeruimd huis prettig vond. Nee, je huis netjes houden was een teken van moed, ja, zelfs van opstandigheid, had haar grootmoeder vaak gezegd. Zo maakte je het universum duidelijk dat wat er ook in de loop van de dag voorviel, je wist dat je 's avonds thuis zou komen en dat je dan wilde dat de boel aan kant was.

Ze trok de lakens recht en stak ze onder het matras. Ze legde de sprei eroverheen en streek met haar handpalm de bobbels glad. Tevreden, omdat ze wist dat Lucy kritische blik dit zou goedkeuren, pakte ze haar schoudertas en ze ging naar beneden om nog snel koffie te zetten. Maar zodra haar vingers het koffiezetapparaat aanraakten, bedacht ze zich. Haar grootmoeder hoorde hier. Die hoorde de mokken en de lepeltjes te pakken, hoorde de ramen open te doen om de frisse herfstlucht binnen te laten, hoorde plannen voor die dag te maken. Ze zou naar het strand lopen of op de fiets naar het dorp gaan. Mia kon zich er in deze stilte en leegte niet toe brengen het koffiezetapparaat aan te zetten of het waterreservoir te vullen. Ze zou in het centrum wel ergens koffie halen.

Ze ging de volgende trap af en wierp vanuit de gang een blik in de kleine studeerkamer. Mia was pas vijf toen haar grootvader overleed, maar had altijd geweten dat dit zijn kamer was. Ze zag voor zich dat hij op regenachtige dagen of koude avonden in de bruinleren leunstoel bij de haard zat en een esoterisch boek over kwantummechanica las, of een legpuzzel maakte, zijn ronde bril laag op zijn neus en een pijp in zijn mondhoek. Grappig dat haar grootouders zo verschillend waren. Haar grootmoeder had nooit in deze kamer willen zijn. Die zei altijd dat ze liever buiten het leven onderzocht dan dat ze binnen een voorstelling ervan bestudeerde.

Toen ze op de drempel stond, haalde Mia diep adem, want ze wist waar ze nu naartoe moest. Met doelbewuste passen liep ze door de kamer naar de zware deur vlak achter de bank, liep door de verbindingsgang en ging de garage in. Ze liep naar de oude rode Camry van haar grootmoeder, en hoewel ze haar best deed dat te voorkomen, gleed haar blik toch naar de lichtblauwe fietsen in de hoek, met aan het handvat een witte fietshelm. Ze werd overvallen door somberheid en haar schouders zakten. De fietsen waren net achtergelaten dieren die ooit onbevreesd en in goede conditie waren, maar nu nog slechts een schim van zichzelf waren. Vanaf haar tienerjaren hadden Lucy en zij de fietsen elke zomer op de auto gezet en hadden ze de veerboot naar Shelter Island genomen om daar een week vakantie te vieren.

Dan bezochten ze scheepvaartmusea en wandelden ze door natuurgebieden, aten verse zeevis en vruchtentaart met perziken en bessen uit de regio.

Wat ze beiden het leukst aan die fietstochten vonden, was langs de heuvels vlak bij het water rijden. De avonden waren warm. Het bleef tot half negen licht en de zonsondergang boven de baai was felgekleurd. Haar grootmoeder kon goed fietsen en vond de natuur betoverend: de maan, de oceaan, de wolken, de kiezelstranden. Mia herinnerde zich dat haar grootmoeder tranen in haar ogen had toen ze de fietsen zes jaar geleden op de auto zetten om weer naar huis te gaan. Dat was de week voordat Mia aan haar baan bij Weill Cornell begon en naar de stad verhuisde, waar ze in onderhuur in een kleine studio kon wonen die van een collega was die naar Los Angeles was overgeplaatst. Lucy had toen al jaren hartproblemen die steeds erger werden en ook de artrose in haar knieën was verergerd, zodat zelfs rustig fietsen pijnlijk en inspannend was. Ze hadden beiden geweten – zonder dat uit te spreken – dat het de laatste fietstocht van haar leven was.

Mia zette de herinnering van zich af, stak haar hand in haar tas en haalde de sleutel van haar grootmoeders auto eruit. In de auto hing nog de vertrouwde geur van eucalyptus, die toen Mia opgroeide in het hele huis had gehangen. Lucy had zelfs elke ochtend eucalyptustakken met ronde zilverblauwe bladeren gebruikt in het tafelstukje, altijd in combinatie met één lelie in het midden omdat, zo zei ze, een ontbijttafel lekker moest ruiken en er aanlokkelijk uit moest zien. Mia had nooit geweten hoe haar grootmoeder het zelfs midden in de winter voor elkaar had gekregen zo'n tafelstukje te maken, als het aanbod aan planten en bloemen in de plaatselijke winkels beperkt was. Lucy's levensstijl was niet extravagant, maar als ze iets wilde, kreeg ze dat meestal ook voor elkaar. Ze had graag de regie over haar leven, dus Mia wist dat het vreselijk voor haar geweest moest zijn toen haar gezondheid verslechterde. Maar haar grootmoeder zei daar nooit iets over. Ze zou Mia nooit met haar geklaag belasten.

Mia startte de auto en reed het korte stuk naar de kruising van Main Street en First Road. Dat was een van de dingen die ze prettig vond aan Soundport: de eenvoud van de straatnamen. Front Street lag bij het water, aan de rand van het dorp. First, Second en Third Road lagen daar loodrecht op. Bridge Street liep over de kleine inham van de baai tussen First en Second Road, en North Road vormde de noordgrens van het dorp. Dat had iets geruststellends. Geen rare woorden die vrijwel niemand snapte en geen rare straatnamen zoals straten die naar willekeurige bomen en bloemen vernoemd waren en ook geen wijken waar alle straatnamen met dezelfde letter begonnen. Lucy had daar ook zo over gedacht. Ze vond het prettig dat haar straat Shore Lane heette, omdat de achtertuinen aan het water lagen. Mia hoorde het haar nog zeggen: je moet altijd weten waar je bent, Mia. Let goed op, dan zul je nooit verdwalen.

Ze parkeerde en liep het bekende gebouw binnen, waarvan de ingang tussen een bakkerij en een kledingboetiek in lag. Verderop in de gang zag ze het vertrouwde kantoor met de deur waarop in witte letters MILT KANDER, ADVOCAAT gegraveerd stond. Toen ze klein was, was ze hier graag met Lucy naartoe gegaan. Milt gaf haar altijd een kleurrijke regenbooglolly en een scherp potlood en een notitieblokje, zodat ze iets te doen had terwijl hij zaken met haar grootmoeder besprak.

Ze duwde de deur open en Milts assistente, Janet, een vrouw met witgrijs haar met een voorliefde voor sjaals met grote patronen, keek op van de receptiebalie. Janet, die ook weduwe was, was een van de beste vriendinnen van haar grootmoeder. Enkele jaren geleden had ze Lucy gevraagd met haar mee te gaan op een seniorenreis naar Europa, maar het antwoord was nee. Hoewel ze in Italië geboren was, had haar grootmoeder nooit terug gewild.

'Ach, lieverd, hoe gaat het met je?' zei Janet, die op Mia afkwam en haar handen vastpakte. 'Milt zei dat je vannacht in je eentje in het huis was. Wat zal dat zwaar geweest zijn...'

Mia glimlachte, wist dat haar grootmoeder van haar verwachtte dat ze rustig en niet emotioneel was. 'Hallo, Janet. Het gaat goed, hoor. Dank je. Milt heeft me gisteravond een tekstbericht gestuurd met de vraag of ik vanochtend kon langskomen. Heb je enig idee waar het over gaat?'

'Nee, ik weet alleen dat hij je zo gauw mogelijk wil zien. Ik moest het direct komen zeggen als je er was. Volgens mij zit hij te bellen. Ga maar even zitten, dan steek ik mijn hoofd om de deur om te zeggen dat je er bent.'

Janet stapte een kantoor in, maar kwam er al vlug weer uit en wenkte haar. Mia knikte en stapte Milts kantoor binnen, een bescheiden maar zonnig vertrek met een eenvoudig lichthouten bureau en moderne kunst aan de wanden.

'Mia!' zei Milt toen hij opstond en zijn armen naar haar uitstak. Ze liep om zijn bureau heen en omhelsde hem.

Hoewel ze hem al haar hele leven kende, had ze geen idee hoe oud hij was. Hij was volledig kaal, dus er waren geen grijze of witte haren die een aanwijzing konden vormen. Hij had een atletische bouw, met een strak postuur en een slanke taille. Zijn overhemd en stropdas waren altijd frisgewassen en trendy, de stropdas was altijd keurig geknoopt, en zijn ogen waren helder en jeugdig blauw. Toch sprak hij op een hartelijke, vaderlijke toon tegen haar, iets wat ze altijd had gewaardeerd, doordat ze zonder vader en grootvader was opgegroeid. Als ze bedacht hoelang ze hem al kende, moest hij tegen of al in de zestig zijn, maar hij leek beslist jonger.

Hij deed een stap naar achteren en pakte haar bij de schouders vast. 'Hoe gaat het met je, Mia? Hoe is het vannacht gegaan?'

Anders dan bij Janet besloot ze eerlijk tegenover hem te zijn. Ze wist dat haar grootmoeder dat zou snappen. Doordat Lucy geen broers of zussen had, had ze ook geen neven of nichten. Milt had de rol van neef op zich genomen. Hij kwam wekelijks bij haar grootmoeder op de koffie en toen Mia vorig jaar twee weken weg was voor een wetenschappelijk congres in New Orleans, had hij haar grootmoeder dagelijks gebeld en had hij haar zelfs een paar keer mee uit eten genomen. Afgelopen december waren Lucy en zij op de jaarlijkse kerstborrel van Milt geweest. Milt en zijn man, Danny, konden geweldig goed koken en hadden zoals altijd een voortreffelijk, feestelijk, multicultureel buffet verzorgd.

'Het was zwaar,' zei ze tegen Milt, toen die naar zijn bureaustoel liep en ze tegenover hem plaatsnam. 'Toen ik onze fietsen zag staan... En ik kon het vanochtend niet opbrengen om koffie te zetten. Het idee dat ik in dat huis een slokje zou nemen terwijl zij er niet was om samen met mij koffie te drinken... Ik kon het gewoon niet.'

'Tja, daar is tijd voor nodig. Eén stap tegelijk, oké? En wat die koffie betreft, dat is geen punt. Janet?' riep hij naar de deur. 'Kun je een beker koffie brengen?'

'Bedankt,' zei ze glimlachend. 'Dat waardeer ik. Ik waardeer alles wat je voor haar hebt gedaan en nog steeds doet. Maar goed, wat wil je me laten zien? Eerlijk gezegd schrok ik een beetje van je bericht. Is het erg?'

'Nee... nee,' antwoordde Milt niet al te overtuigend. Janet kwam binnen en zette Mia's koffie op het bureau neer. Milt bedankte haar en vroeg haar om de deur achter zich te sluiten. Mia verstijfde. Ze wist niet wat hij haar wilde laten zien, maar als

Janet het niet mocht horen, was het een serieuzere kwestie dan een condoleancekaart.

Hij legde zijn handen op zijn bureau. 'Mia, heeft je grootmoeder het ooit met je gehad over naar Italië gaan? Dat ze een reis wilde maken? Dat ze iets moest doen?'

'Nee, ze zei dat ze nooit meer naar Europa wilde. Dat weet je. Ze wilde die ene keer niet eens met Janet mee op vakantie.'

'Ja,' zei hij, en hij krabde op zijn hoofd. 'Heeft ze... het ooit over iemand in Italië gehad? Over een eiland in de Middellandse Zee? Je weet toch dat ze in Italië geboren is?'

'Natuurlijk weet ik dat,' zei Mia. 'Maar ze is in haar jonge jaren al hiernaartoe gekomen. Ze heeft het er nooit met mij over gehad. Hoezo? Milt, wat is er?'

Hij sloeg de dossiermap op zijn bureau open en haalde er een envelop uit. 'Deze brief is aan je grootmoeder geadresseerd,' zei hij tegen haar. 'Hij is afkomstig van een advocatenkantoor dat in Rome gevestigd zou zijn. Het is vast een vergissing, maar ik wilde pas antwoorden nadat jij ernaar had gekeken.'

Hij haalde de brief uit de envelop en gaf hem aan haar. Het was een brief op officieel briefpapier.

Geachte mevrouw Abrams,

De eigenaar van Isola di Parissi heeft mijn advocatenkantoor ingeschakeld om een bepaald object van historische waarde terug te krijgen. Hij laat het zestiende-eeuwse kasteel op dit eiland renoveren en is er onlangs achter gekomen dat dit object in het begin van de jaren veertig van de vorige eeuw uit het kasteel is ontvreemd.
We zijn op informatie gestuit waaruit blijkt dat u in die periode in het kasteel verbleef. U gebruikte toen de naam Annalisa of Pippa. Onze informatie linkt u aan het gestolen

object. We zouden graag met u in gesprek gaan, zodat we kunnen bespreken wat u hiervan afweet, zodat we dit object binnenkort aan de rechtmatige eigenaar kunnen teruggeven.
Zou u zo spoedig mogelijk per post of e-mail contact met ons willen opnemen, zodat we de zaak kunnen ophelderen?

Hoogachtend,
Enzo Battista

'O mijn god,' zei Mia happend naar adem. Ze voelde haar borst verkrampen, alsof ze zelf van een misdrijf beschuldigd was. 'Wat is dit? Wie is Annalisa of Pippa in vredesnaam?'

Milt bracht zijn handen omhoog in een 'ik zou het niet weten'-gebaar. 'Er zat ook een afbeelding bij van wat er volgens deze advocaat gestolen is.' Hij stak zijn hand in de envelop en gaf haar een gefotokopieerde tekening van een grote kom op een zwarte voet, met afwisselend grijze en roze banden, compleet met goudkleurige aderen. Aan de rand van de kom zat een scharnier en er stak iets naar binnen wat nog het meest leek op een piepkleine hamer met een zilveren staaf, met bovenaan een roze balletje. Onder de tekening stonden twee Italiaanse woorden.

Mia sprak ze moeizaam uit. '*Schianto... Grandioso*?'

'Dat betekent zoiets als "grote vijzel", die vertaling geeft internet tenminste,' zei Milt. 'Het is net een mengkom waar een rare lepel aan vastzit.'

'Dit slaat nergens op,' zei Mia, en ze gaf hem de tekening terug. 'Wat heeft dit met mijn grootmoeder te maken? En ze heeft nooit een andere naam gehad!'

'Dat weet ik, maar dat Parissi is een bestaand eiland, met een kasteel erop dat ook Parissi heet. Kennelijk heeft een schatrijke

Italiaanse bankier het hele zwikje, het kasteel plus het eiland, onlangs gekocht.'

Milt wierp een blik op de brief en haalde zijn schouders op. 'Het moet een vergissing zijn,' zei hij. 'Misschien zijn ze op zoek naar iemand met dezelfde naam. Het kan ook een scam zijn. Er lopen genoeg schurken rond die ergens lucht van krijgen en dan oudere mensen gaan lastigvallen. Dan proberen ze hun bankgegevens of creditkaartgegevens of zo te ontfutselen. Meestal gaat dat via e-mail maar soms ook per post, vooral als ze oudere mensen benaderen. Het kan zomaar zijn dat die brief niet eens vanuit Italië is verstuurd. Die gasten zijn heel gehaaid.'

'Maar wat moet ik doen?' vroeg Mia.

'Niets,' zei Milt stellig. 'Ik zal een brief sturen dat ze hier direct mee moeten ophouden omdat ik ze anders zal aanklagen wegens laster. Of het nu een fout of een scam is, dan zullen ze er wel mee ophouden. Ik wilde het alleen eerst even aan jou vragen, voor het geval er een belletje ging rinkelen.'

'Nee, het zegt me helemaal niets,' zei Mia met klem. 'Ik vind het eng. Stel dat mijn grootmoeder dit onder ogen had gekregen, dan zou ze doodsbang zijn geweest.'

'Nee, dan was ze naar mij toe gekomen en dan had ik tegen haar gezegd dat ze zich geen zorgen hoefde te maken, net als ik dat nu tegen jou zeg. Zulke dingen gebeuren helaas. Ik zal het verder afhandelen. Nu ik jou de stuipen op het lijf heb gejaagd, zit mijn taak erop.' Hij gniffelde terwijl hij de papieren terugschoof in de envelop. 'Maak je geen zorgen. Dat meen ik. Je hebt belangrijkere dingen aan je hoofd. Weet je al wat je met het huis gaat doen? Of je het wilt verkopen of verhuren?'

Mia schudde haar hoofd. Ze wist dat Milt doorhad dat ze overstuur was en dat hij haar probeerde af te leiden. Dat waardeerde ze. 'Nee, nog niet.'

'Staat Ryan nog steeds te popelen om het te verkopen?'

Ze knikte. 'Ja, maar hij zit nu voor zijn werk in Los Angeles, dus ik heb waarschijnlijk even adempauze voordat hij er weer over begint.' Ze lachte en hoopte maar dat dit vrolijk en niet geïrriteerd klonk. Ze moest zichzelf dwingen te bedenken dat Ryan het beste met haar voorhad.

'En hoe zit het met de opslagruimte? Heb je de sleutel al gevonden?' vroeg Milt.

Mia haalde diep adem. De vraag overviel haar. 'Eh, nee... nog niet,' stamelde ze. 'O, is het al zo laat? Ik moet gaan. Ik moet nog veel doen, spullen inpakken en zo...' voegde ze eraan toe. Ze hoopte maar dat hij niet doorhad dat ze nu pas op haar telefoon keek hoe laat het was.

'Dus je gaat binnenkort met je vriendin Erica op pad?' vroeg Milt.

'Ja, morgen. Ze heeft volgende week herfstvakantie.' Mia stond op van haar stoel en wilde zo snel mogelijk weg, zodat ze niet meer over de sleutel hoefde te liegen. Ze vond het vreselijk dat ze niet eerlijk tegenover Milt kon zijn, maar ze was ervan overtuigd dat haar grootmoeder wilde dat alleen zíj zag wat er in de opslagruimte was. Ze moest hier vlug weg, zodat ze de misleiding niet nog langer hoefde vol te houden.

'Prima,' zei hij. Hij stond op en liep met haar mee naar de deur. 'Veel plezier, en maak je geen zorgen. Ik regel het verder met die brief en ik zal op het huis passen. We spreken elkaar als je weer terug bent. Oké?'

'Bedankt, Milt,' zei ze, en ze omhelsde hem kort. Ze zwaaide naar Janet, ging vlug naar buiten en stapte in haar grootmoeders auto. Toen ze uit het parkeervak wegreed, ademde ze langzaam uit. Haar gedachten gingen van de sleutel naar de beangstigende brief die Milt haar had laten zien. Ze wist dat Milt gelijk had, dat het een vergissing of een scam moest zijn, maar toch zat ze ermee in haar maag. Ze bedacht hoe kwetsbaar haar grootmoeder al die jaren was geweest, in haar eentje in dat huis. Ze veronderstelde dat haar grootmoeder niets zou hebben gedaan zonder eerst contact op te nemen met Milt. Maar zoals Milt had gezegd, er waren slechte mensen op de wereld en die konden sluw zijn. Ze had altijd het gevoel gehad dat haar grootmoeder hier in Soundport veilig was, maar ze vroeg zich nu af of ze dat zichzelf slechts wijs had gemaakt voor haar eigen gemoedsrust.

Ze legde haar hoofd tegen de hoofdsteun toen ze door Main Street reed. Hoe kwam het dat ze zo nerveus was? Milt had gezegd dat ze zich geen zorgen over de brief hoefde te maken, en ze geloofde hem. Misschien kon ze het toch niet aan om in haar eentje in het huis te zijn. Wie weet had Ryan gelijk en had ze moeten wachten tot hij met haar mee kon gaan. Haar grootmoeder was haar enige familie en nu had ze niemand meer.

Maar ze had hier niet met Ryan naartoe gekund, bracht ze zichzelf in herinnering. Haar grootmoeder had gewild dat zij, en zij alleen, de trouwjurk en de sleutel van de opslagruimte zou vinden.

Ze reed naar de snelweg, in de richting van de opslagruimte, en hoopte maar dat ze daar niets belangrijks zou aantreffen. Wie weet lag er een briefje dat de trouwjurk van een vriendin was, of misschien had Lucy hem gekocht en had ze hem willen vermaken zodat Mia hem ooit kon dragen. Het kon ook zijn dat er instructies lagen hoe de jurk gemaakt was of hoe de stof gerestaureerd kon worden. Of misschien lag er gewoon een brief waarin stond waarom Lucy wilde dat Mia die trouwjurk zou krijgen.

Mia hoopte maar dat het zoiets was. Geen nieuws over buitenlandse advocaten, geen scams, geen raadsels. Gewoon informatie. Dingen kunnen afsluiten.

Dan kon ze de afgelopen vierentwintig uur een succes noemen.

VIER

1943

Augustus

De kleine vissersboot dobberde in het duister. Het water klotste ritmisch tegen de zijkant, zond koele druppels de lucht in die op Annalisa's rok en soms ook op haar gezicht terechtkwamen.

Als dit zo doorging, mijmerde ze, was ze doorweekt tegen de tijd dat ze bij het eiland aankwamen. De nacht was warm en het water was lekker koud. Het vooruitzicht dat het water weer zou opstuiven bood een welkome afleiding. Ze hield van de zee, die glinsterde en bewoog, die hypnotiserend en krachtig was. Telkens als het water tegen de boot sloeg, had het meer kracht dan ze verwachtte. Telkens als het opspatte, leek het net zo geladen als elektriciteit, een ontlading van energie, gevolgd door een geleidelijke terugtrekking.

Wat haar niet aanstond, was het gekibbel van haar jongere zussen op de bank achter haar. Ze draaide zich om en zag dat Emilia tegen Giulia aan was gekropen, haar vingers om Giulia's elleboog had geklemd. De geblokte strik die Emilia boven op haar hoofd had vastgezet, was naar de zijkant gezakt, en het vochtige briesje deed haar dikke krullen nog meer krullen naast haar kaakbeen, waardoor haar gezicht nog ronder leek dan anders. Er stonden tranen in haar donkere ogen, waardoor ze veel jonger leek dan vijftien.

'Ik ben bang!' riep Emilia. 'Ik wil niet meer.'

Giulia gromde terwijl ze haar arm wegtrok. 'Hou op, Emilia! Blijf van me af!' Ze rukte zichzelf los en hield haar hoofd schuin, eerst de ene en toen de andere kant op, om haar honingkleurige haar los te schudden. De uiteinden krulden vlak onder haar sleutelbeen in de stijl die je overal in de modebladen zag. Annalisa zag dat ze het gedeelte dat langs haar jukbeen hoorde te golven goed probeerde te krijgen, ook al ruïneerde het briesje haar kapsel, zoals dat ook bij Emilia gebeurde.

'We kunnen niet terug,' voegde Giulia er boos aan toe, hoewel Annalisa vermoedde dat ze zich meer ergerde aan haar geruïneerde kapsel dan aan Emilia. 'Dus hou op met klagen.'

'We kunnen wél terug,' hield Emilia vol. 'Als we nu omdraaien...'

'Dan verpesten we alles,' zei Giulia. 'Wil je dat?'

'Nee, maar...'

'We zijn voorbij het beslissende punt.' Giulia bewoog haar hand door de lucht. 'Als je niet mee had gewild, had je thuis moeten blijven.'

'Ik blijf toch niet thuis als jullie allebei weggaan.'

'Wat ben jij een kleuter, zeg.'

'En wat ben jij gemeen.'

'Ophouden, allebei,' beet Annalisa hun op fluistertoon toe. 'Jullie maken te veel herrie.'

Op zich hoefden ze niet stil te zijn. Ze waren nog een eind van het eiland en er was vrijwel niemand op het water die hen kon horen. Alleen Vincenzo, de zoon van een van de winkeliers op het vasteland, die geregeld voorraden naar het eiland bracht en had ingestemd vanavond stiekem met de boot ernaartoe te varen. Maar ze wilde stilte, zodat ze kon nadenken over waar ze naartoe gingen en wat ze zouden doen als ze daar aankwamen. Dat zou niet lang meer duren.

Ze was de vorige avond naar de kust gegaan om het zand, het

water en de lucht te bestuderen, had alles wat ze gezien en gehoord en gevoeld had in haar berekening meegenomen toen ze tot op de minuut uitrekende hoelang de boot erover zou doen. Ze was wetenschappelijk aangelegd, en benaderde problemen en vragen zoals een wetenschapper dat zou doen: door het beschikbare bewijs met haar zintuigen te onderzoeken en dan tot die ene oplossing te komen waar alle gegevens naar wezen.

Het bleef een paar tellen stil in de boot. Toen fluisterde Emilia: 'Het is in elk geval niet heel donker. Dat is toch alvast iets? Waarom heeft de lucht die kleur?'

Annalisa knikte. Emilia had gelijk. Emilia, de jongste van het stel, was door en door verwend en huilde veel te vaak, maar ze was opmerkzaam en nieuwsgierig, eigenschappen die Annalisa waardeerde. Eigenschappen die Giulia, die impulsief was en vlug boos werd, miste, ook al was ze twee jaar ouder dan Emilia. Emilia had iets fascinerends ontdekt, dacht Annalisa, toen ze voor zich uit over het water keek. De nacht was inderdaad ongewoon helder, hoewel er weinig sterren waren en ook de maan zich niet liet zien. De lucht leek te gloeien, was diepblauw, nog net niet koningsblauw. Dat die kleur de lucht aanlichtte, was duidelijk waarneembaar maar ook heel subtiel. Dat viel waarschijnlijk alleen op als je buiten was, je op je omgeving richtte en beducht was op gevaar.

En dat waren ze.

Ze bracht haar kin omhoog en keek naar de lucht. Ze wilde snappen hoe het kon dat er tijdens een nacht met amper sterren zoveel licht in de lucht zat. Hoe was het mogelijk dat er, zover het oog reikte, een duidelijk waarneembare blauwe deken over hen heen lag? Kwam dat door het water of door de bodem onder water of door het eiland dat ze naderden, hun eindbestemming? De eilanden in dit deel van de Middellandse Zee stonden bekend om hun steile rotsformaties. Kon de weerspiegeling van de rotsformaties de lucht zo kleuren? Of had het te maken met het weer, het klimaat, de veranderende zout- en zuurstofdichtheid bij het wisselen van de seizoenen? Zolang ze zich kon herinneren, hielden vragen haar 's nachts uit haar slaap, van die vragen waar ze het antwoord niet op wist. Maar ergens waren de antwoorden op alle vragen. Dat moest. Hoe kon ze anders op deze planeet leven?

'Ik kom er wel achter,' fluisterde ze zacht tegen zichzelf. Op den duur zou ze alles uitvogelen.

'Kijk!' riep Giulia, en toen Annalisa zich omdraaide, zag ze Giulia rechts van de boot wijzen. Boven op een berg waren de vage contouren van een groot stenen kasteel te zien.

Annalisa schudde verwonderd haar hoofd. Ze had zo vaak over dit kasteel nagedacht, gelezen en gefantaseerd dat het nauwelijks te geloven was dat het echt bestond en dat ze er met elke haal van Vincenzo's roeiriemen dichterbij kwamen. Officieel heette het Castello di Parissi, maar het werd in de volksmond Castello del Poeta, het kasteel van de dichter, genoemd. Het eiland en het kasteel werden in talloze boeken, kranten en tijdschriften vermeld. De beroemde en puissant rijke familie Parissi had het eiland honderden jaren geleden gekocht en had er een kasteel op laten bouwen. Daarna was het van generatie op generatie doorgegeven. Door de eeuwen heen was het een geliefde bestemming geworden voor de grootste uitvinders, wetenschappers, filosofen, auteurs en artiesten over de hele wereld, die er allemaal van droomden een uitnodiging te krijgen om er te komen logeren.

Annalisa keek op naar het kasteel, dat van binnenuit verlicht werd. Er stroomde goudkleurig licht door de bovenste ramen. Het gerucht ging dat twee van Michelangelo's leerlingen, die later enkele van de mooiste fonteinen van Florence hadden gemaakt, hun ontwerpen daarvoor getekend hadden toen ze hier logeerden. Het Franse architectenteam Blanchet en Allaire, dat meegewerkt had aan de renovatie van Parijs in de negentiende eeuw, zou hier hun eerste ontwerpen daarvoor hebben gemaakt. Veel van de belangrijkste Europese schilders uit de zeventiende en achttiende eeuw zouden ooit te gast zijn geweest op het kasteel, en drie Nobelprijswinnaars hadden het begin van hun wetenschappelijk onderzoek in de toren uitgevoerd. Het kasteel had ook een tijdje onderdak geboden aan talloze componisten die later wereldberoemde symfonieën hadden geschreven en enkele van de eerste apparaten – inclusief de telescoop die voorafging aan die van Galileo – waren binnen de befaamde muren van het kasteel bedacht.

De uitzonderlijke geschiedenis van het kasteel – alle wetenschappelijke en artistieke prestaties waarvan de inspiratie of voltooiing verbonden was met de enorme zalen en ruime kamers van het kasteel – had tot Annalisa's verbeelding gesproken. Maar het was degene die er nu woonde, degene wiens uitvinding haar vaders leven kon redden, die haar had doen besluiten alles op het spel te zetten en naar dit eiland te gaan.

Vincenzo schraapte zijn keel. 'Het is zover,' zei hij zacht tegen haar. 'We zijn er bijna.'

Ze reikte achter de bank naar een jutezak die ze daar had neergelegd. Ze trok het koord wat losser, haalde er een lang wit overhemd uit, wurmde zich erin, trok het over haar katoenen blouse en stak haar armen in de mouwen. Daarna trok ze haar rok uit, waardoor er een herenbroek zichtbaar werd die ze daaronder had gedragen. Ze haalde een paar bruinleren laarzen uit de jutezak, trapte haar eigen schoenen uit en stak haar voeten in de laarzen. De laarzen waren haar veel te groot, maar ze maakte de veters zo stevig mogelijk vast. Zo zou het wel lukken.

Als laatste pakte ze haar donkere haar bijeen, dat ze altijd in een pagekopje uit haar gezicht droeg, en ze stak het onder de donkere pet die onder in de zak had gelegen. Ze trok de klep van de pet omlaag en duwde een paar verdwaalde plukken onder de rand. Daarna draaide ze zich om naar haar zussen. Emilia begon te giechelen. Giulia keek vertwijfeld omhoog.

'Het komt goed,' zei Annalisa vastberaden tegen hen.

Misschien was dit niet het beste onderdeel van haar plan, maar het moest. Uit de paar landkaarten die ze had gevonden, plus het feit dat het donker zou zijn en zij en haar zussen koffers moesten dragen, had ze berekend dat ze er wel een uur over zouden doen om, nadat Vincenzo hen had afgezet, bij het kasteel te komen. Annalisa betwijfelde of ze iemand op het pad zouden tegenkomen. Het zou bijna twee uur 's nachts zijn tegen de tijd dat ze aan de klim begonnen, en uit haar onderzoek was gebleken dat het kasteel het enige bouwwerk op het eiland was, afgezien van het botenhuis aan de waterrand. De meeste bewoners en gasten lagen waarschijnlijk binnen de kasteelmuren te slapen. Maar voor het geval ze iemand zouden tegenkomen tijdens hun lange tocht, leek het haar veiliger als ze een man en twee jonge vrouwen leken, in plaats van drie jonge vrouwen alleen.

Ze deed haar rok en schoenen in haar koffer, die vlakbij stond, en wreef haar handen. Haar handpalmen voelden opeens klam aan, ook al was het een warme zomernacht, en ze knarsetandde, dwong zichzelf scherp te blijven. Ze mocht niet toestaan dat haar zenuwen haar concentratie verstoorden. Met haar achttien jaar was ze de oudste en ze moest haar hoofd erbij houden. Ze had de leiding over haar jongere zussen en hoewel ze al vaak betwijfeld had of het wel verstandig was hen mee te nemen, zat er nu niets anders op dan doorgaan. Toen ze haar plan pas net bedacht had, had ze Giulia in vertrouwen genomen, omdat ze vond dat iemand thuis de waarheid moest weten. Maar Giulia dreigde haar plan te verraden als ze zonder haar vertrok. En toen ze het eenmaal had goedgevonden dat Giulia meeging, was het wreed om Emilia achter te laten. Dat was wreed tegenover Emilia, maar nog wreder tegenover papa, die dan met Emilia's domme gegrijns opgescheept zou zitten. Niet dat ze zo graag alleen wilde gaan, maar de leiding hebben bracht verantwoordelijkheden met zich mee. Zij moest ervoor zorgen dat alles volgens plan verliep.

Ze herinnerde zichzelf eraan dat haar plan goed in elkaar zat. Het was degelijk en alomvattend, en tot nu toe werkte het. Als alles goed ging, zouden ze op tijd bij het kasteel aankomen en voor het aanbreken van de dag nog even tussen de bomen kunnen slapen. Ze ging ervan uit dat het keukenpersoneel vroeg opstond om eten klaar te maken. Als het keukenpersoneel eenmaal aan het werk was, zou ze haar zussen mee naar binnen nemen en zou ze degene aanspreken die de leiding over de keuken had. Ze hoopte dat ze aan het eind van de ochtend alle drie bij het kasteel in dienst zouden zijn.

Vincenzo stuurde de boot voorzichtig naar de kant, sprong eruit en keek toe terwijl de drie zussen op het natte zand stapten. Annalisa ging als laatste en zag Vincenzo Giulia helpen met uitstappen, waarna hij haar hand bleef vasthouden, hoewel Annalisa haar had opgedragen om te helpen hun koffers uit de boot te halen. In plaats daarvan liet Giulia de vingers van haar ene hand over Vincenzo's blote onderarm glijden. Ze hadden Vincenzo, een neef van de buren, pas drie dagen geleden leren kennen toen ze in het kuststadje Anzalea waren aangekomen. Er was weinig tijd geweest om te praten, laat staan voor romantiek. Maar Giulia was een romantische ziel en vond het leuk om verliefd te worden, en ze was als een blok voor Vincenzo gevallen. Ze hadden twee heerlijke avonden met z'n allen doorgebracht – hadden genoten van het eten, de mensen en het nachtleven in het stadje – terwijl ze wachtten tot een serie stormen voorbij zou trekken en de zee weer kalm werd. Annalisa hoopte maar dat Giulia Vincenzo zou vergeten zodra ze uit het zicht waren, zoals ze dat ook had gedaan bij alle andere jongens op wie ze ooit verliefd was geweest. Een zus met liefdesverdriet kon ze er beslist niet bij hebben.

Emilia kwam vlak achter haar staan en legde haar hoofd op Annalisa's schouder. Annalisa streek over Emilia's wang terwijl ze opkeek naar het kasteel. Binnen brandde fel licht en nu ze dichterbij waren, zag ze ook mensen achter de ramen. Die leken klein van deze afstand, maar ze meende stellen te zien dansen en vrouwen in kleurrijke jurken te zien, rood en dieppaars en zonnebloemgeel. En als ze het geluid van het kabbelende water en het gefluister van Giulia en Vincenzo negeerde, hoorde ze zelfs mooie muziek, een Weense wals.

'Denk je dat het goed gaat met papa?' vroeg Emilia.

Annalisa wist wat Emilia dacht. Papa was in groot gevaar. Dat kwam deels door zijn gezondheid, maar ook door wat er in de wereld gebeurde, de toenemende dreiging voor Joden als haar vader. Het was geen geheim dat Italië de verkeerde kant van de geschiedenis had gekozen, bondgenoot van Duitsland was geworden, en de strijd die in Noord-Afrika was losgebarsten, was een volslagen ramp. Voedsel werd steeds schaarser. Om nog maar te zwijgen van alle wetten die het Joden verbood allerlei beroepen uit te oefenen en waardoor ze niet met niet-Joden mochten trouwen, iets wat het huwelijk tussen hun ouders verhinderd zou hebben. Voorlopig werden de wetten in veel kleine dorpen nog niet gehandhaafd, ook niet in hun eigen dorp, Caccipulia, iets ten zuiden van Rome. Maar nu de wereld zo instabiel was en Duitsland genadeloos toesloeg, was het nog maar de vraag hoelang dat zo zou blijven. Veel Joden verlieten Italië, gingen naar Amerika. Annalisa vond dat haar familie dat ook moest doen. Maar haar vader, die zijn hele volwassen leven als kleermaker hard had gewerkt, was ziek en kon zo'n reis niet aan. Niet in zijn huidige conditie.

‘Hij zal het voorlopig heus wel redden,’ antwoordde Annalisa. Maar ze moest snel handelen, voordat papa’s gezondheid verder verslechterde. Nadat ze werk in de keuken voor hen had geregeld, was haar volgende doel kennismaken met Patricio Parissi, het hoofd van de Parissi-dynastie. Ze had gelezen dat hij in zijn eentje in de toren van het kasteel woonde. Ze moest het hoe dan ook voor elkaar zien te krijgen dat hij haar liet zien waar ze voor was gekomen.

Emilia’s vraag over hun vader herinnerde haar aan het witte pakketje dat ze aan haar blouse vast had geregen. Ze stak haar hand in haar kleren en brak de draad, zodat ze het pakketje aan Vincenzo kon geven. Het was een brief aan haar vader. De nacht dat ze van huis gingen had ze die in haar hoofd opgesteld en ze had de tekst zo vaak herhaald – waarbij ze her en der een beter woord of een nauwkeurigere term had gebruikt – dat ze de uiteindelijke tekst uit haar hoofd kende.

Lieve papa,

Ik weet dat u verbaasd zult zijn dat Giulia, Emilia en ik zijn vertrokken. We wilden niet geheimzinnig doen, maar we wisten dat u zou proberen ons tegen te houden als we u vertelden wat we gingen doen.
Wees alstublieft niet boos dat we u alleen met de kleermakerij hebben achtergelaten en maak u geen zorgen, want van stress wordt u alleen maar zieker. Ik heb een plan bedacht om ervoor te zorgen dat u voldoende zult aansterken, zodat we met z’n allen naar Amerika kunnen gaan. Zorg goed voor uzelf en neem uw medicijnen in. We missen u en zullen aan u denken tot we weer allemaal veilig samen zijn.

Uw liefhebbende dochter,
Annalisa

Ze haalde Emilia's hoofd voorzichtig van haar schouder en liep naar Vincenzo toe om hem het pakketje te geven. 'Kun je dit aan mijn vader geven?' vroeg ze.

'Natuurlijk,' antwoordde Vincenzo, en hij drukte een tedere kus op Giulia's wang. Hij deed een paar stappen naar achteren en keek hen alle drie aan.

'Tot ziens, vriendinnen,' zei hij. 'En succes.' Hij stapte in de boot en Annalisa voelde de lucht omslaan, voelde iets nieuws – een rust, een soberheid – die sterker werd toen Vincenzo de roeiriemen vastpakte. Ze zagen hem weg roeien. Annalisa pakte haar koffer en wachtte tot haar zussen ook hun koffer pakten. Nu kwam het lastigste gedeelte van hun reis. Hoe eerder ze de top van de steile heuvel bereikten, hoe langer ze konden uitrusten.

Ze keek om zich heen tot ze een eindje van het strand af een kleine opening tussen twee struiken ontdekte. Waarschijnlijk begon daar het pad naar het kasteel. Ze gebaarde met haar hoofd dat haar zussen achter haar aan moesten lopen en ging voorop. Al na een paar passen hoorde ze achter hen een harde stem roepen.

'Stop! Wat moet dat daar? Als jullie niet gearresteerd willen worden, moeten jullie als een speer weer in die boot stappen!'

VIJF

2018

Vrijdag

Een half uur nadat ze Milts kantoor uit was gestapt, reed Mia het parkeerterrein op van Hempstead Self-Storage.

Ze had verwacht dat ze aan de man achter de balie zou moeten uitleggen wie ze was en waarom ze het recht had de opslagruimte binnen te gaan – ze had immers alleen de sleutel – maar nadat hij een blik op haar rijbewijs had geworpen en iets in zijn computer had ingevoerd, zei hij dat ze geregistreerd stond als mede-eigenaar en dat ze mocht doorlopen. Mia keek de man even aan, wist niet of ze geïrriteerd of verbijsterd moest zijn dat haar grootmoeder dit had geregeld zonder daar ooit iets tegen haar over te zeggen. Het deed denken aan een schattenjacht, zoals Erica's moeder die voor verjaardagsfeestjes organiseerde. Maar Mia was geen tien en dit was geen verjaardagsfeestje. Waarom had haar grootmoeder dit nooit aan haar verteld?

De man wees naar de lift. Ze volgde zijn instructies op en ging naar de vierde verdieping. In de gang rook het alsof er pas geverfd was en er lag grijs slijtvast tapijt dat er nieuw uitzag. De zilvergrijze deuren aan weerszijden van de gang hadden allemaal dezelfde glanzende schuifvergrendeling. Ze veronderstelde dat de meeste mensen dat als een gunstig teken zouden opvatten. Wie wilde er nou niet zijn bezittingen opslaan in een gebouw dat er schoon en goed onderhouden uitzag? Lucy zou dat in elk geval prettig hebben gevonden. Maar Mia vond het er té schoon, alsof de eenvoud en netheid een afleidingsmanoeuvre waren. Het riep bij haar niet de associatie op met veiligheid, maar met de geheimen die achter deze deuren verborgen werden. Ze huiverde.

Ze stak de sleutel in het slot. Hoewel ze wist dat het de juiste sleutel was, verbaasde het haar toch toen die direct meegaf. Haar hand trilde. Ze verwijderde het slot en schoof het balkje naar links. Daarna ging ze door haar knieën om de hendel van de garage-achtige deur omhoog te trekken en ze liep naar binnen.

De opslagruimte had het formaat van een inloopkast. Een bewegingssensor zorgde ervoor dat het plafondlicht direct aansprong toen ze de betonvloer op stapte. Midden in de opslagruimte stond een stoffige houten kast met drie diepe laden, die tot haar schouders kwam. Toen Mia erop afstapte, schoot het woord *armadietto* haar te binnen, en ze herinnerde zich dat er op zolder precies zo'n zelfde kast had gestaan. Ze was nog klein, hooguit vijf, en wilde net de bovenste la opentrekken toen haar grootmoeder haar streng toesprak: 'Nee, niet openmaken! Je mag de armadietto nooit aanraken!'

'Waarom niet?' had ze gevraagd. 'En wat is een ama... armadi...'

'Tjonge, is het al zo laat?' had haar grootmoeder vlug gezegd. 'Als we nu niet meteen gaan eten, missen we de volle maan.'

Ze had Mia's hand gepakt en ze waren direct naar beneden gegaan om te eten. Daarna waren ze naar buiten gelopen, maar er was die avond helemaal geen maan te zien. Nu ze erover nadacht, kon Mia zich niet herinneren dat ze de kast daarna ooit nog had gezien.

Tot vandaag.

Ze liet haar hand over de bovenkant glijden. Ondanks de laag stof was het een fraai meubelstuk. Ze liet haar pols langzaam zakken en pakte de hendel vast die ze jaren geleden vast had willen pakken. De metalen geleiders schoven soepel over de rails. De bovenste la was leeg en de la eronder ook. Ze hurkte neer en trok de onderste la open.

Die la was niet leeg. Er lag een vierkante, witte, kartonnen doos in die deed denken aan een geschenkdoos voordat die werd ingepakt. Ze pakte de doos uit de la en zette die op de vloer neer. Ze ging op haar knieën zitten, haalde het deksel eraf en verwijderde het witte vloeipapier.

Het eerste wat ze zag, was een smalle zilveren staaf met een roze bolletje aan het uiteinde. Daarna zag ze de binnenkant van een wijde stenen kom met afwisselend banden van ruw grijs graniet en glad roze marmer met goudkleurige aderen. Op de rand zat een gouden plaatje waarin de Italiaanse woorden SCHIANTO GRANDIOSO gegraveerd stonden.

'O mijn god,' mompelde ze. Dit was het ding van de tekening die Milt haar in zijn kantoor had laten zien. Dit was de gestolen schianto.

Het leek erop dat de Italiaanse advocaat gelijk had. Haar grootmoeder had precies geweten waar het object was.

Namelijk hier, in haar opslagruimte.

'Ik kan niet eens nadenken,' zei Mia later die dag tegen Erica toen de twee vriendinnen naast elkaar op Erica's bank zaten, met op de salontafel voor hen twee glazen wijn. Aan de andere kant van de kamer stond de schianto grandioso in zijn eentje op de middelste plank van Erica's boekenkast. 'Ik heb geen idee wat ik moet doen.'

Ze schudde haar hoofd, was blij dat Erica snapte waarom ze alle gedachten aan hun reis opzij moest zetten en eerst dit moest uitzoeken. Nadat ze bij de opslagruimte was vertrokken, was ze teruggereden naar Soundport. Mia had tot kwart over drie in een koffietentje in Front Street zitten wachten tot de school uit was en Erica naar huis zou gaan. Ze had niet geweten wat ze anders moest doen. Ze wist niet waarom, maar ze wilde niet terug naar het huis van haar grootmoeder. Opeens was haar grootmoeder een vreemde voor haar, en het huis waarin ze was opgegroeid voelde niet meer als een thuis. Ze kwam bij Erica's huis aan op het moment dat Erica de oprit op reed.

Erica stond op van de bank en liep naar de boekenkast. Ze liet haar vingers over de ruwe bovenrand van de kom glijden. 'Hij is echt prachtig,' mompelde ze. 'Moet je die kleur van het marmer zien. En dat verfijnde hamertje of wat het ook is.' Ze draaide zich met een verbijsterde blik om naar Mia. 'Waar zei je nou dat die brief vandaan kwam?'

'Milt zei dat die afkomstig was van een advocatenkantoor in Rome. De advocaat zal haar wel op het spoor zijn gekomen doordat ze daar een tijdje heeft gewoond. Hij had het ook over andere namen die ze gebruikte, Annalisa en een naam die met een P begon. Dat was een van de redenen dat Milt en ik er zeker van waren dat de advocaat iemand anders moest hebben.'

'Ik heb nooit geweten dat je grootmoeder uit Italië kwam,' zei Erica, die terugliep naar de bank. 'Ik dacht dat ze haar hele leven hier had gewoond. Heb jij altijd geweten dat ze Italiaans was?'

Mia knikte. 'Ja, al had ze het daar nooit over. Misschien heeft mijn grootvader het me verteld. Of misschien heeft Milt dat eens laten vallen toen ik klein was. Ik heb geen idee.'

'Ze had wel een licht accent, maar dat kon ik niet plaatsen. Ze praatte anders dan alle andere moeders – ik bedoel volwassenen – in het dorp.'

'Ik vroeg weleens waar ze vandaan kwam,' herinnerde Mia zich opeens, 'maar dan begon ze altijd ergens anders over. Er werd niet over het verleden gepraat. En dat vond ik toen niet erg. Het was al raar dat ik geen ouders had en door mijn grootmoeder werd grootgebracht. Ik zat niet te wachten op nog meer dingen die me anders maakten.'

'Waar is die plek waar dit ding vandaan zou komen? En wie is ernaar op zoek?' vroeg Erica.

'Dat weet ik niet. Ik wilde dat ik de brief uit Milts kantoor had meegenomen, maar ik dacht dat hij gelijk had en dat het een vergissing of een scam moest zijn. Hij moest die brief houden, zodat hij wist waar hij zijn antwoord naartoe moest sturen.' Ze drukte haar vingertoppen tegen haar voorhoofd. 'Even denken. Het was een eiland... Isola di Parriso, Parissio. Volgens mij had Milt het op internet opgezocht. Ik zal eens googelen.'

Ze ging naar Erica's bureau en typte hoe ze dacht dat de plaatsnaam gespeld werd. 'Ja, gevonden. Castello di Parissi op het eiland Parissi,' zei ze, en ze klikte op de link die haar naar een website bracht die italianislandcastles.com heette. Op het scherm verscheen een prachtige foto van een kasteel boven op een rots op een piepklein eiland, omringd door rimpelloos turkooiskleurig water en een uitgestrekte blauwe lucht.

'O, wat mooi,' mompelde Erica, die over haar schouder meekeek. 'Wat staat er?'

Mia scrolde omlaag en ze lazen de tekst onder de foto.

Castello di Parissi is een zestiende-eeuws stenen kasteel op een heuvel op Isola di Parissi, een klein eiland voor de westkust van Italië. Het is eeuwenlang in bezit geweest van de rijke familie Parissi, die beroemde gasten daar uitnodigde. In het begin van de twintigste eeuw werd het kasteel beroemd toen het geërfd werd door Patricio Parissi, een wetenschapper die de slimste mensen uit die tijd uitnodigde daar te komen logeren.

Net als Parijs in het begin van de twintigste eeuw hadden het eiland en het kasteel, dat de bijnaam 'Castello del

Poeta' oftewel 'kasteel van de dichter' had, grote aantrekkingskracht op veelbelovende auteurs, wetenschappers, schilders en uitvinders, die dol waren op het gematigde klimaat, de magnifieke kustlijn en de geweldige kamers die hun gastheer en begunstiger tot hun beschikking stelde. Een uitnodiging om op het kasteel te komen logeren, betekende een uitnodiging voor bals, feesten, overvloedige maaltijden, en ruimte om te dromen en dingen te creëren.

In 1943 werd het eiland bestormd en in beslag genomen door de nazi's en werden er hooggeplaatste militairen in het kasteel ondergebracht. Na de oorlog is het eiland vele malen van eigenaar gewisseld. Het is nu van een hotelier die er een vijfsterrenresort van wil maken.

'Wow,' zei Erica. 'Denk je dat je grootmoeder daar geweest kan zijn? Misschien was ze de dochter van een gast daar? O, misschien ben je wel de achterkleindochter van een beroemde auteur of schilder...'

'Nee,' zei Mia stellig. 'Ik weet niet wat het verband tussen haar en het kasteel is, maar dat kan het niet zijn. Ik weet zeker dat ze niet uit een rijke of beroemde familie kwam, zo was ze niet.'

'Hé, wat is dit?' zei Erica. Ze las iets voor wat in een kader onderaan de website stond: 'Isola della Notte Brillante? Wat zal dat zijn?'

Mia klikte op de link, waardoor er een andere website opende met een foto van het eiland Parissi in de schemering. De lucht was donkerblauw maar glinsterde. Onder de foto stond een stuk tekst:

Isola della Notte Brillante – eiland van de briljante nacht – was de bijnaam van Isola di Parissi, het privé-eiland voor

> de Italiaanse kust waar veel veelbelovende artiesten en auteurs aan het begin van de twintigste eeuw een tijd gewoond hebben. Het verhaal gaat dat de getijden en de topografie van de rotskust de nacht een heldere intensiteit geven die nergens anders te zien is. Veel gasten op het eiland hebben dit verschijnsel in poëtische bewoordingen vastgelegd, schreven dat de gloeiende lucht hen hielp hun muze te vinden. Helaas maakte deze luminescentie het eiland ook aantrekkelijk voor de nazi's, die meenden dat ze daardoor in de nachtelijke uren plannen en documenten tussen het vasteland en het eiland per boot konden vervoeren.

'Eiland van de briljante nacht,' zei Erica. 'Wat romantisch, en wat vreselijk dat van de nazi's.'

Mia knikte. 'Als je goed kijkt, zie je dat de nachtelijke lucht helder is. Die maakt je duidelijk waar je naartoe moet,' mompelde ze. 'Dat zei mijn grootmoeder altijd. Zoals ze dat zei, klonk het positief, maar ik vond het soms ook eng, het idee dat ik ooit op de nacht zou moeten vertrouwen om ergens naartoe te gaan. Als ze deze naam kende, eiland van de briljante nacht, zou ze dat heel intrigerend hebben gevonden. Dan had ze er meer over willen weten.' Ze zweeg even. 'Misschien wist ze ook meer. Misschien wist ze er alles van. Als ze daar geweest is en dat gewoon nooit aan me heeft verteld.'

Mia liep terug naar de bank, pakte een kussen en klemde het tegen haar borst.

'Wat is er?' zei Erica.

'Het voelt fout,' zei Mia langzaam. 'We zitten hier over dit eiland, die mensen en de nazi's te praten. We praten over mijn grootmoeder alsof ze een historische figuur is. De dochter van een schilder of...'

'Sorry, Mia. Het was niet mijn bedoeling om zo over haar te praten.'

'Dat weet ik.' Mia liet haar voorhoofd op haar handpalmen zakken. 'Ik wil alleen maar zeggen dat ze mijn grootmoeder was. Ze hield heel veel van me en wilde me een veilig thuis geven. En ook al had ik geen ouders, ik heb me altijd veilig gevoeld. Veilig en bemind.' Ze keek haar vriendin aan. 'En nu zijn er mensen die haar naam door het slijk halen, haar ervan beschuldigen dat ze een gestolen voorwerp in haar bezit had, mensen die in dingen willen wroeten die voor haar zo privé waren dat ze die niet eens aan mij heeft verteld.'

Erica liep naar de bank en ging naast haar zitten. 'Misschien moet je aan Milt vertellen dat je die kom hebt gevonden.'

Mia dacht erover na en schudde haar hoofd. 'Als ik dat doe, zal hij hem willen terugsturen. Dat is volgens Milt dan het enige juiste om te doen. Maar mijn grootmoeder heeft hem hier nooit iets over verteld, ook al vertelde ze hem verder alles. Ze wilde dat alleen ik het zou weten. Ze wilde dat ik zou beslissen wat ermee moet gebeuren. Zo heeft ze het geregeld.'

Ze dacht even na en keek toen op naar Erica. 'Er is iets wat ik nog niet aan je heb verteld. Gisteravond heb ik op zolder een prachtige, fijn afgewerkte trouwjurk gevonden. De sleutel van de opslagruimte was erin vastgenaaid. Erica, er moet een verband zijn tussen de schianto en de trouwjurk. Ze wilde dat ik die twee voorwerpen zou vinden, eerst de ene en daarna de andere. Ze heeft me ernaartoe geleid, dat weet ik gewoon. Ik weet alleen niet waarom.

Maar weet je, één ding staat vast,' voegde Mia eraan toe. Ze hoorde dat haar stem weer krachtiger klonk. 'Mijn grootmoeder zou nooit iets hebben gestolen en ze zou ook niets bewaard hebben waarvan ze wist dat het gestolen was. Daar was ze te integer voor. Er moet een goede reden zijn dat ze dit voorwerp voor de rest van de wereld verborgen hield. Ik moet erachter komen waarom ze dat heeft gedaan voordat ik aan Milt, of wie dan ook, vertel dat ik die kom in mijn bezit heb.'

'Wat ga je doen?' vroeg Erica.

'Ik... ik ga naar dat eiland,' zei ze. 'Ik wil dit verhaal tot op de bodem uitzoeken en ik wil de naam van mijn grootmoeder zuiveren. Die Italiaanse advocaat zal er niet over ophouden. Ik heb de brief gelezen die hij heeft gestuurd en hij weet dat hij iets op het spoor is.

Het spijt me, Erica. Ik kan niet met je naar de bergen,' zei ze. 'Ik heb maar één week vrij en ik kan dit niet uitstellen.'

'Vergeet die bergen!' riep Erica uit. 'Natuurlijk moet je naar Italië. En je hoeft niet in je eentje te gaan, want ik ga mee!'

ZES

2018

Vrijdag

Die avond, tussen slokjes witte wijn en happen koude sesamnoedels, gestoomde garnalenknoedels en kip met cashewnoten door, die ze door het lokale Thaise restaurant hadden laten bezorgen, hadden Mia en Erica het aan de keukentafel over hun reis.

Mia was blij dat Erica met haar mee wilde. Als dat niet zo was geweest, was ze alleen gegaan, maar ze was nog nooit in Europa geweest en de aanwezigheid van haar beste vriendin maakte het vooruitzicht minder angstaanjagend. Ze was ook blij dat Erica de leiding nam bij het regelen van de reis, want die was bekend met reiswebsites, doordat ze toen ze voor onderwijzeres studeerde parttime bij een strandhotel had gewerkt.

'We nemen morgenavond de vlucht van kwart over acht vanaf luchthaven JFK en dan komen we zondagochtend in Rome aan,' zei Erica, die haar blik van de laptop afwendde om haar stokjes in het kartonnen bakje met knoedels te steken. Al kauwend keek ze weer naar het scherm. 'Het lijkt me het beste als we dan een dag in Rome blijven om ons te oriënteren en bij te komen van de jetlag. En als het meevalt met die jetlag hebben we een hele dag om Rome te verkennen. Dat is toch geen straf? Dan stappen we maandagochtend in de trein naar het zuidwesten, naar de Middellandse Zee. Officieel heet het daar de Tyrreense Zee, maar hier staat dat die deel uitmaakt van de Middellandse Zee. En dan stappen we uit in...' Ze klikte op de links van verschillende stations van de treinverbinding. 'Zo te zien moeten we naar Anzalea. Daarvandaan vertrekken de veerboten naar die piepkleine eilanden. Kijk maar op de kaart. Er liggen daar voor de kust heel veel eilandjes.'

Erica typte iets in het zoekvenster en klikte. 'O, zo te zien is het niet mogelijk om naar het eiland Parissi te gaan. Het zal nog wel niet open zijn voor bezoekers. We zullen op een van de nabijgelegen eilanden moeten verblijven en daarvandaan een overtocht moeten zien te regelen.'

Mia's gezicht betrok. 'Echt? Moeten we naar een eiland in de buurt en dan maar kijken hoe we er kunnen komen?'

'Dat lijkt me de enige optie. Ik weet dat je alles strak georganiseerd wilt hebben, maar het komt goed. Zie het als een avontuur. Probeer de onzekerheid te accepteren.'

Mia zuchtte diep, bedacht dat het heerlijk moest zijn als je er net als Erica niet mee zat als dingen niet geregeld waren. Het was een van aspecten die Erica het leukst vond aan haar werk als onderwijzeres: dat haar werkdagen met vijfentwintig uitgelaten kinderen van een jaar of acht in haar klas altijd op het randje van chaos leken te balanceren. Mia boog zich dichter naar het scherm om mee te lezen. Erica zat op een website met een lijst met alle eilanden die per veerboot bereikbaar waren, plus een korte beschrijving van elk eiland.

'We moeten niet naar een eiland dat te klein is of te ver weg ligt,' zei Mia. 'En we moeten een hotel zoeken waar ze Amerikanen gewend zijn en waar het personeel Engels spreekt.'

Erica knikte halfslachtig en Mia gniffelde. Als het aan Erica lag, zouden ze naar een of ander afgelegen oord gaan.

'Ik meen het,' zei ze met klem. 'We spreken allebei geen woord Italiaans.'

'Oké, oké,' zei Erica. Ze scrolde door de lijst met eilanden, klikte op wat links en ging terug naar de hoofdpagina. Een paar tellen later schoof ze de laptop opzij en ze sloeg haar armen over elkaar.

'Ik vind dat we naar het eiland Piccino moeten gaan,' zei ze stellig. Ze wees met haar kin naar het scherm, waarop een foto stond van een kleine, lichte hotellobby met wijd openstaande deuren en op de achtergrond een glinsterende blauwgroene zee. 'Het ziet er gastvrij uit. Het hotel heeft een tuin en een restaurant met terras, en vlakbij heb je een mooi strand met wat koffietentjes en winkels. En hier...' voegde ze eraan toe, terwijl ze naar een andere website ging, 'zie je dat het hotel goede beoordelingen heeft. In het commentaar staat dat het personeel zeer behulpzaam is. Als er ergens mensen zijn die ons kunnen helpen om naar het eiland Parissi te gaan, dan is het wel in dit hotel.'

Erica ging naar de boekingspagina en typte de vereiste gegevens in, regelde hun reis alsof het net zoiets was als hamburgers en frites bij Caryn's bestellen om af te halen. Voor Mia voelde de reis als iets uit een sprookje, een reis waar je alleen in theorie over nadenkt. Het was voor haar moeilijk te bevatten dat ze morgen rond deze tijd naar Rome zouden vliegen en dan naar de Italiaanse kust zouden gaan en met een veerboot naar een klein eiland in de Middellandse Zee zouden varen dat maar net zichtbaar was op de landkaart, en dat ze op de een of andere manier naar een nog kleiner eiland zouden gaan waar buitenstaanders niet werden toegelaten. Tot nu toe was haar enige buitenlandse reis naar Quebec geweest, toen haar biologieclub van de middelbare school meedeed aan een wetenschapswedstrijd. De hele reis was toen door de school geregeld. Ze kon zich gewoon niet voorstellen dat ze in New York op een vliegtuig zou stappen en zeven uur later aan de andere kant van de oceaan zou zijn.

Lucy had nooit uitgelegd waarom ze weigerde te reizen en Mia had altijd geweten dat daar niet over gepraat werd. Als kind had ze zich zeer beschermend tegenover haar grootmoeder opgesteld als het over reizen ging. 'Mijn grootmoeder is zo aan New York gehecht dat ze er niet weg wil,' zei ze tegen schoolvriendinnen als haar gevraagd werd waar ze de kerstvakantie zou doorbrengen. 'Mijn grootmoeder zegt altijd: "Zoals het klokje thuis tikt, tikt het nergens."' Het voelde goed om dat te zeggen, alsof ze iets wist wat de rest van de wereld niet wist. Misschien kwam dat doordat ze haar ouders nooit had gekend, maar het gaf haar een veilig gevoel dat haar grootmoeder het liefst samen met haar thuis was. Alleen zij twee.

Ze herinnerde zichzelf eraan dat het niet zo eenvoudig lag. Nee, het had iets wanhopigs, zelfs iets uitzinnigs dat haar grootmoeder verder dan Shelter Island weigerde te gaan voor hun jaarlijkse zomervakantie en dat ze eigenlijk alleen met bekenden uit het dorp wilde omgaan. Ze had zich altijd ongemakkelijk gevoeld als ze een praatje moest maken met de ouders van Mia's vriendinnen, en ze kwam vaak niet opdagen bij voortgangsgesprekken op school, nam niet op als leraren belden om een nieuwe afspraak te maken, waarna die het uiteindelijk opgaven. Als tiener had Mia zich afgevraagd waarom haar grootmoeder zo deed. Ze had altijd geweten dat er een reden voor moest zijn.

Nu de vlucht en het hotel geboekt waren en de laatste dingen waren geregeld – zoals een buitenlandpakket voor hun telefoons afsluiten en reisstekkers inpakken – klapte Erica met een zucht haar laptop dicht. 'Waarom slaap je vannacht niet hier?' vroeg ze. 'We kunnen morgen naar het huis van je grootmoeder rijden en je koffer ophalen en dan gaan we daarna samen naar de luchthaven.'

Mia schudde haar hoofd. 'Ik heb alleen spullen bij me voor een trektocht. En mijn paspoort ligt in mijn appartement in de stad. Ik ga nu terug naar het huis van mijn grootmoeder om mijn koffer te pakken en de auto terug te zetten in de garage, en dan bel ik een taxi om me naar het station te brengen.'

'Dat is onzin, ik kan je toch naar het station brengen?' zei Erica. 'Weet je wat? Je gaat nu naar het huis en dan vertrek ik over een paar minuten en kom ik je daar ophalen.'

Het was een goed idee, en dus wikkelde Mia de schianto voorzichtig weer in het vloeipapier, deed hem in de doos en nam die mee naar het huis van haar grootmoeder. Toen ze de oprit op reed, zag ze dat het binnen donker was, wat haar eraan herinnerde dat ze vergeten had timers te kopen, zodat het licht binnen op een bepaald tijdstip automatisch aanging, zoals Ryan haar had gevraagd. Ze had er ook niet aan gedacht de plaatselijke ijzerwinkel te bellen om bewegingsmelders in de tuin te laten installeren. Ze zou aan Milt kunnen vragen om dat te regelen. Hij zou haar met alle plezier helpen, dat wist ze. Hoewel ze zich schuldig voelde dat ze niet naar Ryan had geluisterd, vond ze het niet erg dat het donker was. Nee, dat vond ze zelfs fijn toen ze de auto in de garage zette en over het leistenen pad naar de voordeur liep. Binnen knipte ze de lamp op het gangtafeltje aan. Het schijnsel van de maan, dat door de ramen naar binnen viel, wierp lichtpatronen op de trap. Dit herinnerde haar aan hoe het huis eruitzag toen ze nog op de middelbare school zat en thuiskwam van een feest of een dansavond, en haar grootmoeder al boven lag te slapen.

Ze zette de schianto op het gangtafeltje en wilde eigenlijk meteen naar boven gaan om haar koffer te pakken, maar ze bleef staan toen haar blik opnieuw op de trouwfoto van haar grootmoeder viel. Haar trouwjurk leek nu nog eenvoudiger dan toen Mia de foto de vorige avond had bekeken. Hij zag er saai en sneu uit vergeleken met de golvende, met kraaltjes bestikte trouwjurk op zolder. Hing die schitterende trouwjurk al lang boven? Misschien wel net zolang als haar grootmoeder in dit land was? Diep vanbinnen wist Mia dat als haar grootmoeder tussen die twee trouwjurken moest kiezen, ze voor de eenvoudige trouwjurk zou gaan. 'O, oma,' fluisterde ze, terwijl ze naar de foto keek. 'Waarom dacht u dat u niets bijzonders verdiende?'

Ze ging naar haar slaapkamer en rolde haar koffer net de gang in toen haar telefoon ging. Voordat ze keek, wist ze al dat het Ryan was. Ze haalde diep adem toen ze op een traptrede ging zitten en bedacht wat ze tegen hem zou zeggen. Ze wist niet hoe ze aan hem moest uitleggen waarom ze naar Italië ging, en dan op zo'n manier dat hij het zou snappen. Dan zou ze hem moeten vertellen over de brief die Milt had ontvangen en over de schianto die in de opslagruimte verborgen was. Hij zou ongetwijfeld tegen haar zeggen dat ze Milt de waarheid moest vertellen en dat Milt contact met die advocaat in Italië moest opnemen om het object terug te geven, zodat die kwestie werd opgelost. Hij zou niet snappen waarom ze heel sterk het gevoel had dat ze haar grootmoeders onschuld moest bewijzen.

Maar ze wilde ook niet tegen hem liegen. Ze kon hem toch niet in de waan laten dat ze een paar uur ten noorden van New York was terwijl ze aan de andere kant van de Atlantische Oceaan zat? Ryan was altijd bezig met toekomstplannen voor hun twee, alsof het ondenkbaar was dat ze ooit uit elkaar zouden gaan. Ergens volgend jaar wilde hij zijn baan opzeggen en zijn eigen vastgoedontwikkelingsbedrijf beginnen. Hij hoopte dat Mia op een bepaald moment haar carrière zou opgeven en bij hem in het bedrijf zou komen werken. Ze hoorden eigenlijk geen geheimen voor elkaar te hebben, bedacht Mia, behalve dan waar ze een verjaardags- of kerstcadeau verstopt hadden.

'Hoi,' zei ze toen ze opnam, waarbij ze nonchalant probeerde te klinken. 'Hoe is het in Los Angeles?'

'Ik zou het niet weten. Ik heb alleen vergaderzalen en mijn

hotel gezien. Ik heb zo weer een vergadering en direct daarna een diner. Ik ben bekaf. Hoe gaat het met jou? Zijn Erica en jij al helemaal klaar voor vertrek morgen?'

'Eh, ja. De plannen zijn gewijzigd,' zei ze. 'Ik weet dat het raar klinkt, maar we gaan toch niet naar het Adirondack-gebergte. We gaan naar Italië.'

'Wat?' Ze hoorde verwarring in Ryans stem. Haar eigen weerstand tegen onzekerheid viel in het niet vergeleken met die van hem. 'Waar heb je het over? Waar ga je naartoe dan?'

'Ik snap dat je verbaasd bent. Ik sta er zelf ook van te kijken. Maar er is iets gebeurd toen ik hier in het dorp was.'

'Wat? Wat kan er gebeurd zijn waardoor je naar Italië moet?'

'Ik ben op een object gestuit dat een raadsel voor me is. Mijn grootmoeder had het kennelijk al heel lang in haar bezit en heeft er nooit iets over gezegd. Ik moet beslissen wat ik ermee ga doen en ik... Ik moet het verhaal tot op de bodem uitzoeken voordat ik een beslissing neem. Vandaar dat ik naar Italië ga. Erica heeft aangeboden mee te gaan, want we hebben allebei een week vrij en zouden toch al samen op reis gaan...' Ze zweeg even, wachtte op een reactie van hem. 'Ik weet dat het raar klinkt...'

'Het is compleet gestoord,' zei hij opeens, alsof zijn gedachten achter een dam gevangen hadden gezeten en de herhaling van het woord 'raar' ervoor had gezorgd dat hij weer kon praten. 'Wat is het voor ding? En wat heeft Italië ermee te maken?'

'Het is niet zomaar "een ding". Het is een object dat belangrijk voor haar was. En er is een aanwijzing dat het oorspronkelijk uit Italië komt.'

'Wat is het dan? Is het kostbaar?'

'Dat weet ik niet. Het was in haar ogen duidelijk kostbaar, maar ik weet niet wat het is of wat je eraan hebt. Of waar het naartoe moet nu zij me dat niet meer kan vertellen. Ik moet er meer over te weten komen...'

Ze maakte de zin niet af, wilde niet vertellen dat er een onderzoek naar haar grootmoeder liep in verband met de verblijfplaats van de schianto. Ryan had haar grootmoeder altijd al een beetje vreemd gevonden. 'Ze spoort niet,' had hij gezegd. Hij zei vaak tegen haar dat hij bijna niet met haar had willen daten omdat hij bang was dat een kleindochter van Lucy ook niet helemaal zou sporen. Haar grootmoeder had Ryan nooit gemogen, maar dat gold voor veel mensen. Ze had wel gezegd dat ze dacht dat hij een betrouwbare echtgenoot zou zijn.

'Dus je gaat helemaal naar Italië om uit te zoeken hoe het zit met dat ding, dat object? Ik snap het niet. Dit moet van Erica komen. Zij ook altijd met haar rare ideeën...'

'Het is niet raar en het was niet Erica's idee,' zei Mia scherp, terwijl haar rug verstijfde. Ryan dacht vaak dat ze door anderen werd beïnvloed. Alsof ze niet zelf kon nadenken. 'Het was míjn idee, niet dat van haar,' voegde ze eraan toe.

'Waarom kan het niet wachten? Over twee weken ben ik weer thuis. Waarom kunnen we er niet over praten als ik terug ben?'

'Omdat het niet kan wachten.'

'Waarom niet?'

'Omdat... omdat er mensen in Italië zijn die vinden dat het object daar hoort. Die mensen willen het terug. En ik heb maar één week vrij. Alleen volgende week heb ik tijd om het uit te zoeken.'

'Wat? Dat klinkt gevaarlijk,' zei hij. 'Als er mensen zijn die, nu je grootmoeder dood is, aanspraak menen te hebben op iets wat van haar was, dan is dit niet iets wat jij moet regelen. Laat Milt dat maar mooi doen.'

'Ik kan het niet aan Milt overlaten, ik moet het zelf doen.'

'Maar waarom, Mia? Waarom?'

Ze keek naar het plafond en drukte haar tong tegen haar bovenlip. Ze kon de volledige waarheid toch niet voor hem verzwijgen? Zelfs zij zou geen genoegen nemen met al die ontwijkende antwoorden als de rollen waren omgedraaid. 'Oké, het zit zo,' zei ze. 'Er is een advocaat in Italië die Milt een brief heeft gestuurd dat dit object gestolen is. Het is een soort kom die kennelijk historische waarde heeft. Maar het bestaat niet dat mijn grootmoeder dat object gestolen heeft. Er moet een goede reden zijn dat zij het in haar bezit had.'

'Laat Milt dat dan aan hen doorgeven,' antwoordde Ryan scherp.

'Maar zij zijn ervan overtuigd dat het object gestolen is en zullen het er niet bij laten zitten. En ik moet niet hebben dat mensen zeggen dat mijn grootmoeder bij diefstal betrokken was.'

Ryan slaakte een diepe zucht. Ze zag voor zich dat hij zijn wangen bolde, wat hij altijd deed als hij iets onredelijk vond. 'Mia, je grootmoeder is overleden. Ik weet dat dat triest is en dat ze veel voor je betekende, maar het is niet anders. Wat maakt het uit wat iemand in Italië van haar vindt? Als deze persoon een legitieme aanspraak op die kom heeft, geef hem dan gewoon terug.'

'Natuurlijk maakt dat uit. Dat maakt voor mij uit! En er is nog iets. Ik heb op zolder een trouwjurk gevonden die ik nog nooit had gezien. Er moet een reden zijn dat ze die spullen haar hele leven voor me verborgen heeft gehouden. Ze wil me iets duidelijk maken. Ik kan de schianto niet zo naar Italië sturen.'

'De wat?'

'De schianto grandioso. Zo wordt het object genoemd. Het betekent zoiets als grote vijzel.'

'Grote vijzel? Mia, dat klinkt echt belachelijk...'

'Dat is de stand van zaken. Ze wilde dat ik die na haar overlijden zou vinden. Daar is een reden voor, anders had ze het niet zo aangepakt. Ik kan het object niet zomaar afstaan.'

Ze zuchtte. Waarom moest ze altijd verantwoording aan hem afleggen? Hij had uiteraard een punt. Hij zat in Los Angeles en dit nieuws overviel hem. Misschien zou zij ook boos zijn als hij opeens met een vriend naar Italië vertrok. Maar ze ging niet zomaar opeens weg. Haar grootmoeder was overleden. Ze was het huis van haar grootmoeder aan het opruimen. Dat maakte emoties bij haar los. Er waren dingen die ze voor haar gevoel moest doen om uitsluitsel te krijgen. Waarom kon hij niet iets zeggen als: als dit is wat je moet doen, doe het dan. Ik ben er voor je als je me nodig hebt.

'Ik moet naar dat diner,' zei hij. 'Denk na over wat ik gezegd heb. Oké?'

'Daar hoef ik niet over na te denken, Ryan.'

'Ik vind dat we er verder over moeten praten. Wie weet wat voor weerzinwekkende types je daar tegenkomt of wat ze van je willen. Milt moet dit regelen. Ik spreek je morgen. Oké?'

Hij nam afscheid en hing op. De afwezigheid van zijn stem aan de andere kant van de lijn deed haar huiveren. Het was kwetsend dat hij zomaar had opgehangen en ze begon vraagtekens te zetten bij haar besluit, ook al wist ze diep in haar hart dat dit de juiste beslissing was. Ze vond het vreselijk dat ze aan zichzelf twijfelde. En ze vond het vervelend dat Ryan het zo gemakkelijk voor elkaar kreeg dat ze twijfelde aan alles wat vóór zijn telefoontje nog volkomen logisch had geleken.

Ze bleef op de trap zitten en vroeg zich af wat ze moest doen, tot ze Erica's autobanden op het grind hoorde. Even richtte ze haar frustratie op haar grootmoeder. Zou ze het leven van haar grootmoeder ooit weer kritiekloos kunnen accepteren? Zou ze ooit weer Lucy's stem in haar hoofd kunnen horen zonder het gevoel te hebben dat al haar woorden beladen en geheimzinnig waren? Zou er ooit een tijd komen dat de gedachte aan haar grootmoeder geen vragen opriep en haar leven niet nog ingewikkelder maakte? Ze leek op haar grootmoeder, vond het prettig als het leven overzichtelijk was. Waarom had haar grootmoeder haar met deze ontdekkingen opgezadeld?

Ze pakte de schianto van het gangtafeltje, deed de lamp uit en verliet het huis. Het geluid van het dichtvallende slot weergalmde door de warme nachtelijke lucht. Ze liep naar Erica's auto, liet het donkere huis achter zich. Gek genoeg bood de aanblik van de felle koplampen troost.

Zou ze ooit weer de duisternis kunnen omarmen zoals haar grootmoeder dat had gedaan, zonder zich af te vragen wat die verhulde?

Ze hoopte dat ze in Italië weer zichzelf zou worden. Dat ze weer de persoon kon zijn die tevreden was met Ryan. De persoon die zonder enige twijfel van haar grootmoeder hield. De persoon die dacht dat ze haar grootmoeder door en door kende.

De persoon die ze tot gisteravond was geweest.

ZEVEN

1943

Augustus

Ondanks de dreigende arrestatie dwong Annalisa zichzelf om rustig te blijven, zodat ze de situatie kon inschatten.

Als eerste moest ze haar zussen aanpakken, want die waren bijna hysterisch. Ze hoorde Emilia's hijgende en hortende ademhaling, en toen ze naar hen keek, wees Giulia naar het water. Haar hoofd knikte schokkerig alsof ze vroeg of ze naar de waterkant moest rennen om Vincenzo's aandacht te trekken. Annalisa keek hen beiden streng aan om duidelijk te maken dat zij alles zou regelen. Het enige wat Giulia en Emilia moesten doen, was op hun plek blijven en geen heisa maken. Het was duidelijk dat ze de boodschap snapten, want Giulia liet haar arm zakken en ging dichter bij Emilia staan, stootte haar aan met haar elleboog. Emilia sloeg haar armen over elkaar en keek omlaag.

Gelukkig gehoorzaamden haar zussen. Annalisa zag de gestalte op zich afkomen. Ze was boos op zichzelf dat ze zich niet beter had voorbereid. Waarom had ze deze complicatie niet voorzien? Voordat ze vertrok, had ze heel veel over het eiland en het kasteel gelezen. Ze had talloze artikelen doorgenomen die ze uit de bibliotheek had gehaald nadat ze elke dag klanten in haar vaders kleermakerij had geholpen, had talloze hoofdstukken in boeken over de familie Parissi gelezen. Het eiland was een paradijs en het kasteel was een toevluchtsoord, een plek waar met alle wensen van de gasten rekening werd gehouden. Eeuwenlang zou niemand het in zijn hoofd hebben gehaald om zonder uitnodiging naar het eiland te gaan. Nu was alles anders. De oorlog verspreidde zich door Europa en mensen van allerlei rangen en standen waren onderweg. Ze snapte dat Patricio Parissi zijn shangri-la wilde beschermen, dit unieke artistieke fort dat hij met zoveel moeite had gecreëerd.

Omdat ze ervan overtuigd was dat zwijgen beter was dan een paniekerig antwoord geven, keek ze alleen terwijl de bewaker haastig op hen afkwam. Toen pas zag ze dat hij helemaal geen bewaker was, tenminste niet een om heel bang voor te zijn. Dankzij de oplichtende lucht waar Emilia op had gewezen en de lantaarn die hij vasthield, werden de gelaatstrekken van de man zichtbaar toen hij dichterbij kwam. Ondanks zijn gezaghebbende toon was hij amper een man te noemen. Hij was ongeveer van haar leeftijd, was hooguit negentien of twintig.

Onwillekeurig bedacht ze dat hij heel knap was om te zien. Zijn haar golfde bovenop en er hingen een paar dikke krullen op zijn voorhoofd. Zijn haar was donkerbruin, had de kleur van de johannesbroodsiroop waarmee haar moeder vijgen en verse peren besprenkelde, en zag er glad en zijdezacht uit. Zijn lippen leken net kussentjes, vooral zijn onderlip, en ze kon haar ogen er nauwelijks van afhouden. Die gaven hem een kwetsbare en tedere uitstraling, en ze merkte dat ze bloosde om deze intieme observatie.

Toen ze haar blik eindelijk losmaakte van zijn gezicht, zag ze dat er meer te bewonderen viel. Zijn lichaamsbouw was sterk en bijna ruig: zijn borst stevig, zijn taille slank, zijn benen lang. Vanaf het moment dat ze die avond in Vincenzo's boot was gestapt, was ze vastbesloten geweest standvastig en onbewogen te blijven en haar waakzaamheid tijdens deze lange, zeer belangrijke nacht geen seconde te laten verslappen. Het verontrustte haar dan ook hoe sterk ze op deze jongeman reageerde. Hij droeg een lichte broek – geelbruin of lichtgroen, dat was moeilijk te zeggen – met omgeslagen pijpen en een dun katoenen overhemd waarvan de knopen tot halverwege openstonden. Het bovenste gedeelte van zijn borst was ontbloot en ze kon er niets aan doen, maar ze stelde zich voor hoe zijn sleutelbeen onder haar vingertoppen zou aanvoelen: de huid zacht, het bot hard en de spieren stevig.

Met zijn ene hand hield hij de lantaarn vast, met de andere wreef hij in zijn ogen. Annalisa perste haar lippen stevig op elkaar om zichzelf eraan te herinneren waar ze was en wat er op het spel stond. En net zo belangrijk, ze mocht niet vergeten dat hij haar tegenstander was. Ze analyseerde zijn gedrag nog wat langer, maakte gebruik van het feit dat zij in het voordeel was: ze was alert terwijl hij pas net wakker was. Als ze haar zin wilde krijgen, concludeerde ze, moest ze in de aanval gaan voordat hij dat kon doen.

'Gearresteerd?' riep ze. 'Weet je wel tegen wie je het hebt? Wij zijn het nieuwe keukenpersoneel.'

Hij zweeg even en ze meende een sceptisch lachje te zien. 'Keukenpersoneel?' Hij stelde de vraag met een gniffel van ongeloof. 'En dan komen jullie midden in de nacht aan?'

'De reden dat we nu aankomen, is dat we morgenochtend vroeg moeten beginnen,' zei ze tegen hem. '*Signor* Parissi verwacht dat we morgen meehelpen bij het ontbijt. Dit was het enige tijdstip waarop we op zo korte termijn nog vervoer konden regelen. We moeten voor het aanbreken van de dag boven bij het kasteel zijn.'

'Even controleren of ik dit goed begrijp,' zei de jongeman met zijn handen in zijn zij, waarbij de lantaarn aan zijn vingers naast hem bungelde. 'Jullie komen in die oude boot hiernaartoe en sluipen na middernacht aan land omdat signor Parissi jullie verwacht?' Hij lachte opnieuw. 'En dat moet ik geloven? Net als ik moet geloven dat ik met... een jongen praat?'

Ze hapte naar adem en keek omlaag, voelde haar hartslag omhoogschieten. Ze was vergeten hoe ze gekleed was en had er niet aan gedacht een lagere stem op te zetten. Plotseling leek het belachelijk om jongenskleren aan te hebben. Het punt was dat ze er helemaal geen rekening mee had gehouden dat er iemand bij de kust zou zijn die hen hoorde aankomen en vragen zou stellen. Ze wist dat hij wist dat ze geen keukenpersoneel waren, dat hij haar op een leugen had betrapt. Toch maakte zijn schimpscheuten – en de mogelijkheid dat het op dit punt al mis zou gaan – haar boos. Ze was niet van plan terug te krabbelen.

'En wij moeten geloven dat jij bevoegd bent om ons te ondervragen? Half slapend en op blote voeten? Moeten we echt geloven dat signor Parissi jou heeft aangesteld om zijn eiland te bewaken?'

'Ja, ik ben de bewaker,' zei hij. 'Oké, je hebt gelijk. Ik was in slaap gevallen, maar ik ben nu wakker en jullie moeten weg. Roep jullie man terug. Hij is nog niet ver. Roep hem nu terug.'

Giulia zette haar handen aan haar mond, maar Annalisa liep vlug op haar af en trok haar handen weg. 'Nee,' zei ze tegen hem. 'We roepen hem niet terug. We gaan naar het kasteel. We zullen werk vinden...'

'O, dus jullie zijn nog niet in dienst,' zei hij met een lachje. 'Zo werkt het niet. Weten jullie niet dat dit een privé-eiland is?'

'Natuurlijk weten we dat. We willen hier werken. Mijn zussen – we zijn drie zussen – en ik zijn harde werkers. En we zijn slim. Als we signor Parissi ontmoeten, zal hij blij zijn dat we hier zijn.'

'Snap je het dan niet? Jullie zullen hem nooit ontmoeten. En als jullie nu niet weggaan, komen jullie in grote problemen. Wil je dat?'

'Als we ontdekt worden, kom jij in de problemen doordat je in slaap was gevallen en niet hebt verhinderd dat we aan land zijn gegaan toen de boot het eiland naderde. Dan word je samen met ons weggestuurd. Wil je dat?'

Hij wilde al antwoorden, maar slikte zijn woorden in terwijl hij er met open mond bij stond. Hij zuchtte, schudde zijn hoofd, keek naar de donkere zee en streek met één hand over zijn kin. Ze glimlachte bij de gedachte dat ze hem te slim af was geweest. Hij was minder stoer of angstaanjagend dan hij zich voordeed. En hij had duidelijk door dat ze een punt had.

'Het lijkt erop dat we tot elkaar veroordeeld zijn,' zei ze op verzoenende toon. 'We kunnen kiezen: of we beschermen elkaar of we verliezen allemaal.'

Ze stak haar hand naar hem uit. 'Ik ben Annalisa en dit zijn Giulia en Emilia.'

Hij keek haar aan, keek toen naar haar zussen, en weer terug naar haar. Hij legde zijn vrije hand even in zijn nek en keek naar de lucht, waarna hij op haar afstapte.

'Ik weet niet wanneer jullie voor het laatst gegeten hebben,' zei hij, 'maar er is kracht voor nodig als jullie helemaal naar boven naar het kasteel willen klimmen. Niemand heeft er iets aan als jullie halverwege flauwvallen. Ik heb in het botenhuis nog wat fruit en kaas liggen.'

Hij schudde haar kort de hand. 'Ik heet trouwens Aldo. Loop maar achter me aan.'

Een paar minuten later zaten ze allemaal op de houten trap bij het botenhuis, aten druiven, brood en stukken harde kaas. Emilia, die op de onderste trede zat, legde haar wang tegen Annalisa's knie.

Precies zoals Annalisa had verwacht, waren haar zussen in paniek geraakt zodra Aldo hen staande had gehouden: Emilia had er met grote ogen bij gestaan, als een gekooid dier, en Giulia wilde Vincenzo roepen en op de boot springen zodra die was teruggekeerd. Maar hoe ze zich ook aan hen ergerde, ze had met hen te doen. Ze waren bij haar omdat ze van haar hielden en haar vertrouwden, en omdat ze niet zonder haar thuis wilden blijven. Ze voelden zich veilig bij haar, misschien zelfs wel veiliger dan bij papa, die zwak en ziek was. En ze was blij met hun liefde. Maar toch, op momenten zoals deze, als ze bedacht hoeveel verantwoordelijkheid er op haar schouders lag, vond ze het zwaar om altijd de leiding te hebben. Soms wilde ze dat er iemand was op wie ze kon vertrouwen, die haar kon helpen. Iemand die het van haar overnam zodat ze kon ontspannen terwijl alles gewoon doorging. Niet altijd, maar zo af en toe.

Maar dat had ze thuis niet, dat wil zeggen niet meer. Het was vreselijk geweest toen haar moeder overleed, maar papa had haar en haar zussen in elk geval een veilig gevoel gegeven en hij had het gezin bij elkaar gehouden. Hij hield heel veel van hen. Maar toen hij een paar jaar geleden hartproblemen kreeg, veranderde hij. Opeens werd hij warrig en onbetrouwbaar. Ze moest ervoor zorgen dat haar vader beter werd, moest hem en haar zussen meenemen naar Amerika, en elke seconde telde. Ze had een maand, hooguit vijf weken, om voor elkaar te krijgen wat daarvoor nodig was. Ze dacht niet dat haar vader het door zijn gezondheid nog langer zou volhouden.

Om die reden was ze naar het eiland gegaan. Voor verandering.

Toen ze klaar waren met eten ging Aldo naar binnen. Hij kwam naar buiten met een tweede lantaarn en gaf die aan haar. Ze liepen terug naar waar ze de koffers hadden achtergelaten en geleid door de oplichtende lucht begonnen ze aan de lange, steile klim over de stenen trap naar het kasteel. Aldo pakte Emilia's koffer en hoewel Annalisa dat aanvankelijk vervelend vond

– het was geen goed idee als Emilia eraan wende dat mensen het haar gemakkelijker maakten – toonde dat aan dat hij hun gunstig gezind was, en dat was een goed teken. Ondanks hun slechte start bewees hij nu dat hij gul en aardig was, waardoor ze het nog fijner vond om naar hem te kijken. In een vlaag van solidariteit pakte hij ook Giulia's koffer en die van haar. Aldo gniffelde en knikte even. Zijn ogen twinkelden en ze merkte dat ze bloosde terwijl ze genoot van zijn aandacht.

De treden waren smal en ongelijk, en ze klommen langzaam achter elkaar aan naar boven. Aldo voorop, gevolgd door Annalisa, Giulia en Emilia. Het pad kronkelde en had trappen van pakweg twintig treden. Daarna kwam er een vlak tussenstuk en veranderde het pad van richting. Naarmate ze dichter bij het kasteel kwamen, werd de muziek luider en als Annalisa nu en dan opkeek naar de ramen, ving ze een glimp op van dansende mensen, van opbollende en wervelende baljurken in de kleuren van edelstenen.

'Gaat het elke avond zo?' mompelde Annalisa toen Aldo en zij het volgende vlakke tussenstuk bereikten en bleven staan om op adem te komen.

Aldo knikte. 'Soms is er opera, soms een voordracht of er wordt voorgelezen. Vaak muziek en dans. De avonden zijn belangrijk hier. Dan komt iedereen bijeen.'

'Gaat het altijd tot zo laat door?'

'Niet altijd, maar in de zomer gebeurt dat vaker. Vooral deze zomer.'

'Hoezo?'

'Doordat de oorlogssituatie verslechtert. Dat weet iedereen, maar men weigert het te geloven. En dus wordt er gedanst. Ze dansen alsof ze zo kunnen voorkomen dat de toekomst realiteit wordt. Ze weten dat het niet helpt, maar ze doen alsof dat wel zo is.'

Hij haalde zijn schouders op en schonk haar een verontschuldigende glimlach, alsof hij het vervelend vond de onweerlegbare waarheid te moeten vertellen. Ze zag dat zijn donkerbruine ogen afgeschermd werden door heel lange wimpers. Aan de waterkant had ze gedacht dat zijn donkere ogen een teken van gevoeligheid waren, dat hij snel kwaad kon worden. Nu dacht ze dat zijn ogen en wimpers op ernst duidden. Dat hij iemand was die al zijn kaarten op tafel had liggen.

Hij ging naar de volgende trap en ze liep achter hem aan, keek weer op naar de ramen van de bovenste verdieping. De muziek was nu opzwepender en vanaf deze plek dichterbij leken de dansers door de lucht te zweven. Hoewel ze nooit mocht vergeten dat ze hier met een doel was, stond ze zichzelf even toe zich over dit alles te verwonderen. Ze was leergierig en vond het vooral fijn om in de nabijheid te zijn van mensen met vaardigheden en talenten die op een veel hoger niveau lagen dan ze ooit had gekend. Dit waren genieën, virtuozen, zieners. Ze zou willen dat ze hier alleen maar was om dat allemaal in zich op te zuigen.

Na de laatste trede bleef Annalisa stokstijf staan. Giulia en Emilia stonden aan weerszijden naast haar. De toegang tot het kasteel was spectaculair. Ze stonden op een enorm binnenplein tussen twee groepen dichte struiken die in een ruitvorm waren geplant. Voor hen lag een stenen pad met hoge zwarte straatlantaarns. De gasvlammen in de facet geslepen ruiten verspreidden een twinkelend goudkleurig licht. Aan het eind van de rij straatlantaarns was een stenen boog met daarvoor een halve cirkel van witte marmeren traptreden. De eigenlijke deur lag diep verscholen in de boog, was donker en nauwelijks zichtbaar.

'Kom! Blijf daar niet staan!' beet Aldo hun toe vanaf de andere kant van het binnenplein.

Annalisa vermande zichzelf en stootte haar zussen aan, duwde hen voor zich uit in de richting van Aldo. Hij had gelijk, ze konden daar niet zo blijven staan, anders werden ze misschien gezien. Dat zou echt heel dom zijn na het pact dat ze met Aldo had gesloten om elkaar te beschermen. Ze zou het zichzelf nooit vergeven als alles de mist in ging omdat zij zich daar stond te vergapen.

Aldo liep door naar de zijkant van het kasteel en sloeg een onverhard pad in dat naar een dicht bos met olijfbomen, beuken en geurende eucalyptusbomen leidde. Ze liepen nog een paar minuten door. Toen verliet hij het pad en ging hij dieper het bos in. De bladeren vormden een dicht baldakijn boven hun hoofd. Hij zette Emilia's koffer neer en ging erop zitten. Annalisa en Giulia gingen op hun eigen koffer zitten en Emilia knielde op de grond neer.

'Jullie kunnen beter even gaan slapen,' zei Aldo, 'maar zorg ervoor dat jullie bij zonsopkomst wakker zijn. Het leven begint hier vroeg en het geeft geen pas als iemand jullie hier ziet liggen. Er is een...' Hij zweeg even, alsof hij niet wist welk woord hij moest gebruiken. 'Een... gebouwtje voor de tuinlieden en zo, iets verderop tussen de bomen. Ik weet zeker dat daar nu niemand is als jullie... Nou ja, je weet wel. Parissi gelooft in reinheid, vandaar dat hij dat gebouwtje daar heeft laten neerzetten, met stromend water en zo.'

Ze knikte, vond het schattig dat hij zich schaamde om het woord 'wc' of iets in die richting te gebruiken.

'De keuken is aan de achterkant van het kasteel,' vervolgde hij. 'Die is bij daglicht gemakkelijk te vinden. Als je binnen bent, vraag dan naar *signora* Russo. Zij is de baas in de keuken en heeft het in de ochtend druk, dus als je daar vroeg bent, zal ze niet al te veel vragen stellen. Met een beetje geluk zet ze jullie direct aan het werk.' Hij stond op, stak zijn hand op als groet en liep in de richting van het pad.

'Wacht! Ga je weg?' flapte Annalisa eruit.

Ze had het vervelend gevonden toen ze hem bij de waterkant

tegen het lijf liep, maar nu wilde ze niet dat hij wegging. Hoewel ze hem pas net kende, had hij het afgelopen uur bewezen dat hij nuttig en prettig gezelschap was. Hij had hen naar boven gebracht, naar deze verborgen plek. Ze wist niet of ze die op eigen houtje had kunnen vinden. Ze voelde zich veilig bij hem, wat vrij opmerkelijk was als je bedacht dat zij en haar zussen indringers waren.

Toch vond ze het vervelend dat ze zo radeloos klonk. 'Wat ik wil zeggen... We hebben je nog niet eens kunnen bedanken. Moet je nu al weg?'

'Ik moet terug naar het botenhuis,' zei hij. 'De trap af gaat sneller dan de trap op, maar ik doe er toch wel een tijdje over.'

'Zien we... je nog eens?' vroeg ze kalm. Ze vond het dom van zichzelf dat ze vurig hoopte dat het antwoord ja zou zijn.

'O, vast,' zei hij opgewekt en geruststellend. 'Vanaf de buitenkant lijkt het groot, maar als je eenmaal binnen bent valt dat wel mee. En ik doe allerlei klusjes, dus ik ben overdag vaak bij het kasteel. Ik zal naar jullie uitkijken.' Hij keek hen beurtelings aan. 'Succes, Emilia, Giulia en... Annalisa,' zei hij. Hij had even gewacht voordat hij haar naam zei en had haar blik extra lang vastgehouden. 'Succes in de keuken of waar jullie ook terechtkomen. Iets zegt me dat jullie hier meer dan alleen keukenwerk zullen verrichten. Ik hoop dat jullie hier vinden waar jullie voor gekomen zijn.'

Hij knikte. Emilia en Giulia bedankten hem. 'Tot ziens, Aldo,' zei Annalisa zacht, terwijl ze hem in het duister zag verdwijnen. Toen ze zich omdraaide, zag ze bij het licht van de lantaarn die ze vasthield, dat haar zussen haar met grote ogen aankeken.

'Wat?' vroeg ze.

'Je vindt hem leuk!' zei Emilia.

Annalisa zette haar vrije hand in haar zij. 'Niet waar,' zei ze smalend.

'Wel. Je vindt hem leuk,' zei Giulia plagend. 'Dat zie je zo.'

'Ik vind hem niet leuk,' hield ze vol, ook al merkte ze dat ze bloosde. 'Ik was aardig tegen hem omdat hij ons naar boven moest brengen. Niet meer zo belachelijk doen, oké? Ga liggen en ga slapen!'

'Maar, Pippa, ik wil niet buiten slapen,' jammerde Emilia.

Annalisa keek haar streng aan. 'Je weet dat ik het vervelend vind als je me zo noemt. Die stomme bijnaam die papa me gegeven heeft. Stel mijn geduld niet op de proef!'

'Het spijt me, Annalisa. Zo goed? Maar ik wil echt niet op de grond slapen.'

'Het is maar voor even,' zei Annalisa vriendelijker. Ze had er spijt van dat ze haar zo streng had toegesproken. 'Morgen hebben we een betere slaapplek. Dat beloof ik.'

'Maar de grond is hobbelig...'

'Pak wat kleren uit je koffer en gebruik die als kussen,' zei Annalisa. 'We zijn al zo lang wakker, je valt vast zo in slaap.'

'Stel dat we ons verslapen en ze ons vinden,' zei Giulia. 'Kunnen ze ons echt arresteren, zoals Aldo beneden zei?'

'Ik ben doodsbang!' zei Emilia. 'Hadden jullie me maar nooit verteld over dit...'

'Emilia, je bent onmogelijk!' zei Giulia. 'Je wilde niet thuisblijven. Dat weet je zelf ook. Waag het niet te gaan huilen.'

'Ophouden allebei,' foeterde Annalisa, ook al wist ze dat ze ontdaan mochten zijn. Buiten slapen had veel beter geklonken toen ze thuis in haar zachte bed lag en haar plan doornam. Zij was het hoofd van dit gezin – in elk geval zolang ze hier waren – en zij was er verantwoordelijk voor dat haar zussen rustig bleven. 'Weet je, ik kan toch niet slapen,' zei ze. 'Ik zal wakker blijven en opletten of het al licht wordt. Ik zal jullie wakker maken voordat ze ons zien. Jullie krijgen er echt spijt van als jullie nu niet even gaan slapen.'

‘Niet in slaap vallen, hè?’ zei Giulia. ‘Zelfs niet even je ogen sluiten. Afgesproken?’

‘En niet te ver weggaan,’ zei Emilia. ‘Zorg ervoor dat ze je niet kunnen zien.’

‘Daar zal ik voor zorgen,’ zei ze. Ze wachtte tot ze waren gaan liggen. Daarna liep ze onder het bladerdak vandaan en ze ging met haar rug tegen een boomstam zitten, keek naar de achterkant van het kasteel. Hoewel ze de ramen met daarachter de dansende stellen niet meer kon zien, hoorde ze de muziek nog wel. De muziek klonk nu vrolijker, swingend. Ze vroeg zich af hoe het kon dat het feest nog steeds doorging. Waren de mensen niet moe? Konden ze echt overdag aan hun uitvindingen en creaties werken en dan tot de ochtend doorfeesten?

Maar toen dacht ze aan wat Aldo had gezegd. Dat de oorlogssituatie verslechterde en dat het eiland niet immuun was, ook al dansten de mensen nog zo vaak en dachten ze van wel. Als het waar was dat de oorlog naar het eiland zou komen, moest ze sneller en gewiekster te werk gaan om Patricio Parissi te spreken te krijgen. Hij was de reden dat ze hiernaartoe was gegaan. Hij kon haar vader redden. Maar alleen als ze hem zover kreeg dat hij dat ook zou doen. En dat was misschien nog wel het lastigst van alles.

Want Parissi haatte haar vader. Er was niemand ter wereld aan wie hij een grotere hekel had dan aan haar vader.

ACHT

2018

Zaterdag

Ik doe dit echt, zei Mia de volgende avond tegen zichzelf toen ze bij luchthaven JFK uit de taxi stapte.

Ze gaf haar koffer af bij de incheckbalie en liep door naar de veiligheidscontrole, schrok telkens als de gedempte geluiden van gesprekken en voetstappen onderbroken werden door aankondigingen over gatewijzigingen en laatste oproepen om te boarden. Ze wist niet waarom ze zo nerveus was. Ze had geen vliegangst. Nee, ze snapte hoe vliegen werkte. Het was meer het idee alles wat vast en betrouwbaar was achter te laten. Zoals de meubels in haar kleine appartement in onderhuur, haar bed met de blauwe sprei en twee dikke kussens. En haar appartementencomplex in het oosten van Midtown, de man aan het eind van de gang die elke ochtend zijn Berner sennenhond uitliet en de conciërge met zijn permanente frons waardoor hij al geïrriteerd leek als hij alleen maar hallo zei. Het huis van haar grootmoeder. Het kantoor van Milt. De sjaals van Janet. En ook Ryan: zijn krachtige stem en keurig gekamde haar, zoals zijn overhemden precies pasten, de zoom van zijn overhemd die uit de broeksband was losgeraakt en tussen zijn heupen hing. Allemaal vertrouwd.

Wat ook vertrouwd was, was de vastberaden stem van haar grootmoeder die haar voorhield dat je een probleem alleen kon oplossen door je er volledig in te verdiepen. 'Je moet je zintuigen gebruiken,' zei ze dan. 'Je moet de dingen met je ogen, je oren en je handen onderzoeken.' Om die reden had haar grootmoeder een hekel aan puzzelen, want een legpuzzel was slechts een afbeelding van dingen. Ook foto's nemen vond ze tijdverspilling, dat zag je al aan haar gezicht op haar trouwfoto. 'Je moet dingen niet vastleggen, je moet ze onderzoeken,' zei ze nadrukkelijk. 'Weet wat je weet en verdiep je in wat je niet weet.' Mia had dat altijd een goed advies gevonden, maar het klonk hypocriet, nu ze wist dat het afkomstig was van een vrouw die grote moeite had gedaan om de schianto en de trouwjurk verborgen te houden, en dat kennelijk tientallen jaren lang. Waarom was ze tegen haar eigen gekoesterde opvattingen ingegaan?

Op weg naar de gate ging Mia een winkeltje in om snacks te kopen. Ze pakte een flesje water en een energiereep en liep naar de kassa. Voor haar in de rij stond een jonge vader die een ijsje afrekende. Zijn dochtertje keek met grote ogen toe toen hij de wikkel eraf haalde en het ijsje aan haar gaf. 'Lekker?' vroeg hij toen ze de eerste lik nam.

Ze knikte. 'Bedankt, papa!' zei ze.

Nadat ze had afgerekend, keek Mia naar het tweetal. Het meisje pakte met haar vrije hand haar vaders arm vast terwijl ze naast hem huppelde. Ze stond er niet vaak bij stil, maar soms drong het opeens tot haar door dat ze nooit een vader had gehad om naast te huppelen. Ze kon zich niet eens herinneren dat het thuis weleens over haar vader ging.

Er schoot haar nu te binnen dat het wel een keer over Lucy's vader was gegaan. Op een warme avond begin september, toen Mia zeven of acht was. Ze was op zoek naar Lucy om welterusten te zeggen, en vond haar buiten in een van de tuinstoelen met harde rug. Mia was niet verbaasd, want Lucy zat vaak buiten, ook als het 's avonds koud was. Die avond had ze een zakdoekje in haar handen en ze snikte zacht.

‘Wat doet u?’ had Mia bezorgd gevraagd. Ze had haar grootmoeder nog nooit zo gezien. ‘Wat is er?’

‘Er is niets aan de hand,’ had Lucy schor gezegd, nadat ze had gekucht en het zakdoekje even tegen haar lippen had gedrukt.

‘Waarom huilt u dan?’

‘Ik huilde niet, ik denk na.’

‘Waarover?’

Lucy’s antwoord klonk nors. ‘Ik dacht aan mijn vader. Dat gebeurt niet vaak, maar vanavond wel. Hij is op deze datum gestorven. Heel, heel lang geleden.’

Mia was dichter bij haar grootmoeder gaan staan, met haar buik tegen de armleuning van de stoel. ‘Ik heb mijn vader niet eens gekend,’ had ze gezegd in een poging haar grootmoeder te troosten doordat ze hetzelfde gemis deelden. ‘Hebt u uw vader gekend?’

Lucy knikte.

‘Hoe kwam het dat hij doodging?’

‘Hij was ziek, had hartproblemen.’

‘Hoe oud was u toen?’

‘Veel ouder dan jij, bijna volwassen.’ Ze schudde haar hoofd. ‘Ik heb geprobeerd hem te redden. Ik dacht dat ik dat kon. Wat was ik dom. Ik kon niemand redden…’ mompelde ze.

Mia sleepte een stoel naar haar grootmoeder toe, ging er op haar knieën op zitten en stak haar hand uit om haar grootmoeders haar te strelen. Ze hadden veel gemeen. Ze wist nog dat ze bedacht dat ze beiden achtergebleven dochters waren. Ze vroeg niet waarom Lucy dacht dat ze haar vader, of anderen, had kunnen redden. Zelfs op die jonge leeftijd wist ze al dat haar grootmoeder waarschijnlijk meer had gezegd dan ze van plan was geweest. Ze was doorgegaan met Lucy’s haar strelen, was blij dat haar grootmoeder voor haar zorgde.

Die avond besloot Mia dat ze wetenschapper wilde worden,

zodat ze een geneesmiddel voor zieke harten kon ontwikkelen. Een geneesmiddel dat de vader van haar grootmoeder beter had kunnen maken.

Mia kon zich niet herinneren dat ze naar haar slaapkamer was gegaan, wist alleen dat ze de volgende ochtend in haar eigen bed wakker was geworden. Lucy en zij waren nooit op dat gesprek teruggekomen, hadden het nooit meer over hun vaders gehad. Ze nam zich voor om nooit meer naar de vader van haar grootmoeder te vragen. Ze wilde haar grootmoeder nooit meer zien huilen. Dat was te heftig om te zien. Ja, ze stelde graag vragen en wilde dingen leren, maar die dag had ze bedacht dat er dingen waren die ze misschien beter niet kon weten.

Wie weet wat ze namelijk zou ontdekken en hoe dat dingen zou veranderen. Als iemand zou vragen wat ze van haar leven vond, zou Mia zeggen dat ze een geweldige jeugd had gehad, met een grootmoeder die haar veiligheid had gewaarborgd en gek op haar was. Maar hier op de luchthaven, een plek die beslist niet vertrouwd was, kwamen er andere gevoelens uit haar jeugd boven. Ongemakkelijke gevoelens van toen ze negen, tien, elf en misschien zelfs nog ouder was, misschien wel tot ze het huis uit ging om te studeren. Vlak onder de oppervlakte van haar leven was er altijd een laag, een vleugje, van naderende dreiging geweest. Dat voelde vaak als in de winter over de geasfalteerde oprit lopen zonder te weten waar het zwarte ijs lag. Ze klampte zich vast aan regelmaat, aan dagelijkse routine, aan de onveranderlijkheid van de oude meubels in het huis, aan de cyclus van de maan waar haar grootmoeder graag naar keek, want die dingen hielden haar geestelijk stabiel.

Toen ze bij haar gate kwam, ging ze zitten en ze nam een paar slokken water. Haar hand gleed als vanzelf naar haar stoffen tas die ze als handbagage meenam. Ze had gisteravond besloten de schianto mee te nemen op reis, omdat het haar gevaarlijker leek die onbewaakt in haar appartement achter te laten. Aanvankelijk had ze hem in haar handbagage gedaan, maar toen bedacht ze dat de metaaldetector misschien zou afgaan door het scharnier waarmee de hendel aan de kom bevestigd was. En dus had ze de kom in een paar dikke truien gewikkeld en had dat pakketje onder in de koffer gedaan die ze als ruimbagage zou meenemen. Vannacht had ze zich druk gemaakt wat ze moest doen als haar koffer om de een of andere reden niet in hetzelfde vliegtuig zou belanden, en nu dacht ze weer aan die mogelijkheid. Maar ze herinnerde zichzelf eraan dat het overgrote deel van de ruimbagage, ondanks alle horrorverhalen die er rondgingen, tegelijkertijd met de eigenaar op dezelfde luchthaven aankwam. Hoogstwaarschijnlijk zou dat in haar geval ook gebeuren. Bovendien had ze haar koffer al afgegeven. Hoewel ze een hekel aan onzekerheid had, had ze de kwestie letterlijk uit handen gegeven.

Ze zette de schoudertas op de stoel naast haar om die voor Erica te reserveren en scheurde de wikkel van de energiereep open. Het was Ryans lievelingssmaak: chocolade met pindakaas. Hij had die ochtend gebeld toen ze bezig was met inpakken, had nogmaals voorgesteld dat ze Milt de kwestie zou laten regelen of zou wachten tot hij terug was uit Los Angeles. Ze had herhaald dat ze dit tot op de bodem wilde uitzoeken voordat de Italiaanse advocaat verdere stappen zou zetten. Ze had gezegd dat ze snapte dat hij zich zorgen maakte en dat ze het waardeerde dat hij haar wilde beschermen. Maar dat had ze vooral gedaan omdat ze nog veel moest inpakken en dat een handige manier leek om het gesprek vlug te beëindigen.

Want dat wilde ze. Het zat haar nog steeds dwars wat hij de avond ervoor over haar grootmoeder had gezegd: 'Je grootmoeder is overleden… Wat maakt het uit wat iemand in Italië van haar vindt?' Dat was toch een vreselijke vraag om te stellen? Waarom snapte hij niet dat het juist heel belangrijk was dat haar grootmoeder geen dievegge werd genoemd? Zeker nu Lucy er niet meer was om het zelf uit te leggen of zich te verdedigen. Zelfs als Ryan het niet met haar eens was, als hij zich niet in haar kon verplaatsen, dan nog. Waarom benadrukte hij telkens dat hij vond dat Mia misleid was? Waarom had hij vanmorgen gebeld en weer hetzelfde verhaal afgestoken alsof hij hoopte dat ze alsnog overstag zou gaan? Had hij niet gewoon één keer kunnen zeggen wat hij ervan vond om vervolgens te accepteren dat dit een beslissing was die zíj moest nemen?

Ze stak de laatste hap van de reep in haar mond. Toen ze opstond om de wikkel weg te gooien, viel haar blik op de digitale klok hoog aan de wand. Het was half zeven. Waar bleef Erica toch? Ze ging weer zitten en probeerde te ontspannen, maar een paar minuten later werd er omgeroepen dat het boarden van haar vlucht over vijf minuten van start ging. Ze streek haar haar zenuwachtig weg uit haar gezicht en draaide het in haar nek ineen. Daarna keek ze naar de drommen mensen die vanaf de veiligheidscontrole haar kant op kwamen. Ze zou haar vriendin zo meteen vast zien. Erica mocht dan zorgeloos zijn, ze zou de vlucht heus niet missen. Ze zou Mia op een moment zoals dit nooit in de steek laten.

Toen er werd omgeroepen dat de eerste groep kon boarden, stuurde Mia Erica een tekstbericht, maar er kwam geen reactie. Ze dronk het flesje water leeg en dwong zichzelf om rustig adem te halen. Er werd omgeroepen dat de volgende groep kon boarden. Mia gooide het lege flesje in een recyclebak en stuurde opnieuw een tekstbericht naar Erica. Het was inmiddels tien voor zeven. Zo meteen was de volgende groep aan de beurt en daarna waren zij aan de beurt om te boarden.

Eindelijk ging haar telefoon. Op het scherm stond dat het Erica was. 'Hoi, wat is er aan de hand?' vroeg Mia zodra ze opnam. Haar stem klonk hoog en trilde. 'Het boarden is al gestart.'

'O, Mia. Het is echt niet te geloven,' riep Erica. 'Mijn paspoort is verlopen. Ze laten me er niet door!'

Mia kreeg geen lucht. Het was alsof haar borstspieren aan haar botten vastgelijmd zaten. 'Wat?' wist ze op de een of andere manier uit te brengen. 'Hoe bedoel je?'

'Mijn paspoort is twee maanden geleden verlopen. Ik heb niet eens gecontroleerd hoelang het nog geldig was.'

'Maar dat kan niet. Je reist zo vaak.'

'Sinds ik op die nieuwe school werk, ben ik het land niet meer uit geweest. Ik heb er geen moment aan gedacht. Het is me gewoon ontschoten.'

'En nu? Wat ga je doen?'

'Ik kan nu niets doen. Ik kan maandag pas een nieuw paspoort aanvragen, want die kantoren zijn nu gesloten. Het kan ook zijn dat het niet eens lukt om maandag een afspraak te maken. Bovendien duurt het een paar dagen voordat een aanvraag verwerkt is.'

'Wat zeg je nou eigenlijk? Ga je niet mee?'

'Ik zou niet weten hoe ik meekan. Er is niet genoeg tijd. We hebben allebei maar één week vrij.'

'Maar...' Mia maakte de zin niet af, hield haar adem in. Dit nieuws had haar verlamd. Erica was de enige die alles over reizen wist, die de hele reis had uitgestippeld. Ze kon toch niet in haar eentje gaan?

'Misschien moet ik ook maar niet gaan,' zei ze. 'Ik kan de reis ook uitstellen...'

'Nee, je móét gaan,' zei Erica tegen haar. Ze dempte haar stem. 'Ze denken dat je grootmoeder dat ding heeft gestolen, weet je nog? Je zou in je eentje gaan voordat ik zei dat ik met je meeging.'

'Maar door jou werd het haalbaar! Ik weet niet of ik dit allemaal wel zonder jou in gang had gezet. Misschien heeft Ryan gelijk en moet ik er nog eens over nadenken. Hij vond het een slecht idee dat ik naar Italië zou gaan. Hij snapt niet waarom het zo belangrijk is. Misschien moet ik wachten tot hij terug is. Dan kunnen we het er nog eens over hebben...'

'Nee! Niet van gedachten veranderen! Zo moeilijk is het niet.'

'Maar ik spreek de taal niet...'

'Ik ook niet. Veel mensen die naar Italië gaan spreken geen Italiaans. Iedereen daar praat Engels.'

'Maar...'

'Ik zou het vreselijk vinden als je door mij deze reis annuleert. En jij ook, dat weet ik. Als er iets is, mag je me altijd bellen, dag en nacht. Ga niet twijfelen door wat Ryan zegt. En laat je plannen niet door mijn stomme fout verpesten, anders zal ik het mezelf nooit vergeven.'

Mia keek weer naar de gate, waar mensen naar de openstaande deur liepen. Ze kon zo weglopen, kon de luchthaven nu verlaten. Alleen zou haar koffer dan zonder haar naar Rome vliegen. Ze vroeg zich af hoelang men die op de luchthaven in Rome zou bewaren. Wat zou men ermee doen als ze niemand in Italië kon bereiken om de kwestie uit te leggen? Zou ze haar koffer – en de schianto – dan nooit meer terugzien?

Ze keek door de ramen naar het vliegveld. Het was inmiddels donker, de lucht was donkerblauw, bijna zwart. Haar grootmoeder had haar geleerd om naar de nacht te kijken als ze zenuwachtig was. De aanblik kalmeerde haar inderdaad. Er rolden vliegtuigen over de startbanen die als bij toverslag van de grond loskwamen. Het tafereel zag er ordelijk en mooi uit.

Op dat moment begon haar geest alle geluiden en onzinnige gedachten uit haar hoofd te bannen. Ja, het zou gemakkelijker zijn als Erica meeging, maar dat was nu geen optie. En uiteindelijk deed het er niet toe. Erica was een goede vriendin, maar dit was niet Erica's reis. En het was ook niet aan Ryan om te beslissen of ze wel of niet ging. Het was haar reis en haar beslissing. Zíj moest dit verhaal uitzoeken, het verhaal dat haar grootmoeder haar had nagelaten. Ze kon nu niet terugkrabbelen.

Ze liep naar de gate, wierp een laatste blik door het raam van de terminal. De nachtelijke lucht was uitgestrekt en vreedzaam, bespikkeld met glinsterende withete sterren.

Haar grootmoeder had altijd tegen haar gezegd dat ze de nachtelijke lucht moest omarmen, omdat die alle antwoorden had.

Ze hoopte maar dat haar grootmoeder gelijk had.

Aan boord bestelde ze een wodka-tonic. Ze hield niet zo van cocktails, maar dacht dat het zou helpen om te ontspannen. En zowaar, ze sloot haar ogen en toen ze die weer opendeed, stroomde er zonlicht door de spleet tussen het raam en het neergetrokken luikje. Het vliegtuig zette de landing in.

Korte tijd later kwam ze uit de vliegtuigslurf. Tot haar opluchting bleek Leonardo da Vinci Airport veel op luchthaven JFK te lijken. Om zich heen hoorde ze veel Engels en op de borden stonden de aanduidingen in meerdere talen. Ze liep naar de bagagehal en was blij toen haar koffer, zoals verwacht, op de lopende band langskwam. Ze zette haar handbagage op haar koffer en liep de terminal uit. Buiten scheen de zon en de lucht was aangenaam warm. Het was een graad of vijfentwintig. Tot nu toe ging alles goed, dacht ze.

Ze bleef even staan om zich te oriënteren. Rechts van haar was de taxistandplaats. De taxi's waren wit in plaats van geel, zoals ze in New York gewend was, en waren wat kleiner maar zeker herkenbaar. Ze sloot aan in een rij waar al wat reizigers stonden en wachtte op haar beurt. Toen ze door de autoruit keek, zag ze tot haar schrik dat er bij de achterbank geen creditkaartlezers waren. Dat was vervelend, want zo betaalde ze in New York altijd de taxi. Ze haalde een creditkaart uit haar portemonnee en liet die door de voorruit heen aan de chauffeur zien. Die schudde zijn hoofd en wees naar de aankomsthal, waar ze aan de andere kant van de glazen deur iets zag staan wat op een pinautomaat leek. Ze knikte naar de chauffeur, liep het gebouw in om euro's te pinnen en ging weer in de rij bij de taxi's staan. Dat was een kleine tegenslag, hield ze zichzelf voor. Als dit het ergste was, kwam het allemaal goed.

Een paar minuten later zat ze in een taxi met genoeg euro's om de rit van de luchthaven naar het hotel en meer van te kunnen betalen. Ze pakte haar telefoon en ging naar de website van het hotel dat Erica had geboekt. De magere, oude chauffeur wierp een blik op haar telefoon en knikte toen hij bij het trottoir wegreed. Vanaf de achterbank bestudeerde Mia de omgeving. De straatnaamborden hadden andere kleuren dan ze gewend was en ze begreep niet alle tekst en alle symbolen die erop stonden. Het was zoiets als in een spiegeldoolhof in lachspiegels kijken. Je wist dat je naar je eigen spiegelbeeld keek ook al klopte er niets van.

Na een tijdje zag ze een hoge stenen barricade langs de snelweg. Het was een gedeelte van de Aureliaanse Muur, besefte ze, de oude stadsmuur die bedoeld was om Rome tegen invasies te beschermen. Dat had ze op de middelbare school bij geschiedenis geleerd. Maar over een oud monument lezen was heel iets anders dan het vanuit de taxi naast haar zien. Op sommige plaatsen was de muur kapot, maar er stonden ook nog hele stukken overeind. Het was niet eens zozeer de ouderdom van het bouwwerk. Ze had in haar jonge jaren met haar grootmoeder naar sterren en planeten gekeken die miljarden jaren oud waren. Nee, het was het gevoel dat de muur bij haar opriep. Ze herinnerde zich dat ze bij schooluitstapjes van Soundport naar New York gingen, dat de treinen afdaalden in de duisternis terwijl ze naar de Midtown Tunnel raasden en door de East River heen gingen, waarna ze bij Penn Station kwamen. Ze had een hekel gehad aan die tunnel. Ze had nooit begrepen hoe tunnels onder water konden bestaan en waarom ze niet zonken, of gingen drijven of vol met water liepen. Ze werd altijd misselijk als ze dat probeerde te snappen.

Niet lang daarna bereikten ze Trastevere, de wijk waar Erica hun verblijf had geboekt. Het was er prachtig, met kronkelende keienstraatjes, oude stenen gebouwen die geelbruin, bruin en oranjebruin van kleur waren, en plantenbakken met klimop en bloeiende klimplanten. Maar wat haar vooral opviel, was dat de straten zo leeg waren. Er stonden fietsen en scooters tegen de panden en er waren overal cafés met een terras, maar geen gasten. Ze zag alleen af en toe personeel dat tafels afnam of stoelen aanschoof. Ze had nog nooit meegemaakt dat er ergens geen mensen waren terwijl het zonnig was en de ochtend al een eind om was. Zelfs in Soundport, dat hierbij vergeleken klein was, waren er om acht uur in de ochtend of nog vroeger al volop mensen op straat die koffie haalden, naar de bank gingen, boodschappen deden of ergens iets te eten haalden om te ontbijten voordat ze naar het treinstation gingen.

Het was raar en verontrustend dat het hier zo stil was. Niet dat ze nu iets tegen iemand wilde zeggen, maar op een onbekende plek zou ze het prettig hebben gevonden als ze had kunnen zien en horen hoe mensen aan hun dag begonnen. Doordat ze bijna de enige in een van de weinige bewegende voertuigen was, kon ze het gevoel niet van zich afzetten dat er iets mis was.

'Waar is iedereen?' vroeg ze aan de chauffeur, waarbij ze zich vooroverboog op de achterbank. Ze zag hem zijn schouders ophalen en zijn hoofd schudden. Zelfs zonder zijn gezicht te kunnen zien, wist ze dat hij geen idee had wat ze vroeg.

Ze kwamen aan bij het hotel, Albergo Carina, een geel pand met een klein terras met daaromheen een ijzeren hek en mooie roze bloemen in stenen plantenbakken aan weerszijden van de voordeur. Ze rekende uit wat de rit plus fooi moest kosten, betaalde de taxichauffeur, nam haar wisselgeld aan en mompelde '*grazie*', een van de weinige Italiaanse woorden die ze kende. Hij glimlachte toen hij haar koffer en tas uit de bagageruimte tilde en voor haar neerzette. Ze gunde zichzelf even tijd om rond te kijken voordat ze naar binnen ging om in te checken.

Net op dat moment zag ze, hoog op een richel van het pand ernaast, een lapjeskat zitten met donkere strepen op zijn kopje en oranje stukken op zijn zij. Dat deed haar denken aan de lapjeskat die zij en haar grootmoeder hadden gezien toen Mia in de middenbouw zat. Ze zaten op een zomeravond in de achtertuin op de veranda toen ze luid hoorden miauwen. Even later zagen ze een kat op de veranda klimmen. Hoewel het dier een halsbandje om had en er goedverzorgd uitzag, dacht Lucy door dat gemiauw dat de kat honger had. Mia ging binnen een schaaltje melk voor hem halen en tegen de tijd dat ze weer naar buiten stapte, waren er twee kinderen van een paar straten verderop verschenen om hem terug naar huis te brengen.

De volgende dag moest de klas van de lerares Engels een aantal verhalen schrijven die met elkaar te maken hadden, waarbij het eind van het ene verhaal het begin van het volgende verhaal was. Mia had de lapjeskat nog in haar hoofd en besloot een serie verhalen te schrijven over een kat die telkens kwijtraakt. 'De kinderen van wie de kat is, beleven een groot avontuur als ze de kat proberen te vinden,' zei ze die avond tegen haar grootmoeder terwijl ze de tafel dekte voor het avondeten. Mia was opgetogen en wilde haar idee dolgraag delen. 'Telkens als ze de kat gevonden hebben, zien ze de gestreepte staart als de kat weer wegloopt en dan begint het volgende verhaal.'

'Wanneer brengen ze de kat terug naar huis?' vroeg Lucy.

'Dat gebeurt niet, dat is het hele punt.'

‘Krijgen ze de kat nooit terug?’

‘Dat is het hele punt,’ herhaalde Mia. ‘Ze beleven steeds weer nieuwe avonturen.’

‘Zonder eind?’

‘Het is een serie.’

‘Maar vindt de kat nooit een thuis? En als hij nou honger krijgt?’

‘Dan zullen de mensen hem wel eten geven, net als u dat deed toen die ene kat hier was. Oma, het is maar een verhaal...’

‘De kat kan niet blijven weglopen,’ zei Lucy, die zich omdraaide van de kip op het fornuis. ‘Die kat wordt ziek, heeft eten nodig. Bedenk maar een ander verhaal. Ik vind dit een vervelende opdracht.’

‘Maar...’ protesteerde Mia, maar Lucy had het gas al uitgedraaid en was de keuken uit gelopen.

Mia keek verbijsterd naar haar weglopende gestalte. Het was niet de bedoeling geweest dat er iets ergs met de kat zou gebeuren. Het was gewoon een serie verhalen die de kat in stand hield. Er was niets mis met de opdracht. Er was niets mis met haar idee, dat wist ze zeker. Uiteindelijk schreef ze de serie zoals ze die in haar hoofd had. Ze kreeg een heel hoog cijfer, dat ze niet aan haar grootmoeder liet zien, net als wat de lerares erbij had geschreven: *Heel vindingrijk! Goed gedaan!*

Nu ze hier in de lege straat in Trastevere stond, snapte ze wat haar grootmoeder dwars had gezeten en waardoor ze de keuken uit was gerend. Het was het idee dat de kat nooit gevonden zou worden. Dat haar verhaal nooit afgelopen zou zijn. Dat nooit duidelijk zou worden hoe het eindigde. Er was geen orde, geen afsluiting. En daar had Lucy een hekel aan.

Mia zag de kat over de richel sluipen tot die bij een bocht kwam en uit het zicht verdween. Toen liep ze naar de hotelingang.

NEGEN

2018

Zondag

Gelukkig sprak de receptionist achter de balie Engels en ging het inchecken snel. Erica's voorspelling dat het een charmant hotel was klopte, en Mia's kamer op de eerste verdieping was weliswaar klein, maar goed uitgerust. Er lag gebloemd beddengoed op het bed en in de badkamer waren meerdere handdoeken. De verste muur had een piepklein balkon met groene houten luiken die naar buiten opensloegen en een romantisch uitzicht op het keienstraatje en de nog lege cafeetjes beneden boden. Ze wist dat het slim was om zo snel mogelijk aan de nieuwe tijd te wennen en weerstond de verleiding om een dutje te doen. Ze ging douchen en trok een schone enkelbroek en een lichtblauw katoenen topje aan. Voordat Mia de kamer verliet, ging ze op haar knieën bij haar koffer zitten en voelde waar de schianto lag. Daar was hij, in een dikke laag truien gewikkeld, precies zoals ze hem had ingepakt. Veilig en ongedeerd.

Beneden vroeg ze bij de receptie waar ze op dit tijdstip al kon lunchen en de receptionist stuurde haar naar een cafeetje aan de overkant van de straat, waar obers de eerste gasten verwelkomden op het buitenterras. Er waren nu wat meer mensen op straat, waardoor ze zich beter op haar gemak voelde. Door naar de plaatjes op de menukaart te wijzen, slaagde ze erin een cappuccino en een smakelijke bruschetta met tomaat, kaas en kruiden te bestellen. Terwijl ze op haar eten wachtte, stuurde ze korte berichtjes naar Ryan en Erica om te laten weten dat ze goed was aangekomen en aan haar eerste maaltijd hier zat. Geen van beiden reageerde direct, maar het was dan ook midden in de nacht in Los Angeles en nog niet eens zes uur in de ochtend in New York. Toen pas zag ze dat Erica haar gisteravond een bericht had gestuurd met een reisschema. 'Dit zijn een paar plekken die je vandaag moet bezoeken, allemaal op loopafstand van het hotel. Niet te geloven dat ik dit mis!' Ze had er een verdrietige emoji bij gezet.

Mia las de lange lijst: Trevifontein, Pantheon, Spaanse Trappen, Colosseum en verder veel kerken, pleinen en monumenten. Erica was wel héél ambitieus. Het ging nooit lukken om al die plekken in één middag te bezoeken. Maar het had geen zin om in het hotel te blijven en niets te doen terwijl ze wachtte op de treinreis en boottocht morgen, die veel ingewikkelder zouden zijn dan het vervoer vanaf de luchthaven naar het hotel. De schianto lag veilig in haar koffer en het duurde nog lang voordat het morgenochtend was. Ze was nog nooit in Europa geweest, laat staan in Rome, dus ze kon er beter van profiteren dat het zo'n mooie dag was en dat ze tijd overhad. Bovendien zou afleiding goed voor haar zijn.

Nadat ze op haar telefoon had gekeken hoe ze moest lopen, vertrok ze voor een wandeling van een half uur naar het historische centrum. Normaal gesproken zou ze heel anders te werk gaan bij het verkennen van Rome. Als ze deze reis met Ryan zou maken, had ze zich al weken van tevoren ingelezen en zou de historische context in haar hoofd zitten. Ryan zou een spreadsheet hebben gemaakt met de efficiëntste volgorde. Ze was graag goed voorbereid en Erica's lijst was veel te willekeurig. Al moest ze toegeven dat het iets magisch had om de brede voetgangersbrug over te gaan en de rivier onder zich te zien stromen en in de verte nog meer oude bruggen te zien, waarna ze op haar telefoon opzocht dat dit de Ponte Sisto was, die uit de renaissance dateerde. Halverwege de brug waren drie muzikanten die een jazznummer speelden. Ze bleef staan om te luisteren, pakte wat kleingeld uit haar tas en wierp dat in de openstaande gitaarkoffer. In de verte stak een enorme witte koepel boven het groen uit. Het was verfrissend om er even naar te kijken voordat ze haar telefoon raadpleegde en zag dat het inderdaad de Sint-Pietersbasiliek was.

Toen ze de brug was overgestoken, kwam ze er algauw achter waar al die mensen waren die ze in Trastevere had verwacht, namelijk hier, in dit populaire gedeelte van Rome. Het was zo druk op straat dat het leek of de stad uit trottoirs bestond waar auto's en taxi's probeerden te rijden, in plaats van straten die voor gemotoriseerd verkeer bedoeld waren. Het was een wereld van verschil met het drukke maar geordende stratenplan van Manhattan, dacht ze, waar voetgangers meestal wachtten op het WALK-teken voordat ze massaal een kruising overstaken. Ze had nog nooit zo'n chaos gezien als hier in Rome en snapte niet dat al deze mensen daar zo luchtig over leken te doen.

Haar eerste stop op Erica's lijst was de Trevifontein met haar enorme stenen beelden en fresco's, het heldere water dat in een grote vijver stroomde. Het stikte er van de toeristen: verliefde stelletjes, vriendengroepen, hele families. De mensen lachten en omhelsden elkaar, maakten selfies en video's terwijl ze munten over hun schouder in het water wierpen. Twee mannen die vlak bij haar stonden, hadden beiden een grote ijshoorn met roze en wit roomijs en daarbovenop *biscotti*. Ze lieten elkaar haastig proeven terwijl het ijs smolt in de zon. Mia pakte haar telefoon en las dat het verhaal ging dat als je een munt in de fontein gooide, je zeker ooit naar Rome zou terugkeren. Er stond ook iets bij over meerdere munten in de fontein werpen, maar er werd zo geduwd en getrokken door mensen die dichter bij de fontein probeerden te komen, dat het niet lukte om verder te lezen.

Ze viste een muntje uit haar tas en terwijl ze dat over haar schouder wierp, maakte ze een selfie. Die foto zou ze naar Ryan en Erica sturen. Maar haar glimlach zag er geforceerd uit. Het had iets sneus dat ze hier in haar eentje was en ze vroeg zich opnieuw af waarom haar grootmoeder haar nooit hiernaartoe had gebracht. Waarom had ze Mia haar geboorteland niet willen laten zien?

De rest van de middag liep ze achter de meute aan. De eeuwenoude gebouwen gaven haar het gevoel dat ze ontheemd en alleen was, ook al probeerde ze die gedachte te onderdrukken door zich te concentreren op de wonderen van de architectuur en de historische betekenis van haar omgeving. Aan het eind van de middag was ze er klaar voor om terug te gaan naar haar hotel en de minder hectische sfeer in Trastevere. Tot haar verbazing was het daar nu net zo druk als in het historische gedeelte van Rome. De winkeltjes waren nu allemaal open, de mensen verdrongen zich in de keienstraatjes, en de terrassen van cafés zaten helemaal vol. De ondoordringbaarheid van de menigte en al die geluiden in een taal die ze niet verstond, versterkten het gevoel dat ze een buitenstaander was en hier niets te zoeken had. Ze besloot op haar hotelkamer te eten. Het was een openbaring te bedenken dat ze zelden op onbekend terrein was geweest.

Ze zou willen dat haar grootmoeder nog leefde en dat ze terug naar huis kon. Dan zouden ze buiten op het terras eten, alleen zij twee. Wat zou ze graag de sterren tevoorschijn zien komen terwijl de lucht geruststellend donker werd.

En toen was het ochtend en ging haar avontuur verder. Het bracht haar zelfs nog verder van huis.

Ze had gedacht dat de reis langs de kust die Erica had geboekt ingewikkeld zou zijn, maar alles verliep probleemloos. Ze nam een taxi van het hotel naar het treinstation en keek in de enorme hal om zich heen waar ze naartoe moest. Met hulp van een Engelssprekende medewerker bij het kaartjesloket vond ze het juiste perron. Even later stapte ze in de trein. Ze was er trots op dat dit zonder drama verlopen was. Toen ze eenmaal zat, ontspande ze. Haar koffer lag in het zicht in het bagagerek vooraan in de coupé. Het was haar gelukt. Het eerste deel van de reis zat erop.

De trein vertrok naar de kust, passeerde een aantal industrieterreinen, maar kwam toch vooral langs kliffen, spitse bergtoppen, hellingen met donkergroene struiken en het prachtige blauwe water van de Middellandse Zee dat glinsterde terwijl het de felle zon weerkaatste. Dat ze van huis was, zat haar nu minder dwars dan de vorige dag. Ze was energiek en nieuwsgierig. Ook al had ze nog last van de jetlag, ze weigerde haar ogen te sluiten omdat ze dit uitzicht niet wilde missen. Voor het eerst sinds ze haar appartement uit was gestapt om naar de luchthaven te gaan, was ze blij dat ze op dat moment daar was.

De twee uur durende treinreis ging snel en ze stapte moeiteloos over op de lokale trein die haar naar Anzalea zou brengen. Daarna was het, hoewel ze met een rolkoffer liep, een gemakkelijke wandeling van het station naar de pier waar de veerboten lagen. Zoals Erica had gezegd, was Anzalea een belangrijke overstaplocatie, dus er gingen veel mensen dezelfde kant op en ze hoefde alleen maar achter de anderen aan naar het water te lopen. De veerboten gingen af en aan en het stond goed aangegeven waar de veerboot lag die naar het eiland Piccino ging. Ze had gisteravond haar ticket op haar telefoon geladen, dus het inchecken was zo gebeurd, en ze vond een zitplaats op het dek. Het was fascinerend om over de Middellandse Zee te varen, het vasteland steeds verder te zien verdwijnen en de piepkleine eilanden voor de kust steeds dichterbij te zien komen. De zon scheen weer fel en ze was blij dat ze een shirt met korte mouwen en een katoenen rok aanhad, want het briesje voelde heerlijk aan op haar armen en in haar nek.

Twintig minuten later kwam de veerboot aan bij het eiland. Ze liep achter de andere passagiers aan en stapte aan wal. Op de kade keek ze om zich heen of er ergens een informatiepunt was waar ze kon vragen hoe ze bij haar hotel kwam. Ze zag een lange witte bus met daarnaast een chauffeur met een bord met PICCINO HOTEL. Tot haar verbazing liepen de meeste mensen die van de veerboot af waren gekomen naar die bus toe, en dus deed zij dat ook. Maar misschien was dat ook niet zo verwonderlijk, bedacht ze. Waarschijnlijk was er op het hele eiland maar één hotel.

Toen ze bij de anderen ging staan – alles bij elkaar zo'n dertig à veertig mensen – viel het haar op dat iedereen Engels sprak. Sterker nog, zo te horen waren het allemaal Amerikanen. Ze hadden het over het herfstweer in de Verenigde Staten, over wat ze volgende maand met Thanksgiving gingen doen, of over de overeenkomsten tussen dit uitzicht en het uitzicht vanaf verschillende kuststeden in Florida. Ze droegen een spijkerbroek of korte broek en T-shirts met namen van Amerikaanse sportteams. Velen smeerden hun gezicht en armen in met zonnebrandcrème, knepen de witte lotion uit tubes die ze herkende. Niet te geloven dat hier zoveel Amerikanen waren. Hoe kon het dat Erica en zij niet door hadden gehad dat dit zo'n populaire bestemming was?

De chauffeur begroette hen stuk voor stuk vriendelijk in het Engels met een Italiaans accent. Toen het haar beurt was, pakte hij haar bagage aan. Ze mompelde 'grazie' toen hij haar koffer bij de andere bagage in de open aanhangwagen zette die achter de bus hing. Ze vertrouwde erop dat de chauffeur al eens eerder zonder problemen bagage had vervoerd, stapte in en vond een lege plek. Even later zat iedereen in de bus. Ze verlieten de kust en begonnen aan een klim over een slingerende weg. Mia vond de weg met uitzicht op het water eng smal, maar de andere passagiers leken zich nergens druk om te maken. Hoe hoger ze kwamen, hoe verder ze over de zee konden kijken, waar verschillende eilandjes in lagen. Halverwege de heuvel wees de chauffeur naar links en hij zei 'Castello del Poeta' door de microfoon.

Mia keek de kant op waar de chauffeur naar had gewezen, en ja hoor, daar lag het eiland. Het zag er precies zo uit als op internet. Op het hoogste punt stond het grijze stenen kasteel, omzoomd door groene begroeiing op steile rotsen. Ze zag koepels aan weerszijden van een hoge, smalle toren aan de achterkant. Daarachter, in de verte, liepen de oceaan en de wolkeloze lucht in elkaar over. De horizon was nauwelijks zichtbaar. Het hele beeld had iets bovenaards, dacht Mia. Het eiland en het kasteel leken uit een oud, verweerd verhalenboek te komen. Of uit een droom.

Hoe zou het daar in de gloriedagen geweest zijn, met al die grote denkers van over de hele wereld die daarnaartoe kwamen om boeken te schrijven, muziek te componeren, ontdekkingen te doen en uitvindingen te creëren? Het kasteel moest doordrongen zijn geweest van energie, was een plek geweest waar het beste denkwerk van de wereld gesteund en bevorderd werd. Wat erg dat al die energie en creativiteit, al die visie, verloren waren gegaan.

De bus sloeg af en opeens reden ze over een onverharde weg. Die kwam uit bij een smal, rond gebouw met boogramen en ruime terrassen. De bus stopte en zij en de andere passagiers stapten uit, terwijl twee mannen de koffers op bagagetrolleys zetten. Bij de hoofdingang van het hotel verschenen drie obers, gekleed in een wit overhemd, zwart gilet en zwart vlinderstrikje, met dienbladen met daarop kristallen glazen met champagne. Haar reisgenoten pakten een glas, leken lang niet zo verbaasd over de vijfsterrenservice als zij. Uit wat Erica over hun boeking had gezegd, had ze opgemaakt dat het een bescheiden hotel zou zijn. De grootste pluspunten waren een restaurant en een portier die Engels sprak.

Even later kwam er uit de verhoogde ingang van het hotel een zeer knappe man gerend. Zo te zien was hij achter in de dertig. Hij droeg een wit buttondownoverhemd en een kakikleurige sportpantalon. Zijn verwaaide kastanjebruine haar was in een puntig kapsel geknipt en viel tot op de bovenkant van zijn kraag, en hij had een goedverzorgde stoppelbaard.

'Goedemiddag! Mag ik even uw aandacht?' zei hij. Door zijn gebruinde huid en donkere haar ging ze ervan uit dat hij een Italiaan was. Hij klonk in elk geval hetzelfde als de Italianen die ze tot nu toe tegen was gekomen, met langgerekte intonatie en een sensuele beklemtoning van de klinkers. Maar deze man sprak ook Engels met een licht Amerikaans accent.

'*Buongiorno*,' zei hij zangerig toen de groep op het stenen terras om hem heen was gaan staan. Mia was met de anderen meegelopen. Hij hield zijn vingers bij zijn oren en zijn ogen waren groot en uitnodigend, en de mensen om haar heen antwoordden in koor: 'Buongiorno.'

Hij knikte goedkeurend. Zijn glimlach was zelfverzekerd en charmant. 'Ik ben Leo Bonetti en ik ben vanmiddag jullie gids. Jullie hebben een goede week uitgezocht om hier te zijn. Het wordt de komende dagen zonnig en de temperatuur ligt hoger dan gebruikelijk in oktober. Ideaal dus om van ons mooie paradijs aan de Middellandse Zee te genieten. Op het terras aan de achterkant staat een welkomstlunch voor jullie klaar en daar liggen ook jullie naamplaatjes en extra programmaboekjes. De eerste excursie is direct na de lunch. Eet smakelijk! Ik verwacht jullie over een uur weer bij de bus. *Benvenuti*. Welkom.'

Mia keek om zich heen toen de mensen met wie ze was aangekomen over het stenen pad begonnen te lopen waar deze man, Leo, naar had gewezen. Ze wist nu hoe het zat: ze was per ongeluk in een groepsreis beland. Ze liep de andere kant op en ging naar binnen om in te checken.

Het was koel in de lobby, waar donkere houten meubels stonden en waar een subtiele citrusgeur hing. Rechts van haar was een met hout afgewerkte bank en er stonden twee fauteuils met gebloemde stof bij een salontafel op een rood kleed. Ze hoopte maar dat de receptioniste Engels sprak en voelde zich schuldig dat ze geen woord Italiaans verstond. Ze liep naar de receptiebalie en glimlachte.

'*Si, signorina?*' zei de jonge vrouw.

'Hallo, ik ben Mia Abrams. Ik kom inchecken.'

De vrouw tikte iets in op een toetsenbord, wachtte even en tikte opnieuw iets in. 'Si, ja, gevonden. Ik zie dat u rechtstreeks hebt geboekt en niet via de overkoepelende organisatie, maar dat is geen punt. Uw naamkaartje ligt buiten bij alle andere naamkaartjes en de lunch staat klaar. U reist toch samen met nog iemand?'

'Dat was de bedoeling, maar op het laatste moment was ze verhinderd.'

'O, wat vervelend. We hebben een kamer voor u gereserveerd met twee standaard tweepersoonsbedden. Als u dat wilt, kan ik u omboeken naar een kamer met één queensize bed.'

'Graag,' zei Mia. 'Dank u wel.'

'Geen enkel probleem. Goed, signorina, ik stel voor dat u nu net als de anderen gaat lunchen. Uw excursie naar Castello del Poeta vertrekt vlak daarna.'

‘Tja, ik heb dus niet…’ Ze slikte de rest van de zin in. Zei deze vrouw nu dat de groep naar het kasteel op het eiland Parissi ging?

‘Maar het kasteel is toch nog niet open?’ vroeg Mia.

‘Dat klopt. U bent de enige groep die een bezoek mag brengen voordat het resort volgend jaar opengaat.’

‘Dus niemand kan naar het kasteel behalve deze… onze groep? Ook de andere gasten niet die hier verblijven?’

‘Dat klopt. Alleen uw groep en alleen vanmiddag. Hebt u het programmaboekje met alle excursies nog niet doorgenomen?’

‘Jawel,’ zei Mia, ‘maar door de jetlag kan ik niet goed nadenken.’ Ze lachte geforceerd, wees naar haar slaap en keek zuchtend naar het plafond om duidelijk te maken hoe vergeetachtig ze was.

De vrouw glimlachte ongeduldig. ‘Op het terras, bij de naamplaatjes, liggen extra programmaboekjes,’ zei ze. Het was duidelijk dat ze Mia weg wilde hebben, zodat ze de volgende gast kon helpen. ‘Geniet van uw lunch. Fijne middag, signorina Abrams!’

‘Bedankt,’ mompelde Mia toen ze wegliep van de receptiebalie.

De lobby was klein en voor ze het doorhad, liep ze dan ook al door de openstaande schuifdeuren het stenen terras op waar de lunch werd geserveerd. Rechts van haar stond een lange tafel met sleutelkoorden met een naamplaatje eraan. Er lag ook een stapel geniete kopieën, waar een steen bovenop lag, zodat ze niet door het warme zeebriesje weggeblazen zouden worden. Er stonden een stuk of tien kleine, ronde tafels die voor vier gedekt waren, met in het midden een tafelstukje. Het bestek was in een lichtgroen servet gestoken dat in een smalle rechthoek was gevouwen en met een groen twijgje bijeen werd gehouden. Naast elke servet lag een naamkaartje waarop in sierlijke handgeschreven letters een naam stond. Het hotel sloofde zich echt uit voor deze groep.

Dat gold niet alleen voor de aankleding maar ook voor het eten. Aan het eind van het terras zag Mia een overvloedig buffet met schalen met kaas, antipasta bestaande uit dunne plakjes vleeswaren, olijven, gevulde minipaprika's en manden boordevol met lange, knapperige sneden brood. Er stonden schalen met witte en rode druiven en ronde, feloranje sinaasappels. Aan de ene kant stond een ober achter een rij met wijnflessen met kleurrijke etiketten en bij het eten stonden vier obers met lange schorten voor om het eten op te scheppen.

Omdat ze niet wist wat ze anders moest doen liep Mia naar de tot haar middel reikende stenen muur waarvandaan ze het glinsterende water kon zien. Daar lag Isola di Parissi: de plek waar de belangrijkste en invloedrijkste kunstenaars, wetenschappers en auteurs eeuwenlang waren samengekomen; de plek waar de schianto, waar die ook voor mocht dienen, kennelijk gestolen was; de plek die op de een of andere manier met haar grootmoeder verbonden was; de plek waar haar grootmoeder op een bepaald moment van haar leven misschien zelfs was geweest. De plek waar misschien de geheimen van haar grootmoeder bewaard werden.

Voor zover ze wist was er maar één mogelijkheid om op dat eiland te komen, en dat was doen of ze bij deze groep hoorde.

Opeens voelde ze een klopje op haar elleboog. Ze schrok.

'*Scusi*, signorina,' zei een van de obers. 'De lunch wordt zo geserveerd. Zal ik u helpen uw naamplaatje te zoeken en zal ik u dan naar uw tafel brengen?'

Ze keek hem aan, wierp een blik op het eiland Parissi en keek hem toen weer aan.

'Ja, si,' zei ze. 'Ik ben Mia Abrams. Grazie. Het ziet er allemaal heerlijk uit.'

TIEN

1943

Augustus

Aan de rand van het bos stond Annalisa zichzelf toe telkens een paar minuten in te dutten. Als ze het gevoel had dat haar gedachten te ver afdwaalden, dwong ze zichzelf om weer wakker te worden. Ze wist dat ze niet diep zou slapen.

Op die manier had ze zichzelf goed in de hand, in tegenstelling tot haar zussen die thuis met gemak tot het middaguur of nog langer sliepen als niemand hen wakker maakte. Haar vader had altijd bewondering voor haar gehad omdat ze zijn vaardigste dochter was en omdat ze over veel zelfkennis beschikte. Haar moeder was ook zo geweest, zei hij vaak. Dat was een van de redenen dat hij zoveel van haar had gehouden, een van de belangrijkste redenen dat hij haar erg miste. 'Je moeder was mijn anker,' had hij eens tegen haar gezegd. 'Zonder haar ben ik stuurloos.'

Ze hoopte dat haar briefje bij hem in de kleermakerij terecht zou komen. Hij had zich al verloren gevoeld toen haar moeder overleed, dus dat zou nu nog wel erger zijn, nu ook zijn dochters er niet meer waren. Ze hoopte dat hij vertrouwen zou hebben in wat ze had geschreven, en dat hij snapte dat ze goede hoop had. Ze was voor hem naar dit eiland gekomen en ze geloofde echt dat ze hem weer gezond kon krijgen.

De vierde keer dat Annalisa zichzelf dwong om wakker te worden, was de dag inmiddels aangebroken. De zon was een oranje bal die opkwam boven de horizon. De stralen waren zo fel dat de turkooizen zee glinsterde en de lucht oogverblindend wit werd. Ze stond op en keek met toegeknepen ogen naar het licht, voelde hoe de warmte haar ledematen omhulde. Kon ze maar hier blijven om de kracht van de zon op het eiland te onderzoeken, te zien hoe die in de loop van de dag veranderde, te zien hoe de lucht van kleur veranderde naarmate de ochtend vorderde. Maar Aldo had hun instructies en waarschuwingen gegeven. Ze moest haar zussen wakker maken, ze moesten naar het kasteel.

Ze ging naar de beschutte plek waar Giulia en Emilia lagen te slapen. De zon zond bleekgele stralen door de lucht die tussen de boomtakken door schoten en willekeurige vlekken licht op het gras wierpen. Ze hurkte neer en schudde zacht aan de schouder van Giulia en daarna aan die van Emilia, legde haar vinger tegen haar lippen om hen eraan te herinneren dat ze stil moesten zijn. Ze trok haar jongenskleren uit en ze trokken alle drie een schone rok en blouse aan. Daarna gingen ze om beurten naar de wc. Annalisa ging als eerste. Ze was blij dat er in het gebouw een wastafel bleek te zijn. Er hingen zelfs een paar gebarsten spiegels aan de wanden, zodat ze hun gezicht konden wassen en hun haarspelden konden vastzetten om zo hun haar in een nette knot te doen.

Toen ze terug was, schoof ze hun koffers onder de struiken. Met een beetje geluk konden ze die ophalen en naar binnen brengen voordat een tuinman ze zag en vragen ging stellen. Ze wenkte haar zussen dat die achter haar aan moesten lopen over het pad waar ze de vorige avond overheen hadden gelopen en dat achter het kasteel langs liep. Aldo had gelijk. De keuken was gemakkelijk te vinden. Het geluid van kletterende borden was onmiskenbaar. Toen ze naar de personeelsingang liepen, haalde ze diep adem.

'Jullie houden je mond,' fluisterde ze tegen haar zussen. 'Laat mij het woord doen.'

Ze had nog nooit zo'n grote keuken gezien. Er liepen minstens tien jonge mensen rond – van ongeveer haar leeftijd, sommigen misschien wat ouder – in witte schorten die hen van hun schouders tot hun knieën bedekten. Ze liepen gehaast rond, trokken laden open, staken ovens aan en legden eten op porseleinen borden. Het zag er chaotisch, maar ook spannend en energiek uit. Een onverwachte en welkome afwisseling van de stilte en afzondering van vannacht.

Er liep een meisje met een dienblad met theekopjes langs en Annalisa gaf haar een zacht klopje op haar elleboog. 'Pardon... Signora Russo?'

Het meisje wees met haar kin naar een vrouw van waarschijnlijk halverwege de dertig die op een marmeren plaat op een houten tafel deeg rolde. Het was een zeer knappe vrouw met een slanke taille en een stijlvol kapsel met in rollen opgestoken haar. Ze zag eruit alsof ze in een hippe straat in Milaan thuishoorde, in plaats van hier in deze drukke keuken. Annalisa had verwacht dat het hoofd van de keuken veel ouder zou zijn en een verweerd gezicht zou hebben.

Met een knikje naar haar zussen liep Annalisa op de vrouw af. Ze wist niet wat ze moest zeggen en bedacht dat ze het beter kort kon houden. 'Signora Russo? We zijn hier voor werk...'

'O, ze hebben eindelijk nieuw personeel gestuurd,' zei de vrouw. Haar bezadigde manier van praten stond in sterk contrast met haar jongere uiterlijk. Annalisa vermoedde dat ze dit werk al lang deed. Dat moest wel als ze met zoveel gezag sprak. 'We hebben het heel druk en ik wacht al dagen op versterking,' vervolgde ze. 'Wie van jullie is de bakker?'

'Eh, mijn zus. Deze zus,' zei Annalisa, waarbij ze naar Giulia wees.

Kennelijk verwachtte signora Russo drie nieuwe personeelsleden van wie er een bakker was. Gelukkig kon Giulia goed bakken. Annalisa hoopte maar dat de verwachte nieuwe medewerkers niet kwamen opdagen, of in elk geval niet op korte termijn, of dat signora Russo zo overwerkt was dat ze niet doorhad dat ze dubbel zoveel nieuw personeel had gekregen.

'O, zussen? Ik had niet meegekregen dat ze leden uit één gezin zouden sturen. Hoe heten jullie? Alleen voornamen, ik doe niet aan achternamen. Ik zal noteren dat jullie zussen zijn, dan kunnen jullie een kamer delen.' Ze liep naar een kleine metalen kast en haalde er een notitieboek uit, sloeg het open op een pagina die al voor de helft beschreven was. Achter sommige namen stond een driehoekje waar iets bijgeschreven was, maar Annalisa kon niet lezen wat er stond. Het driehoekje leek een code. De vrouw noteerde hun namen en zette er een haakje achter om aan te geven dat ze bij elkaar hoorden. Dat was voor signora Russo waarschijnlijk voldoende om te onthouden dat ze zussen waren.

'Bakkermeisje,' zei ze, waarbij ze naar Giulia wees. 'Jij gaat naar de ovens. Ze zijn bezig met de voorbereidingen voor het nagerecht van vanavond. En jij, kleine, gaat naar de grote gootsteen en gaat pannen schrobben. Straks komen er nog meer, dus je kunt beter zo gauw mogelijk beginnen. Begrepen?'

Emilia wierp een smekende blik op Annalisa. Haar grote zus keek haar streng aan, totdat Emilia haar kin liet zakken en naar de gootsteen liep.

De vrouw wendde zich tot Annalisa. 'En jij, de grootste, gaat met dienbladen lopen, de tweede en derde verdieping plus de suite van signor Parissi in de toren als je als eerste terug bent. Onthoud goed welk dienblad voor wie is, want ze hebben allemaal andere wensen voor het ontbijt. En dek het warme eten af! Ik heb begrepen dat ze vannacht tot laat zijn doorgegaan, dus het kan zijn dat sommigen het vanochtend rustig aan doen. Je zet het dienblad op het tafeltje bij de deur. Je klopt beslist niet aan! Het is van groot belang dat we het creatieve proces niet verstoren. Begrepen?'

Annalisa knikte vlug.

'Als je vragen hebt, kun je die aan de anderen stellen. Iedereen hier helpt elkaar. Na het ontbijt zal ik jou en je zussen laten zien waar jullie slapen en de maaltijd gebruiken. Daarna kunnen jullie je installeren. Daar is nu geen tijd voor. Vooruit, aan de slag allemaal!' voegde ze er met stemverheffing aan toe. 'De dag is begonnen. Het ontbijt wordt geserveerd!'

Opgelucht dat het zo gemakkelijk was gegaan, liep Annalisa naar de plek waar signora Russo haar naartoe had gestuurd. Daar stond een lange metalen tafel met dienbladen die in lange rijen waren neergezet. Ze probeerde zelfverzekerdheid uit te stralen en pakte een van de lijsten op de hoek van de tafel. Daarna bekeek ze de met prachtige letters beschreven naamkaartjes die voor elk dienblad lagen. Ze moest zich inhouden om niet naar adem te happen van verbazing toen ze de namen zag staan van mensen over wie ze gelezen had. Gunter Wilde, de Nederlandse beeldhouwer die op een nog nooit eerder vertoonde schaal aan een tafereel uit Dantes hel werkte. Marietta Basi, de Franse sopraan. Annalisa keek verderop op de tafel en herkende nog twee namen: die van een Nigeriaanse dichter van wie ze op school werken had gelezen, en van een beroemde wetenschapper uit India. Wat bijzonder dat al deze mensen nu hier waren, onder hetzelfde dak als zij.

Ze pakte het eerste dienblad en snapte algauw waarom signora Russo die taak aan haar en niet aan haar jongere zussen had gegeven. Het was zwaar werk. De enige manier om het voor elkaar te krijgen was één dienblad tegelijk pakken, de grote met tapijt beklede trappen op gaan tot ze op de betreffende verdieping was, door de lange gangen met schilderijen en beelden lopen en het dienblad bij de juiste kamer op het tafeltje bij de deur zetten. En dan moest ze naar beneden om een volgend dienblad te halen. Sommige bedienden droegen twee, drie of zelfs vier op elkaar gestapelde dienbladen tegelijk, zodat ze minder vaak hoefden te lopen. Maar dat waagde ze niet. Doordat ze de afgelopen nacht amper had geslapen, voelde ze zich al zwak en zenuwachtig onder het gewicht van slechts één dienblad. Ze moest niet hebben dat ze op de trap zou struikelen, zodat de kazen, kommen met fruit, mandjes met croissants en koppen koffie alle kanten op vlogen.

Tijdens een van de keren dat ze met een dienblad liep, kwam ze langs de balzaal waar het dansen de vorige avond waarschijnlijk had plaatsgevonden, en ze bleef even staan om de ruimte in zich op te nemen. De marmeren vloer glom en op de wanden tegen het plafond zag ze lange friezen. Er stonden twee vleugels tegenover elkaar langs de wanden. Aan het plafond hingen drie kroonluchters, elk zo breed als haar hele slaapkamer thuis.

'Mooi, hè?' vroeg een andere dienbladloper op fluistertoon. Het meisje was ongeveer van haar leeftijd en was naast haar komen lopen. 'Het hele kasteel is prachtig, maar dit vind ik de mooiste ruimte. Je moet er toch niet aan denken wat de nazi's ermee zullen doen. Ik bid elke avond dat de soldaten dit paradijselijk eiland nooit zullen ontdekken.'

Het meisje liep verder door de gang. Annalisa keek haar na en dacht aan gisteravond, toen Aldo het gehad had over de spanning die onder de uitgelatenheid schuilging. Thuis was ze zich ervan bewust dat de oorlog verhevigde, maar ze maakte zich toch vooral zorgen over papa's zwakke hart. Ze had gedacht dat ze tijd had om hem te laten aansterken en dat ze daarna met hem en haar zussen uit Italië kon ontsnappen. De opmerking van het meisje klonk onheilspellend en haar hartslag schoot even omhoog.

Terug in de keuken liep ze naar de metalen tafel om het laatste dienblad te pakken, dat van signor Parissi, dat ze naar de toren zou brengen. Ze wist niet of ze hem zou zien, want afgezien van het personeel leek er nog niemand in het kasteel wakker te zijn. Maar dat deed er niet toe. Het was goed om te weten waar zijn kamer was, hoe de toren eruitzag en wat er zich in zijn woongedeelte bevond. Informatie was nuttig. Hoe meer ze wist, hoe beter het was.

Ze was dan ook teleurgesteld toen ze in de keuken kwam en zag dat zijn dienblad al weg was. Ze kreunde. Een van de andere dienbladlopers moest al klaar zijn geweest en had het dienblad van Parissi mee naar boven genomen. Misschien wel die jongen die met vier dienbladen had gelopen. Die had zijn eigen lijst waarschijnlijk heel vlug afgewerkt. Ze was boos op zichzelf dat ze de gelegenheid had laten schieten om voet in signor Parissi's privégedeelte van het kasteel te zetten. Ze besloot morgen als eerste het dienblad van Parissi te pakken, ook al had signora Russo gezegd dat ze eerst de lagere verdiepingen moesten doen. Ze kon het zich niet veroorloven nogmaals de kans te missen zijn woongedeelte te zien.

En als de oorlog inderdaad naar het eiland kwam, had ze nog minder tijd dan ze had gedacht.

'Het was op zich wel leuk, maar... au!' riep Emilia later die avond, toen ze in haar pyjama in kleermakerszit op de onderste helft van het stapelbed zat. Ze trok een gedeelte van haar pasgewassen haar weg bij Annalisa, die achter haar zat en de klitten eruit probeerde te kammen.

'Kun je een beetje voorzichtiger doen?'

'Ik zal het proberen, Emilia, maar o, je haar!' foeterde Annalisa. Ze pakte het gedeelte terug en deed een nieuwe poging om de kam er, ditmaal met minder kracht, langzaam doorheen te trekken.

Doordat ze geen moeder hadden, was het haar taak Emilia's dikke haar te kammen, dat prachtig was als het droog was – er zaten natuurlijke lichtere tinten zoals karamel en oker in haar bruine haar – maar het was een ramp als het nat was. Ze was blij dat ze inmiddels in hun eigen kamer waren, dat ze vanavond in bad hadden gekund en dat ze nu hun nachtkleding aanhadden.

Hun kamer was beslist niet luxe, en ze miste de tierlantijnen van de slaapkamer die ze thuis deelden: de zonnebloemgele lappendekens die mama lang geleden voor hen had gemaakt, de zachte lakens en dikke veren kussens, de smalle boekenplank bij de deur met daarop Annalisa's bibliotheekboeken die nog niet terug hoefden, Giulia's liefdesromans en de verhalenboeken die Emilia ooit aan haar eigen kinderen wilde geven. Maar de kamer was schoon en functioneel. De personeelsvertrekken waren via een korte tunnel met de keuken verbonden. Het waren tweepersoonskamers, maar omdat signora Russo vond dat de zussen niet van elkaar gescheiden moesten worden, had ze een stapelbed en een extra kast in deze kamer laten plaatsen, zodat ze hier met z'n drieën konden slapen.

'Zo, je haar is helemaal glad,' zei Annalisa. Ze drukte een vlugge kus op Emilia's achterhoofd, waarna ze het haar in tweeën verdeelde om het te vlechten. 'Wat zei je nou? Was het leuk?'

'Nou ja, het was natuurlijk niet leuk om zwarte aanslag uit pannen te schrobben,' zei Emilia. 'Van signora Russo moet alles blinkend schoon zijn. Ze heeft drie pannen teruggestuurd. Die moest ik opnieuw schoonmaken. Maar het andere meisje is aardig en de jongen is een schatje. Wist je dat het keukenpersoneel de bibliotheek mag gebruiken en dat we zelfs bij lezingen en concerten mogen komen luisteren? Er zijn zelfs personeelsleden die bij gasten in de leer gaan.'

'Hebben ze dat gezegd?' vroeg Annalisa.

Emilia knikte. 'Ze zeiden dat signor Parissi in educatie gelooft. Hij wil dat iedereen elke dag iets leert, ook het personeel. En hij deelt geschenken uit, zoals boeken of gekleurde potloden, aan degenen die belangstelling tonen voor leren. Dat betekenen die driehoekjes in het notitieboek van signora Russo. Ze houdt bij wie wat krijgt. Geweldig toch? Ik hoop dat ik een geschenk krijg.'

'Ik ben blij dat je het hier naar je zin hebt, maar raak niet te veel aan deze plek gehecht,' waarschuwde Annalisa. 'We zijn hier niet voor ons plezier.' Ze kwam van Emilia's matras af en ging naar haar eigen bed, dat tegen de muur ertegenover stond.

'Dat weet ik, maar het is fijn om...' Emilia zuchtte, '... op zo'n bijzondere plek te zijn.' Ze ging op haar rug liggen en trapte tegen het matras boven haar. 'Wat zeg jij ervan, Giulia? Vind je het leuk hier?'

Giulia, die op haar rug op het bovenste matras lag, haalde haar schouders op. 'Het was fijn om in zo'n mooie keuken te werken,' zei ze. Ze ging rechtop zitten en keek Annalisa aan. 'Weet je waar ik achter ben gekomen? Er is hier een schilder die leerlingen nodig heeft die kleren kunnen naaien voor een muurschildering die hij gaat maken. Toen ik aan signora Russo vertelde dat onze vader kleermaker is, zei ze dat ik maar eens met hem moest gaan praten.'

Ze keek naar haar schoot. 'Ik mis Vincenzo. En ik mis papa,' voegde ze er zacht aan toe.

Emilia keek naar Annalisa. 'Ik maak me zorgen om hem. Denk je dat het goed met hem gaat?'

'Het zal nog hetzelfde gaan als toen we vertrokken,' zei Annalisa tegen hen. 'Zo lang zijn we nog niet weg.'

'En nu, Pippa?' zei Giulia. Annalisa vond die vraag agressief klinken, wat vooral kwam doordat Giulia die vreselijke bijnaam uit haar kindertijd gebruikte. 'We zijn nu hier, wat is je plan verder?'

'Ik ben je gejammer en domme geklets spuugzat,' zei Annalisa. 'Wat een onzin dat je Vincenzo mist. Je kent hem amper! We kunnen beter gaan slapen voordat we nog meer domme dingen zeggen. Ik doe nu het licht uit. En ik heb het al eerder tegen je gezegd: noem me geen Pippa!'

Ze stak haar hand uit naar het lampje op haar ladekast en trok aan het koordje. De gordijnen waren dicht en het was volslagen donker in de kamer. Ze ging op haar zij liggen en hoopte maar dat de hortende geluidjes die ze aan de andere kant van de kamer hoorde slaapgeluiden waren en niet betekende dat Emilia huilde. Het was niet haar bedoeling geweest om op Emilia te foeteren of tegen Giulia te snauwen, maar ze was boos dat ze geen voet in de toren had gezet of een glimp van signor Parissi had opgevangen. Niet te geloven dat ze zo dom was geweest het dienblad met zijn ontbijt niet als eerste naar boven te brengen. Sindsdien was er geen gelegenheid meer geweest om hem te zien, want ze hoorde later van de andere dienbladlopers dat hij niet zoals alle gasten naar beneden kwam om te lunchen of te dineren. Hoewel ze er dus in geslaagd was voor hen alle drie hier op het kasteel werk te regelen, zorgde haar vergissing bij het ontbijt ervoor dat ze vandaag als een verloren dag zag. Ze kon zich geen fouten veroorloven.

Ze was boos, maar vooral moe. Haar armen deden zeer van het dragen van de dienbladen en haar benen deden zeer doordat ze de hele ochtend trap had gelopen. Ze ging op haar zij liggen en sloot haar ogen, probeerde de latten te negeren die ze door de dunne matras heen voelde. Ze hoopte dat het morgen, na een nacht goed slapen, beter zou gaan. Ze was hier pas een dag, maar voor haar gevoel was ze tien jaar ouder geworden.

Opeens werd er zacht op de slaapkamerdeur geklopt. Ze verstijfde. Was iemand erachter gekomen dat ze niet in dienst waren genomen en werden ze nu weggestuurd? Ze bleef even roerloos liggen, wist niet wat ze moest doen. Maar toen hoorde ze een stem aan de andere kant van de deur.

'Annalisa? Ik ben het!'

Aldo! Ze herkende zijn stem direct. Opgelucht kwam ze uit bed. Omdat ze in haar nachthemd was, deed ze de deur slechts op een kier open. 'Wat doe jij hier?' fluisterde ze.

'Ik ben nieuwsgierig hoe het vandaag is gegaan,' fluisterde hij terug. 'En ik heb iets lekkers bij me, wijn en wat zoetigheden die over waren van het diner van vanavond. De specialiteiten van signora Russo zijn overheerlijk. Die moet je echt proeven.'

Annalisa keek over haar schouder naar het stapelbed waar haar zussen in lagen. 'Ik kan je niet binnenlaten. Mijn zussen slapen.'

'Dan gaan we een eindje lopen,' zei hij. 'De lucht is vanavond betoverend mooi. Dat wil je echt niet missen.'

'Maar het is al heel laat...'

'Laat?' vroeg hij verbaasd. 'Voor mij niet. Maar we kunnen ook een andere keer bijkletsen...'

'Nee, wacht!' fluisterde ze. Ze keek nog steeds door de spleet tussen de deur en de deurpost. Aldo zag er anders uit dan gisteravond. Netter. Zijn haar was gekamd en hij had een zijscheiding. Hij droeg een wit buttondownoverhemd en een bruine broek met wijde pijpen. Ze nam aan dat hij overdag andere verantwoordelijkheden had, die om een netter uiterlijk vroegen dan als hij bij het botenhuis werkte. Hij had er gisteravond op een schattige manier goed uitgezien, maar nu bleek hij nog knapper dan ze had gedacht. En ze was nieuwsgierig naar hem, wilde weten wie hij was en hoe hij op het eiland terecht was gekomen. Hoe kwam hij aan de nagerechten van signora Russo? Die waren haar en haar zussen niet aangeboden.

Ze wist dat ze moest slapen. Ze hoefde geen wijn of zoetigheid, maar als ze in Aldo's donkere ogen keek en zijn openhartige glimlach zag, voelde ze iets diep vanbinnen. Het viel haar nu pas op dat hij een kuiltje in zijn kin had. Als ze hem wegstuurde, zou ze toch niet kunnen slapen, omdat ze wist dat ze buiten bij hem kon zijn, onder de sterrenhemel en de oplichtende lucht.

'Ik moet me aankleden,' zei ze. Wie weet maakte ze de grootste fout van haar leven door zich door gevoelens in plaats van verstand te laten leiden. Maar ze kon er niets aan doen.

ELF

2018

Maandag

Mia liep achter de ober aan over het terras om haar naamplaatje te zoeken. Ze vroeg zich af wat er zou gebeuren als dat er niet tussen lag. Hoever zou ze gaan met deze leugen? Maar haar naamplaatje lag ertussen op de lange tafel, en ook op een van de ronde tafels lag een kaartje met haar naam. Iemand had kennelijk een fout gemaakt en Erica's reservering aan deze groepsboeking toegevoegd. Voor het personeel hoorde ze erbij en dus had ze recht op dezelfde gastvrijheid als alle anderen die op het terras zaten om te lunchen.

De ober trok haar stoel naar achteren aan een tafel waar al drie mensen aan zaten. Ze bedankte hem en ging zitten. Links van haar zat een oudere vrouw met een zonnebril met ronde glazen en een gigantische zonnehoed. Tegenover Mia zat een man van ongeveer dezelfde leeftijd met grijs piekhaar en een heel lange hals. Rechts van haar zat een jonge man van in de twintig. Zijn gezicht leek op dat van de oudere man. Ze legde haar servet op haar schoot en deed alsof ze zich concentreerde op het gladstrijken van de vouwen, terwijl ze zich afvroeg hoe ze deze mensen kon laten geloven dat ze een van hen was.

'Hallo,' zei de vrouw, die het naamplaatje optilde dat voor haar borst hing. 'Ik ben Missy Carruthers en dit is mijn man, Charlie, en onze zoon, Pete. We komen uit Baltimore.'

‘Hallo, ik ben Mia Abrams,’ zei Mia. Ze glimlachte en knikte naar haar idee belachelijk lang. Er verscheen een andere ober, maar ze gebaarde beleefd dat ze geen wijn hoefde. Ze kon het beter bij water houden. ‘O, en ik kom van Long Island,’ voegde ze eraan toe.

‘Is dit uw eerste keer in Italië? Of hebt u dit al vaker gedaan?’ vroeg Missy.

O, nee, dacht Mia. Waar heeft ze het over?

‘Eerste keer,’ antwoordde ze, omdat dat het veiligste antwoord leek.

‘Voor ons ook. Italië is voor ons minder belangrijk. Uiteraard zijn we wel op andere locaties geweest. Vooral in Frankrijk, maar ook in Spanje en Griekenland.’

‘En, hoe gaan de zaken op Long Island?’ vroeg Charlie.

‘O… wel goed,’ zei Mia alsof ze diep over het antwoord had nagedacht. Ze wilde dat ze zo’n programmaboekje had meegenomen waar de receptioniste het over had gehad, zodat ze tenminste enig idee zou hebben waar ze in terecht was gekomen.

‘U mag gerust weten dat het voor ons pittig is geweest,’ zei Charlie, die een homp afbrak van een van de smalle broden in het mandje op de tafel. ‘Vijf jaar geleden dacht ik dat we nu niet meer zouden bestaan, maar dankzij onze briljante zoon hier zijn we overgestapt op een ander verdienmodel. Het luxesegment, waarbij service hoog in het vaandel staat. We hebben een klantenbestand met rijke mensen die naar exotische oorden willen. Dat je vakantie een afspiegeling is van je status, snapt u? Dat heeft heel goed uitgepakt. En hoe rijker onze klanten, hoe beter onze opties. Zoals…’ Hij stak zijn armen uit om zijn standpunt te benadrukken.

‘Het heeft echt geholpen,’ beaamde Missy. ‘Dit jaar hebben we onze naam van Carruthers Travel in SEE Incomparable Adventures veranderd. Die letters staan voor Service, Exclusiviteit,

Excellentie. We zijn heel nieuwsgierig naar het kasteel. We hebben al drie klanten die geïnteresseerd zijn.'

'Tjonge,' zei Mia, en ze nam een slokje water. Het begon haar te dagen: dit was een groep reisagenten en eigenaars van reisorganisaties op een snoepreisje om het resort te promoten dat op het eiland Parissi werd gevestigd. En dus was het eerste programmaonderdeel een uitstapje naar het kasteel.

De eerste ober kwam terug en drupte kringen olijfolie op hun broodbordjes, terwijl de tweede ober fraai opgemaakte, vierkante lunchborden neerzette met daarop een selectie worst, kaas, fruit en brood van het buffet. Charlie stak zijn vork in een plakje prosciutto, doopte een homp brood in de olijfolie en nam een flinke hap.

'Wat is het geheim van uw succes?' vroeg hij aan haar. Hij legde het brood neer en veegde met zijn servet zijn glimmende lippen schoon.

'Ik heb ook een beperkte klantenkring,' zei ze, waarbij ze naar haar bord keek.

'Zit u al lang in het vak?'

'Niet echt. Ik ben er bij toeval in gerold. Het was mijn grootmoeders idee...'

'O, een familiebedrijf, net als bij ons!' zei Missy. 'Wat heeft haar doen besluiten in de business te gaan? Liefde voor reizen?'

'Nee, dat niet,' zei Mia. 'Ze kwam uit Italië en had een zeer ongebruikelijk verleden, dus ik specialiseer me in reizen naar Italië. Ik probeer haar leven te herscheppen. Ja, zo kun je het wel noemen,' zei ze opeens enthousiast.

Nu ze hier met drie onbekenden uit één gezin zat en zomaar wat zei, drong het eindelijk tot haar door wat ze hier deed. Ze maakte deze reis in de eerste plaats vanwege de schianto en de beschuldigingen van de Italiaanse advocaat, maar dat was niet het enige. Dit was het bewijs dat ze moeiteloos in haar eentje kon reizen, dat ze wist hoe ze met nieuwe mensen moest omgaan, dat ze straffeloos kon liegen en zich als heel iemand anders kon voordoen. Soms was liegen noodzakelijk, bijvoorbeeld als je identiteit op het spel stond.

Het hoofddoel van deze reis was de vrouw begrijpen die haar had opgevoed. Ze wilde ontdekken wie haar grootmoeder werkelijk was.

Na de lunch stapte de groep weer in de bus en toen ze bij de kust aankwamen, werd Mia blijer dan ze had verwacht toen ze Leo op de aanlegsteiger bij de veerboot zag staan. Hij droeg nu een zonnehoed met een brede rand en een donkere zonnebril. In combinatie met zijn slanke bouw en brede schouders leek hij wel een filmster. Hij stak zijn hand uit om mensen steun te bieden als ze op de boot stapten, die kleiner was dan de boot waar ze eerder op hadden gezeten. De boot schommelde flink, dus ze was blij met zijn steun. Zijn huid was gladder dan ze had verwacht en zijn vingers waren slank maar sterk toen hij haar hand vastpakte.

'*Ciao*,' zei hij. Ze keek van zijn zonnebril naar zijn brede, gelijkmatige glimlach en daarna naar zijn vierkante kin met die verleidelijke stoppelbaard. Ze wist dat het kinderachtig was zo aandachtig naar hem te kijken, alsof ze een schoolmeisje was dat naar een tv-programma keek waar de nieuwste tieneridool aan meedeed, maar het feit dat hij zijn aandacht op haar richtte, was onweerstaanbaar. Ze dwong zichzelf haar blik af te wenden, mompelde 'ciao' terug en trok haar hand los. Toen ze op een lege bank ging zitten, besefte ze dat ze niet de enige was die doorhad hoe knap hij was.

'Wat een lekker ding, hè?' zei een vrouw die voor haar zat. De twee vrouwen naast haar knikten.

'Een echte adonis,' mompelde een van de anderen.

Leo begroette de kapitein, die het trapje naar de stuurhut op rende. Daarna zette hij zijn zonnebril af, stak die in het zakje van zijn overhemd en pakte de microfoon van het voorpaneel van de boot. Het spiraalvormige snoer kwam over zijn lichaam te hangen.

'Ciao,' zei hij. Hij zette zijn vingers weer bij zijn oren en de menigte antwoordde met 'ciao!'

Hij lachte. 'Goed zo! Jullie klinken al als echte Italianen! We gaan nu naar Isola di Parissi. Onderweg zal ik jullie wat achtergrondinformatie over het eiland geven.'

Hij zette zijn voet op een bank, waardoor er een gebruinde enkel tussen zijn bootschoen en de zoom van zijn broek zichtbaar werd. 'De familie Parissi kreeg het eiland en het prachtige kasteel ergens in de zestiende eeuw in bezit,' zei hij. 'Hoewel er vaak sterren en aristocraten te gast waren, werd het kasteel pas in de periode vlak voor de Tweede Wereldoorlog het centrum van Europese kunst en inventiviteit. Ironisch genoeg was het juist deze transformatie waardoor het eiland een doelwit voor de nazi's werd. De invasie maakte een voortijdig eind aan het leven van de beste jonge denkers en geleerden uit die tijd, met als gevolg dat hun afstammelingen, en de hele mensheid, een schat aan uitvindingen en creaties ontzegd werd die misschien nog wel verbluffender geweest zouden zijn dan we ons kunnen voorstellen.'

Mia sloeg haar benen over elkaar en leunde naar achteren, terwijl ze aandachtig naar Leo's verhaal luisterde. Ze had veel lezingen bijgewoond tijdens haar studie en zelfs op haar werk in het lab, waar wetenschappers geregeld over hun werk kwamen vertellen en waar alle medewerkers bij aanwezig mochten zijn. Ze ging graag naar lezingen over onderzoekstudies, want die maakten duidelijk dat het menselijk lichaam ingewikkeld in elkaar zat en dat er nog veel mysteries op te lossen waren. Onderzoekers konden nog steeds nieuwe verbanden leggen en ontdekkingen aan het licht brengen. Om die reden wilde ze graag haar opleiding afmaken en een eigen laboratorium opzetten.

Maar Leo's woorden raakten haar op een andere manier. Hij had een prettige stem – niet te hoog en niet te laag – en sprak onderhoudend en opvallend vertrouwelijk als je bedacht dat hij het tegen een boot vol mensen had. Hij maakte oogcontact met iedereen op het dek, ook met haar, en daardoor was ze ervan overtuigd dat hij echt wilde dat ze het zou snappen en zich met hem verbonden zou voelen. Alsof ze belangrijk voor hem was. De manier waarop hij de groep toesprak, was zeer verleidelijk. Ongeveer net zo verleidelijk als zijn grote, donkere ogen en zijn brede, innemende glimlach.

'Maar het is ook het verhaal over een verdeelde familie en de laatste erfgenaam van de Parissi-dynastie,' vervolgde hij. 'Op zijn vijfentwintigste erfde Patricio Parissi het familiefortuin, wat gevolgen had voor de levensloop van velen.'

Het was stil op de boot. Je hoorde alleen het geronk van de motor en het water dat tegen de zijkanten van de boot klotste. Iedereen zweeg. Mia besefte dat de anderen net zo geboeid waren als zij. Het verhaal dat Leo vertelde was tegelijkertijd universeel en specifiek, monumentaal en minuscuul. Het ging over één familie, maar had betrekking op de hele wereld, op hele generaties. Het was een openbaring dat haar grootmoeder, die zo'n beperkt en rustig leven had geleid, op de een of andere manier nauw verbonden was aan deze verschrikkelijke historische gebeurtenissen met verstrekkende gevolgen.

Na een tijdje vervolgde Leo zijn verhaal. 'Patricio en zijn jongere zus, Olivia, waren de kinderen van het familiehoofd, Francisco. Francisco's vrouw was een paar jaar daarvoor overleden. Het verhaal gaat dat Olivia levendig en beeldschoon was. Ze was haar vaders oogappel. Diverse rijke jongemannen hadden belangstelling voor haar. Olivia was een passionele vrouw die haar hart volgde. Ze werd verliefd op een Joodse kleermaker van lage komaf die geregeld vanuit een klein dorp ten zuiden van Rome naar het eiland kwam om de dure kleding van de familie te repareren. Ze trouwde met hem. Haar vader was woedend over Olivia's besluit. Hij onterfde haar en verbrak alle contact met haar. Toen Francisco overleed, was Patricio dan ook zijn enige erfgenaam.'

Mia hing aan zijn lippen. In het lab in New York vond ze het altijd fascinerend hoe cellen en enzymen en chemische stoffen onder verschillende condities op elkaar reageerden. Nu zag ze de overeenkomsten tussen wetenschap en geschiedenis. Het verhaal van het eiland Parissi en het kasteel van de dichter, was een verhaal met meerdere factoren en variabelen. Zonder die specifieke omstandigheden was de geschiedenis van het eiland misschien anders verlopen. Diep vanbinnen voelde ze aan dat Leo wilde dat ze dat zouden snappen. Ze was gefascineerd door zijn inzicht en passie. En hij bracht het verhaal zo dat iedereen erdoor geraakt werd.

'Patricio was heel anders dan zijn zus,' vervolgde Leo. 'We weten dat hij als jongeman veel las, introvert was. Zijn grote droom was apparaten en geneesmiddelen uitvinden die ziekten konden genezen, van een eenvoudige verkoudheid tot kanker of hartkwalen. Zijn intellectualisme en zachtaardigheid wekten de woede van zijn vader, die wilde dat zijn zoon assertiever was. Uit andere bronnen weten we dat Patricio een dagboek bijhield, en hoewel dat samen met bijna alle andere spullen in de oorlog vernietigd is, is er een hartverscheurende bladzijde in het kasteel gevonden, waarop een schrijnende gedachte staat die waarschijnlijk op Francisco slaat:

Hij haat de man met wie Olivia getrouwd is, maar ik vrees dat hij mij nog meer haat. Het is ironisch dat ik, doordat ik er niet in slaagde voor haar op te komen, door in elkaar te duiken op de trap toen hij tegen haar schreeuwde, zijn gelijk heb bewezen. In zijn optiek zal ik altijd zwak en waardeloos zijn. Zo zal hij me altijd blijven zien.

Dus ja, Patricio was een gevoelige jongeman, maar we weten dat hij sterk is veranderd naarmate hij ouder werd. Getraumatiseerd door zijn vaders woedeaanvallen en het verlies van zijn zus, trok hij zich terug in het kasteel. Hij sprak met vrijwel niemand, alleen met een leerling die hij aannam en met een huishoudster die zijn vertrouweling was. Hoewel er veel kunstenaars en intellectuelen in het kasteel verbleven, woonde en werkte hij in afzondering in de kasteeltoren.'

Leo zweeg weer even en ook de mensen op de boot hielden hun mond. De schrijnende en beladen woorden die Leo uit Patricio's dagboek had voorgelezen hingen nog in de lucht. Hij wist hoe hij zijn publiek moest bespelen, dat zeker, maar dat talent maskeerde voor Mia niet dat hij oprecht begaan was met het onderwerp. Het was bijna alsof Leo persoonlijk genoten had van Olivia's sprankelende persoonlijkheid en meevoelde met Patricio's ongerustheid. Zijn manier van vertellen was betoverend, maar ze was ook nieuwsgierig. Waarom had deze charismatische man, van alle plaatsen waar hij als reisgids aan de slag kon, uitgerekend voor deze plaats gekozen? Wat had hij voor persoonlijk belang bij dit eiland, dit kasteel en deze verscheurde familie?

Leo keek over zijn schouder naar het kasteel en richtte zijn aandacht toen weer op de groep. 'Ik zal nu mijn mond houden, dan kunnen jullie ongestoord van de omgeving genieten.'

Hij draaide zich om en de mensen op de boot bleven stil, terwijl de boot ritmisch door het water schommelde. De motor ronkte zacht. Waterdruppels spatten op en glinsterden in het zonlicht. Terwijl Mia het eiland steeds groter zag worden, moest ze denken aan plaatjes in haar schoolboek vroeger, van astronauten in de ruimte die naar de aarde keken. Maar dit was intenser dan een bladzijde in een schoolboek.

Ze had nog nooit zulke kleuren gezien: het diepblauw van de lucht, het donkergroen en donkeroranje van de struiken op de kliffen, de kleurschakeringen van de kasteelmuren die varieerden van roomwit tot lichtbruin en staalgrijs, de goudkleurige strepen op het glazige blauwe water die de brede toren van het kasteel reflecteerden. Het kasteel, dat op een steile heuvel boven de puntige kust lag, leek gigantisch, strekte zich uit over een groot deel van het piepkleine eiland. Met zijn twee koepels, imposante toren en gebogen doorgangen en boogramen leek het iets uit de middeleeuwen. Dat zorgde ervoor dat Mia niet alleen het gevoel had dat ze over het water reisde, maar ook dat ze terugging in de tijd.

Ze kwamen aan bij de aanlegsteiger. Leo sprong van de boot en bood opnieuw zijn hand aan terwijl mensen op het eiland stapten, gaf elk van hen een koud flesje water uit een koelbox, voor de wandeling die hun te wachten stond. Hoewel het zeebriesje aangenaam warm was, scheen de zon fel. Mia was boos op zichzelf dat ze geen hoed bij zich had, zoals alle anderen. Ze had gelukkig wel een zonnebril, dacht ze, toen ze vrijwel recht omhoogkeek om het kasteel te zien dat de lucht in stak. Op dat moment viel er een schaduw over haar heen. Ze draaide zich om en zag dat Leo haar zijn eigen hoed toestak.

'Dit zal prettiger zijn, signorina,' zei hij, terwijl hij de hoed op haar hoofd zette. 'Ik ben beter gewend aan dit klimaat.'

Ze wilde zijn aanbod afslaan, maar voordat ze kon zeggen dat ze niet wilde dat hij zonder hoed zou rondlopen, of voordat ze hem zelfs maar had kunnen bedanken voor het gebaar, rende hij al naar voren en ging hij op de onderste trede van de lange stenen trap staan. 'De lift die bij de achterkant van het kasteel uitkomt, is helaas nog niet in gebruik,' zei hij. 'Als u liever niet naar boven klimt, blijft u dan hier en geniet van de prachtige middag. Voor degenen die met mij mee willen: kom, we gaan.'

Een paar mensen keerden terug naar de veerboot. Mia en de anderen liepen verder naar de stenen trap. Leo liep voorop en bleef op de vele tussenstukken staan, zodat mensen van het uitzicht konden genieten en op adem konden komen. Terwijl Mia de trap op ging, kon ze nauwelijks geloven dat haar grootmoeder hier ooit was geweest. Het kasteel was groots en imposant, en haar grootmoeder was klein, zowel in gestalte als in hoe ze had geleefd. En het kasteel was heel romantisch, als iets uit een sprookje, en haar grootmoeder was de minst romantische persoon die ze kende. Mia had zich Lucy's kindertijd in Italië altijd voorgesteld als een periode van schaarste en ontberingen. Waarom zou ze er anders nooit over verteld hebben?

Want dit prachtige eiland in de Middellandse Zee, dit enorme kasteel... Als je daar ooit binnen was geweest, zou je er toch over willen vertellen? Dan wilde je toch herinneringen ophalen aan door de zalen lopen, aan uit de ramen op de bovenste verdiepingen kijken en aan schitterende vergezichten zien? Was het mogelijk dat haar grootmoeder hier was geweest? En als dat zo was, wat was er dan gebeurd waardoor ze deze plek de rug had toegekeerd?

Uiteindelijk waren ze boven. Iets verderop lag een groot plein. 'Tjonge, moesten alle gasten van het kasteel zo naar boven?' vroeg Charlie hijgend, terwijl hij het zweet van zijn gezicht veegde.

'Dit was de enige manier om het kasteel binnen te gaan,' zei Leo. 'Je kunt ook bij de keuken aan de achterkant naar binnen, maar dan heb je diezelfde lange klim. Goed, als jullie aan deze kant de diepte in kijken' – hij wees links van hem – 'zien jullie het botenhuis, dat brede houten gebouw bij het water. Patricio had talloze boten om gasten, medewerkers en voorraden van en naar het eiland te vervoeren. Vierentwintig uur per dag was er personeel dat ervoor moest zorgen dat niemand zonder zijn toestemming het eiland betrad. Vandaar dat ze volledig overrompeld waren door de invasie van de nazi's. Het was niet zo dat ze niet doorhadden wat er op de rest van het continent gebeurde, maar ze voelden zich hier heel veilig. Ze hadden er nooit rekening mee gehouden dat er ongenode gasten zouden komen.'

Hij gaf hun even de tijd om vanaf dit hoge punt naar het botenhuis te kijken en wenkte toen dat ze achter hem aan moesten lopen. 'Dan gaan we nu naar binnen,' zei hij. 'Wilt u er alstublieft aan denken dat we nog midden in de verbouwing zitten? Overal in het kasteel wordt gewerkt, dus dat kan gevaarlijke situaties opleveren. Ik zeg het voor uw eigen veiligheid: blijf bij de groep.'

Ze liepen door een tunnel met een booggewelf die uitkwam bij een brede houten deur met een deurknop in de vorm van een ijzeren ring. Leo duwde de deur open en voerde de groep de entreehal in. Mia was onder de indruk van de overdaad aan kleuren en texturen hier: het donkerrode kleed, de goedgevulde Wedgwood-blauwe banken en de grote leren fauteuils, de bewerkte mahoniehouten tafels en boekenplanken. Ze had geen idee wat een verblijf van één nacht hier zou gaan kosten als het resort eenmaal open was.

Ze liepen verder. Mia deed de hoed af die Leo haar had geleend. Toen ze die langs haar gezicht liet zakken, rook ze sandelhout en een vleugje citrus. Ze bloosde toen ze besefte dat dit Leo's geur was. Het was alsof ze deelgenoot was gemaakt van een geheim. Of deelhad aan iets wat heel privé was.

'Dit hier wordt de lobby,' zei Leo, die met zijn arm rondzwaaide. 'De alkoof daar rechts wordt een kleine lounge voor entertainment in de avond. Als jullie met me meelopen, komen we op een van de mooiste buitenruimten in het hele Middellandse Zeegebied. Nou ja, dat vind ik. Kijk maar of u het met me eens bent.'

Ze liepen achter hem aan door dubbele glazen deuren en kwamen op een groot balkon dat over de volledige breedte van de achtermuur van het kasteel liep en een weids uitzicht bood op de Middellandse Zee, met her en der piepkleine eilanden.

'Ongelooflijk,' mompelde iemand. De anderen knikten.

'De architecten wilden dit terras in de oude staat herstellen, zodat het er precies zo zou uitzien als voor Patricio's gasten als die 's middags of 's avonds hier kwamen eten of voor de nacht weer naar boven gingen. Ook het personeel genoot van dit uitzicht. Velen namen hier vlug een kijkje als ze daar de kans toe kregen.'

Hij liet hen nog even kijken en wenkte toen dat ze weer naar binnen gingen. De anderen liepen achter hem aan, maar Mia bleef bij het tot haar middel reikende ijzeren hek langs de rand staan. Haar grootmoeder zou dit een prachtig uitzicht hebben gevonden, zeker 's avonds. Ze ervoer het vertrouwde gevoel van groot verlies en stelde zich haar grootmoeder voor in Soundport, zoals ze soms door haar telescoop naar de sterren keek of gewoon naar het donker staarde en naar het water luisterde dat tegen de kust kabbelde. Ze stelde zich voor dat Lucy, vele jaren geleden, voordat ze naar New York kwam, hier op het oorspronkelijke terras had gestaan. Wat was er door haar hoofd gegaan terwijl ze naar de uitgestrekte verte keek? Mia dacht aan het verhaal dat Leo op de boot had verteld, dat Patricio zich als gevolg van een jeugdtrauma terugtrok. Waardoor was haar grootmoeder in een zwijgzame, gesloten persoon veranderd? Lag hier de oorzaak daarvan?

'Signorina?' zei een stem achter haar. Ze draaide zich om en zag dat Leo in de deuropening stond te wachten. Ze was als enige nog op het terras en ze liep haastig langs hem. Hij sloot de deuren, trok nog eens extra aan de deurklinken. Mia had het idee dat hij dit deed om zijn eerdere verzoek te benadrukken dat de groep bij elkaar moest blijven. Ze voelde zich vreselijk dat ze was afgedwaald. Ze hoorde hier toch al niet te zijn en wilde beslist geen aandacht op zichzelf vestigen.

'Sorry,' zei ze. 'Scusi.'

Hij keek haar even streng aan en ging weer voor de groep staan.

Ze liepen terug naar de lobby en gingen een brede, met tapijt beklede trap op. Op de eerste verdieping nam Leo hen mee door een gang met ingewikkeld lijstwerk en kleine olieverfschilderijen aan de wanden, die elk van bovenaf met een lampje werden aangelicht. Aan weerszijden van de gang waren diverse deuren. Halverwege de gang deed hij aan de rechterkant een stel dubbele deuren open. Ze zagen een magnifieke balzaal die volkomen leeg was op vier enorme kristallen kroonluchters na die op een rij aan het plafond hingen. De vloer was van glanzend wit marmer en in de verste muur was een rij hoge boogramen die bijna van de vloer tot aan het plafond liepen.

Leo ging in het midden van de zaal staan. 'De avonden werden hier doorgebracht en die hadden naar verluidt een feestelijk karakter. Er werd vaak begonnen met een lezing of met voorlezen, maar naarmate de uren verstreken, werd de stemming bijna bacchanaal. De gasten droegen chique kleding en de muzikanten speelden alles, van statige walsen tot opzwepende samba's. Het dansen en drinken ging soms door tot aan de dageraad. Patricio meed deze feesten, al gaat het verhaal dat hij één keer bij een vioolconcert aanwezig is geweest, maar dat was een zeldzaamheid.'

Leo liep terug naar de dubbele deuren. 'Ik wil jullie nog één vertrek laten zien en dat is het vertrek dat ikzelf het interessantst vind,' zei hij. 'Het is onze tentoonstellingsruimte met voorwerpen en belangrijke documenten die laten zien hoe het leven hier was voordat de nazi's het eiland bestormden. Ons team is bezig veel van deze objecten te analyseren. Sommige voorwerpen zijn pas kort geleden binnen deze muren gevonden. Als alle objecten hier zijn, zullen die het verhaal van deze ongebruikelijke plek vertellen, hoeveel er hier is gecreëerd en, misschien nog wel belangrijker, hoeveel er verloren is gegaan of nooit tot stand is gekomen.'

Hij nam hen mee naar nog een stel dubbele deuren, die toegang boden tot een vierkante ruimte met glazen vitrines langs de wanden en in het midden. 'De meeste vitrines zijn nog leeg, maar in sommige is al iets te zien. In de vitrine daar bij het raam liggen dagboekfragmenten die geschreven zijn door prominente romanschrijvers die in de jaren dertig hier verbleven. En er is ook al wat beginwerk te zien van de hand van de Deense beeldhouwer Hans Jerenski. Daarnaast liggen teruggevonden schetsen van Savio Peralta, een Argentijnse schilder die het keukenpersoneel model liet staan voor zijn schilderijen. Daar weer naast is een prototype van een microscoop met scherpstelmogelijkheden die in die tijd nog niet bekend waren. We proberen nog steeds te achterhalen wie deze getalenteerde uitvinder was.'

Missy wees naar een vitrine in het midden van het vertrek, de grootste die op het hoogste voetstuk stond. 'Dat ziet er belangrijk uit,' zei ze. 'Wat komt daarin?'

'Tja, dat is een interessante kwestie,' zei Leo, die op haar af liep. 'Hierin moet het belangrijkste object van dit vertrek komen. Er is jaren gedacht dat het object in de oorlog was vernietigd, maar nu denken we dat het gestolen is vlak voordat de nazi's het kasteel in handen kregen. We hopen het object binnenkort terug te krijgen en ik kan erbij vertellen dat degene die het momenteel in bezit heeft in staat van beschuldiging zal worden gesteld en vervolgd zal worden. De reden dat dit object zo belangrijk is, is dat het door Patricio zelf is uitgevonden,' voegde hij eraan toe. 'Het was bedoeld als medisch instrument. Hij noemde het de schianto grandioso.'

TWAALF

2018

Maandag

‘Signorina?’ zei Leo ditmaal nadrukkelijk.

‘Wat? O, o, ja,’ zei Mia geschrokken.

De anderen hadden het vertrek al verlaten en Leo stond naast haar. Ze had de anderen niet horen weggaan en had niet gemerkt dat Leo op haar af was gekomen. Ze wist alleen dat ze naar de vitrine in het midden was gelopen en dat ze naar een papier keek dat in de vitrine was geplakt met daarop dezelfde tekening die ze in het kantoor van Milt had gezien. Een tekening van de kom die ze in haar koffer had.

‘Scusi. Sorry,’ voegde ze eraan toe. Ze merkte dat ze weer bloosde.

Ze schaamde zich dat ze zo in haar eigen wereldje was opgegaan dat Leo haar opnieuw moest komen halen. De anderen zouden haar wel ontzettend dom vinden. Ongetwijfeld was hun ook bij andere rondleidingen gevraagd om bij de groep te blijven en het verbaasde hun waarschijnlijk dat ze zo’n eenvoudige instructie niet kon opvolgen. Erger nog, zo vestigde ze de aandacht op zichzelf. En dat was onder de huidige omstandigheden beslist niet handig. Maar ze kon er niets aan doen, want ze had nieuwe informatie gekregen die ze moest verwerken. Er was een nieuwe dreiging. De eigenaar van het resort was er niet alleen op gebrand de schianto terug te krijgen, maar wilde degene die hem in zijn of haar bezit had aanklagen. Dat betekende dat ze in een Italiaanse gevangenis kon belanden als iemand de kom vond. Ze wist op dit moment niet eens waar ergens in het hotel haar koffer was of wie daar nu op lette.

'Scusi,' herhaalde ze. 'Het is zo interessant. Mooi. *Bella* of *bello*,' zei ze. Ze mompelde het eerste wat in haar opkwam, terwijl ze achterwaarts weg van de vitrine stapte. Ze hoopte maar dat de rondleiding bijna was afgelopen, zodat ze ervoor kon zorgen dat de schianto veilig verborgen bleef.

Maar toen ze vlak bij de deuropening was, bleef haar voet achter de rand van een andere vitrine haken en ze struikelde, viel bijna. Leo schoot naar voren om haar op te vangen, maar gelukkig stond ze alweer rechtovereind voordat hij bij haar was. Ze wist niet of ze de ultieme vernedering van in zijn armen vallen aan had gekund. Het liefst zou ze zijn hoed, die ze gek genoeg nog steeds vasthad, voor haar gezicht houden.

'Gaat het?' vroeg hij. Hij hield zijn hoofd schuin en zijn prachtige donkere ogen keken meelevend in die van haar.

Ze knikte en hij knikte terug. Zijn jukbeenderen gingen omhoog toen hij glimlachte en hij tikte tegen zijn hoed alsof hij bevestigde dat hij wilde dat zij die nog had. Als er niet zoveel op het spel stond, zou ze daar minstens nog een paar seconden zijn gebleven om te genieten van zijn glimlach en zijn aandacht, want hij keek haar indringend aan. In plaats daarvan haastte ze zich naar de groep in de gang. Hij kwam achter haar aan, sloot de deuren achter zich en leunde ertegenaan.

'Zoals ik al zei, betekent schianto zoiets als dat wat verpulvert of kapotmaakt, en grandioso betekent voornaam, magnifiek,' zei hij. Mia was blij dat iedereen haar leek te zijn vergeten. Kennelijk had iemand gevraagd wat de naam van het ontbrekende object betekende en ging Leo nu door met het beantwoorden van die vraag. Ze was blij dat hij zo charismatisch was, iemand die de aandacht van mensen al heeft zodra hij zijn mond opendoet.

'Door bepaalde mineralen uit de bodemafzettingen langs de zeekust te halen en die samen met planten met precieze kracht te verpulveren, geloofde Patricio dat hij een krachtig mengsel kon produceren dat ziekten kon genezen. De kom was exact volgens zijn specificaties gemaakt met afwisselende delen van ruw grijs graniet uit Spanje en gepolijst roze marmer uit Portugal. Hij nam talloze steenhouwers uit heel Europa in de arm tot hij exact het gewenste prototype had. Misschien hebt u gezien dat er een piepkleine hamer op de tekening staat. Hij heeft jaren aan dat ontwerp gewerkt, wilde een krachtsniveau bereiken dat de componenten tot korreltjes zou verpulveren zonder hun essentiële samenstelling aan te tasten. In de laatste maanden van zijn leven werkte hij ook aan een toedieningsmethode. Hij dubde of het beter was het mineraalpoeder in een vloeistof op te lossen of het tot gasvorm te laten overgaan zodat het geïnhaleerd kon worden.'

'Dacht hij echt dat het zou werken?' vroeg Charlie.

'Tja, hij was een dromer,' zei Leo. 'Dat was zijn sterke maar ook zijn zwakke punt. Hij nam de dreiging van de nazi's niet serieus. Hij was niet heel realistisch over wat er met het kasteel kon gebeuren. De wetenschappelijke kant van het verhaal klinkt aannemelijk. Ook toen al wist men dat vitaminen en mineralen een gunstig effect op de gezondheid hebben. Hij zal hebben geweten dat magnesium ervoor zorgt dat spieren samentrekken, en dat vormde de basis voor zijn behandeling van hartkwalen. Hij was ervan overtuigd dat een intensieve vermenging van magnesium, ijzer en natrium, in combinatie met geneeskrachtige planten, de hartfunctie kon verbeteren, en ook bij andere spierziekten kon helpen.'

'Fascinerend,' zei iemand anders. 'Geloofde hij echt dat dat mogelijk was met slechts een kom en een hamertje?'

'Het mag u vreemd in de oren klinken,' zei Leo glimlachend, 'maar zijn aanpak kan gezien worden als een vorm van holistische geneeskunde. En het mechanisme – dat verpulverde mineralen een sterkere werking hadden – lijkt op hoe die powerblenders werken die nu te koop zijn, niet dan? Die verpulveren ingrediënten, zodat de waarde van de voedingsstoffen verhoogd wordt. Zijn idee is dus minder vergezocht dan op het eerste gezicht lijkt. Maar goed, zou men met behulp van Patricio's schianto ziekten hebben kunnen genezen? Dat zullen we helaas nooit weten, zoals we ook onmogelijk kunnen inschatten wat veel van de andere gasten hadden kunnen bereiken. Ze zijn nooit bekend geworden omdat ze te weinig tijd hebben gekregen. Ze zijn hier gestorven of zijn naar concentratiekampen afgevoerd.'

De groep zweeg en liet de ontnuchterende waarheid tot zich doordringen.

'Ik hoop dat jullie de schianto terugkrijgen,' zei Missy na een tijdje. 'Die hoort hier.'

'O, die krijgen we terug,' zei Leo vol overtuiging, maar er klonk ook irritatie over de situatie in zijn stem door. 'De nieuwe eigenaar van het eiland zal er alles aan doen om hem terug te krijgen. De verbouwing is enkele maanden geleden begonnen en toen is ook het onderzoek gestart. Dat begint nu vruchten af te werpen. Tegen de tijd dat het resort opengaat, zal de schianto op zijn plek in de vitrine staan. De verantwoordelijken zullen dan al berecht zijn.'

Mia's ademhaling stokte en het kostte haar moeite om normaal te ademen toen ze achter de groep aan de trap af liep.

Terug op de veerboot met Leo's hoed op haar hoofd ging Mia midden op een lege bank zitten, in de hoop dat er niemand naast haar zou komen zitten. Ze had geen zin om te praten. Het was al lastig genoeg om te glimlachen en te knikken toen Leo folders uitdeelde met wat overnachten in het resort waarschijnlijk zou gaan kosten. De mensen om haar heen vonden de prijzen hoog, maar niet buitensporig. Ze kon er met haar verstand niet bij dat haar grootmoeder geweigerd had een object af te staan dat van grote historische waarde voor het eiland was. Een object waarvan men al tientallen jaren dacht dat het gestolen was. En hoewel ze nog steeds geloofde dat haar grootmoeder nooit doelbewust iets zou stelen, wist ze niet hoe ze daar bewijs voor kon vinden.

Bovendien hadden Leo's woorden heel dreigend geklonken. Kennelijk hadden de inspanningen van de nieuwe eigenaar van het eiland zijn advocaten rechtstreeks naar haar grootmoeders voordeur geleid. Ze hadden een verband gelegd tussen Lucy en het kasteel, en daarna hadden ze ontdekt dat ze van Italië naar New York was gegaan. Maar wat waren de verbindingsdraden en hoe kwam ze daarachter? Hoe kon ze Leo, die duidelijk op de hoogte was, zover krijgen dat hij haar die informatie gaf zonder te hoeven onthullen dat zij de schianto had?

De veerboot ging sneller varen en ze legde haar hand boven op Leo's hoed om te voorkomen dat die afwaaide. Als haar grootmoeder de schianto opzettelijk had meegenomen, moest ze gedacht hebben dat ze die mocht hebben. Lucy was altijd trots geweest op haar morele integriteit. Mia kende niemand die haar reputatie beter beschermde dan haar grootmoeder. Toen Mia in de middenbouw zat, besloot Lucy in de oudercommissie te gaan. Niet dat ze dol was op bestuursfuncties, maar ze dacht dat dit in Mia's voordeel kon zijn. En omdat van iedereen in de oudercommissie verwacht werd dat die vrijwilligerswerk op school deed, had ze de organisatie van de bedanklunch voor de leraren op zich genomen. Mia kon zich niet meer precies herinneren wat er was gebeurd. Het was lang geleden en de omstandigheden waren vaag, maar het had te maken met een regel dat de oudercommissie niets op het grote prikbord bij de ingang van de school mocht hangen, en toch hing daar opeens een poster over de lunch.

Ook als kind had Mia geweten dat dit niet erg was. De ene dag hing de poster er en de volgende dag was hij weg. Waarschijnlijk had de schoolleiding de poster verwijderd. Maar Lucy vond het afschuwelijk toen ze erachter kwam dat mensen dachten dat ze zich niet aan de regels had gehouden en dat zij die poster had opgehangen. Ze was vastbesloten haar naam te zuiveren. Mia hoorde haar 's avonds bellen met alle moeders van de oudercommissie. Ze probeerde erachter te komen wie ervoor verantwoordelijk was dat deze voor haar gênante situatie was ontstaan. Uiteindelijk kwam ze erachter wie de schuldige was. De volgende ochtend liep ze met Mia mee naar school om de naam aan de schooldirectrice door te geven.

Mia had de schooldirectrice in totale verwarring naar Lucy zien kijken. In de lunchpauze hoorde ze drie moeders, die naar de school waren gekomen om stukken pizza uit te delen, lachen en zeggen dat het werkelijk 'bizar' was en dat ze 'echt raar' had gedaan. De kinderen van twee van die moeders zaten bij haar in de klas. Ze wist dat ze het over Lucy hadden.

Ze ging aan haar vaste tafel zitten maar kreeg geen hap door haar keel en wist haar boze tranen maar net binnen te houden. Ze vond het vreselijk dat ze haar grootmoeder uitlachten en ze schaamde zich ook voor haar. Ze dwong zichzelf om het gesprek uit haar hoofd te zetten, wilde geen seconde langer stilstaan bij de indruk die haar grootmoeder had gemaakt.

Zelfs zij vond haar grootmoeders reactie overdreven. 'Nou en?' had ze gezegd op de ochtend dat Lucy aankondigde dat ze met haar mee naar school zou gaan om de directrice te spreken. 'Die stomme poster hangt er niet eens meer.'

‘Het gaat niet om de poster,’ had Lucy gezegd. ‘Je bent je hele leven bezig duidelijk te maken wie je bent. Als je weet wie je bent, laat je dat niet los.’

Mia, die doorhad dat haar grootmoeder het niet zou laten rusten, had haar jas aangedaan, zodat ze naar school konden gaan. Haar grootste zorg die ochtend was dat ze met haar grootmoeder het schoolgebouw binnen zou moeten lopen. Niemand van haar leeftijd werd nog door ouders of grootouders naar school gebracht. Niemand wilde dat die zoiets raars zouden doen. En dus had ze naar de vloer gekeken toen ze het kantoor van de directrice binnenstapten, en ze had het hele gedoe zo gauw mogelijk achter zich gelaten. Ze had er sinds die dag nooit meer aan gedacht.

Nu ze bij het kasteel weggingen, dacht ze opeens weer aan die hele toestand. Lucy had het erg belangrijk gevonden dat men wist dat ze eerlijk was, wilde voorkomen dat mensen dachten dat dat niet zo was.

En toch had ze veel geheimen, bracht Mia zichzelf in herinnering. Hoe viel dat te rijmen met de persoon die ze beweerde te zijn? Welk groter geheel viel er te ontdekken? Welk groter verhaal zou bewijzen dat haar grootmoeder niets verkeerd had gedaan? Leo had gezegd dat deskundigen voorwerpen onderzochten die pasgeleden binnen de kasteelmuren waren gevonden. Misschien, heel misschien, leverde dat antwoorden op over Lucy’s aanspraak – legitieme aanspraak, volgens Mia – op de schianto. Maar de rondleiding door het kasteel, waar ze niet eens bij had horen te zijn, was afgelopen. Hoe kon ze dan bij die voorwerpen? Hoe kon ze meer te weten komen?

Ze meerden aan bij het eiland Piccino en stapten in de bus naar het hotel. Het was bijna vijf uur en de lucht zag er heel anders uit dan die ochtend. De zon hing lager in de lucht en leek vanuit deze hoek enorm, nam bijna de helft van de horizon in beslag. Hij scheen zo fel en de kleur was zo levendig dat Mia vond dat daar een eigen benaming voor moest zijn. Alleen geel was niet voldoende om de kleur te beschrijven.

Toen de bus halverwege de heuvel was, sloeg de uitputting eindelijk toe. Ze was al voor zonsopkomst opgestaan om de trein naar de kust te halen en was nog niet gewend aan het tijdsverschil. Het liefst wilde ze douchen en naar bed. Ze wist dat ze beloofd had vanavond contact met Erica op te nemen en ze moest Ryan bellen. Ze had hem de vorige dag een tekstbericht gestuurd dat ze in Rome was aangekomen, maar ze hadden elkaar sinds zaterdag niet meer gesproken. Hij had gebeld toen ze haar koffer inpakte en had er opnieuw op aan gedrongen dat ze deze reis niet moest maken.

Toen de bus voor het hotel stopte, zei Leo dat er cocktails en allerlei soorten fruit, gesneden groenten, chocolade en kaas voor hen klaarstonden in de lobby. 'Het avondeten regelt u zelf,' zei hij. 'U kunt op het terras dineren, maar u kunt ook eten op uw kamer laten bezorgen als u vroeg naar bed wilt. De kamers zijn gereed. U kunt bij de receptiebalie uw sleutelpasje ophalen. Voor morgen staat er shoppen op het vasteland op het programma. Ik ben geen deskundige op het gebied van mode,' zei hij met charmante zelfspot, 'dus ik ga niet met u mee. Het was me een genoegen vandaag uw gids te zijn. Ik hoop dat de excursie aan uw verwachtingen heeft voldaan. Als u later deze week nog vragen hebt, stel ze dan gerust aan me. *Buona sera*.'

Mia liep met de rest van de groep bij de bus weg, mompelde net als alle anderen in de rij 'grazie' tegen hem, maar weigerde hem aan te kijken. Ze vond het vervelend dat hij haar betrapt had toen ze op het terras van het kasteel was achtergebleven en later nog eens toen ze bij de bijna lege vitrinekast stond waar de schianto in moest komen te staan. Ze had in haar eigen wereldje gezeten en had er spijt van dat ze dat had laten gebeuren. Toen ze het hotel binnenstapte, hoopte ze dat ze hem niet opnieuw zou tegenkomen.

Ze liep langs de tafels met cocktails en hapjes, en ging direct naar de receptiebalie om haar sleutelpasje op te halen. Vanavond op haar kamer eten was precies waar ze behoefte aan had. Ze bedankte de receptioniste en wilde al naar de lift lopen toen ze besefte dat ze Leo's hoed nog ophad. O nee, dacht ze en ze draaide zich om. Nu moest ze toch nog een keer met hem praten.

Ze keek om zich heen of ze hem ergens zag toen ze doorhad dat de receptioniste naar haar wees, terwijl ze iets zei tegen een oudere, officieel uitziende man in een grijs pak met een dubbele rij knopen en een lichtblauw pochet. Hun belangstelling voor haar leek onheilspellend. Voordat ze kon weglopen kwam de oudere man al met een ernstige blik op haar af.

'Signorina?' zei hij, toen hij met zijn benen uiteen en zijn armen over elkaar geslagen voor haar ging staan.

'Ja? Si?' zei ze. Ze probeerde nonchalant te klinken, maar haar stem trilde.

'Ik ben signor Dorria, de hotelmanager,' zei hij tegen haar. 'Er lijkt iets mis te zijn gegaan bij uw reservering. We hebben in ons systeem geen informatie over uw reisorganisatie staan en Jacqueline zegt dat u los gereserveerd heeft en niet via ons online reserveringsformulier.'

'O,' zei Mia. 'O, ik...' Ze maakte de zin niet af, wist niet wat ze moest zeggen.

Als hij haar vóór de excursie naar het kasteel had aangesproken, was er niets aan de hand geweest. Dan had ze kunnen zeggen dat ze geen reisagent was. Misschien had hij haar dan alsnog als gast mee laten gaan naar het kasteel, al leek dat onwaarschijnlijk. Hoe dan ook had ze de receptioniste, Jacqueline, doen geloven dat ze bij de groep hoorde. Ze kon zich nu moeilijk van de domme houden en zeggen dat ze niet geweten had dat ze met een speciale rondleiding was meegegaan.

'Zit u in de reisbranche?' vroeg signor Dorria. 'De excursie naar het kasteel is namelijk niet vrij toegankelijk. We weten dat bloggers met veel volgers daar graag alvast stiekem een kijkje willen nemen en als dat hier het geval is...'

'O, nee, ik ben geen blogger,' zei ze. 'Nee, het zit zo...' Ze zweeg even, wist niet hoe ze zich hieruit kon praten zonder in de problemen te raken. 'Toen ik aankwam, is er een vergissing gemaakt...'

'Ja, en dat was mijn fout,' zei een stem bij haar schouder, een stem die op het terras van het kasteel en later weer bij de vitrinekast voor de schianto vlak bij haar schouder had geklonken.

Het was Leo.

'Ik heb haar reservering aangenomen, signor Dorria,' zei hij. 'Ik zat toevallig achter de receptiebalie toen ze belde. Waarschijnlijk heb ik de gegevens verkeerd ingevoerd. Het spijt me dat ik niet haar juiste kwalificatie bij de boeking heb vermeld. Ik zal haar gegevens bijwerken zodra ik daar tijd voor heb. Ik wil u mijn verontschuldigingen aanbieden, signorina Abrams, voor het ontstaan van deze vervelende situatie,' zei hij tegen haar. 'Het was mijn fout. Vergeef me alstublieft.'

Hij knikte naar hen en liep weg. De hotelmanager bood Mia zijn verontschuldigingen aan dat hij haar vragen had gesteld en nodigde haar uit om een cocktail en iets te eten te pakken. 'Als u liever direct naar uw kamer gaat, laat mij dan roomservice voor u regelen. Ik zal naar de keuken gaan en zeggen dat ze zo snel mogelijk een speciale maaltijd naar uw kamer moeten brengen,' zei hij.

Mia bedankte hem, al hoorde ze nauwelijks wat hij zei. Ze had het te druk met Leo nakijken, die in de menigte verdween. Ze vroeg zich af waarom hij haar in bescherming had genomen. En ze vroeg zich af of ze hem nog eens zou zien.

En toen bedacht ze dat dat wel zou moeten, want ze had zijn hoed nog op.

Ze vroeg zich af of hij dat had gezien.

DERTIEN

1943

Augustus

Zonder geluid te maken, zodat haar zussen niet wakker zouden worden, trok Annalisa vlug een katoenen topje en een spijkerbroek met wijde pijpen en knopen aan de zijkanten aan. Hoewel ze besloten had dat haar zussen en zij vanochtend bij de kennismaking met signora Russo een rok moesten dragen, droeg ze veel liever een broek en ze was blij dat ze vanavond comfortabelere kleren aan kon. Ze deed de slaapkamerdeur achter zich dicht, liep op haar tenen door de tunnel naar de donkere keuken en verliet het kasteel via dezelfde deur als waar ze die ochtend door naar binnen waren gegaan. Het was een gedenkwaardige dag geweest.

Buiten bleef ze op het stenen terras staan, dat door groepjes van drie gaslantaarns met een glazen omhulsel op een bronskleurige paal verlicht werd. Ze genoot ervan hoe de flikkerende schimmen langs haar voeten schoten. Het zeebriesje was heerlijk toen het over haar schouders en door haar haar blies, dat met haarspelden uit haar gezicht werd weggehouden en waarvan de uiteinden op haar schouders vielen. Ze zag Aldo op een tot haar middel reikende stenen muur zitten die de binnenrand van het terras vormde, met daarachter struiken en bomen, en opeens voelde ze zich uitgelaten. Dat kwam waarschijnlijk door de wetenschap dat ze zich niet meer hoefde te verstoppen, dat ze hier nu thuishoorde na die gevaarlijke tocht van vannacht. Maar het kwam ook doordat ze Aldo weer zag.

'Hallo,' zei ze. Ze dwong zichzelf om langzaam naar hem toe te lopen om niet al te gretig te lijken en hij draaide zijn gezicht naar haar toe. Hij glimlachte breeduit boven dat schattige kuiltje in zijn kin en zijn ogen lichtten op, waardoor ze het gevoel had dat hij net zo blij was om haar te zien als zij blij was om hem te zien.

'Hoi,' zei hij. 'Kom erbij zitten. Hoe is het vandaag gegaan? Is het allemaal gelukt?'

Ze knikte terwijl ze ging zitten en legde één knie dwars op de muur, zodat ze hem kon aankijken. 'Ontzettend bedankt. We hebben naar signora Russo gevraagd en deden alsof we daar hoorden te zijn. Ze zette ons direct aan het werk. Zolang de echte nieuwe medewerkers zich niet melden zitten we goed.'

'O, daar hoef je niet over in te zitten. Als je eenmaal binnen bent, hoor je erbij. Wil je iets drinken?'

Ze knikte. Hij reikte naar een fles wijn die op de grond stond, vulde twee kristallen glazen die naast hem op het muurtje stonden en gaf haar een glas. '*Salute*!' zei hij, en hij klonk met zijn glas tegen dat van haar.

Ze nam een slokje en proefde iets citrusachtigs in de bruisende, smaakvolle wijn. Ze nam nog een slokje en zette haar glas op het muurtje. Ze slaakte een lome zucht, legde haar hoofd in haar nek en keek naar de lucht. Die was donkerblauw, maar het leek of er flinterdunne goudkleurige strepen in zaten. Het was een betoverend gezicht. Ze schudde haar hoofd terwijl ze nog steeds omhoogkeek. 'Ik zal er nooit aan wennen zoals de lucht er hier uitziet,' mompelde ze.

'Mooi, hè?' zei hij. 'Isola della Notte Brillante.'

Ze keek hem aan. 'Hè, wat?'

'Eiland van de briljante nacht. Dat is de oude, bekendere naam van het eiland. Zo werd het eeuwenlang genoemd. Zeelieden noemen het nog steeds zo. Het was de voornaamste reden dat de familie dit eiland in bezit wilde krijgen.'

'Maar hoe komt het dat de lucht er zo uitziet? Waar wordt dat door veroorzaakt?'

Hij haalde zijn schouders op. 'Geen idee. Ik denk dat niemand dat weet.'

'Er moet een reden voor zijn,' hield ze vol. 'De samenstelling van het eiland? De rotsachtige kustlijn? De begroeiing? Het klimaat? De nabijheid van het vasteland? De luchtvochtigheid 's nachts?'

'Dat zou allemaal kunnen,' zei hij met een geamuseerd knikje. Ze had door dat hij haar nieuwsgierigheid leuk vond. 'Welke mogelijkheid heeft jouw voorkeur?'

'Het gaat niet om mijn voorkeur,' zei ze tegen hem. 'Je moet naar de bewijzen kijken en op basis daarvan een hypothese ontwikkelen. Die moet je dan testen om te kijken of die standhoudt. Want er zijn nog meer oorzaken die onderzocht kunnen worden. De omvang van het eiland, de hoek ten opzichte van de sterren... de dichtheid van zuurstof in het water... het zoutgehalte...'

'Het zoutgehalte?' riep hij, terwijl hij met zijn elleboog tegen haar arm porde, een gebaar dat plagend en warm voelde.

'Ja, het zoutgehalte! Wat is daar mis mee?' antwoordde ze. Ze deed of ze beledigd was en gaf hem een por terug. Ze was blij dat ze zo vrijpostig durfde te zijn en genoot van het gevoel weer oppervlakkig contact te hebben met zijn lichaam.

'Wat daar mis mee is?' vroeg hij met een brede glimlach. 'Ik zal je zeggen wat daar mis mee is. We zitten hier onder deze prachtige en mysterieuze lucht en jij wilt dat verbluffende fenomeen toeschrijven aan... zout? Als je in het kasteel wilt blijven, moet je weten dat de mensen hier liever romantischere verklaringen hebben. Wat ik weleens heb horen zeggen is dat de nachtelijke lucht die we zien de visuele reflectie is van stemmen uit de oudheid die weergalmen, of dat het komt doordat engelen en goden uit de mythologie de lucht betoveren.'

'Nee, nee, nee,' zei ze. 'Heeft niemand dit ooit bestudeerd? Serieus bestudeerd, bedoel ik?'

'Niet dat ik weet.' Hij stak zijn hand uit, legde die op haar achterhoofd en schudde haar hoofd zacht heen en weer. 'Wat gaat er allemaal om in dat hoofdje van jou?'

Ze lachte toen hij zijn hand weghaalde, vond het jammer dat hij haar losliet. De plek waar zijn handpalm had gelegen tintelde een beetje. 'Dat is toch raar?' zei ze tegen hem. 'De slimste mensen van de wereld lopen hier rond: wetenschappers, uitvinders. Hier zijn telescopen ontworpen, zijn theorieën over het leven, de evolutie en de toekomst bedacht. En dan heeft niemand, voor zover jij weet, ooit deze lucht bestudeerd?'

'Ah, je gedachtegang over deze plek klopt niet.' Hij keek haar zijdelings en met een twinkeling in zijn oog aan. 'Ja, er zijn hier wetenschappers en uitvinders en kunstenaars, maar dat zijn in de eerste plaats dromers. Je hebt vast weleens gehoord dat deze plek het kasteel van de dichter wordt genoemd. De reden dat ze deze lucht niet bestuderen is dat ze niet willen weten waardoor dit fenomeen komt. Ze willen gewoon genieten van de magie.'

'Maar deze mensen zijn niet lichtzinnig. Ik heb alles over hen gelezen. Ze geloven niet in magie. Ze houden van kennis.'

'Ze houden van de kennis waar ze van houden,' zei hij ernstig. Hij had de hele avond nog niet zo serieus geklonken. 'Ze willen de kennis die ze willen. Jij mag dan over hen gelezen hebben, ík woon hier met hen. Ook genieën geloven in magie. Ze gaan er alleen doelbewuster mee om.'

'Hoe bedoel je?'

'Laat je niets wijsmaken. Alle mensen die Parissi hier heeft uitgenodigd zijn niet gekomen om iets te vinden maar om ergens aan te ontsnappen. Denk aan hoe ze gisteravond dansten. Ze zien wat ze willen zien, negeren wat ze niet willen zien.'

Ze keek ontnuchterd naar haar handen. 'Dan bedoel je zeker de oorlog? Een van de andere dienbladlopers had het over de nazi's. Denk jij dat er gevaar is en dat de mensen hier weigeren dat onder ogen te zien?'

'Ik zeg dat het belangrijk is om niet in de ban van dit eiland te zijn. Mensen zoals wij, die wat nuchterder zijn ingesteld, moeten onze ogen goed openhouden.' Hij knikte veelbetekenend terwijl hij een bord met zoetigheden van het muurtje pakte en het haar voorhield. 'Al is het met dit soort luxe lastig om niet betoverd te raken.'

Ze keek naar de piepkleine taartjes en minikoekjes, elk op een eigen onderleggertje. Ze koos een rechthoekig taartje met een harde laag chocolade aan de buitenkant, stak het in haar mond en kauwde, genoot van het vochtige Moskovisch gebak binnenin dat doordrenkt was met een zalig zoete likeur. De avond, de lucht, de wijn en deze heerlijke traktatie... Aldo had gelijk, dit droeg allemaal bij aan de magie. Ze snapte dat de mensen die hier kwamen zo lang bleven en zo hard werkten. Het was de ideale plek om op te gaan in je eigen dromen, in je eigen visie van de wereld, die was zoals jij wilde dat die zou zijn.

Aldo zette het bord op zijn schoot en keek wat erop lag. Ze bestudeerde zijn profiel, dat in het schijnsel van de gaslantaarns beter te zien was dan gisteravond. Net als bij iedereen was zijn gezicht een combinatie van kenmerken, maar in dit geval vormden de afzonderlijke gelaatstrekken – het brede voorhoofd, de lange neus met twee lichte bulten, de jeugdige stand van zijn jukbeenderen, de marshmallowachtige bovenlip en de iets omhoogwijzende kin – een zeer fraai geheel. En opeens wilde ze hem beter begrijpen, wilde ze weten wat er achter deze mooie façade schuilging.

Hij keek haar aan. 'Wat?'

Ze liet haar blik nog wat langer op zijn gezicht rusten. Dat leek hij eerder prettig dan vervelend te vinden. 'Wie ben je?' vroeg ze uiteindelijk. 'Waarom ben je hier? Als je vindt dat alle gasten hier los van de realiteit staan, waarom blijf je dan? Wat betekent dit eiland voor je?'

'Ik denk niet slecht over hen, zeker niet. Dat ik hier ben, komt door hen. Nou ja, door een van hen.'

Hij stak een taartje in zijn mond, likte de chocolade van zijn duim en zette het bord neer. Hij keek naar het bos waar ze afgelopen nacht hadden geslapen. Annalisa volgde zijn blik. Bij een kleine opening tussen de bomen, vlak bij het pad, lichtte een stukje van het water zilvergrijs op.

'Ik ben opgegroeid in de buurt van Napels,' zei hij. 'We woonden in een klein huis. Het was er fijn, maar beslist niet luxueus. Ons kostbaarste bezit was een vleugel die van mijn overgrootvader was geweest en nu bij ons in huis stond. Het was een gigantisch en fascinerend object. Volgens mijn moeder ben ik op een dag – ik was nog niet eens drie – op de kruk geklommen en ben ik gaan spelen. Geen kinderdeuntjes, maar echte muziek, melodieën die ik had gehoord. Op mijn vierde heb ik mezelf noten leren lezen. Ik was zeven toen ik voor publiek ging optreden, in dorpshuizen en concertzalen. Volgens de verhalen zag dat er behoorlijk indrukwekkend uit.'

'Je was een wonderkind,' fluisterde ze. Dat had ze nooit achter hem gezocht. Hij zag er niet uit als een genie. Zo gedroeg hij zich ook niet.

'Mijn ouders spaarden zoveel als ze konden en samen met wat ik met concerten verdiende, was dat voldoende om me naar het conservatorium te sturen,' zei hij. 'Daar hield ik voor het eerst van mijn leven een viool vast. Dat weet ik nog heel goed. Pianomuziek was mooi, maar o, de klanken die uit die kleine, gebogen, glanzende kist kwamen! Hoe moet ik dat uitleggen? Als er iets is wat bewijst dat God bestaat, dan is het wel het geluid van een vioolsolo.'

'Je bent een dichter,' zei ze glimlachend. 'En een wonderkind.'

Hij gniffelde. 'Ik was tien toen ik op het conservatorium begon en op mijn dertiende schreef ik mijn eerste concerto. Mijn docent... Je hebt nog nooit van hem gehoord, niemand kent hem, maar als hij lang genoeg was blijven leven was hij net zo beroemd geworden als Vivaldi of Verdi. Mijn docent stortte zich op het componeren van symfonieën. Parissi hoorde dat en nodigde hem hier uit. Hij bood aan mij als zijn leerling mee te nemen.'

Hij haalde zijn schouders op en liet die met een zucht zakken. 'Hij was aan zijn meesterwerk bezig toen hij twee jaar geleden ziek werd. In de weken voor zijn overlijden probeerde hij me duidelijk te maken wat hij er allemaal in wilde verwerken, al zijn dromen en gevoelens. Hij probeerde me alles te vertellen. Ik moest hem beloven dat ik zijn werk zou voortzetten als hij er niet meer was.'

'Dus je werkt hier niet. Je bent een van de gasten,' zei ze.

Hij schudde zijn hoofd. 'Ik heb minder talent dan hij. En ik weet ook niet of hij het wel de moeite waard vond. Hij heeft zich jaren van alles ontzegd en stierf terwijl hij zijn levenswerk nog niet had voltooid. Uiteindelijk hebben zijn inspanningen amper vruchten afgeworpen. Geen eigen huis, geen gezin, niemand om je verhaal mee te delen behalve dan een domme leerling die je onder je hoede hebt genomen, geen vrienden of familie of iemand die van je houdt, niet als docent maar om wie je bent...'

Hij boog zich naar voren, klemde zijn handen tussen zijn knieën. Ze had niet verwacht dat hij zo'n trieste achtergrond zou hebben. Ze vroeg zich af of hij zichzelf herkende in zijn docent.

Of hij nu vraagtekens zette bij de keuzes van zijn docent, omdat ook hij alleen was.

'Wat vervelend voor je, Aldo,' fluisterde ze. 'Wat vreselijk dat je je docent, je vriend, hebt verloren.' Zonder erbij na te denken wreef ze zacht over zijn rug. Haar vingers voelden zijn warmte door zijn dunne overhemd heen.

Haar aanraking was heel anders dan daarvoor. Hun eerdere contact was speels. Ze hadden elkaar een por gegeven en hij had haar hoofd zacht heen en weer geschud. Deze aanraking was teder. Intiem. Ze had nooit eerder iemand zo aangeraakt en dacht niet dat ze ooit nog iemand anders op die manier zou aanraken, dacht niet dat ze ooit zoveel om iemand anders zou kunnen geven. Ze snapte er niets van, want ze kende hem pas een dag. Wat ze voelde, was iets waar ze geen verklaring voor had. Er was geen wetenschappelijke verklaring voor de krachten die haar en Aldo naar elkaar toe dreven, die vielen buiten elke conclusie die ze zou kunnen trekken door naar bewijzen te kijken en hypotheses te formuleren.

'Ik weet niet of ik mijn belofte kan nakomen,' zei hij zacht. Zijn woorden klonken bijna als een gebed of als het gefluisterde equivalent van een prachtige sonate. 'Ik weet niet of ik wel in staat ben om prachtige muziek te schrijven. Soms betwijfel ik of ik alles en iedereen wel wil opgeven voor één enkele passie zoals hij dat deed en zoals alle gasten hier doen. Ze zijn allemaal nog zo jong, sommigen zijn amper ouder dan wij. Ze zouden kunnen leven, kunnen reizen, de wereld kunnen zien, alles uit een dag kunnen halen wat erin zit. Ze zouden plezier kunnen hebben, verliefd kunnen worden. Dat had tenminste allemaal gekund voordat de oorlog uitbrak. Nu is dat lastiger. Hun kansen zijn verkeken.'

'Misschien denken ze dat ze zo hun kans pakken,' zei ze. 'Wie weet is dit voor hen wel precies de manier om alles uit een dag te halen wat erin zit.'

'Dat zou kunnen,' zei hij. 'En ik denk dat mijn docent er ook zo over dacht. Zo zou ik waarschijnlijk ook moeten denken, maar dat doe ik niet, nog niet tenminste. En dus werk ik bij het botenhuis. Ik slaap tussendoor als dat kan. Verder doe ik wat klusjes in het kasteel: ik repareer stoelpoten, smeer het hangwerk van de deuren, want kunstenaars worden kriegel van piepende deuren als ze aan het werk zijn,' voegde hij er met een grijns aan toe. 'En ik neem briefjes van signora Russo mee die met de bevoorradingsboten naar het vasteland moeten. Ik weet niet wat erop staat, maar ze vertrouwt me en ik doe het omdat ze dat van me vraagt. Ze gelooft in me en dus mag ik blijven.

Maar ik weet niet of het wel de moeite waard is om in mij te geloven,' voegde hij er hoofdschuddend aan toe. 'Ik schrijf muziek als ik dat kan en ik help een handje als dank dat ik hier mag zijn. En ik denk na over de oorlog. En ik vraag me af wat ik bereikt zal hebben als de hele boel instort.'

Zo bleven ze nog eventjes zitten. Aldo met zijn hoofd omlaag en Annalisa die haar hand op zijn rug had liggen. Ze wist hoe hij zich gevoeld moest hebben toen zijn docent ziek was, als je wist dat iemand van wie je hield, iemand aan wie je alles te danken had, er klaar voor was om te sterven. Dat gevoel had zij bij haar vader. Ze wist dat haar vader daar bijna klaar voor was. Dat hoorde ze aan zijn ademhaling, die zo moeizaam ging dat hij zich niet meer kon concentreren op het fijne stikwerk waar hij om bekendstond. Ze merkte het aan hoe hij over haar wang streek, aandachtiger en tederder dan ooit. Hij zei al maanden tegen haar dat hij het niet lang meer zou volhouden. En daarom was ze hiernaartoe gekomen, naar een plek waarvan ze nooit gedacht had dat ze er ooit een voet zou zetten. Om het onmogelijke te doen, zodat hij beter zou worden. Ze was er nog niet klaar voor om afscheid van hem te nemen.

Aldo ging rechtop zitten en veegde de tranen van zijn wangen. 'Sorry, signorina Pippa,' zei hij. 'Het was niet mijn bedoeling deze prachtige avond met mijn verdrietige verhaal te bederven.' Hij wachtte even en gaf haar toen een knipoog.

'Je hebt Emilia me gisteravond zeker zo horen noemen?' zei ze met een norse blik. 'Dan moet je ook gehoord hebben dat ik tegen haar zei dat ik die naam niet meer wil horen.'

'Waarom? Het klinkt lief.'

'Die naam heeft mijn vader bedacht toen ik nog een baby was. Een bijnaam voor zijn pasgeboren kind, en nu plagen mijn zussen me er vooral mee. Mijn vader heeft me ooit verteld dat het zijn manier was om me een lief en schattig dametje te noemen. Maar ik moet niet hebben dat iemand hier denkt dat ik dom en zwak ben. Dat hoor ik er tenminste in als mijn zussen die naam gebruiken.'

'Niemand zou jou ooit dom en zwak vinden, dat kan ik je wel vertellen,' zei Aldo. 'Je straalt kracht uit, Annalisa. Je bent zo sterk en vast als die enorme rotsen beneden bij het botenhuis. Je hebt het voor elkaar gekregen op dit eiland te komen. Je hebt me erin geluisd, zodat ik jullie naar het kasteel zou brengen...'

'Ik heb je er niet in geluisd, we hebben een afspraak, dus...'

'Je hebt twee koffers vanaf de waterkant helemaal naar boven gedragen, je hebt in het bos geslapen, je hebt werk voor jezelf en je zussen geregeld, en nu bestudeer je de lucht en geniet je van wijn en de heerlijkste lekkernijen op aarde, en dat alles binnen vierentwintig uur. Dat is een hele prestatie.'

Ze glimlachte verlegen en bedacht dat hij misschien een punt had. Het was fijn om te horen dat dat zijn indruk van haar was. 'Dank je,' zei ze, 'maar het moeilijkste moet nog komen.'

Hij trok zijn wenkbrauwen op en ze had er direct spijt van dat ze dat had gezegd. Ze had haar doel zo lang geheimgehouden. Zelfs haar zussen wisten niet alles.

‘Er is dus een reden dat je hier op het eiland bent,’ zei hij. ‘Je bent hier niet alleen om in de keuken te werken. Ik heb je mijn verhaal verteld, nu is het jouw beurt. Ik ben goed op de hoogte hoe alles hier reilt en zeilt, dus het is handig mij in vertrouwen te nemen. Misschien kan ik je helpen.’

Ze wreef met haar vingertoppen over haar voorhoofd. Hij had gelijk, hij leek een geschikte persoon om in vertrouwen te nemen. Hij wist alles over het eiland. En signora Russo, die een taaie tante was, mocht hem kennelijk. Misschien kon hij haar inderdaad helpen, al zou ze het voorzichtig moeten aanpakken. Ze zou hem niet alles vertellen, alleen wat hij misschien moest weten.

‘Het is niet zo heel ingewikkeld,’ zei ze. ‘Ik ben hier omdat ik Patricio Parissi wil ontmoeten. Ik heb gelezen waar hij aan werkt, het medisch instrument om hartkwalen te behandelen. Mijn vader heeft hartproblemen en de tijd dringt. Ik wil dat instrument mee naar huis nemen, zodat ik hem beter kan maken.’

‘Beter maken?’ zei Aldo. ‘Is je vader bij een arts geweest? Een echte arts?’

‘Natuurlijk,’ zei ze. ‘Maar die zegt dat de medicijnen niet meer aanslaan en dat mijn vader nog maar een paar maanden te leven heeft. Mijn moeder is een aantal jaar geleden gestorven. Mijn zussen en ik willen hem niet ook verliezen. Daarom ben ik hier. Dit is mijn enige hoop.’

Aldo schudde fel zijn hoofd. ‘Annalisa, je moet beseffen… De uitvindingen die in dit kasteel worden gedaan… die zijn allemaal theoretisch. Daar zitten onuitvoerbare plannen tussen. En als er iets tussen zit wat echt werkt, zal het nog jaren duren voordat…’

‘Nee, dat is niet waar. In artikelen die ik heb gelezen staat dat Patricio iets belangrijks heeft ontdekt. Hij is een serieuze wetenschapper. Dit is echt, dus ik moet met hem praten.’

Aldo zette grote ogen op, was nog steeds niet overtuigd. 'Stel dat het klopt wat er in die artikelen staat – en ik denk dus van niet – dan nog wordt het een probleem om hem te spreken te krijgen,' zei hij. 'Hij praat met niemand, communiceert via briefjes en alleen met mensen tegen wie hij iets moet zeggen. Zelfs mijn docent heeft hem nooit ontmoet. Het contact verliep uitsluitend via handgeschreven briefjes.'

'Praat hij nooit met andere mensen?' Aldo knikte. 'O, ik hoopte hem tegen te komen. Ik dacht dat als ik zijn ontbijt naar boven zou brengen en daar zou wachten, hij uiteindelijk wel uit zijn kamer zou komen en dat ik dan met hem kon praten.'

'Dat zal niet gebeuren.'

'Maar waarom? Waarom doet hij zo?'

'Dat is een lang verhaal. Ze zeggen dat hij een jongere zus had op wie hij zeer gesteld was. Ze werd verliefd en trouwde met de kleermaker van de familie, een Jood. Daar was haar vader woedend over. Hij onterfde haar. Patricio was te bang voor zijn vader om het voor haar op te nemen. Toen zijn vader stierf, erfde Patricio het eiland en het kasteel, maar hij had toen al geen contact meer met zijn zus. De hele situatie had onrust in zijn hoofd veroorzaakt. Hij was boos op iedereen die ervoor had gezorgd dat deze puinhoop was ontstaan. Op zijn vader, op zijn zus, op de man van zijn zus maar vooral op zichzelf.'

'O, nee,' zei Annalisa. 'Dat wist ik allemaal niet. Ik wist dat er ruzie in de familie was, maar ik wist niet dat hij zich boos had teruggetrokken. Dat hij niet eens met mensen praat...'

Ze tikte met haar vingers tegen haar lippen, was zich er amper van bewust dat hij naast haar zat terwijl ze deze nieuwe feiten overdacht.

'Het spijt me. Dit is niet wat je wilde horen,' zei hij. 'Het is nogal ingewikkeld.'

'Ingewikkelder dan je denkt...' mompelde ze bij zichzelf.

Maar hij had gehoord wat ze zei. 'O? Hoezo?'

Ze keek hem aan, zag zijn donkere ogen, zachte wangen en tedere lippen. Er was een geheim waar ze nooit over gesproken had, zelfs niet met haar vader. Maar ze moest het nu kwijt. Ze had een vriend nodig en hoewel ze hem pas een dag kende, mocht ze Aldo graag. Het gesprek van vanavond voelde als een van de zinvolste gesprekken die ze ooit had gevoerd. Over het leven, over kunst en over de liefde. Over de toekomst en het verleden, en de beslissingen die mensen moeten nemen.

Hij had haar zijn verhaal toevertrouwd. Ze vertrouwde hem.

Ze tuitte haar lippen even en sprak toen de woorden die ze nooit van plan was geweest om tegen iemand te zeggen die ze pas net kende.

'Die zus over wie je het had, dat is mijn moeder,' zei ze. 'En die Joodse man met wie ze trouwde, dat is mijn vader. De man die hij de schuld geeft van het ontwrichten van zijn familie is de man die hij van mij moet redden.'

VEERTIEN

2018

Maandag

'Heeft hij tegen de hotelmanager gezegd dat je een reisagent bent?' vroeg Erica aan de telefoon.

'Ja!' antwoordde Mia. 'Volgens mij stond de manager op het punt me het hotel uit te zetten en misschien had hij dan ook wel mijn koffer in beslag genomen.'

'Kan dat zomaar?'

'Geen idee, maar dat doet er niet toe. De gids, Leo, zei dat hij de reservering verkeerd had ingevoerd. Hij klonk heel stellig. De manager heeft me zelfs zijn verontschuldigingen aangeboden!'

Het was een tijdje later en Mia zat in kleermakerszit op het witte dekbedovertrek van het queensize-bed, wreef met een dikke witte handdoek over haar natte haar terwijl ze de telefoon tegen haar oor geklemd hield. Aan de andere kant van de kamer boden de haaks op elkaar staande ramen met lange lichtgrijze gordijnen een prachtig uitzicht op de Middellandse Zee. Hoewel het inmiddels schemerde, kon ze Castello di Parissi nog steeds zien, dat hiervandaan zo dichtbij leek dat je ernaartoe zou kunnen zwemmen.

'O,' zei Erica. 'Waarom deed hij dat? Probeerde hij je te versieren? Is hij... eng?'

'Nee, nee, helemaal niet,' zei Mia tegen haar. 'Hij is heel beleefd. Respectvol. Neemt zijn taak zeer serieus. En hij is knap om te zien. Hij ziet er heel goed uit.'

'Wow! Waarom ben ik niet daar bij jou? Ik zou vallen voor een knappe Italiaan die probeerde te voorkomen dat ik het hotel uit werd gezet. Waarom was ik zo stom om mijn paspoort...'

'Nee, zo ging het niet. Hij probeerde me niet te redden. Hij was niet in me geïnteresseerd. Dat zou ik ook niet willen. Ik heb een vriend, weet je nog? Maar ik denk... dat ik hem in verwarring bracht. Dat hij me... verdacht vond.'

'Verdacht? Wat zei hij dan?'

'O, niets vervelends. Hij is heel aardig, heeft me zijn hoed geleend omdat de zon heel fel was en we dat hele eind naar het kasteel moesten klimmen. Ik viel op, maar dat komt natuurlijk ook doordat de anderen stellen of groepjes zijn en ik in mijn eentje ben.'

'Maar dat is niet verdacht. Je zou daar oorspronkelijk met mij zijn.'

'Hij heeft me twee keer op dagdromen betrapt. De eerste keer was buiten op het terras, de tweede keer was bij de lege vitrinekast waar de schianto in hoort te staan. En hij benadrukte, dat meen ik, dat de schianto terug zal komen en dat de dieven terecht zullen staan. Dat zei hij, dat ze aangeklaagd en vervolgd zullen worden.'

'Maar dat betekent nog niet dat hij weet dat jij hem hebt...'

'Dat klopt, maar hij heeft iets in de gaten. Zoals hij naar me keek en doorhad waar mijn aandacht op gevestigd was. Ik stond namelijk naar de tekening van de schianto te kijken. Niemand keek daar verder naar, alleen ik. Hij zei niets, maar ik weet dat hij denkt dat ik iets verberg. En daarom heeft hij voor me gelogen.'

'Je zoekt er te veel achter. Misschien vindt hij je gewoon leuk. En wie weet denkt hij dat er een reden is dat jij je bij de verkeerde groep hebt aangesloten en wilde hij niet dat je werd weggestuurd. Je voelt je schuldig, maar dat is nergens voor nodig. Je hebt niets fout gedaan.'

'Dat is niet waar. Ik verberg een gestolen object.'

'Nee, je probeert erachter te komen waar het thuishoort. En je wilt voorkomen dat je grootmoeder ten onrechte beschuldigd wordt. Misschien wil je zelfs wel voorkomen dat ze het object van je afpakken! Het kan zijn dat Lucy de rechtmatige eigenaar was en dat je het rechtmatig hebt geërfd. Wie weet is het veel geld waard.'

'Dat denk ik niet. Het is een kom, meer niet. Een mislukte uitvinding, een absurd wetenschappelijk experiment. Zo kwam het op mij over, ook al probeerde Leo het leuk te brengen.' Ze liet de handdoek in haar schoot vallen. 'Ik ben doodmoe,' zei ze. 'Niet te geloven dat ik hier nog geen dag ben. Hoe laat is het bij jou? Begin van de middag? Ik hou je op, je hebt waarschijnlijk van alles te doen.'

'Nee, ik moet alleen een afspraak maken om een nieuw paspoort aan te vragen en als ik dat eenmaal heb, moet ik de vervaldatum op mijn voorhoofd stempelen, zodat zoiets nooit meer gebeurt.' Ze zweeg even. 'Wat ga je morgen doen?'

'Dat weet ik niet. De reisagenten gaan shoppen, maar ik ga niet mee en doen of ik bij de groep hoor.'

'Denk je dat je die man weer zult tegenkomen?'

'Geen idee. Ik weet niet wat zijn functie is. Toen we terugkwamen van het kasteel wenste hij de groep een prettig verblijf alsof hij ons niet meer zou zien. Daar staat tegenover dat hij vertelde hoe het zat met de kamersleutels en zo, en hij zei dat hij mijn reservering verkeerd had ingevoerd, dus daaruit concludeer ik dat hij hier werkt.'

'Hmm. Misschien moet je hem voor de zekerheid maar ontlopen.'

'Ja, hij zal hier toch niet de hele tijd zijn?' Mia zag al voor zich dat ze om het hoekje moest gluren voordat ze de lobby in liep en dat ze in gangen moest wegduiken als ze hem zag. Dat zou stressvol maar niet onmogelijk zijn. Toen viel haar blik op de hoed met brede rand die ze bij binnenkomst op de ladekast had geworpen. 'O, shit. Ik heb zijn hoed nog. Die moet ik teruggeven, maar ik kan hem waarschijnlijk ook gewoon bij de receptiebalie afgeven.'

'Precies, hij zoekt maar een andere leuke Amerikaanse om zijn hoed aan uit te lenen.'

'Haha, leuk hoor. Zo is het niet gegaan. Dat heb ik al gezegd. Maar zo ga ik het inderdaad doen. Ik geef de hoed af bij de receptiebalie en blijf uit zijn buurt.'

'Over mannen gesproken, wat vindt Ryan ervan?' vroeg Erica. 'Hoe reageerde hij toen je zei dat ik niet mee kon?'

'Daar heeft hij niet op gereageerd, want dat weet hij niet.'

'Wat? Heb je hem niet verteld over mijn paspoort?'

'Ik kon het niet. Dan had hij nog harder geprobeerd om me tegen te houden. En als ik het nu aan hem vertel, zal hij boos worden dat ik het niet eerder heb gezegd. Hij snapt dit niet. Hij vindt dat ik Milt de schianto terug moet laten sturen. Mijn grootmoeder is overleden, dus wat maakt het uit?'

'Lekker dan,' zei Erica sarcastisch. Mia lachte even. Erica en Ryan konden over het algemeen goed met elkaar overweg, al vond Erica dat Ryan wel wat gevoeliger mocht zijn.

'Ik zal alles heus wel een keer aan hem vertellen,' zei Mia, 'maar ik ga straks iets te eten regelen en dan ga ik slapen. Ik bel je morgen, oké?'

'Ja, bel me morgen,' zei ze. 'Ik wil weten wat er gebeurt. Ik plaagde je maar met die knappe Italiaan. Ik was ook dol op Lucy, dat weet je. Ik vind het net zo belangrijk als jij dat ze van alle blaam gezuiverd wordt.'

'Dat weet ik,' zei Mia tegen haar. Ze namen afscheid en Mia legde de telefoon naast de handdoek waarmee ze haar haar had gedroogd.

Ze had zich altijd gelukkig geprezen dat ze een vriendin als Erica had die zoveel om haar grootmoeder gaf. Lucy was nooit heel gastvrij geweest, zeker niet tegenover kinderen, en daardoor hadden veel van Mia's vriendinnen zich bij haar thuis ongemakkelijk gevoeld. Ze herinnerde zich dat die haastig de trap af gingen nadat ze boven in haar slaapkamer gestudeerd of gechild hadden, duidelijk hoopten dat ze haar grootmoeder niet tegen zouden komen als ze het huis verlieten. En als dat wel gebeurde, keken ze omlaag en mompelden een bedankje terwijl ze haastig de deur uit glipten. Mia had dat zo vaak zien gebeuren dat ze soms probeerde hen te laten weggaan als Lucy buiten op het terras was of in de kelder de was deed. Ze was bang dat haar vriendinnen niet meer met haar mee naar huis zouden willen als ze zich te opgelaten voelden.

Maar Erica was anders. Erica had na de middelbare school en haar vervolgstudie contact met Lucy gehouden, zelfs nadat Mia naar de stad was verhuisd en Erica een baan in het onderwijs vond en weer in Soundport was gaan wonen. Erica zag Lucy's grote hart en leek net als Mia intuïtief te weten dat Lucy's terughoudendheid niet aangeboren was, dat het eerder een masker was waarachter ze zich verschool. Lucy had nooit verteld waarom ze zich voor de buitenwereld verstopte.

Mia stond op van het bed en knoopte de riem van de chique badjas van het hotel, waar op het borstzakje het staalgrijze logo van het hotel geborduurd was, strakker vast en ging haar handdoek ophangen. Ze had nog nooit zo'n stijlvolle badkamer gezien, met een grote glazen douchecabine, een losstaand stenen bad, een leisteenvloer met vloerverwarming, en een schaal met luxe bodylotion, crèmes en andere toiletartikelen. Ook het slaapgedeelte was stijlvol, met fris wit beddengoed, een halfronde loveseat en een ovale salontafel met een ingelegd marmeren tafelblad. Mia betwijfelde of Erica door had gehad hoe luxueus dit hotel was. Toen ze een hotel uitzochten, hadden ze er alleen op gelet dat het dicht bij het eiland Parissi lag en dat het geschikt was voor Amerikanen. Nu Mia terugdacht aan die avond in Soundport wenste ze opnieuw dat Erica erbij was. Ze had behoefte aan de zorgeloosheid en energie van haar vriendin, want ze kon nu alleen maar denken dat ze de boel bedrogen had en al deze luxe niet verdiende.

Toen ze uit de badkamer kwam, zag ze haar telefoon op het bed oplichten. Ryan had een tekstbericht gestuurd. Ze opende het en las de korte tekst:

> Hé, hoe gaat het? Ik heb geprobeerd je te bellen maar je nam niet op. Ik ga nu naar een vergadering en als ik pauze heb slaap je waarschijnlijk al. Dat tijdsverschil van negen uur is heel vervelend! Ik zal proberen je morgenochtend te bellen, dan is het bij jou middag. Ik hoop dat jij en Erica plezier hebben! Ik hou van je!

Mia las het bericht opnieuw en voelde zich schuldig dat ze hem niet had verteld dat Erica niet bij haar was. Ze voelde zich ook schuldig dat ze hem niet had gebeld voordat ze ging douchen. Ze had niet eens gemerkt dat hij haar had gebeld toen ze bij het kasteel was en geen bereik had. Waarom had ze de hele dag nog niet aan hem gedacht? En waarom had ze, eenmaal terug in het hotel, Erica gebeld en niet hem? Je hoorde toch als eerste je vriend te bellen? Die hoorde je toch beter te kennen dan je jezelf kende, hoorde toch te relativeren als je in een lastige situatie zat en ongerust en verward was?

Ze zuchtte, liet zich met haar telefoon in haar hand op het

bed zakken. Ja, ze voelde zich schuldig, maar wat er voor haar uitsprong in zijn bericht, wat haar irriteerde, was dat hij het over plezier had. Plezier? Ze had alles aan hem uitgelegd, had hem verteld over haar zorgen over de schianto en dat ze het raar vond dat haar grootmoeder die had verstopt. Hij wist dat ze er heilig van overtuigd was dat haar grootmoeder de schianto rechtmatig in haar bezit had. Ze had tegen hem gezegd dat er meer achter moest zitten dan wat de Italiaanse advocaat aan Milt had geschreven. En ze had tegen hem gezegd dat ze niet kon toestaan dat de naam van haar grootmoeder door het slijk werd gehaald, ook niet door mensen die ze nooit had gekend. Ze was hier niet voor haar plezier! Ze wilde dat hij snapte dat het voor haar wel degelijk uitmaakte hoe mensen over haar grootmoeder dachten. Erica snapte dat. Het was alsof Ryan niet naar haar had geluisterd.

Misschien had hij wel gehoord wat ze zei, maar vond hij het onbelangrijk.

Maar het was belangrijk, want het was belangrijk voor háár.

Zo was hij, dacht ze toen ze weer op het bed ging zitten. Het was hem altijd glashelder waar hij zich niet druk om hoefde te maken. In feite was er maar één regel: praktische zaken waren belangrijk, gevoelskwesties hoorden op de achtergrond. Dat aspect van zijn persoonlijkheid was ook al naar voren gekomen toen ze hem ruim een jaar geleden bij het huis van haar grootmoeder leerde kennen. Het bedrijf waar hij voor werkte, had de huizen aan weerszijden van Lucy's huis gekocht en hij hoopte dat Lucy ook zou willen verkopen, zodat alle drie de huizen aan het eind van de doodlopende straat gesloopt konden worden en er op die plek een enorme villa aan het water neergezet kon worden. Hij had Lucy gebeld en had gezegd dat hij een afspraak wilde maken om langs te komen. Mia had zijn contactgegevens aan Milt doorgegeven. Later die week had Milt Mia gebeld en hij had gezegd dat het iets was waar Lucy misschien eens over moest nadenken.

'Ze is in de negentig, Mia. Binnenkort wordt het winter,' had Milt gezegd. 'Het huis wordt te groot voor haar. Als ze me nodig heeft, ga ik uiteraard direct naar haar toe, maar er zijn hier in het centrum fraaie appartementen, met verzorging, met buren vlakbij en een conciërge die komt als er iets is. Zou ze in zo'n appartement niet veel beter af zijn?'

Mia, die dacht dat Milt daar gelijk in kon hebben, had een afspraak met Ryan gemaakt dat hij de zondagochtend daarop langs kon komen. Ze zou zorgen dat zij er dan ook was. Ze vond het een vreselijk idee dat het huis verkocht en gesloopt zou worden, maar ze had bewondering voor de manier waarop Ryan het aanpakte en hij had zeker een punt.

'Het bedrijf waar ik voor werk staat open voor elk bod,' had Ryan gezegd. 'In feite mag u zelf bepalen hoeveel u ervoor wilt hebben.'

Maar Lucy was totaal niet geïnteresseerd. Niet dat ze onbeleefd had gedaan. Het was een mooie dag en ze zat op de veranda aan de achterkant van het huis met koffie en luxebroodjes op hem te wachten. Ze had midden op de tafel zelfs haar gebruikelijke tafelstukje neergezet: één witte lelie, met daaromheen eucalyptustakken met ronde zilverblauwe bladeren. Ze hoorde zijn voorstel aan en stelde wat vragen over het tijdsbestek en hoe die nieuwe villa eruit zou zien. Daarna zei ze op strenge toon tegen hem dat ze alles bij het oude zou laten. Ze had geen extra geld nodig en ging niet verkopen.

Ryan vatte het goed op en hielp met afruimen. Nadat Lucy afscheid van hem had genomen en naar binnen was gegaan, was Mia met hem meegelopen naar zijn auto.

'Sorry dat je voor niets bent gekomen,' had ze gezegd. 'Ik had je moeten waarschuwen, want ik zag dit al aankomen, maar ik wilde dat ze jouw voorstel met eigen oren zou horen en direct tegen je zou zeggen wat ze zou doen. Ik beslis niet voor haar, nooit. Dat staat ze niet toe.'

'Het geeft niet,' had hij gezegd, met zijn handen in de zakken van zijn gestreken spijkerbroek onder zijn nette, losgeraakte overhemd. Hij had een steentje weggetrapt, leek onaangedaan, alsof hij er geen belang bij had. 'Dit gebeurt heel vaak. Zo gaat dat in deze branche. Veel ideeën worden nooit uitgevoerd, al dacht ik dat ik een kans maakte toen ik zag hoe ze zich had uitgesloofd met het ontbijt. Die keurig gedekte tafel met die bloem en zo. Ik dacht dat ze me probeerde te vleien, zodat ze een goed bod zou krijgen.'

'O, ik vind het vervelend om te zeggen, maar dat was niets bijzonders,' zei Mia. 'Dat doet ze altijd. Een lelie en eucalyptustakken met ronde zilverblauwe bladeren. Ze zegt dat een ontbijttafel lekker moet ruiken en er aanlokkelijk uit moet zien.'

'Wat schattig,' zei hij. 'Nou, ik heb mijn best gedaan, dat doe ik altijd. De meeste mensen hebben een prijs, maar soms staat het gevoel in de weg.'

'O, ze is beslist niet sentimenteel,' zei Mia.

'Hoe noem je dat dan wat ze net liet zien?' vroeg hij.

'Ze is niet sentimenteel,' herhaalde Mia. 'Ze weet dingen op waarde te schatten. Hier wonen, waar ze op haar terras kan zitten en 's avonds naar de lucht en de sterren kan kijken zonder dat stadsverlichting het beeld verstoort... Het water tegen de kust horen slaan... Dat is voor haar niet in geld uit te drukken. Waarde is geen constante maar een variabele.'

'Je praat als een econoom,' zei hij.

'Ik ben wetenschapper,' zei ze tegen hem. 'Dat wil ik tenminste worden, en op haar eigen manier is mijn grootmoeder ook een wetenschapper.'

Ze kwamen bij zijn auto en hij vroeg of ze een keer met hem uit eten wilde. Tot haar eigen verbazing zei ze ja. Hij was eigenlijk haar type niet. Hij was heel georganiseerd, heel beschaafd, maar zijn zelfverzekerdheid en grootspraak hadden iets aantrekkelijks, zoals hij zijn werk deed zonder een afwijzing persoonlijk op te vatten. En toen ze hem de weken daarop beter leerde kennen, kreeg ze bewondering voor zijn kennis: informatie over dingen waar ze nooit over had nagedacht, zoals veiligheidscodes en ruimtelijke ordening en bouwmaterialen. Hoe je kon zien of een scheurtje in het beton onschuldig was of duidde op een catastrofale fout in de fundering. Hoe je kon weten of een geringe kleurafwijking in een muur niets voorstelde of dat dit wees op de aanwezigheid van schimmel, wat in de toekomst grote problemen kon opleveren. Hij vertelde haar verhalen over brand in spouwmuren, over balkons die vanaf de achtste of tiende verdieping naar beneden kwamen en hoe dat voorkomen had kunnen worden. En terwijl hij dat allemaal vertelde en zijn uitgebreide deskundigheid tentoonspreidde, voelde ze iets wat ze niet altijd had gevoeld, en zeker de afgelopen tijd niet.

Ze voelde zich veilig.

Later die avond, nadat ze geprobeerd had zich te ontspannen met een kom pasta en een glas chianti, die naar haar kamer waren gebracht op een verrijdbaar tafeltje met in het midden een roze roos en wat chocolaatjes als dessert, ging Mia naar bed.

Ze dacht na over dat veilige gevoel dat Ryan bij haar had opgeroepen, hoeveel dat de afgelopen maanden voor haar betekend had toen haar grootmoeder verzwakte en steeds meer medicijnen nodig had. Ze had de bezorgdheid in de stem van de arts gehoord toen ze hem had gebeld nadat hij bij haar grootmoeder langs was geweest. Hij had uitgelegd dat het steeds lastiger werd om de juiste balans met de medicijnen te vinden, omdat Lucy's lichaam te zwak was om hoge doseringen aan te kunnen van de sterke medicijnen die ze voor haar hart nodig had. Het bibberen, de bezorgdheid en de angst als ze besefte dat ze haar grootmoeder binnenkort zou verliezen, waren moeilijk te verdragen. Ze had vriendinnen, in het bijzonder Erica, en ze had collega's en buren in haar appartementencomplex in de stad. Ze had Milt. Ze had Ryan. Maar haar grootmoeder was een ander verhaal. Al van jongs af aan was haar grootmoeder de enige constante factor in haar leven. Het enige familielid dat ze echt goed had gekend.

Nu ze in bed lag en bedacht dat het haar gelukt was om naar Italië, naar dit eiland en naar het kasteel te gaan, voelde ze een klein maar onmiskenbaar machtsgevoel. Ze was hier met een doel, in haar eentje, en ze boekte vooruitgang. Ze wist nu meer over het kasteel, over Parissi en over de schianto dan toen ze nog in New York was. In slechts één dag hier aan de mediterrane kust had ze veel geleerd. Het was een ander soort leren. In tegenstelling tot de onderzoekers bij haar in het lab met hun graad in meerdere disciplines, die alle elementen van hun experimenten strak in de hand hielden, was het onderzoek hier veel opener. Er viel nog genoeg te ontdekken. Er waren zoveel zaken om zich verder in te verdiepen, afhankelijk van de mensen die ze sprak en de situaties waarin ze belandde, de objecten die ze zag en de objecten die nog aan het oog onttrokken waren, wat voor objecten dat ook mochten zijn.

Ze stapte uit bed, ging naar haar koffer en haalde de truien eruit waarin ze de schianto had gewikkeld. Dat had ze eerder niet gedaan, omdat het haar gevaarlijk leek als de schianto zo in haar kamer stond, zelfs als er niemand was. Maar hier in het donker, met alleen het licht van de maan en de sterren dat door het raam naar binnen viel, dacht ze dat ze het wel kon wagen hem uit haar koffer te halen en vast te houden. Hij was prachtig en stevig en schitterend: de ronde vorm, de gemodelleerde rand, de afwisselende banden van korrelige en gladde steen. Ze liet haar vingertoppen over het hamertje glijden, voelde de gladheid van het metaal en het rare balletje aan het uiteinde waarmee het mogelijk moest zijn dingen tot een fijn, geneeskrachtig poeder te verpulveren. Terwijl ze nadacht over het gewicht, de massa en de dichtheid van het object, had ze het gevoel dat ze de situatie de baas was. Ze had geen zwakke, maar juist een sterke positie.

Want zij had waar iedereen naar op zoek was. Zij had de schianto.

Ze wikkelde hem weer in de truien en legde hem terug in haar koffer. Ze trok de rits er helemaal omheen, reed de koffer de kast in en deed de deur dicht. Ziezo, opgeruimd staat netjes, precies zoals haar grootmoeder het wilde. Toen ze weer in bed lag, besloot ze Leo niet te ontlopen, zoals Erica had voorgesteld. Leo wist namelijk alle details over het kasteel, was op de hoogte van de kunstvoorwerpen en documenten die al bij de renovatie waren gevonden. Waarschijnlijk wist hij veel meer dan hij aan de groep had verteld.

En dus besloot ze dat ze zich niet zou verstoppen, dat ze niet zou terugdeinzen en dat ze zich niet als een bang konijn uit de voeten zou maken zodra ze hem zag. Hij had voor haar gelogen en ze had er recht op te weten waarom hij dat had gedaan. Waarom had hij haar tegen signor Dorria in bescherming genomen? Zag hij iets in haar? Kwam het door haar gedrag in het kasteel?

Ze zou het hem vragen. Ze wilde weten waarom hij wilde dat ze bleef. En ze wilde meer informatie van hem.

Ze hoopte dat hij haar wilde helpen om het verhaal van haar grootmoeder tot op de bodem uit te zoeken.

VIJFTIEN

2018

Dinsdag

Geïnspireerd door het zonlicht en het schitterende uitzicht op de Middellandse Zee vanuit haar raam, trok Mia de volgende ochtend een lichtgele T-shirtjurk en platte bruingele sandaaltjes aan. Ze was blij dat het zo warm en zonnig was dat ze geen jas hoefde mee te nemen.

Met Leo's hoed in haar hand sloot ze de deur naar haar kamer en ze nam de lift naar de begane grond. Op wat hotelmedewerkers na was er niemand in de lobby, want de reisagenten waren een uur geleden vertrokken voor een uitstapje. De glazen deuren aan de kant van de zee stonden open en het briesje liet de transparante, tot op de vloer hangende paneelgordijnen licht bewegen en streek langs haar schouders en de blote huid vlak onder haar sleutelbeenderen. Ze deed een paar stappen naar voren en sloot haar ogen, kon wel eeuwig zo blijven staan. Ze vroeg zich opnieuw af of haar grootmoeder ooit ditzelfde briesje had gevoeld, ditzelfde water had zien glinsteren. Als dat zo was, snapte ze wat haar grootmoeder zo prettig vond aan Soundport. Mia zag het zo voor zich: de zonsondergangen en de volle maan boven de baai waar ze samen buiten naar hadden gekeken, welk jaargetijde het ook was.

Ze haalde diep adem en liep naar signor Dorria toe, die achter de receptiebalie stond. 'Signorina Abrams,' zei hij, alsof hij na jaren een vriendin van vroeger terugzag. 'Buongiorno, goedemorgen! U hebt dus besloten om vandaag niet met de groep mee te gaan?' Zijn toon was heel anders dan de dag ervoor, toen hij haar ervan verdacht een blogger te zijn.

'Buongiorno. En ja, ik hou niet zo van shoppen.' Ze keek de lobby rond, streek afwezig met de vingertoppen van één hand in haar hals en probeerde een vakantiestemming uit te stralen. 'Eh, is Leo er toevallig ook?'

'Het spijt me, signorina, Leo werkt vandaag niet in het hotel. Kan ik u ergens mee helpen?'

'O,' zei ze, terwijl ze zich verbaasde over het antwoord dat hij niet in het hotel werkte. Ze was ervan uitgegaan dat hij gastheer was of zo, maar de opmerking van signor Dorria deed vermoeden dat hij ook nog ergens anders werkte. Nu ze erover nadacht, had Leo de vorige dag wel heel goed op de hoogte geleken van het verhaal van Patricio. Hij wist er meer van dan je van een doorsnee professionele gids zou verwachten.

'Is hij hier ergens? Ik heb zijn hoed geleend en die wil ik teruggeven.' Ze tilde de hoed op als bewijs.

'U kunt de hoed aan mij geven, dan zal ik die hier bij de receptiebalie voor hem bewaren.'

'Nee, dat hoeft niet. Dank u wel,' zei ze. 'Ik wil hem ook spreken. Ik heb een vraag over iets wat hij tijdens de rondleiding heeft verteld. Hij zei dat als we later nog vragen hadden...'

'Morgen is hij er weer,' zei ze man. 'Kan het zo lang wachten? Ik kan hem ook voor u bellen.'

'O, nee. Zo belangrijk is het niet. Ik zie hem morgen vanzelf wel een keer,' zei ze. Ze wilde hem liever toevallig tegenkomen en aanspreken dan aan de telefoon krijgen. Ze had ook geen specifieke vraag voor hem, wist niet hoe ze er tegen hem over moest beginnen dat ze terug wilde naar het kasteel.

'Natuurlijk. En wat zijn uw plannen voor vandaag, signorina? Kunnen we u ergens mee van dienst zijn?'

‘Ik ga wat op het eiland rondkijken en misschien ook de kust verkennen,’ zei ze. ‘Dan heb ik een idee wat mijn klanten zullen ervaren als ze hiernaartoe komen.’ Ze knikte, want zoiets zou iemand zeggen die in de reisbranche zat. Ze hoopte dat ze overtuigend klonk, voor het geval hij nog twijfels had. ‘Al zou ik op dit moment graag een kop koffie hebben,’ voegde ze eraan toe om van onderwerp te veranderen.

‘U kunt uiteraard hier koffiedrinken, maar aangezien u tijd genoeg hebt, stel ik voor dat u naar de kust gaat, naar de plek waar u gisteren op de veerboot bent gestapt,’ zei hij. ‘Als u bij de aanlegsteiger doorloopt, komt u bij wat gezellige tentjes. De shuttlebus rijdt de hele dag.’

Dat klonk als een aangenaam tijdverdrijf, want ze zou Leo toch pas morgen weer zien. ‘Grazie,’ zei ze, en ze draaide zich om naar de hoofdingang.

‘O, signorina? U zou dit kunnen doorlezen.’ Hij wees naar een stapeltje chique folders op de balie. ‘Dat is een brochure over het kasteel. Links staat de Engelse tekst. Misschien staat de informatie die u zoekt ertussen.’

Ze knikte, pakte een folder en deed die in haar schoudertas. Daarna ging ze naar buiten om naar het centrum onderaan de heuvel te gaan. Ze bleek de enige in de bus te zijn. De chauffeur was aardig en probeerde een praatje met haar te maken, maar hij sprak nauwelijks Engels dus ze kwamen niet veel verder dan dat het uitzicht ‘*bellissima*’ en de zon ‘*forte*’ was. Ze schaamde zich dat ze niet in het Italiaans met hem kon communiceren. Waarom had Lucy haar nooit een paar woorden Italiaans geleerd? Ze herinnerde zich dat Erica na een bezoek aan haar grootouders, die in Brazilië geboren waren maar naar Phoenix waren verhuisd, in de lunchpauze de andere meisjes aan tafel altijd vrolijk wat nieuwe Portugese zinnetjes leerde die ze had opgepikt. ‘*Eu amo sorvete de chocolate.* Ik ben dol op chocoladeijs. En nu jullie. Eu amo sorvete de chocolate!'

Maar Lucy had thuis nooit Italiaans gesproken en had altijd geweigerd om over haar jeugd te vertellen. Mia sprak haar aan met oma. Erica's grootmoeder gaf de voorkeur aan '*vovó*', zoals grootmoeders in Brazilië werden aangesproken. Lucy had nooit gewild dat ze het Italiaanse woord '*nonna*' gebruikte.

Toen ze onderaan de heuvel aankwamen, vroeg Mia: 'Koffie?' De chauffeur wees naar een rij panden met twee verdiepingen die in de kleuren geel, roze en oranje geschilderd waren en een eindje van het zandstrand af lagen. Ze zette Leo's hoed op en liep de promenade op. Op het strand waren een paar mensen bezig een parasol neer te zetten en badlakens uit te spreiden. Daarachter dobberden kajaks op het kabbelende water voor de kuststrook.

Het eerste koffietentje waar ze langskwam, had een vierkant terras met tafels met een stenen blad waarop citroenen en feestelijke groene bladeren geschilderd waren. Er waren drie tafeltjes bezet. Daaraan zaten stellen koffie te drinken waarbij ze een soort croissant aten die met boter of jam besmeerd was, die in keramische potjes op tafel stond. De geur zorgde ervoor dat haar maag begon te knorren, en ze bedacht dat ze vandaag nog niets gegeten had. Ze ging aan een vrij tafeltje zitten en toen de ober kwam, wees ze naar het stel naast haar om aan te geven dat ze hetzelfde wilde.

Terwijl ze op haar ontbijt zat te wachten, haalde ze de brochure uit haar schoudertas die ze van signor Dorria mee had moeten nemen. Het was vooral een reclamefolder met foto's van het onlangs gerenoveerde binnenplein, de grote trap en de ruime balzaal. De laatste bladzijden waren aan Patricio gewijd. Er stond een grote zwart-witfoto van hem als tiener. Hij stond naast een meisje dat volgens het bijschrift Olivia was, de jongere zus die uiteindelijk onterfd werd. Mia bestudeerde het portret van Patricio en dacht aan Leo's verhaal over de teruggetrokken, raadselachtige, verbitterde wetenschapper. Ze probeerde iets daarvan op deze foto te herkennen, maar zag niets bijzonders. Patricio was een lange, klungelige, vriendelijke tiener met golvend haar en een bedeesde gezichtsuitdrukking. Hij had smalle, rechte lippen en kleine ogen, en keek omlaag. Zijn zus zag er net zo energiek uit als Leo haar had omschreven: grote donkere ogen, een flirterige glimlach, brede jukbeenderen en dik donker haar tot op haar schouders.

Ze sloeg de bladzijde om en las de korte tekst op de binnenkant van de achterflap. Daar stond dat er maar weinig foto's van het interieur van het kasteel waren van voordat de nazi's kwamen. De foto's die bewaard waren gebleven, stonden onder de tekst afgedrukt. Er was een korrelige foto van de balzaal, waar een orkestje speelde en stellen dansten. De hoge ramen stonden open en lieten de nachtelijke lucht zien. Er was een foto van een tunnelachtige doorgang. Het bijschrift vermeldde dat dit de toegang vanuit de keuken naar de personeelsvertrekken was. En er was een foto van de keuken, met op een lange tafel een hele rij witte dienbladen. Op elk dienblad stonden een kop-en-schotel met koffie, een mandje met luxebroodjes, een houten plankje met kaas en worst, en een paar afgedekte borden, plus een smal vaasje met één bloem. De dienbladen intrigeerden haar en Mia boog zich voorover om het bijschrift te lezen.

Het ontbijt van Parissi's gasten werd naar hun kamer gebracht door zogenoemde dienbladlopers, zodat de gasten de hele ochtend door konden werken. Het was een stevige maaltijd waarbij men kon kiezen uit eieren, vleeswaren, kaas, luxebroodjes, boter, fruit, pannenkoekjes en zoetigheid. De gasten konden zelf aangeven wat ze wilden eten. Parissi stond erop dat de presentatie van het ontbijt 'lekker moest ruiken en er aanlokkelijk uit moest zien'. Op elk dienblad stond altijd een vaasje met één witte lelie met daaromheen eucalyptustakken met ronde zilverblauwe bladeren.

Mia hapte naar adem en haar vingers begonnen te trillen toen ze de rand van de brochure vastgreep. Ze snapte nu waarom die dienbladen haar zo fascineerden. Dat kwam door de lelie en de eucalyptus, die haar al waren opgevallen voordat haar hersenen die bewust registreerden. Ze had gisteravond aan diezelfde combinatie gedacht toen ze terugdacht aan de eerste keer dat Ryan naar het huis was gekomen, dat het hem toen was opgevallen dat Lucy zo'n bijzonder tafelstukje midden op de ontbijttafel had staan. Een lelie en eucalyptustakken met ronde zilverblauwe bladeren, had Mia uitgelegd. Ze zegt dat een ontbijttafel lekker moet ruiken en er aanlokkelijk uit moet zien.

Mia had er nooit bij stilgestaan hoe haar grootmoeder het ontbijt serveerde. Het leek een kwestie van persoonlijke voorkeur. Een gewoonte. Een gril. Maar nu wist Mia dat er veel meer achter zat. Het was een gewoonte die Lucy in haar jonge jaren had ontwikkeld. Ontbijt moest lekker ruiken en er aanlokkelijk uitzien. Het kon geen toeval zijn dat dat zinnetje in Soundport had geklonken.

Mijn grootmoeder heeft in het kasteel gewoond en was geregeld daar in de keuken, zei Mia tegen zichzelf. Ze had geweten van de vaasjes op de dienbladen en waarom die er precies zo uit moesten zien. Ze had deel uitgemaakt van het keukenpersoneel. Ze had dienbladen rondgebracht.

Mia zette haar elleboog op de tafel en legde haar wijsvinger tegen haar lippen. Toen haar eten werd gebracht, bedankte ze de ober, maar ze schoof het opzij en keek naar het water, terwijl ze die conclusie tot zich liet doordringen. Een eindje verderop zag ze een veerboot vanaf het eiland Parissi naar het vasteland toe varen. Ze vermoedde dat die bouwvakkers vervoerde.

Toen ze beter naar de mensen op het dek keek, zag ze opeens iemand die op Leo leek. Hoe dichterbij de boot kwam, hoe meer ze ervan overtuigd was dat hij het ook was. Dezelfde rechte rug en brede schouders, hetzelfde wat langere donkere haar. En dezelfde kledingstijl als wat Leo de vorige dag aanhad: een wit overhemd met opgerolde mouwen, een kakikleurige broek en bootschoenen. Zo te zien was hij de enige zonder hoed, wat logisch was, want die had zij op haar hoofd. Ook toen de boot sneller ging varen, keek ze nog steeds, want door zijn knappe postuur en de herinnering aan zijn betoverende glimlach gleed haar blik automatisch naar hem toe. Op een bepaald moment bracht hij zijn arm omhoog en zwaaide hij naar een bekende op de kust, terwijl de veerboot snel langsvoer. Ze volgde de boot met haar ogen en vroeg zich af waarom hij vandaag op het eiland Parissi was geweest. Hij hoorde niet bij de renovatieploeg, kleedde zich niet als een bouwvakker en had ook niets gezegd wat suggereerde dat hij dat was.

Maar wat zijn functie ook was, ze had gelijk. Hij had toegang tot het eiland.

Zij had toegang nodig, en dus had ze hem nodig.

Nadat ze die middag naar het hotel was teruggekeerd en opnieuw in haar kamer had gegeten, ging Mia naar de lobby. Het was iets over negenen. De ruimte was zwak verlicht en het was er rustig. De enige andere persoon die ze zag was de jonge receptioniste bij de receptiebalie die een tijdschrift zat te lezen. Mia had in haar kamer gegeten, omdat ze niet mee had willen doen aan de cursus Pasta maken, gevolgd door een vijfgangendiner, waarover ze in het programmaboekje van de groep had gelezen. Die middag had ze een e-mail van signor Dorria gekregen, waarin stond dat haar creditkaartbetalingen waren teruggeboekt omdat de reisagenten op uitnodiging van het hotel daar verbleven. Hij bood zijn excuses aan voor het ongemak. Ze wilde geen gebruik meer maken van maaltijden en activiteiten waar ze geen recht op had, en dus zou ze haar kosten bijhouden en alles in één keer betalen als ze eenmaal weer thuis was.

Maar ze had er ook behoefte aan om alleen te zijn na wat ze vanochtend in het koffietentje in de brochure had gelezen. De rest van de dag had ze langs het strand gelopen en naar de kajaks dichtbij en het open water in de verte gekeken, waarbij ze geregeld een blik op het kasteel had geworpen. Op een bepaald moment had Ryan gebeld. Ze had hem verteld over de foto met de lelie en de eucalyptus, en dat ze daardoor dacht dat Lucy in de keuken van het kasteel had gewerkt. Hij zei zich niet te herinneren dat Lucy de tafel op een speciale manier dekte en vroeg opnieuw of Erica en zij het leuk hadden en of ze nog had nagedacht over het huis in Soundport verkopen.

Ze hoorde zijn vragen amper. Ze dacht alleen maar aan de vertrouwde tafelstukjes met een lelie en eucalyptus, die mooi waren en lekker roken, en kennelijk een betekenis hadden. En Ryan kon zich die tafelstukjes niet eens herinneren. Sterker nog, hij wilde het er aan de telefoon niet over hebben en was ergens anders over begonnen. Het interesseerde hem niet welke gevoelens die ontdekking bij haar had losgemaakt.

Toen ze in de lobby langs de bank liep, glimlachte Mia verlegen naar de receptioniste. Ze was zich ervan bewust dat ze een buitenstaander leek. Zij was hier nog terwijl de rest van de groep – de groep waar ze zogenaamd bij hoorde – al naar bed was om morgen uitgerust aan de activiteit te beginnen die voor die dag op het programma stond. Naarmate de avond vorderde, had ze het gevoel gekregen dat haar kamer klein was. De openstaande ramen waren groot, maar lieten toch niet genoeg lucht binnen.

Als kind was ze altijd naar buiten gegaan om bij Lucy te gaan zitten, omdat ze dacht dat die zich eenzaam voelde. Nu besefte ze dat ze het zelf ook prettig vond om 's avonds buiten te zijn, onder de uitgestrekte nachtelijke lucht.

Ze stapte het terras naast de lobby op. Het restaurant was nu gesloten en ze liep langs de tot haar middel reikende muur rondom het terras. Helemaal aan het eind ging ze op een stenen bankje zonder rugleuning zitten, met haar gezicht naar kasteel Parissi gewend, dat dankzij de sterren en wassende maan vaag te zien was.

Waarom had ze Lucy nooit vragen gesteld over de lelie en eucalyptus? Het was niet eens bij haar opgekomen. Dat zou net zoiets zijn als vragen waarom haar grootmoeder altijd een blauwe tandenborstel had, of waarom ze in de zomer een korte broek droeg en geen rok of jurk. Sommige dingen waren nu eenmaal zo. Nu vroeg ze zich af wat er mis met haar was. Wat was ze voor kleindochter? Lucy had enorm haar best gedaan om haar goed op te voeden, was altijd thuis als ze uit school kwam. Het eten stond klaar, de kleren waren gewassen en de kamers waren schoon, zodat Mia zich op haar huiswerk kon richten. Daarnaast werkte Lucy vanuit huis als corrector om de rekeningen te kunnen betalen, wat garandeerde dat Mia zelden alleen was.

Mia had nooit zoveel belangstelling voor Lucy gehad als andersom. Ze wist dat kinderen en tieners egocentrisch zijn, maar het was inmiddels veertien jaar geleden dat ze het huis uit was gegaan om te studeren. Als volwassene had ze Lucy vele jaren meegemaakt. Hoe had Lucy het gevonden dat haar kleindochter nooit naar haar verleden vroeg? Klopte Mia's gevoel dat Lucy blij was geweest dat Mia nooit vragen stelde? Of had ze verwacht, misschien zelfs wel gehoopt, dat Mia vragen zou stellen zodat ze over haar leven kon vertellen, zeker in de afgelopen jaren toen ze steeds meer geconfronteerd werd met haar eigen sterfelijkheid? Had ze een teken gewild dat Mia er voor haar zou zijn als ze de herinneringen ophaalde die ze al die jaren had weggestopt? Zou ze zelfs over de schianto en de trouwjurk hebben gepraat als Mia ook maar een greintje belangstelling had getoond?

'Mooi, hè?' zei een stem een eindje achter haar. Ze keek op en zag Leo op haar afkomen. 'Weet je, er gaat een verhaal over het eiland Parissi dat de lucht erboven licht blijft en glinstert, ook als er geen maan en sterren zijn,' zei hij. 'Vandaar die andere naam, Isola della Notte Brillante. Ik weet niet of dat verhaal waar is, maar ik kom hier graag en dan sluit ik mijn ogen en stel ik me voor hoe dat eruit zou zien.'

Hij was nu bij het bankje. 'Mag ik erbij komen zitten?' Hij wees naar de plek naast haar.

'Natuurlijk,' zei ze. Ze schaamde zich dat hij haar betrapt had terwijl ze diep in gedachten verzonken was.

Hij ging zitten en boog zich naar voren, klemde zijn handen tussen zijn knieën en keek schuin naar haar op. 'Ik hoorde dat je naar me op zoek was.'

'Ja, ik...' Ze herinnerde zich hoe dapper ze zich gisteravond had gevoeld. Ze zou hem gewoon vragen waarom hij voor haar had gelogen. Maar nu voelde ze zich een stuk minder dapper. De onthullingen over haar grootmoeder hadden haar van haar stuk gebracht. 'Ik heb je hoed nog,' zei ze zacht.

'Is dat alles?' vroeg hij. Ze wist niet of hij dat zei omdat hij dat onbelangrijk vond of omdat hij teleurgesteld was dat ze geen belangrijkere reden had om hem te willen zien. Zijn ogen glommen in het maanlicht en de gedimde verlichting in het hotel projecteerde een goudgele gloed achter hem. 'Hou hem maar zolang je hier bent,' voegde hij er met een glimlach aan toe. 'Ik heb meer hoeden hier liggen.'

'Dank je wel,' zei ze. Ze hoefde zijn hoed niet. Ze kon zelf een hoed kopen. En toch wilde ze er zeker van zijn dat ze hem na vanavond nog zou zien, voor het geval ze hem nog iets wilde vragen.

'Was je koffie lekker vanochtend?' vroeg hij. 'En heb je een *cornetto* geprobeerd? Jij zou het waarschijnlijk een croissant noemen, maar een cornetto is specialer. Ik hoop dat iemand tegen je gezegd heeft dat je er echt een moet proeven.'

Ze keek hem sprakeloos aan.

'Heb je me niet gezien?' vroeg hij. 'Ik zat op de veerboot die van het kasteel kwam. We voeren langs de plek waar jij zat. Ik zwaaide nog. Ik dacht dat je me had gezien.'

'Nee. Ik heb de boot gezien, en ook mensen, maar ik... betwijfelde of jij het was,' stamelde ze. Ze wilde niet toegeven dat ze hem ook had gezien. Ze vroeg zich opnieuw af waarom hij vandaag bij het kasteel was geweest. Hoe had hij daarnaartoe gekund?

'Was je bij het kasteel?' vroeg ze. 'Heb je weer een rondleiding gedaan?'

'Nee, ik was vandaag voor mijn werk bij de renovatieploeg. Ze hebben een keukenmuur opengebroken en ik dacht dat daar misschien iets interessants in zou zitten.'

'Dus je helpt mee met de renovatie? Ik dacht dat je reisleider was.'

Hij schudde zijn hoofd. 'Dat ben ik allebei niet. Ik ben professor Italiaanse geschiedenis. Tot vorig jaar gaf ik les aan de University of Chicago, maar toen kreeg ik een aanbod dat ik niet kon afslaan, namelijk de tentoonstelling inrichten voor de nieuwe eigenaar. Als kind wilde ik het kasteel al van dichtbij zien. Ik heb ermee ingestemd ook bij het hotel hier te werken om te helpen met de marketing, en daaronder valt rondleidingen geven.'

‘O,’ zei ze. Dat had ze niet achter hem gezocht. Ze vond hem er niet uitzien als een geleerde. Daar leek hij te nonchalant voor. En ze had ook niet gedacht dat hij in het Midwesten zou hebben gewoond. ‘Dus daarom klink je anders dan de rest. Je klinkt bijna als een Amerikaan.’

‘Ik ben Amerikaan,’ zei hij. ‘Ik ben geboren in Philadelphia. Toen ik klein was zijn we naar een plaats vlak bij Rome verhuisd. Mijn moeder is Italiaans. Mijn vader is een Argentijn, maar zijn familie komt oorspronkelijk uit het noorden van Italië. We hebben een lange geschiedenis met dit land.’

‘Hoe ben je geïnteresseerd geraakt in Parissi?’ vroeg ze. Ze dacht dat ze dat wel kon vragen. Hij leek open te staan voor een gesprek nu hij haar iets over zijn achtergrond had verteld.

Tot haar verbazing leek hij te vinden dat die vraag te ver ging. ‘Laten we het er maar op houden dat ik bijzondere belangstelling voor die plek heb,’ zei hij.

Ze perste haar lippen op elkaar, voelde zich ongemakkelijk omdat ze kennelijk te nieuwsgierig was. ‘Ik snap wel waarom mensen geïnteresseerd zijn,’ zei ze na een tijdje. ‘Het is nogal een verhaal dat je op de boot vertelde. Dus ja, wie zou daar nu niet meer over willen weten?’

Hij keek naar het water en ze voelde aan dat hij niets meer over zichzelf zou zeggen. ‘En jij? Wat doe je in de Verenigde Staten?’ vroeg hij.

‘Ik werk in een ziekenhuis in New York, als onderzoeker.’

‘O, dus je bent net als ik onderzoeker. Waar doe je onderzoek naar?’

‘Immunologie. Daar houdt het lab waar ik werk zich mee bezig. Ik ben daar coördinator. Ik hou toezicht op de technologie en help wetenschappers om hun experimenten uit te voeren. Uiteindelijk hoop ik zelf onderzoeken te kunnen doen.’

‘Aha.’ Hij wendde zijn blik van haar af. ‘Signorina Mia, voor morgen staat er voor de groep een boottocht op het programma. Ga je met dat uitstapje mee?'

Ze keek naar zijn profiel. Zijn gezicht straalde rust uit, maar ze wist dat hij haar uitdaagde om te vertellen hoe het zat. De enige reden die ze daarvoor kon bedenken, was dat hij wilde weten hoever ze zou gaan om de waarheid te verhullen. 'Je weet dat ik niet bij die groep hoor,' zei ze bedaard.

'Dat klopt. Ik wilde je alleen niet in een lastige positie brengen voor het geval je wilde volhouden dat je daar wel bij hoorde.'

Ze keek naar hem terwijl hij naar het water keek. Het irriteerde haar dat ze hem niet kon doorgronden. 'Ik snap het niet,' zei ze. 'Waarom heb je voor me gelogen? Je kent me niet eens. Wat kan het je schelen of ik uit het hotel word gezet?'

'Nou...' zei hij langzaam. 'Ik denk dat jij over informatie beschikt die ik nodig heb.'

Ze verstijfde. Híj was degene met informatie! Hij had toegang tot het kasteel, was daar vandaag geweest omdat er mogelijk voorwerpen gevonden zouden worden. Waarom dacht hij dat zij iets wist? 'Hoe kom je daarbij?' vroeg ze aarzelend, waarbij ze aan de schianto in haar koffer dacht.

'Als historicus heb ik met allerlei mensen te maken,' zei hij. 'Ik heb er een neus voor gekregen als mensen over informatie beschikken. Het komt door hoe je keek tijdens de rondleiding. Je keek anders dan de rest.'

'Ik... keek gewoon.'

'Nee, er was meer.' Hij sprak gelijkmatig, was zeker van zijn zaak. 'Ik heb naar je gekeken toen je op het balkon achterbleef. Daarna zag ik je naar de lege vitrinekast kijken waar de schianto in moet komen te staan. Het was alsof je een geest had gezien. Zo is het toch?'

Ze hield haar adem in. Ze vond het schokkend dat hij dit uit haar gedrag had afgeleid, maar er waren ook veel dingen die hij niet wist. Zo wist hij uiteraard niet dat zij de schianto had. En hij wist ook niet dat ze de kleindochter was van de vrouw die ervan verdacht werd de schianto te hebben gestolen. Misschien wist hij niet eens van de brief in Milts kantoor, was hij daar niet van op de hoogte gebracht. In dat geval wilde ze nog steeds dat hij haar zou helpen. Ze moest ervoor zorgen dat hij geloofde dat ze niets wist, zonder dat ze hem haar kaarten liet zien. Ze moest een reden aanvoeren waarom het voor haar noodzakelijk was dat hij haar opnieuw naar het kasteel bracht.

'Laten we zeggen dat ik, net als jij, een bijzondere band met het kasteel heb.' Ze besloot nog een stap verder te gaan. 'Een bijzondere band met de schianto.'

'Weet je waar de schianto is?' vroeg hij met vaste stem, waarbij hij haar met opgetrokken wenkbrauwen aankeek.

'Iemand van wie ik hield, heeft in het kasteel gewoond toen Patricio daar was,' zei ze, wat geen antwoord op zijn vraag was. Ze was nog niet bereid om meer te onthullen. 'Ik moet weten waarom... die persoon daarnaartoe is gegaan en later weer is vertrokken. Ik moet naar het eiland om dat verhaal te ontdekken.'

'Wie is die persoon?' vroeg hij.

'Dat wil ik nog niet zeggen.'

'Aha,' zei hij. 'Als dat zou kunnen, had ik je met alle plezier opnieuw naar het eiland gebracht, maar dat gaat niet, dat is verboden. Daar zouden we allebei door in de problemen kunnen komen.'

'Ik ben bereid dat risico te nemen. Ik kan hier niet weg zonder meer te weten dan toen ik van huis ging.'

'Het spijt me, maar ik kan je niet helpen,' zei hij, en hij wilde al gaan staan.

'Nee, wacht,' zei ze. 'Oké, ik weet het een en ander over de schianto. Ik weet best veel. Als jij me helpt om meer te weten te komen over mijn… persoon, kan ik jou helpen de schianto te vinden.'

Hij keek naar zijn handen, die in zijn schoot lagen. Toen keek hij haar aan.

'Ik geloof je, Mia. En ik wil weten wat jij weet.'

'En ik wil weten wat jij weet,' zei ze met een sluw lachje.

Hij lachte. 'Ik heb iets van jou nodig en jij iets van mij,' zei hij. 'We zijn dus tot elkaar veroordeeld.' Hij haalde diep adem. 'Zorg dat je morgenochtend om negen uur bij de aanlegsteiger bent. Zeg tegen niemand waar je naartoe gaat of dat je met mij hebt afgesproken. En zorg ervoor dat je op tijd bent.'

Hij stond op en liep het hotel in. Bij het licht van de sterren en de maan en de goudkleurige gloed die uit het hotel naar buiten viel, zag ze zijn gestalte verdwijnen.

ZESTIEN

1943

Augustus

'Wacht, is jouw moeder Olivia Parissi?' zei Aldo. 'De zus van Patricio?'

Hoewel Annalisa strak naar haar schoot keek, merkte ze dat Aldo op de muur verschoof, zijn lichaam naar haar toe wendde en haar aandachtig aankeek.

'Ja, ze was zijn zus,' zei Annalisa. 'Ze is lang geleden overleden.'

'Dus signor Parissi is je oom?'

Ze knikte.

'Maar snap je dan niet wat dat betekent? Je bent een Parissi! Het is nergens voor nodig dat je het kasteel binnensluipt en in de keuken werkt. Dit is allemaal van jou.' Hij spreidde zijn armen om het kasteel, het eiland en meer aan te duiden. De lucht, het firmament, het water beneden misschien. Te veel om op te noemen.

'Nee, dat is niet waar,' zei ze tegen hem. 'Mijn moeder werd onterfd. Er is niets van mij bij. En als ik bedenk hoe hij over mijn vader denkt, zou hij me niet eens in de keuken willen hebben. Misschien weet hij niet dat mijn moeder is overleden. Als hij dat zou weten, zou hij waarschijnlijk een nog grotere hekel aan ons hebben.'

'Zijn váder had een hekel aan je vader, niet hij.'

‘Waarom heeft hij dan nooit een poging gedaan om ons te zoeken?’

‘Omdat hij niet wist hoe dat moest. Dat zei mijn mentor. Hij wist niet waar je moeder was.’

‘Weet je zeker dat hij niet ook een hekel aan mijn vader heeft? Omdat die zijn familie uit elkaar heeft gedreven?’

Aldo ging rechtop zitten. ‘Tja, als je het zo bekijkt...’

‘Precies,’ zei ze. ‘Het is heel ingewikkeld. En mijn vader heeft niet veel tijd meer.’

‘Wat ben je van plan? Hoe denk je hem zover te krijgen dat hij zijn uitvinding met je deelt?’

Annalisa sloeg haar armen over elkaar. Het was de hele dag warm geweest, maar nu werd het wat fris. ‘Geen idee. Ik had niet gedacht dat het hier zo groot zou zijn. En ik had al helemaal geen rekening gehouden met de mogelijkheid dat niemand hem ooit ziet. Of dat we de hele dag in de keuken zouden werken en dat er zoveel te doen is. Er is eigenlijk best veel dat ik niet wist. Maar dat is niet erg. Ik kan dit,’ zei ze, en ze trommelde met haar vingers tegen haar kin. ‘Ik moet alleen een plan bedenken.’

Ze keek hem aan. ‘Emilia zei dat hij het fijn vindt als het personeel nieuwsgierig en leergierig is. Ik... kan doen of ik belangstelling heb voor zijn uitvinding. Ik bén ook geïnteresseerd, dat is de reden dat ik hier ben. Misschien hoef ik niet direct te zeggen wie ik ben en kan ik gewoon een geïnteresseerde leerling zijn en hem op die manier voor me zien te winnen.’

‘Denk je dat hij zijn uitvinding met je zal delen alleen maar omdat je geïnteresseerd bent?’ zei Aldo met opgetrokken wenkbrauwen die zijn scepsis benadrukten.

‘Waarom niet? Misschien is het beter voorlopig niet te vertellen dat we familie zijn. Dat kan later altijd nog, als hij me eenmaal mag.’ Ze keek hem aan. ‘Niet? Wat denk jij dan?’

Hij stak zijn handpalmen op alsof hij zich overgaf. 'Ik weet niet wat ik moet denken. Ik ben hier nu een paar maanden en probeer nog steeds te verzinnen wat ik moet doen. Maar jij... Jij komt hier aan en binnen een dag weet je niet alleen wat je hier komt doen, maar ook hoe en wanneer je dat voor elkaar zult krijgen.'

'Dat komt doordat ik haast heb. Mijn vader heeft hulp nodig.'

'Ik wil alleen maar zeggen dat ik onder de indruk ben,' zei hij, en hij sprong van het muurtje af. 'Ik moet naar het botenhuis. Hopelijk wordt het een rustigere nacht dan gisteren.'

'Wacht!' zei ze, en ze sprong ook van het muurtje af. 'Zie ik je nog eens?' Ze wist dat het een slecht idee was om gehecht te raken aan iemand hier. Dat leidde af en paste niet in haar plan. Maar ze kon er niets aan doen. Ze vond het fijn om bij hem te zijn. En ze vermoedde dat hij er net zo over dacht.

'Ja, dat kan,' zei hij. 'In de avond ben ik hierboven, maar niet altijd op hetzelfde tijdstip. Dat hangt ervan af wat ik moet doen.'

'Hoe weet ik dan waar ik je kan vinden?'

'Hmm.' Hij liet zijn tong langs de binnenkant van zijn boventanden glijden terwijl hij nadacht. 'Hoe zullen we dat afspreken? Ik wil niet telkens naar je kamer komen en je zussen wakker maken. En jij zult ook niet willen dat iedereen hier ziet dat ik op je deur klop. Er wordt hier geroddeld, veel geroddeld.

Wacht, ik weet het,' zei hij, en hij knielde bij de rand van de muur neer. 'Kijk, deze steen hier...' – hij morrelde eraan – 'die zit los. Signora Russo stopt daar weleens lijstjes in met spullen die ze nodig heeft en dat lijstje moet ik dan meegeven aan de boten die teruggaan naar het vasteland.'

'Waarom verstopt ze lijstjes?' vroeg Annalisa.

'Wat? Weet ik veel. Daar gaat het niet om,' zei hij hoofdschuddend. 'Het punt is dat er pen en papier achter die steen liggen. Als ik weet hoe laat ik hier 's avonds kan zijn, schrijf ik dat op en leg ik dat briefje daar neer. Jij kunt dan voor of na het avondeten komen kijken wat er op het briefje staat.'

'Oké,' zei ze. 'Dat werkt.'

'Ja, dat werkt. Als ik jou was, zou ik gaan slapen. Je bent afgelopen nacht opgebleven en je hebt drukke dagen voor de boeg.'

Hij zwaaide en liep naar de voorkant van het kasteel. Ze keek hem na tot hij uit het zicht was verdwenen. Toen keek ze naar de steen waarachter hij zijn briefjes aan haar zou verstoppen en ze voelde zich opgetogen. Misschien kwam dat doordat de nacht echt leek te glinsteren, door alle genialiteit en mogelijkheden die zich hier concentreerden. De belofte binnen deze kasteelmuren was oneindig. Ze was ervan overtuigd dat ze als een ander mens terug naar huis zou gaan. Ze zou haar vaders noodlot kunnen afwenden, zou de breuk in haar familie kunnen lijmen, zou misschien zelfs de loop van de geschiedenis kunnen veranderen. Ze kon iemand zijn die wist hoe je zieken kon genezen.

Die verandering was namelijk al in gang gezet. Ze werd iemand die ze amper herkende.

Iemand die wist hoe het voelde om verliefd te worden.

Drie dagen later ving ze voor het eerst een glimp op van Patricio.

Na haar eerste dag op het kasteel had ze elke dag zijn dienblad naar boven gebracht. Al voor het aanbreken van de dag verliet ze haar slaapkamer, waarbij ze haar best deed haar zussen niet wakker te maken, hoewel Emilia licht sliep en onvermijdelijk kreunde of haar kussen over haar hoofd trok. In de keuken wachtte ze tot signora Russo klaar was met Patricio's dienblad en dan griste ze het van de metalen tafel voordat de andere dienbladlopers kwamen en aan hun dienst begonnen. Daarna ging ze naar de derde verdieping en liep ze door de gang naar de toren. Aan de linkerkant bevond zich het verbluffende balkon dat zo ver uitstak dat het in de lucht leek te zweven. Ze bleef altijd even staan om haar blik over het water te laten glijden, waarna ze doorliep naar deur naar de toren. Daar aangekomen liet ze het dienblad op haar linkerarm rusten en duwde ze met haar rechterhand de zware houten deur open, waarna ze die zo langzaam liet dichtgaan dat dit geen geluid maakte. In dit gedeelte van het kasteel was het donker. Er viel alleen wat licht door de smalle ramen hoog in de ronde toren. Aan de andere kant van de overloop was een brede deur. Daarachter lag waarschijnlijk Patricio's suite. Ze zette het dienblad op het tafeltje bij de deur en ging haastig weer door de deur naar de toren, die ze op een kier liet staan, zodat ze hem zou kunnen zien. Ze wilde niet meteen al oog in oog met hem staan, wilde hem eerst eens goed bekijken.

Er gingen twee dagen voorbij. In de ochtend verstopte ze zich achter de deur naar de toren en gluurde door de spleet tot ze daar echt weg moest, omdat ze anders beneden gemist zou worden. Aan het eind van de middag ging ze kijken of er een briefje van Aldo lag hoe laat hij haar kon zien. Tijdens het avondeten in de kleine ruimte waar het personeel at, deed ze alsof ze Emilia's geklaag aanhoorde dat ze de soeppannen drie keer opnieuw had moeten schrobben voordat signora Russo ze schoon genoeg vond, en ze luisterde naar Giulia's gezwijmel over Vincenzo, terwijl ze ernaar uitkeek Aldo weer te zien. Als ze elkaar 's avonds zagen, analyseerden ze hoe het gegaan was met dienbladen rondbrengen en bedachten ze hoe ze ervoor kon zorgen dat ze in de toren was op het moment dat Patricio zijn ontbijt ophaalde.

Op de derde dag durfde ze het aan om twee extra dienbladen mee naar boven te nemen. Die ging ze eerst bezorgen, zodat ze niet al heel vroeg zijn ontbijt zou neerzetten. Haar strategie werkte. Vanaf haar verstopplek zag ze zijn deur opengaan en daar was hij.

Haar eerste indruk was dat hij er veel vriendelijker uitzag dan ze had verwacht. Ze had wel foto's van hem gezien in de artikelen die ze had gelezen, maar door wat Aldo had verteld, had ze zich een boeman voorgesteld: dik, voorovergebogen, moeizaam lopend en misschien zelfs wel met een volle grijze baard. Maar hij was heel lang en heel mager, had kort koperkleurig haar met een zijscheiding en geen gezichtsbeharing. Hij had wat rimpels bij zijn ooghoeken en op zijn voorhoofd, wat te verwachten was bij een man halverwege de veertig, want ze had uitgerekend dat hij ongeveer zo oud moest zijn. Hij droeg ruimvallende kleding, zijn mouwen kwamen tot over zijn polsen en de zoom van zijn witte overhemd hing tot over zijn heupen.

'Hij is helemaal niet eng,' mompelde ze bij zichzelf toen ze de trap af ging om meer dienbladen te halen. 'Helemaal niet eng,' herhaalde ze later die avond tegen Aldo.

De volgende ochtend deed ze exact hetzelfde. Ze bracht zijn dienblad als derde rond en ja hoor, terwijl ze zich in de gang schuilhield, kwam hij zijn ontbijt ophalen. De ochtend daarna kiende ze het zo uit dat ze met zijn dienblad op de overloop stond toen ze voetstappen hoorde naderen.

Hij deed de deur open en keek haar aan, was eerder verbaasd dan boos. 'Je bent laat,' zei hij. Het was een constatering. Zijn stem klonk hoger dan ze had verwacht bij iemand die zo lang was. Ze keek naar zijn gezicht en kreeg tranen in haar ogen toen ze zijn dunne lippen, ronde kin, rode wangen en mooie, smalle wenkbrauwen zag. Hij leek als twee druppels water op haar moeder.

Met zijn derde en vierde vinger streek hij een haarlok uit zijn gezicht. Even vroeg ze zich af of hij het dienblad zo uit haar handen zou pakken en de deur zou dichtsmijten. Maar toen besefte ze dat hij dat niet zou doen. Iets aan zijn amberkleurige ogen, dezelfde kleur als zij, deed haar aan haar moeder denken.

Het was niet de oogkleur – haar moeder had donkere ogen gehad – maar een zachtheid in zijn blik die haar heel bekend voorkwam. Hij was verbitterd, wist ze, en gekwetst, maar niet gemeen. Dat zag ze direct. Zijn ogen straalden eenzaamheid uit. Zo had haar moeder af en toe ook gekeken als ze uit het raam staarde en misschien wel dacht aan de familie die ze had verloren.

'Het spijt me, signor,' zei ze. 'Ik wilde u spreken.'

Hij trok zijn wenkbrauwen op. 'Je wilde me spreken?'

'Ik heb over u gelezen,' zei ze. 'U werkt aan een medisch instrument. U bent de reden dat ik met mijn zussen naar dit eiland ben gekomen, om in de keuken te werken, maar ik hoop ook van u te leren. Ik wil dolgraag meer over dat instrument weten, hoe het werkt, wat er allemaal mee kan. Kunt u... een leerling gebruiken?'

Zijn schouders ontspanden en de blik in zijn ogen werd vriendelijker. Haar woorden hadden hem geraakt. 'Heb je over mijn uitvinding gelezen?'

'O, ja, heel veel,' zei ze. 'Alle artikelen en hoofdstukken die ik erover kon vinden.' Dat was zo. Ze was hem op het spoor gekomen doordat ze in boeken naar mogelijke behandelingen zocht waardoor haar vader beter kon worden. In een van die boeken had ze een foto van hem gezien. Ze herkende die foto, want haar moeder had zo'n zelfde foto in haar ladekast bewaard. Haar moeder sprak soms liefdevol over haar oudere broer, Patricio, van wie ze hield, en over haar vreselijke vader die niet in liefde geloofde. Annalisa was er altijd van uitgegaan dat Patricio was overleden, maar toen ze in dat boek een foto van hem zag, snapte ze opeens hoe het zat.

'Hoe heet je?' vroeg hij.

'Annalisa,' mompelde ze. Ze vroeg zich af of ze beter een andere naam had kunnen noemen, maar dat zou problemen opleveren met signora Russo en de andere dienbladlopers. Ze kon alleen maar hopen dat hij niet wist dat hij nichtjes had.

'Weet je dat ik met niemand praat?' zei hij. 'Heeft signora Russo niet tegen je gezegd dat je me niet mag aanspreken?'

'Er is ons verteld dat we de gasten niet mogen storen,' zei ze. 'Maar ik wil leren. Ik wilde u dolgraag ontmoeten, zodat ik van u kan leren. Het spijt me.'

'Weet je, ik praat met niemand,' herhaalde hij. In zijn stem klonk verbazing maar ook iets van woede door, alsof hij niet kon geloven dat iemand in het kasteel dat eenvoudige, onomstotelijke feit niet snapte.

'Dat weet ik,' zei ze. 'Maar ik weet ook dat u een voorstander bent van educatie en dat u anderen hier aanspoort het personeel dingen bij te brengen. Ik wil alleen van u leren, ik wil u helpen, ik wil zieke mensen beter maken.'

Hij nam haar van top tot teen op. Ze likte haar lippen en wachtte, keek hem recht aan. Ze wilde niet dat hij zou denken dat ze zo iemand was die terugkrabbelde.

Na een tijdje zei hij: 'Kun je precies doen wat je wordt opgedragen? Zul je niet te veel vragen stellen? Kun je rustig werken? Zul je me niet voor de voeten lopen?'

Ze knikte. 'Ja, ik zal precies doen wat u van me vraagt.'

Hij dacht na. 'Je hebt gelijk, dat heb ik inderdaad gezegd over educatie. En dat meen ik. Het is belangrijk om kennis door te geven, die niet achter te houden voor de volgende generatie. Goed, als je wilt leren, kom dan maar binnen.'

Ze liep achter hem aan zijn suite in. De slaapkamer was heel groot en met donkere meubels ingericht. Voor het raam hingen dikke rode gordijnen. Toen hij voor haar uit door een smal gangetje liep, zag ze dat hij een kleine kale plek op zijn achterhoofd had. Daardoor leek hij kwetsbaar en ze glimlachte vol genegenheid. Haar moeders grote broer.

De achterkamer was kennelijk in gebruik als laboratorium en ze keek om zich heen. De kamer was spaarzamer gemeubileerd dan ze had verwacht. Er stond een lange, zware tafel, misschien van ijzer, en daar stond een kruk bij. Op de tafel lagen twee hoopjes: een met nat zand en aarde, en een met bladeren en bloemblaadjes.

Hij pakte een handje aarde. 'Er zit zoveel kracht, zoveel potentieel in de grond hier bij de zee,' zei hij. 'Er is een reden dat mensen naar deze kustgebieden komen. Iets diep in hun binnenste wordt hiernaartoe gezogen. Een oergevoel. Er zitten namelijk mineralen hier in het zand en in het water. Geneeskrachtige mineralen. Magnesium. Zwavel. IJzer. Die houden het leven al eeuwenlang in stand. Dat feit moet ik benutten. Ik moet die mineralen eruit halen en gebruiken.'

'Hoe doet u dat?' vroeg ze. Ze hapte naar adem en sloeg haar hand voor haar mond toen ze bedacht dat ze geen vragen mocht stellen. Maar hij leek het niet erg te vinden. Misschien mocht ze in deze fase, nu hij haar uitlegde wat hij deed, wel vragen stellen.

'Hiermee,' zei hij, en hij liep naar een glanzende mahoniehouten kast die op een kledingkast leek en aan de andere kant van het vertrek stond. Hij trok aan de koperen deurknoppen. De hele kast was leeg op de middelste plank na, die vanaf de onderkant van de plank erboven verlicht werd door een lampje dat een goudkleurige gloed verspreidde.

'De schianto grandioso,' fluisterde hij.

Het was een kom met een brede opening, op een glanzend zwart voetstuk, met afwisselend banden van ruwe steen en glad roze marmer. Hij had een brede V-achtige vorm. De bovenste roze marmeren band was iets naar binnen gebogen. Aan de rand was met een scharnier een metalen staaf bevestigd, die naar het midden van de kom stak en eruitzag als een dikke, stevige hamer met een rond roze balletje aan het uiteinde.

Hij haalde de kom uit de kast en zette die op de tafel. Ze wilde hem dolgraag aanraken, met haar handen onderzoeken. Uit hoe hij de kom vasthield, maakte ze op dat die zwaar en breekbaar was. Wat zou ze die hamer graag aanraken om te snappen hoe die bewoog en hoe die werkte. Ze verlangde ernaar de oppervlakken aan te raken, zodat haar hoofd de verschillen bevestigd kreeg, de gladheid van de staaf en sommige banden van de kom, de ruwheid van andere onderdelen.

Hij liet zijn vingers over de bovenrand van de kom glijden, even teder als haar vader haar wang had gestreeld toen hij haar vertelde dat haar moeder was overleden. 'In deze kom wordt het zand gekneed, zodat de mineralen vrijkomen,' zei hij. 'Dat wil zeggen, als ik de ideale vorm ontdekt heb. En dat gebeurt dan met die hamer, beter gezegd, met dit balletje hier.' Hij raakte het uiteinde van de staaf aan.

Ze was blij en opgewonden, wilde niets liever dan bij hem in de leer, hem helpen zodat dit instrument zou werken.

'Dat is… ongelooflijk,' fluisterde ze. Ze was zo onder de indruk dat ze alleen maar kon kijken.

Toen sloeg ze haar blik op en ze keek aandachtig naar de ogen van haar oom. Ze zag haar moeder erin: dezelfde honger naar kennis, dezelfde eerbied voor de vermogens van de menselijke geest. Ze wist dat ze een weg naar zijn hart zou vinden, want er was iets mis met een verscheurde familie zoals die van hen. De magie van de schianto was niet alleen genezing bieden, maar ook een hereniging. Ze was haar vaders dochter, maar ook haar moeders dochter en Patricio's nichtje. Ze was de som van vele delen.

En als ze die delen bijeen kon brengen, wie weet wat ze dan nog meer voor elkaar kon krijgen.

Die avond aten haar zussen en zij zoals gewoonlijk samen met het andere personeel. Terwijl iedereen zich enthousiast uitliet over een geschenk dat een van de dienbladlopers via signora Russo van Patricio had gekregen – een dun notitieboek met een houten kaft plus een vulpen – ging Annalisa onopvallend van tafel. Ze liep het terras op om Aldo's briefje te pakken, waarop stond dat hij er om half tien zou zijn.

Toen ze later in de slaapkamer Emilia's natte haar vlocht, luisterde ze terwijl haar zussen het hadden over wat ze tot nu toe het lekkerste eten vonden. Ondertussen vroeg ze zich af of signora Russo ouder was dan ze eruitzag, en of ze alleenstaand was of misschien ergens een man of kinderen had. Ze wilde nog niet toegeven, zelfs niet aan hen, dat ze steeds sterkere gevoelens voor Aldo kreeg. Ze wachtte tot het tijd was en glipte weg.

'Ik ga naar de keuken om water te drinken,' fluisterde ze. Ze kwam elke avond met een smoes aanzetten als ze wegging voordat ze in slaap waren gevallen.

'Kun je voor ons ook water meenemen?' vroeg Emilia.

'Ja, hoor. Maar ik moet ook iets controleren, dus het kan even duren... Ga maar slapen,' zei Annalisa ongeduldig toen ze de kamer uit liep.

In de keuken ging ze naar een donker hoekje, waar ze haar groene katoenen lievelingsjurk van thuis aantrok, die ze onder haar arm had gestopt toen ze de slaapkamer verliet. Ze streek haar haar achter haar oren – ze moest niets hebben van ingewikkelde kapsels, maar opeens wilde ze dat ze een mooie haarspeld of een bloem aan de zijkant in haar haar kon doen – en ze liep het terras op. Hij zat op het stenen muurtje op haar te wachten.

'Het verhaal gaat dat je het ondoordringbare fort bent binnengedrongen,' zei hij plagerig toen ze op hem af liep. 'Iedereen heeft het erover. Patricio heeft een leerling.'

'Hoe weet je dat?' Ze ging naast hem zitten en hij gaf haar een glas wijn.

'Het keukenpersoneel weet alles,' zei hij. 'En dit was niet zo moeilijk. Kennelijk heeft Patricio bericht naar de keuken gestuurd dat jij voortaan de enige bent die zijn ontbijt mag brengen. En je bent ontheven van bepaalde taken in de keuken, omdat hij wil dat je elke ochtend bij hem komt werken. Je hebt het onvoorstelbare gedaan, superslimme meid. Je bent door een steen heen gebroken. Wacht maar af. Binnenkort krijg je een mooie slaapkamer. Dan wordt jouw ontbijt ook bezorgd.'

'Nee, nee...'

'Dat gaat gebeuren. Hier ben je voor gekomen. Je bent al een stap verder.'

'Maar dat geldt ook voor jou. Jij hebt je muziek. We hoeven allebei niet in de keuken te blijven. Je bent toch hiernaartoe gekomen om muziek te maken?'

Hij haalde zijn schouders op. 'Ik heb het al eerder gezegd, ik weet niet waarom ik hier ben. Ik ben met mijn docent meegekomen en die is er niet meer. Maar jij... Jij hebt het voor elkaar gekregen dat Patricio met je praat. Jij verandert alles.' Hij gaf haar een kneepje in haar elleboog. 'Ik ben blij voor je. Ik wist wel dat je bijzonder bent. Dat wist ik al toen je me met een list zover kreeg dat ik jullie naar boven zou brengen...'

'Het was geen list...'

'Dat weet ik. Er staan je grote dingen te wachten. Ik ben blij dat ik je heb leren kennen.'

Ze keek hem nu ernstiger aan. 'Hoe bedoel je? Dit is geen afscheid. Hij heeft nog veel werk te doen. Ik ben hier nog wel even. Ik kan je gewoon elke avond hier blijven zien.'

'En ik zal hier naar de lucht kijken en op je wachten.'

Ze bleven nog een paar minuten zwijgend zitten. Toen was het tijd voor hem om naar het botenhuis te gaan. Opeens sloeg hij zijn arm om haar schouders en ze stak haar arm onder die van hem door en legde die om zijn slanke taille. Het was een soort omhelzing, dacht ze, en hoewel het maar even duurde, voelde het alsof haar hele leven was veranderd. Hij straalde warmte uit en zijn arm voelde sterk en hij rook heel lekker, als de aarde na een flinke regenbui. Toen liet hij haar los en hij gaf haar een kneepje in haar hand. Ze keek hem na tot hij om het kasteel verdween. Op dat moment besefte ze dat het haar niet alleen meer om Patricio's geneeskundige uitvinding ging, maar ook om Aldo. Ze wilde het medisch instrument gebruiken, ze wilde Patricio vertellen wie ze was, en ze wilde Aldo. Haar moeder had de liefde boven haar familie verkozen en Patricio had zijn verplichtingen aan zijn familie waarschijnlijk boven de liefde voor zijn zus verkozen. En hij leidde nu een eenzaam leven.

Maar móést ze kiezen? Kon ze niet Aldo én het medisch instrument voor haar vader hebben? Liefde en familie? Vriendschap en kennis? Zouden haar hart en hoofd het samen eens kunnen worden? Het was als een ander type van een wetenschappelijk experiment, dacht ze. De uitdaging om een probleem op te lossen. Ze kon erachter komen hoe dat moest. Ze had uitgedokterd hoe ze hiernaartoe moest komen en Patricio kon ontmoeten. Dan moest ze ook kunnen bedenken hoe ze Aldo in haar leven kon houden.

Want dat moest. Een andere optie was voor haar onacceptabel.

De daaropvolgende dagen bleef ze dat geloven. Ze was steeds vaker bij Patricio dan in de keuken. Hij had bedacht dat als hij plantaardig materiaal aan het mineralenmengsel toevoegde, de werking of opname in de bloedstroom zou verbeteren, en dus zette hij haar aan het werk om de kenmerken en effecten te onderzoeken van planten die in zijn omgeving groeiden. Dag in dag uit spitte ze boeken door, zoals hij had gevraagd, en ze noteerde haar bevindingen in eenvoudige termen in een notitieboek met harde kaft:

Kamille: ontspant spieren, ontstekingsremmend, kalmerende werking op nerveuze energie
Salie: helpt bij infecties, pijnstillend
Hysop: bevordert spijsvertering en ademhaling
Venkel: ontstekingsremmend

Het was lastig werk, want de boeken die hij haar gegeven had, ook de boeken die hij pasgeleden besteld had, stonden vol wetenschappelijke termen en Latijnse afkortingen die ze niet snapte, zodat ze in andere boeken de definitie daarvan moest opzoeken voordat ze verder kon met het boek dat ze eigenlijk zat te lezen. Soms ging ze van het ene naar het andere naar weer een ander boek met nieuwe vragen, tot ze niet meer wist wat de beginvraag was geweest of wat ze uren daarvoor had zitten lezen toen ze net begonnen was.

Andere keren gaf hij haar wat stukjes plant, die ze dan moest analyseren en waarvan ze de eigenschappen moest noteren, zodat hij kon voorspellen hoe die zich zouden gedragen als ze met mineralen gecombineerd werden. Ze vond het geweldig als hij dat deed, want zulk onderzoek deed ze het liefst, onderzoek waarbij ze al haar zintuigen moest gebruiken om de aard te bepalen van wat ze voor zich had liggen. Ze was er altijd van overtuigd geweest dat dit de enige manier was om iets te weten te komen: dingen grondig onderzoeken. Ze bekeek elk stukje plant, draaide het voorzichtig rond en hield het tussen haar vingertoppen om de vorm, kleurschakeringen en uniformiteit van kleur te onderzoeken en om te kijken of er een bepaalde tekening aanwezig was. Ze snoof de geur op en likte er voorzichtig aan om de smaak te bepalen. Ze kneedde het tussen haar vingers en wreef ermee over haar wang. Daarna noteerde ze haar bevindingen: doorschijnend, één kleur of geaderd; zuur, aardachtig of grasachtig; zoet, bitter of metalig; rubberachtig, poederachtig, plakkerig of prikkend.

Elke avond sprak ze met Aldo af op het terras en vertelde ze hem de laatste nieuwtjes over haar werk en de steeds betere band met Patricio. Als ze terugkwam in haar slaapkamer sliepen haar zussen meestal al. Maar toen ze op een avond terugkwam, zat Giulia op haar te wachten. Ze wenkte Annalisa mee naar de gang, zodat Emilia niet wakker zou worden van hun gesprek.

'Ik ga soms stiekem naar de aanlegsteiger om Vincenzo te zien als hij voorraden brengt,' fluisterde ze. 'Dat heb ik niet tegen je gezegd, omdat ik dacht dat je dat zou afkeuren en ik weet dat je niet geloofde dat ik van hem hield, maar vandaag heeft hij me iets verteld wat je moet weten. Hij had het gehoord van een neef die bij ons in het dorp woont.' Ze zweeg even. 'Hij zei dat het niet goed gaat met papa.'

Annalisa's adem stokte in haar keel. 'Hoe bedoel je? Is het zijn hart?'

'Ja, maar dat niet alleen. De situatie voor de Joden verslechtert. Veel mensen weigeren zelfs zijn kleermakerij binnen te stappen. Vincenzo zegt dat papa zo gauw mogelijk uit Italië weg moet.'

'Weg uit Italië? Waar moet hij naartoe dan?'

'Zonder ons gaat hij nergens heen.' Ze begon te huilen. 'Ik maak me zorgen om hem, Pippa. Ik vind dat we vlug terug moeten. Vincenzo heeft gehoord dat hij heel mager is geworden. Papa heeft hulp nodig.'

Annalisa nam niet de moeite om tegen Giulia te zeggen dat ze die domme bijnaam niet mocht gebruiken. Dit was vreselijk nieuws en ze moest iets doen. Ze had nog minstens drie of vier weken willen wachten met Patricio over haar zieke vader vertellen. Drie of vier weken om zijn volledige vertrouwen en genegenheid te winnen. Dan zou ze Patricio kunnen vertellen wie ze was. Nadat hij haar had geaccepteerd zou ze aan haar zussen vertellen dat hij hun oom was.

Maar de tijd leek te dringen. Ze moest ervoor zorgen dat Patricio zijn werk aan de schianto afrondde en het goedvond dat ze die mee naar huis nam.

Ze had geen keus. Morgen zou ze haar identiteit aan Patricio moeten onthullen.

ZEVENTIEN

2018

Dinsdag

Nadat Leo was vertrokken, bleef Mia nog even op het terras om na te denken over wat hij had gezegd. Toen ging ze naar haar kamer om Erica te bellen, want ze wilde het allerliefst aan haar vriendin vertellen wat er was gebeurd. Ze zou haar zelfs gebeld hebben als het in New York midden in de nacht was. Gelukkig was het daar nu vier uur in de middag.

'En hij weet niet dat de schianto in jouw koffer ligt?' vroeg Erica nadat Mia haar verhaal had gedaan.

'Nee, dat wilde ik hem niet vertellen,' zei Mia. Ze zat op het bed. De lamp op het nachtkastje verspreidde een goudkleurig licht en de sterren buiten waren groot en stralend wit. 'Ik heb tegen hem gezegd dat ik iets over de schianto weet, maar ik wilde de waarheid achterhouden, omdat het noodzakelijk is dat hij me verder helpt. Bovendien ben ik bang door wat hij gisteren tijdens de rondleiding zei, dat ze degene die de schianto in bezit heeft zullen vervolgen. Ik kan hem pas vertellen dat ik hem heb als ik kan bewijzen dat mijn grootmoeder hem niet gestolen heeft.'

'Heeft hij beloofd je naar het kasteel te brengen?'

'Ja! Morgen. Ik voel me er rot over dat ik hem de waarheid niet heb verteld, maar het kon niet anders.'

'Tjonge, er zit niets anders op dan een dag met deze geweldige Italiaan doorbrengen. Ik heb met je te doen...'

Mia keek vertwijfeld omhoog. 'Zo zit het niet, Erica. En hij is trouwens geen Italiaan, hij is Amerikaan. Hij komt uit Philadelphia. Zijn familie is naar Italië verhuisd toen hij nog klein was, maar daar gaat het nu niet om. Ik heb een vriend, weet je nog? Dat is niet de reden dat ik hier ben.'

'Maar hij heeft wel indruk op je gemaakt.'

Ze zweeg even en besefte dat Erica gelijk had. 'Eh, ja,' zei ze langzaam. Ze koos haar woorden zorgvuldig. 'Hij straalt iets uit, een mengeling van ernst en droefheid. Maar goed, dat kan ook komen doordat er verder niemand buiten zat en het donker en stil was. Uit wat hij zei, concludeer ik dat hij ergens naar op zoek is. Hij zoekt uiteraard de schianto, maar hij vertelde ook dat hij een bijzondere band met het kasteel heeft. Ik vermoed op zeer persoonlijk vlak. Alsof het voor hem om meer draait dan een standaardtentoonstelling en het object terugkrijgen. Ik wil heel graag weten waarom dit voor hem zo belangrijk is.'

'Dat denkt hij waarschijnlijk ook over jou,' zei Erica.

Mia knikte en zweeg even. Waarschijnlijk had Erica gelijk. Zag hij bij haar dezelfde intensiteit als zij bij hem? Was hij daarom bereid haar morgen terug te brengen naar het kasteel? Was hij, net als zij, op zoek naar informatie over een bepaalde persoon? Herkenden ze in elkaar hun eigen behoefte?

'Ik vind het vervelend om te zeggen, maar je hebt niet veel tijd,' zei Erica zacht. 'Het is morgen al woensdag. Zondagochtend moet je terug naar Rome om naar huis te vliegen.'

'Ik weet het.' Mia zuchtte en leunde naar achteren tegen het gestoffeerde hoofdeinde. 'Daarom moet ik morgenochtend zo gauw mogelijk naar het kasteel. En misschien donderdag, vrijdag en zaterdag ook. Ik kan de schianto niet mee terug naar huis nemen zonder verder te zijn gekomen. En ik kan hem niet hier laten zonder te weten waarom mijn grootmoeder hem in haar bezit had.' Ze balde haar vuist. 'Ik heb antwoorden nodig. En hij ook. Dat denk ik tenminste. En weet je? Die krijgt hij pas als ik antwoord op mijn vragen heb. Zo gaan we het doen.'

'Ja, je bent daar met een reden naartoe gegaan,' zei Erica.

'Precies. Ik kan het ook keihard spelen,' zei Mia. 'Dat heb ik Ryan zo vaak zien doen. Mensen iets voorhouden wat ze willen hebben en net zolang volhouden tot ze toehappen. Oké, bij mijn grootmoeder heeft dat niet gewerkt toen hij haar huis wilde kopen, maar zij was een uitzondering. Iedereen heeft een prijs, zegt Ryan altijd. En deze man heeft er alles voor over om de schianto te krijgen. Zo is het toch?'

'Ik denk het wel,' zei Erica weifelend. 'Maar het kan zijn dat hij de antwoorden op jouw vragen niet heeft. Dat het geen kwestie is van niet willen maar niet kunnen helpen. Ongeacht wat jij hem ervoor in ruil terug kunt geven.'

Mia zuchtte. Dat had ze zelf ook al bedacht. 'En weet je?' zei ze. 'Ik wil het niet keihard spelen. Hij is aardig en verdient het niet om slecht behandeld te worden, want zijn doel is... nobel. Hij wil de schianto terugbrengen naar de plek waar die volgens hem thuishoort.' Ze keek naar haar schoot. Ryan stond nooit stil bij principes. Als iemand als haar grootmoeder niet gevoelig bleek te zijn voor zijn argumenten, haalde hij zijn schouders op en vertrok hij.

'De vergelijking valt voor Ryan niet al te gunstig uit. Zo is het toch?' voegde ze er met tegenzin aan toe, en toch wilde ze het gezegd hebben. Haar oordeel over Ryan leek veranderd sinds ze afgelopen donderdag naar het huis van haar grootmoeder was gegaan. Ze had altijd wel geweten dat hij zo was, maar ze had nooit rechtstreeks te maken gehad met de gevolgen van zijn duidelijke gebrek aan empathie.

'Dat klopt,' zei Erica stellig, maar er klonk ook iets van spijt in haar stem door dat ze dat moest toegeven. 'Weet je, jullie staan allebei onder druk en de afstand is groot. Het is niet ideaal om via tekstberichten en telefoontjes te communiceren.'

'Dat is waar,' zei Mia, maar met Erica waren er geen misverstanden en die afstand was net zo groot. Erica had deze week niet wreed of ongevoelig geklonken. Ze was, net als altijd, een geweldige vriendin.

'Trek het je niet aan,' zei Erica. 'Er staat morgen iets heel spannends op het programma en wie weet wat dat oplevert. We dachten dat we al blij mochten zijn als het lukte om één keer naar het kasteel te gaan, en jij gaat morgen voor de tweede keer. Geef de moed niet op. Oké? Ze zijn met de renovatie bezig, er worden muren en vloeren opengebroken. Kennelijk heeft Leo goede contacten met de bouwvakkers. Hij staat er met zijn neus bovenop. Wie weet wat jullie vinden.'

Mia beloofde moed te houden. Hoop was immers de drijfveer geweest om hiernaartoe te gaan. Ze hing op. Erica had gelijk. De werkzaamheden die deze week in het kasteel plaatsvonden, konden nieuwe dingen aan het licht brengen. Ze dacht de hele tijd aan Leo, zat ermee in haar maag dat ze niet eerlijker tegenover hem kon zijn. Hij had voor haar gelogen en zij loog tegen hem door te verzwijgen dat de schianto hier was, slechts twee trappen verwijderd van het terras waar ze hadden zitten praten.

Ze voelde haar telefoon trillen, keek op het scherm en zag dat Ryan haar een tekstbericht had gestuurd. Hij vroeg niet hoe het ging, vroeg niet of ze nog iets over haar grootmoeder te weten was gekomen. Hij leek niet te snappen hoe belangrijk deze reis voor haar was. Nee, hij had het alleen over zichzelf, dacht kennelijk dat zijn prioriteiten ook haar prioriteiten waren. Hij schreef dat hij het helaas te druk had om te bellen en dat de beoogde deal leek door te gaan, want iedereen die bezwaren had gehad stond nu aan zijn kant. *Hoe cool is dat?* schreef hij. *We gaan het uitgebreid vieren als we allebei weer thuis zijn!*

Ze legde haar telefoon naast zich op het bed, vroeg zich af hoe hij het voor elkaar had gekregen al die mensen te overreden. Met bluf? Door doelbewust te zwijgen? Of door zijn aanbod mooier voor te stellen dan het in werkelijkheid was? Hoe sluw was hij te werk gegaan om precies te krijgen wat hij wilde? En zou iemand tijdens die vergadering naar hem hebben gekeken zoals Leo naar haar had gekeken, met een behoefte en intensiteit die niets met geld te maken had?

Ze tikte met haar vingers tegen haar lippen en dacht aan wat haar grootmoeder altijd zei, het advies dat Mia het meest ter harte had genomen: observeer de feiten en gebruik al je zintuigen als je een beslissing moet nemen. Wat zintuigen betreft was er weinig waar ze nu op kon vertrouwen doordat ze in haar eentje in een hotelkamer in Italië zat. En toch wist ze dat haar grootmoeder in dit geval zou willen dat ze het bewijs grondig onderzocht. Mia observeerde Ryan al langere tijd en was veel over hem te weten gekomen. Hij was betrouwbaar en hij was een toegewijde vriend, maar hij had ook een kant waar ze niets mee kon. Een kant die haar niet beviel.

Ze had tegen Erica gezegd dat ze Leo net zo kon aanpakken als Ryan dat zou doen, dat ze het keihard kon spelen, maar die woorden moest ze terugnemen. Ze zou nooit zoals Ryan kunnen zijn. Dat wilde ze ook niet.

Met dat in haar achterhoofd drong zich de volgende vanzelfsprekende vraag aan haar op: wat moest ze met Ryan?

De volgende ochtend trok Mia een legging, een T-shirt en sneakers aan, want ze ging ervan uit dat ze door troep en stof moest lopen. Ze wilde net Leo's hoed van de deurknop van de kast pakken toen haar telefoon ging. Ze pakte hem van het nachtkastje en zag dat het Ryan was. Ze nam niet meteen op, want ze zat er niet op te wachten dat hij iets zou zeggen waardoor ze weer aan zichzelf en het doel van haar reis ging twijfelen, maar hij had haar nog niet eerder zo vroeg op de dag gebeld sinds ze in Italië was, en ze maakte zich zorgen dat er iets mis was.

'Ryan,' zei ze. 'Is er iets? Het is bij jou nu toch midden in de nacht?'

'Ja,' zei hij op boze toon. 'En ja, er is iets. Ik heb je gisteravond een bericht gestuurd dat ik groen licht had gekregen voor die deal. Je hebt niet eens een berichtje teruggestuurd om me te feliciteren.'

'O, ik...' Ze wist niet wat ze verder moest zeggen. Hij had gelijk. Hij had haar via een tekstbericht goed nieuws gemeld. Iedere normale vriendin zou dolblij voor hem zijn, maar het was geen moment bij haar opgekomen om hem te bellen. Zijn bericht had haar aan het denken gezet. Ze had Ryan met Leo vergeleken. En die vergelijking was voor Ryan ongunstig uitgevallen.

'Sorry,' zei ze uiteindelijk. 'Ik had een berichtje terug moeten sturen, maar ik ben zo ver weg en er gebeurt hier zoveel...'

'Het is oké,' zei hij, maar zo te horen had hij haar niet vergeven. 'Dat is kwetsend, weet je? Het is belangrijk voor me dat dit goed gaat. Ik dacht dat jij het ook belangrijk zou vinden. Ik zat daar in die vergaderzaal met twee advocaten, een accountant, senior managers...'

Ze knikte terwijl hij verder praatte. Een week geleden zou ze precies zo gereageerd hebben als hij wilde. Als hij haar toen op haar werk had gebeld of datzelfde bericht had gestuurd, had ze hem teruggebeld om het hele verhaal te horen. Wie was er tijdens de vergadering sceptisch geweest? Wie had er over onbeduidende zaken gezeurd? Hoe had hij het voor elkaar gekregen de weerstand te breken, zodat het leek of iedereen zijn voorstel steunde en de argumenten daarvoor accepteerde? Ze wist dat hij zijn baan wilde opzeggen en voor zichzelf wilde beginnen.

Door geld te verdienen – provisie en bonussen – zou hij zijn dromen kunnen financieren. En hij dacht dat zijn dromen ook haar dromen waren. Dat ze samen iets opbouwden.

Dat was deels haar eigen schuld. Ze had hem al die maanden doen geloven dat ze achter hem stond. Ze had hem nooit gevraagd haar dromen te steunen of haar verlangen om weer te gaan studeren te erkennen. Misschien kwam dat doordat ze nooit het gevoel had gehad dat haar dromen even belangrijk waren als die van hem. Ze had nooit het gevoel gehad dat ze recht had op zijn steun.

Waarom had ze toegestaan dat hun relatie zich zo had ontwikkeld? Waarom had ze nooit eerder zijn respect afgedwongen? En waarom herkende ze dat probleem nu pas?

Terwijl Ryan praatte, tikte Mia op haar telefoon om te zien hoe laat het was. Ze wilde niet te laat komen voor haar afspraak met Leo en ze wist niet hoelang ze op de bus naar de kust zou moeten wachten.

'Dat is geweldig, Ryan,' zei ze. 'Ik wil er graag meer over horen, maar ik moet nu weg.'

'Hoezo? Staat Erica te popelen om te ontbijten?' grapte hij. Zijn snoeverij was terug alsof het gesprek zijn ego een oppepper had gegeven. 'Zeg maar dat het mijn schuld is, dat ik met je moest praten en dat het geen ramp is als je tien minuten later op het strand bent. Zeg maar tegen haar dat ik dat heb gezegd. Oké?'

Mia haalde diep adem, perste haar lippen op elkaar en had er spijt van dat ze haar verontschuldigingen had aangeboden. Zojuist had hij haar verweten dat ze geen rekening hield met zijn gevoelens en nu deed hij bij haar precies hetzelfde. Nee, dit was erger. Hij bagatelliseerde haar gevoelens, deed haar reis af als een strandvakantie. Hij herschreef haar verhaal, het verhaal over haar verleden dat zich deze week ontvouwde. Hij dacht te kunnen bepalen wat ze tegen haar vriendin moest zeggen.

'Goed,' zei ze kil. 'Ik zal het exact zo tegen Erica zeggen.'

Ze hing op, pakte Leo's hoed van de deurknop en verliet de kamer.

In de lift haalde ze een paar keer diep adem om haar hartslag te verlagen. Vandaag stond in het teken van ontdekkingen en verbinding met het verleden. Dat zou, zoals Erica had gezegd, spannend en fascinerend zijn. Dat zou ze niet door het telefoontje van Ryan laten bederven. In de lobby zag ze signor Dorria achter de receptiebalie zitten. Hij vroeg waar ze naartoe ging. Ze hield haar belofte aan Leo en zei ze dat ze terugging naar het koffietentje waar ze de vorige dag was geweest voor nog een cornetto, want die had ze verrukkelijk gevonden. Hij wenste haar een fijne ochtend en zei dat ze de bus kon nemen, omdat de groep pas over een uur zou vertrekken. Die zou een boottocht langs alle andere kleine eilanden in de omgeving gaan maken.

Zodra ze zat, vertrok de bus en toen ze bij de aanlegsteiger aankwam, bedankte ze de chauffeur. Door het telefoontje van Ryan had ze geen tijd gehad om te ontbijten en ze had trek in een goede, sterke cappuccino. Ze werd heel blij toen ze Leo, met een papieren zak en een kartonnen dienblad met twee bekers koffie, uit het koffietentje zag komen waar ze de vorige dag had gezeten.

Hij droeg een spijkerbroek en een donkergroen T-shirt. Het briesje trok aan de onderrand van zijn T-shirt en maakte zijn haar in de war. Hij kwam op haar af, bewoog zijn hoofd met een ruk om het haar uit zijn gezicht weg te krijgen en zette het eten op een hek bij de aanlegsteiger. Daarna wenkte hij haar. Toen ze dichterbij kwam, viel het haar opnieuw op hoe knap hij was. Met zijn golvende haar en aantrekkelijke baard die precies de juiste lengte had, niet te kort en niet te rommelig was. Met zijn brede schouders en slanke taille, zijn sterke rechte houding. Maar wat ze misschien nog wel het mooist vond, was zijn brede, vriendelijke glimlach: zijn mond ietsje open, kin opgeheven, hoge jukbeenderen en de lachrimpeltjes bij zijn ooghoeken. Hij was zo aantrekkelijk als hij glimlachte. Ze zou waarschijnlijk de hele dag proberen om telkens weer een glimlach op zijn gezicht te toveren.

'Buongiorno,' zei hij toen ze bijna bij hem was. 'Ik heb binnen gevraagd naar de Amerikaanse vrouw met de grote hoed' – hij glimlachte en wees met zijn kin naar haar hoofd – 'die hier gisteren was en ze wisten het nog. Ze zeiden dat je een cornetto had genomen en dat je die heel lekker vond. Dus ik heb *cornetti* bij me, en koffie.'

Ze voelde zich schuldig dat ze hem gedwongen had haar weer naar het kasteel te brengen, maar in plaats van dat hij daar boos over was, kwam hij met koffie en cornetti aanzetten. Ze schudde haar hoofd. 'Dat had echt niet gehoeven...'

'Heb je al ontbeten?' vroeg hij.

'Nee, maar...'

'Dan moet het dus wel. Het kan zijn dat we vandaag lang op het eiland zijn en daar zijn geen eettentjes. Ik moet niet hebben dat je flauwvalt als we bij de werkzaamheden gaan kijken. Wie weet krijg je pas vanavond weer iets te eten.'

Ze stapte na hem de veerboot op. Hij zei iets in het Italiaans tegen wat forse mannen in spijkerbroek en veiligheidsschoenen. Daarna zwaaide hij naar de kapitein en nam hij haar mee naar een bank.

'Ik heb gezegd dat je mijn assistente bent,' zei hij tegen haar, toen ze eenmaal zaten en het toerental van de motor van de boot opliep. 'Niemand deed daar moeilijk over. Ze zijn de oude keuken aan het slopen, dus iedereen is behoorlijk opgewonden. Doe me een plezier en zorg ervoor dat je niet gewond raakt. En doe alsof je heel vaak op een bouwlocatie komt. Oké?'

Ze knikte, was blij dat ze een legging en sneakers aanhad, en geen jurk en sandalen.

Hij zette de bekers koffie en de papieren zak tussen hen in en gaf haar een beker. Ze haalde het deksel eraf, liet de geurende damp opstijgen en nam een slokje. De koffie was even zoet en lekker als de vorige dag. Leo maakte de dichtgevouwen zak open en hield die haar voor. Ze stak haar hand erin en haalde er een cornetto uit. Die was nog warm en zag er verrukkelijk uit. Ze nam een hap, genoot van de smaak, maar schaamde zich toen er een hele lading kruimels op haar legging en de voorkant van haar T-shirt viel.

'Je zei dat iedereen opgewonden is,' zei ze. Dat vond ze interessant, maar ze zei het ook om hem af te leiden van het feit dat ze op haar kleren knoeide. 'Wat hopen ze te vinden?'

'Niemand weet wat ze zullen aantreffen,' zei hij, terwijl ze beiden dooraten en kruimels wegveegden. 'Maar áls er iets belangrijks gevonden wordt, zal dat waarschijnlijk in de keuken zijn. Zoals ik tijdens de rondleiding al zei, had Patricio slechts één vertrouweling en dat was signora Russo. Zij was het hoofd van de keuken. Ze was niet echt een kok, je moet haar meer zien als de manager van het kasteel. Ze hield gegevens bij over de gasten: wat ze als ontbijt wilden, welke boeken ze lazen, wat hun favoriete vorm van entertainment was, en zelfs hoe ze hun kleren gevouwen wilden hebben en wat voor beddengoed en handdoeken hun voorkeur had. Ze hield ook personeelslijsten bij. En ze maakte lijstjes voor de bevoorradingsboten die tussen het eiland en het vasteland heen en weer voeren.

Op diverse plaatsen in het kasteel zijn door haar geschreven briefjes gevonden, maar we hebben het idee dat ze veel van wat ze geschreven heeft ergens in de keuken verstopt heeft, de plek waar ze de meeste tijd doorbracht.'

'Waarom zou ze haar notities verstoppen?' vroeg Mia.

Leo nam een slok koffie en zette de beker op de bank. 'Ze stelt ons voor raadsels,' zei hij. 'De meeste gasten waren vrij naïef waar het de nazi's betrof, of misschien negeerden ze die informatie opzettelijk, maar signora Russo had door wat er gebeurde. Het heeft er alle schijn van dat ze haar aantekeningen – die op zich helemaal niet bijzonder waren, gewoon lijsten met de namen van het keukenpersoneel en de gasten, ontbijtbestellingen en zo – doelbewust in kasten en laden verstopte, en ook in ruimten in de muren. We denken dat ze er rekening mee hield dat het eiland bestormd zou worden en dat ze daarom haar best deed spullen veilig op te bergen.'

'Maar waarom zei ze daar niets over tegen de anderen? Waarom regelde ze niet dat zijzelf en de anderen weg konden?'

'Dat is een heel goede vraag,' zei hij. 'Ik denk niet dat ze een ramp van die omvang voorzag. Het kwaad van de nazi's, de ongekende wreedheid. En wat nog raadselachtiger is: haar stoffelijk overschot is nooit gevonden, maar er staat ook nergens vermeld dat ze naar een concentratiekamp is gezonden. Sommigen denken dat ze met de Amerikanen samenwerkte, dat ze via de bevoorradingsboten informatie kreeg en zelf ook informatie doorgaf. Er wordt gespeculeerd dat Russo niet haar echte naam was. Ik denk dat ze van het eiland is gehaald en is gemarteld om informatie uit haar los te krijgen en dat ze daarna is omgebracht.'

'O mijn god,' zei Mia. Zo'n vreselijk verhaal had ze niet verwacht. Bij de rondleiding had Leo daar niets over gezegd. Toen ging het over uitvindingen en kunstwerken, over Patricio's bijdrage aan kunst en wetenschap. Het verhaal was toen nostalgisch, niet schokkend.

'Ik, en ook anderen, denken dat het zo is gegaan,' zei Leo. 'Sorry als ik je heb laten schrikken, maar geschiedenis is niet altijd zo'n fris verhaal als wat je bij een rondleiding door een toekomstig luxeresort hoort. Ik denk dat signora Russo een schat aan documenten heeft achtergelaten om ervoor te zorgen dat de geschiedenis zich nooit zou herhalen. Ik hoop dat die schat gevonden wordt als ze de keuken slopen. Als signora Russo een heldin was, verdient ze erkenning.'

Mia keek hem aan. Dit was niet de charmeur die de reisagenten en zij tijdens de rondleiding hadden leren kennen. Dit was een veel complexere persoon en ze voelde zich tot hem aangetrokken.

'Het is belangrijk voor je, hè, dat dit ontdekt wordt?' zei ze.

'Dat zou voor iedereen belangrijk moeten zijn,' zei hij. 'Vind jij het niet belangrijk dan? Je zei toch dat je iemand hebt die met dit eiland verbonden is?' Ze hoorde de gedrevenheid in zijn stem.

'Ja, natuurlijk wel. En dat klopt.' Ze zweeg even, wilde niet dat hij zich nog meer ging opwinden. Ze had hem duidelijk beledigd door afstandelijk te klinken, alsof dit zijn project was en niet iets wat voor de wereld belangrijk was, en voor komende generaties belangrijk zou zijn. En ja, zoals ze had gezegd, had ze iemand die met het eiland verbonden was. Kennelijk was haar grootmoeder al voor de invasie van de nazi's vertrokken. Haar grootmoeder had een lang en goed leven gehad. Dit was de eerste keer dat ze hoorde over de verschrikkingen die op het eiland hadden plaatsgevonden.

'Ik heb iemand gekend en ik denk dat die op een bepaald moment hier in het kasteel heeft gewoond,' zei ze. 'Maar ze is hier niet gestorven. Ze is in New York terechtgekomen.' Ze zweeg even, en besloot hem toen toch iets nieuws te vertellen. 'Die vrouw was mijn grootmoeder,' zei ze.

'Je grootmoeder?' Hij keek haar verbaasd aan. Kennelijk had hij niet verwacht dat haar band zo persoonlijk zou zijn.

'Ja, ik vermoed dat ze een van de dienbladlopers was. Dat denk ik door een foto die ik van die dienbladen heb gezien, door dat vaasje met bloemen. In de brochure die ik in het hotel gepakt heb, las ik wat Patricio Parissi daarover zei. Mijn grootmoeder heeft haar hele leven zulke bloemschikkingen gemaakt. En ze zei daar hetzelfde over als Patricio.'

'Aha,' zei Leo. 'Dus je hebt je grootmoeder goed gekend?'

Mia hield haar hoofd schuin. 'In zekere zin wel. Ze heeft me namelijk grootgebracht, maar er is ook veel over haar dat ik niet weet.'

'Je mag blij zijn dat je haar hebt gekend,' zei hij. 'Ik heb mijn grootvader nooit gekend. Hij is hier overleden, net als Patricio en de anderen, is door toedoen van de nazi's gestorven.'

Ze legde automatisch haar hand op haar borst. 'O, wat vreselijk,' zei ze.

'Hij was schilder,' zei hij. 'Savio Peralta. Hij was door Patricio uitgenodigd om aan zijn meesterwerk te werken. Een serie muurschilderingen van jurken. Een trouwjurk, een baljurk, een nachthemd, een ochtendjapon. In feite bestudeerde hij stoffen. Hij wilde exact vastleggen hoe stoffen bewegen, vallen en kreuken. Jonge vrouwen die in de keuken werkten, naaiden de kledingstukken en trokken die aan, zodat hij de beweging van de stoffen kon bestuderen. Hij had een leerling die de ingewikkeldste naaitechnieken beheerste. Ik heb mijn grootvader nooit gekend. Ik ken hem alleen uit de verhalen van mijn grootmoeder. Hij verliet haar en hun huis in Argentinië om naar het kasteel te gaan en zich aan zijn kunst te wijden. Mijn grootmoeder is nooit over zijn dood heen gekomen.'

'O, wat vreselijk,' herhaalde Mia. Het klonk afgezaagd, maar ze wist niet wat ze anders moest zeggen.

'In brieven aan haar schreef hij dat hij heel blij was hier te zijn. Hij voelde zich enorm vereerd toen Patricio hem per brief uitnodigde om in het kasteel te komen logeren. We hebben niets van wat hij hier heeft gemaakt. Alles is vernietigd, denken we. Het enige wat we hebben zijn schetsen die hij naar mijn grootmoeder heeft opgestuurd. Ik zal ze je laten zien als we terug zijn in het hotel. In brieven aan mijn grootmoeder heeft hij het vaak over de muurschilderingen. Na zijn dood was het haar grootste wens die muurschilderingen te vinden. Tot haar grote spijt is dat nooit gelukt.

Hij had zoveel talent,' zei hij met een zucht. 'Dat heeft de wereld nooit kunnen zien en dat is ontzettend jammer, niet alleen voor hem maar ook voor de wereld.' Hij schudde zijn hoofd en ze hoorde zijn stem haperen. 'We zijn hier maar heel even, Mia. Een ademtocht in de uitgestrektheid van de tijd. Het enige wat we willen, is onze aanwezigheid kenbaar maken. En als we er niet meer zijn, verdienen we het dat het verhaal van wie we waren en hoe we leefden bewaard blijft.'

Ze zweeg even, was geraakt door zijn mooie gevoelens. 'Denk je dat die muurschilderingen ergens in het kasteel gevonden zullen worden?' vroeg ze uiteindelijk.

'Ik hoop het, maar mijn doel is groter. Mensen moeten weten wat daar is gebeurd, het hele verhaal. Elk verhaal moet verteld worden en alles wat daar thuishoort moet teruggegeven worden. Dat staat voor mij vast, Mia. Het maakt me boos en ik zal me er boos over blijven maken tot alles ontdekt en teruggevonden is.'

Ze keek naar de zee terwijl het kasteel steeds dichterbij kwam. 'Heb je het over de schianto?' vroeg ze op fluistertoon.

'Ik heb het over alles, maar zeker ook over de schianto,' zei hij. 'Het was een object dat zieken zou kunnen genezen, de wereld zou veranderen. Patricio's geest was ernstig beschadigd, maar hij had een visioen hoe de wereld kon worden. Hij was alles voor mijn grootvader. Het is misdadig dat iemand dit voorwerp heeft meegenomen en heeft gehouden. Bovendien, waarom zou je het stelen?' zei hij met krachtige stem. 'Wat heb je eraan? Wat heeft het voor waarde? Natuurlijk kun je er geen zieken mee genezen. Het heeft nooit gewerkt. Het gaat om de droom, de hoop. Dat is de waarde ervan.'

'Misschien is de schianto niet gestolen,' zei Mia. 'Wie weet is er een reden dat iemand hem in bezit heeft.'

'Hij hoort hier. De schianto maakt deel uit van het verhaal wie we zijn en hoe het komt dat we nu leven. Het is een verhaal over verdriet en oorlog dat zich nooit mag herhalen. De schianto is mijn verhaal, is jouw verhaal, is ieders verhaal. De invasie is ons verhaal. Het verhaal van het Joodse volk is ons verhaal. Hoe kun je in een wereld leven als je verhalen verdeelt in wel en niet mijn verhaal? Dat is de grondslag van elke oorlog, niet dan?'

Mia wist dat hij gelijk had. Zijn woorden raakten haar. Deze man, die zo hartstochtelijk en gevoelig was, ontroerde haar. Ze was nog nooit opgetrokken met iemand als hij. Er was haar geleerd dat je rustig moest blijven, dat je dan vanzelf kwam waar je moest zijn. Haar grootmoeder had nooit emoties getoond, maar misschien kwam dat niet doordat ze dat niet wilde, maar doordat ze niet wist hoe dat moest. Of misschien vond ze dat eng om te doen, door wat ze had meegemaakt waardoor ze Italië had moeten verlaten. Ze had medelijden met haar grootmoeder, wilde haar beschermen. Het was vast niet gemakkelijk geweest om alles te verbergen. Dat moest vermoeiend zijn geweest.

'Wat is er, Mia?' vroeg Leo. 'Sorry, het was niet mijn bedoeling je overstuur te maken...'

'Nee, nee, het is oké. Ik ben in verwarring, dat is alles. Er is zoveel wat ik niet weet. Ik probeer het te snappen, maar...'

Ze schudde haar hoofd. 'Ik denk nu ook aan mijn eigen familie. Ik heb spullen gevonden in het huis van mijn grootmoeder, spullen die ze voor mij verborgen had gehouden, en ik weet niet waarom ze dat deed.'

'Is dat de reden dat je naar Italië bent gekomen?'

Ze knikte.

'Ik ben blij dat je hier bent,' zei hij.

Ze werden allebei stil toen de boot de kust naderde. Nadat de boot was aangemeerd, pakte Leo twee flesjes water uit de koelbox op het dek. Ze bedankte hem en haalde diep adem toen ze naar de trap liepen en aan de klim begonnen.

Toen ze bij het binnenplein kwamen, glimlachte Leo toen ze tegen een van de banken leunde. Het was zo'n zware klim. Ze snapte niet dat hij niet ook bekaf was. Hij gaf haar zijn fles, die nog halfvol was. Ze deed zijn hoed af en goot water over haar hoofd. Dat was misschien niet fatsoenlijk, maar het voelde heerlijk en ze was blij dat ze het had gedaan.

'Je lacht me uit!' zei ze. Ze deed of ze beledigd was dat hij lachte.

Hij haalde zijn schouders op. 'O, toeristen,' zei hij plagerig.

Ze wachtte even en schudde toen zo fel haar hoofd dat het water uit haar haar alle kanten op vloog. Het was een spontane actie en het was grappig. Ze moesten hard lachen toen hij de hoed weer op haar hoofd zette. Het was een opluchting, een welkome afleiding van het serieuze gesprek op de boot.

Precies op dat moment kwam er een man om het kasteel heen lopen. 'Leo!' riep hij. '*Sbrigati!*' Hij draaide zich om en verdween.

Leo hield direct op met lachen. 'Ze hebben iets gevonden,' zei hij, waarbij er ingehouden spanning in zijn stem doorklonk, als een ballon die de druk weerstaat voordat die kapot klapt. 'Hij zei dat ik vlug moet komen.'

En dus gingen ze naar de keuken.

ACHTTIEN

2018

Woensdag

Mia liep achter hem aan over het binnenplein en om het kasteel heen. Achter het pad was een enorm glooiend gedeelte met bomen, dat zich tot de horizon en de lucht leek uit te strekken. Ze had nog nooit zo'n weids groen uitzicht gezien. De hoge bomen en dichte struiken op de helling gaven haar het gevoel dat ze op een wolk zat, maar Leo liep met grote passen door, leek te zijn vergeten dat zij er ook was. Hij ging de hoek om en liep langs het terras aan de achterkant van het kasteel. Ze haalde hem in. Hun voetstappen weerklonken op de dunne triplexplaten die over de kapotte stenen onder hun voeten waren gelegd.

Halverwege het terras was er opeens een houten deur. Leo gooide hem open en liep naar binnen, met Mia op zijn hielen. Ze vermoedde dat ze nu in de keuken waren, maar de enige aanwijzing daarvoor waren de grote diepe gootsteen en de aansluitingen waar waarschijnlijk een groot fornuis zou komen. Verder was de ruimte leeg, met blootgelegde balken en pijlers, triplexplaten op de vloer en leidingbuizen langs het plafond. Midden in de ruimte stond een schraagtafel, waar uitgerolde bouwtekeningen op lagen die dankzij stenen op de hoeken plat bleven liggen. Rondom de tafel stonden een stuk of zeven mensen, allemaal met een bouwhelm op. Ze keken op toen Leo eraan kwam. De meesten droegen veiligheidsschoenen en hadden een gereedschapsriem om, dus ze waren waarschijnlijk bouwvakkers. Er stonden ook een man en een vrouw bij, in een kakikleurige broek en een buttondownoverhemd. Dat zouden ingenieurs of architecten kunnen zijn.

Leo pakte twee bouwhelmen van een kruk bij de gootsteen. Met een norse blik haalde hij zijn hoed van Mia's hoofd en hij zette haar een helm op. De tijd van ongedwongenheid was voorbij. Zijn stemming was ernstig en anticiperend, als een arts die een moeilijke operatie moet gaan uitvoeren. Hij zette de andere bouwhelm op zijn eigen hoofd en gooide zijn zonnehoed ongeduldig op de kruk.

'*Cosa succede?*' zei hij, toen hij naar de tafel beende.

Omdat ze het rappe Italiaans niet kon volgen, bleef Mia een eindje bij de tafel vandaan staan. Ze keek over Leo's schouder en zag dat de groep helemaal geen bouwtekeningen bestudeerde. Ze stonden over een vel lijntjespapier gebogen. Zo te zien was het tot voor kort opgevouwen geweest. Een man probeerde het met zijn vlakke hand plat te strijken. Het was een met de hand geschreven lijst.

Leo keek over zijn schouder en gebaarde met zijn hoofd dat ze naast hem moest komen staan. Ze liep naar hem toe en hij draaide het blaadje, zodat de tekst haar kant op stond. Ze waardeerde het dat hij haar erbij betrok. Ze wist niet waarom ze van verdachte in vertrouweling was veranderd, maar dat was wederzijds. Misschien kwam het door hun gesprek op de boot, de symmetrie dat hij zijn grootvader en zij haar grootmoeder had verloren. Zijn grootvader was tientallen jaren geleden onder gruwelijke omstandigheden gestorven en haar grootmoeder was na een goed en lang leven vredig overleden, maar ze zochten beiden naar antwoorden.

Leo pakte het dunne vergeelde blaadje, hield het stevig en aandachtig met beide handen vast alsof het, als hij niet voorzichtig was, als een vlindervleugel kon verbrokkelen. '*Dio mio*,' mompelde hij hoofdschuddend. Enkele anderen knikten.

'Wat is dat?' vroeg Mia.

'Ga zitten,' zei hij, en hij nam haar mee naar een gammele houten bank die tegen de muur bij de gootsteen stond. 'Dit is een heel belangrijke ontdekking.'

Ze ging naast hem zitten. Uit het feit dat hij haar apart nam, concludeerde ze dat hij haar mening wilde horen, dat hij vond dat ze het recht of zelfs de plicht had om vragen te stellen en te helpen analyseren wat deze lijst onthulde.

Leo hield het blaadje nog steeds vast, leunde met zijn onderrug tegen de muur. Zijn schouders hingen een beetje. Hij boog zijn hoofd alsof hij zijn ogen niet kon geloven.

'Dit hebben ze onder wat brokstukken gevonden toen ze de muren sloopten waar ooit de voorraadkamer was,' zei hij. 'Signora Russo hield personeelslijsten bij waarop ze van iedereen de dag van aankomst, beroep en interesses noteerde. Die lijsten hielden op bij mei 1943. We wisten dat er ook van daarna gegevens moesten zijn, omdat er die zomer nieuw personeel is aangekomen. Dit is die lijst. Hier staan de namen op van de mensen die in juli en augustus dat jaar in dienst zijn gekomen. Deze mensen woonden hier toen de invasie plaatsvond.'

Ze keek over zijn schouder naar de lijst. Er stonden acht namen op. Leo wees aan dat naast de naam hun taak vermeld werd.

'En zie je dat driehoekje bij sommige namen?' vroeg hij. 'Patricio gaf geschenken aan het personeel, zodat ze zich konden ontwikkelen. Boeken, beeldhouwgereedschap, fijne penselen, een vel muziekpapier. Zoals je weet was hij min of meer een kluizenaar en dus stuurde hij berichten naar signora Russo waarin stond wat ze aan wie moest geven. Dat noteerde ze en ze zette een driehoekje achter de naam als ze het geschenk had gegeven. Vorige maand hebben we een notitieboek gevonden waarin ze de richtlijnen had opgeschreven. Dat deed ze voor haar nicht, die haar taak in het kasteel zou overnemen, want signora Russo wilde het jaar daarop ontslag nemen om voor haar oude moeder te gaan zorgen. Maar zover is het nooit gekomen.'

Hij keek weer naar het papier. 'Hé, dit is interessant,' zei hij. Hij pakte een leesbril met een rechthoekig zwart montuur uit zijn borstzakje, zette de bril op en bekeek het blaadje wat beter. 'Zie je die haakjes achter sommige namen? We denken dat signora Russo met een haakje aangaf dat het om leden uit hetzelfde gezin ging. Er werkten hier veel broers en zussen. Zo te zien zijn de laatste drie op de lijst afkomstig uit hetzelfde gezin. Zie je dat? Die zijn in augustus 1943 hier aangekomen.'

Hij boog zich naar voren en schermde met zijn hand het felle zonlicht af dat door de ramen naar binnen viel. 'De inkt is verbleekt, het is moeilijk te lezen. Die middelste naam, staat daar Giulia?'

Ze boog zich ook naar voren. 'Ik denk het wel.'

'O, kijk, er staat bij dat ze *sarta*, naaister, was en als leerling in het schildersatelier werkte.' Hij schudde zijn hoofd. 'Dan heeft ze mijn grootvader gekend. Mijn grootmoeder zei altijd dat mijn grootvader een leerling had, een jonge vrouw op wie hij zeer gesteld was. Hij schreef dat ze veel talent had en goed overweg kon met stoffen als zijde, linnen en fijne wol. Hij dacht dat ze modeontwerpster zou worden. Dit zou haar kunnen zijn, deze Giulia.'

Hij zette zijn bril af en wreef met zijn pink in zijn oog. Mia liet hem even in alle rust verwerken wat hij zojuist had gelezen. Zij zou ook ontroerd zijn als ze de naam tegenkwam van een jonge persoon die haar grootmoeder had gekend.

Hij ging rechtop zitten, leek zijn persoonlijke reactie van zich af te zetten en bestudeerde het blaadje weer. 'Goed, volgens mij staat hier Emilia. Ja toch? De bovenste naam zal de oudste zus zijn. Staat daar Annalisa?'

Ze knikte. 'Daar lijkt het wel op.'

Hij gniffelde. 'Dan hebben we Annalisa eindelijk gevonden. De dienbladloper die Patricio's leerling werd. We weten nu precies wanneer ze hier is aangekomen.'

Bij het woord 'dienbladloper' spitste Mia haar oren. Zoals ze tegen Leo had gezegd, was ze ervan overtuigd dat haar grootmoeder dienbladen had rondgebracht. En er was een verband tussen haar grootmoeder en Patricio. Over haar bloemschikking met een lelie en eucalyptus had ze immers altijd gezegd dat die 'lekker moest ruiken en er aanlokkelijk uit moest zien'. Dezelfde woorden die als Patricio's citaat in de hotelbrochure stonden vermeld. Als haar grootmoeder bij iemand in de leer was geweest, was dat bij een wetenschapper, niet bij een kunstenaar of musicus. Tenminste niet als er rekening werd gehouden met haar interesses.

Maar haar grootmoeder heette Lucy, geen Annalisa. Bovendien had haar grootmoeder geen zussen. Dat had Lucy nooit met zoveel woorden gezegd, maar Mia had dat geweten toen ze opgroeide. Ze had nooit familie ontmoet, geen neven, nichten, tantes, ooms. Er was niemand die na Lucy's overlijden contact met haar had opgenomen en gezegd had dat hij of zij familie was, ook al had de overlijdensadvertentie op de website van de uitvaartondernemer en in diverse andere berichten op internet gestaan.

Opeens verstijfde Mia toen ze bedacht hoe bizar het was dat haar moeder Julia heette, de Engelse versie van het Italiaanse Giulia. En hoewel haar eigen roepnaam Mia was, heette ze officieel Emilia, net als de derde zus op de lijst. Haar grootmoeder had haar lang geleden verteld dat ze die naam aan haar dochter had voorgesteld toen Mia was geboren.

En die derde naam: Annalisa. Was dat niet een van de namen die genoemd werd in de brief van de Italiaanse advocaat die Milt haar had laten zien? Die advocaat had Lucy ervan beschuldigd dat ze diverse schuilnamen gebruikte. Ze wist het weer. De naam Annalisa had daar beslist tussen gestaan.

Zou dat allemaal toeval zijn?

Opeens had ze door dat Leo niet meer naast haar zat. Ze keek om zich heen en zag hem bij de deuropening met wat mensen staan praten. Even later was hij terug.

'De locatie gaat dicht, want ze gaan met het grote graafwerk beginnen,' zei hij. 'Dan mag er niemand in het kasteel zijn. Voor de rest van het team zit het werk erop voor vandaag. We moeten naar de aanlegsteiger. De veerboot vertrekt zo. Sorry, maar zo gaat dat soms. De bouw gaat voor.'

'Maar...' sputterde Mia. Ze had nog niets gezien waar ze voor was gekomen. Ze had het kasteel willen verkennen en hoewel de overeenkomsten tussen Annalisa en haar grootmoeder bijna geen toeval konden zijn, wist ze niet zeker wat dat betekende. Maar protesteren was zinloos, want Leo ging daar niet over.

En ze had morgen en vrijdag en zaterdag nog, bedacht ze. Leo zou haar net zo vaak terug moeten brengen als nodig was, want alleen dan zou ze onthullen waar de schianto was.

Ze gaf het niet op.

Terug bij het hotel zei Leo dat hij die avond als gids met de groep meeging voor een avondcruise langs de eilanden, gevolgd door een feestelijk banket plus overnachting op het vasteland. Tot die tijd had hij nog een paar uur vrij en hij vroeg of ze zin had om met hem op het terras te lunchen. Ze nam de uitnodiging aan, was blij dat ze de kans kreeg nog wat meer tijd met hem door te brengen, want ze raakte steeds meer op hem gesteld. Ze zou alleen willen dat ze tijd had om zich om te kleden, want ze voelde zich vies en daar had ze een hekel aan. Dit vroeg om espadrilles, een lange wijde rok en een zijden topje, bijvoorbeeld lichtblauw of boterbloemgeel. Gewoonlijk maakte ze zich niet druk om wat ze aanhad. In het lab droeg ze meestal een laboratoriumjas, veiligheidsbril en handschoenen. Uit veiligheidsoverwegingen liep iedereen er zo bij. Ook al letten ze nog zo goed op, er konden chemicaliën druppelen of spatten, en dus was het belangrijk om zo goed mogelijk bedekt te zijn. Maar vandaag voelde alles anders. Zij voelde zich anders.

Ze zaten aan een tafeltje op het terras en toen er een ober aankwam met een kan ijsthee, knikten Leo en zij allebei. De ober schonk in en hij en Leo kletsten even in het Italiaans. Iedereen die ze vandaag had gezien leek Leo te kennen en hem graag te mogen. Hij hoorde er hier helemaal bij, hoewel hij had gezegd dat hij nog geen jaar op het eiland woonde. Hij was gemakkelijk in de omgang en kon het met iedereen goed vinden.

Nu ze aandachtig naar hem keek, besefte ze dat hij niet alleen maar 'een lekker ding' was, zoals de vrouw op de boot hem had omschreven. Nee, hij was uniek. Complex en slim. Aardig en hartelijk, sprak met vriendelijke stem. Maar hij was ook resoluut en vurig. Ze bedacht dat ze hem, toen ze hem net kende, als 'knap' had weggezet. Hoe vaak deed ze dat niet, snel een conclusie over mensen trekken op basis van zeer weinig informatie? Wat zei dat over haar?

Misschien kwam het door haar werk. Bij onderzoek was classificeren belangrijk. Het was een proces dat kon helpen om iemand een veilig gevoel te geven. Want als je ergens een etiket op kon plakken, als je iets een naam kon geven, had je er zeggenschap over. Haar grootmoeder had iedereen aldoor in een hokje gestopt. Milt was attent en gul, Ryan was slim en betrouwbaar, Erica was een goede vriendin. Dit was Lucy's steno, haar manier om prikkels te beoordelen, zodat ze wist hoe ze moest reageren. Dat was niet vervelend bedoeld, ze deed het uit zelfbescherming.

Mia nam een slokje ijsthee, proefde de smaak van de citroenschijfjes die in het glas dreven. De citroenen hier waren niet te vergelijken met de citroenen die ze thuis in de supermarkt kocht. Hier waren ze niet slechts zuur, maar ook scherp en zo vol van smaak dat het op een prettige manier in je mond beet. Het was te vergelijken met je ogen dichtknijpen tegen de zon, dat je de sterke zonnestralen zo waardeerde dat je ogen een stukje dichtknijpen bij de ervaring hoorde. De citroenen hadden een intense smaak en ze besefte dat juist dat de reden was dat ze die zo lekker vond. Intense ervaringen en gevoelens waren goed. De intensiteit van alleen-zijn, van in haar eentje naar Italië reizen. Ze besefte nu dat ze haar hele leven intensiteit gemeden had. Intensiteit kon overweldigend zijn, maar deed je ook beseffen dat je leefde.

Leo richtte zich weer tot haar en zei dat de ober de *tramezzini* aanraadde, driehoekige minisandwiches met tonijn, olijven, prosciutto of een andere vulling. Ze knikte, want ze vond het leuk om nieuwe Italiaanse gerechten uit te proberen.

'Vertel eens wat er zo bijzonder was aan die laatste naam op de lijst, Annalisa,' zei Mia toen de ober wegliep van hun tafeltje. Ze wilde meer over het eiland horen en genoot ervan als Leo over de mensen vertelde alsof hij hen persoonlijk had gekend. Maar ze wilde vooral meer over Annalisa weten. Hoewel ze altijd gedacht had dat Lucy enig kind was, vroeg ze zich toch af of Annalisa en haar grootmoeder een en dezelfde persoon konden zijn.

'Ze was bij Patricio in de leer,' zei hij. 'En we wisten dat ze maar korte tijd op het eiland is geweest. Nu weten we ook precies wanneer ze is aangekomen. Het opvallende is dat Patricio nooit een leerling had. Hij wilde geen pottenkijkers bij zijn onderzoek. Totdat zij verscheen. Om een of andere reden mocht hij haar. En dan nog iets. We weten dat hij ergens in de weken voor de invasie een concert in de balzaal heeft bijgewoond, een debuut van de Italiaanse componist Aldo Verga. Ook dat had hij voor de komst van Annalisa nooit gedaan.'

'Denk je dat het door haar kwam dat hij dat deed? Dat zij hem op de een of andere manier veranderde?'

'Dat zou kunnen, maar dat hoeft niet. Ken je Verga?'

Ze schudde haar hoofd, terwijl de ober hun lunch kwam brengen. Hij had de sandwiches over twee borden verdeeld en ze vielen erop aan. Het eten was verrukkelijk: het brood was warm en knapperig, de vulling was fris en vol van smaak. Maar Mia kon zich niet lang op de smaak concentreren. Ze was geboeid door het idee van een jonge vrouwelijke leerling met wetenschappelijke belangstelling die het leven van de Parissi-erfgenaam en van een aankomend componist veranderd kon hebben. Daar wilde ze meer over horen.

'Verga was een componist en violist van wereldklasse,' zei Leo. 'Hij is als leerling hier op het eiland begonnen. Nog niet zo lang geleden heeft hij zijn buitengewone memoires geschreven. Daarin staat ook een stukje over zijn verblijf op het kasteel. In de serre van het hotel ligt een Engelse vertaling van het boek. Ik zal het je straks laten zien als je dat wilt. Een paar jaar terug heeft Verga zijn beroemdste werk afgemaakt en op vele plaatsen in Europa uitgevoerd. In zijn memoires schrijft hij dat hij er tientallen jaren daarvoor al aan begonnen was, toen hij hier in het kasteel verbleef, en dat het stuk geïnspireerd was op iemand die hij daar had leren kennen. Het boek is aan haar opgedragen. Hij noemde het muziekstuk *Voor Pippa*.'

Mia hapte naar adem. Pippa! Ze wist het direct weer. Dat was de andere naam die de Italiaanse advocaat in zijn brief had genoemd. Annalisa en Pippa.

'Pippa,' zei Mia op naar ze hoopte neutrale toon. 'Wat is dat voor naam?'

'Kennelijk was dat de bijnaam van zijn inspiratiebron. Het is eerder een koosnaam. Misschien werd ze door haar familie zo genoemd. Het belangrijkste is dat Annalisa er net als Patricio bij was, die avond dat Verga zijn muziekstuk voor het eerst uitvoerde.'

'Wat concludeer je daaruit?' vroeg ze. 'Denk je dat Annalisa Pippa is? Maar waarom zou de aanwezigheid van Annalisa bij het concert ervoor zorgen dat Patricio erbij wilde zijn?'

'Ook dat weet ik niet,' antwoordde Leo, die de laatste sandwich van zijn bord pakte en zijn handen afveegde aan zijn servet. 'Maar dat doe ik dus, ik zoek patronen, kijk naar dingen die gelijktijdig plaatsvonden. Dat Annalisa Patricio's leerling werd, dat ze net als Patricio die avond bij het concert aanwezig was... Dat roept vragen bij me op.'

'Heeft iemand ooit aan Verga gevraagd wie Pippa was?'

'Uiteraard, maar hij speelde een spelletje met zijn interviewers. Soms zei hij dat Pippa helemaal geen persoon was, dat hij op de maan doelde.'

'Maar dat geloof jij niet?' vroeg Mia, die vermoedde dat het antwoord nee was.

Leo bracht zijn handen omhoog. 'Het is glashelder,' zei hij. 'Zijn muziek zit vol passie. Liefde, hartzeer, verlangen. Het gaat niet over de maan. Wacht, ik zal het op mijn telefoon opzoeken, dan kun je het zelf horen.'

Hij pakte zijn telefoon, tikte iets in en hield haar zijn telefoon voor. 'Het orkest van Wenen,' zei hij. 'Dit is de laatste keer dat het stuk is gespeeld.'

Ze luisterde. De geluidskwaliteit was matig, maar Leo had gelijk. Het was een warm, emotioneel stuk met veel lange noten en mineurakkoorden. Het ging naar een crescendo toe en zwakte af naar een rustig verlangen. Het was aangrijpend en prachtig. Ze wist niet of ze die melodie ooit nog uit haar hoofd zou krijgen.

'Ik denk dat Pippa een vrouw was,' zei Leo stellig. 'Een vrouw van wie hij hield. Iemand die hij in het kasteel had leren kennen. Hij was bang dat ze zijn hart zou breken. Het stuk heeft geen vrolijk einde. Zo is het toch? Het eindigt met een vraag. Luister nog maar eens.' Hij ging een stukje terug in de video en liet de laatste noten opnieuw horen. 'Hoor je het? Hoopvol maar niet zeker.'

Hij had gelijk. De slotnoten waren geen echt eind. Het was alsof er meer zou moeten volgen. De melodie had iets onbestemds, zodat de luisteraar niet wist wat er daarna zou komen.

'Waarom wilde hij niet toegeven dat hij het stuk geschreven had voor iemand van wie hij hield?' vroeg ze.

'Wie zal het zeggen? Mensen liegen om allerlei redenen. Dat heb je zelf vast ook ervaren.'

Ze keek naar het servet op haar schoot, hoopte maar dat hij niet doorhad dat ze rood werd. Of dat hij dacht dat het door de zon kwam.

'Verga is later getrouwd. Hij had een goed huwelijk dat ruim vijftig jaar heeft geduurd,' zei Leo. 'Hij had geluk dat hij niet op het eiland was toen de nazi's kwamen. Hij vestigde zich in Zwitserland, trouwde, kreeg zes kinderen, veertien kleinkinderen en twee achterkleinkinderen. Wie weet is dat de reden dat hij nooit heeft toegegeven dat hij van Pippa hield. Zie je het voor je, dat je na vijftig jaar huwelijk tegen je vrouw zegt dat je eigenlijk van iemand anders houdt? En dat die andere vrouw de inspiratiebron was voor het mooiste en adembenemendste muziekstuk dat je ooit hebt geschreven?'

Mia dacht na over de vraag, al wist ze dat ze onmogelijk kon inschatten hoe Verga tegenover zijn inspiratie en zijn muziek stond. Ze was zelf nooit creatief bezig geweest. Ze wist niet wat het was om door liefde geïnspireerd te worden.

'Kan iemand het hem niet opnieuw vragen?' zei ze. 'Nu je die lijst hebt waar Annalisa op staat? Kan iemand hem niet vragen of Pippa Annalisa was?'

Leo schudde zijn hoofd. 'Hij is vorig jaar, kort na zijn vrouw, overleden. Er werd veel gespeculeerd waarom hij een stuk opvoerde dat hij vele jaren daarvoor had gecomponeerd. Misschien wist hij dat hij stervende was en wilde hij dat dit muziekstuk zou voortleven. Of, en dat klinkt morbide, voelde hij zich na de dood van zijn vrouw vrij om terug te keren naar zijn herinneringen aan de vrouw van wie hij eerder had gehouden. Door wat ik de afgelopen maanden te weten ben gekomen, heb ik sterk het gevoel dat Annalisa Pippa was, dat Pippa Annalisa's bijnaam was. Dat kan haast niet anders.

Daarom is die lijst waar Annalisa's naam op staat zo belangrijk. We weten dat ze hier was, dat ze echt bestond, en we weten het jaartal dat ze op het eiland is aangekomen. Wie weet kunnen we ook achterhalen waar ze vandaan kwam en of ze er net als Verga in geslaagd is te ontsnappen. Want er is iets wat ik nog niet heb verteld. Als leerling van Patricio had ze toegang tot de schianto.

En wat voor mij persoonlijk van belang is, is dat dit de eerste keer is dat ik de naam tegenkom van iemand die mijn grootvader heeft gekend,' voegde hij eraan toe. Zijn grote ogen straalden hoop uit. 'Als een van die zussen – Giulia of Annalisa of de derde van wie ik de naam even kwijt ben – ontsnapt is en nog leeft, of nazaten heeft, kan ik misschien meer te weten komen.' Hij glimlachte. 'Wil je de tekeningen zien die mijn grootvader heeft gemaakt?'

'Heel graag,' zei ze. Hij gebaarde naar de ober dat hij later zou afrekenen en nam haar mee naar de lobby. Op de tafel lag een kunstboek. Hij bladerde erdoorheen en stopte bij een foto. 'Dit is mijn favoriete tekening,' zei hij. 'Hij heeft de originele schets naar mijn grootmoeder opgestuurd. Dit kledingstuk is gebaseerd op haar trouwjurk en is op het eiland met de hand vervaardigd...'

Hij draaide het boek haar kant op. Ze kromp ineen en hapte naar adem. Geen twijfel mogelijk.

Het was de trouwjurk die ze in de kledinghoes in haar grootmoeders kast had gevonden.

NEGENTIEN

1943

Augustus

De ochtend nadat ze had gehoord dat haar vader steeds zieker werd, ging Annalisa zoals gewoonlijk in de toren de trap op. Patricio zette haar aan het werk met zijn plantenverzameling. Ze moest blaadjes schoonmaken en stengels afbreken, terwijl hij het hamertje en de diepe kom polijstte. Na een paar minuten kwam hij bij haar kijken.

'Goed werk,' zei hij. 'Ga hier nog even mee door. Daarna kun je weer in de boeken duiken.'

Ze keek vanaf haar stoel naar hem op, hoopte zijn aandacht te vangen voordat hij doorging met zijn eigen werk. 'Professor Parissi?' zei ze.

'Hmm?' Hij liep terug naar zijn tafel en pakte het hamertje, keek haar over zijn bril heen aan.

'Zijn we al bijna klaar?' vroeg ze, terwijl ze naar hem toe liep.

'Je kunt wetenschap niet sneller laten gaan, kind,' zei hij waarbij hij naar zijn werk keek. 'Ik had toch tegen je gezegd dat je geen domme vragen mocht stellen?'

'Maar als er nu iemand is die dit medisch instrument hard nodig heeft? Iemand die je zeer dierbaar is?'

Hij keek haar aan. 'Heb je iemand in gedachten?'

'Eh, ja.'

Ze zag de uitdrukking op zijn gezicht verzachten. Wat leek hij nu veel op haar moeder. 'Iemand uit je directe omgeving?'

'Ja.'

'Iemand die ziek is?'

Ze knikte.

'Het spijt me,' zei hij. 'Ik dacht dat je het snapte. Wetenschap richt zich niet op het individu maar op het geheel.'

'Dat weet ik, maar...'

'Wetenschap is niet persoonlijk. Dat moet je weten.'

'Dat weet ik wel, maar...'

'Het spijt me,' herhaalde hij. 'Ik kan je familie niet helpen.'

'Het gaat niet alleen om mijn familie,' zei ze.

'Wat?' vroeg hij, zonder van zijn werk op te kijken.

'Ik zei dat het niet alleen om mijn familie gaat,' herhaalde ze luider. 'Het gaat om uw familie, om ónze familie.'

Hij legde het hamertje neer. 'Onze familie?' vroeg hij. Er klonk irritatie in zijn stem door. 'Waar slaat dit op? Wat heeft dit met mij te maken?'

'Het heeft met mijn moeder te maken.'

'Wat is er met je moeder? Nee, ophouden nu! Ik heb genoeg van die raadsels.'

'Luister alstublieft!' riep ze. 'Ik praat niet in raadsels! Mijn moeder was uw zus. En degene die stervende is, is mijn vader. De man van uw zus.' Ze haalde diep adem, had geen idee wat er nu zou gebeuren. 'Ik ben uw nichtje. Olivia's dochter.'

Er volgde een stilte die eindeloos leek te duren. Ze sloeg haar handen ineen, liet haar tong langs haar wang gaan, bewoog haar tenen in haar schoenen, wist niet wat ze met zichzelf aan moest. Patricio keek haar aan, maar ze kon niets aan zijn gezicht aflezen. Hij zette zijn bril af en ging staan. Wat haar vooral opviel was dat zijn oogleden neerhingen en dat de wallen onder zijn ogen erger leken te worden toen hij op zijn bureau leunde. Hij deed zijn mond open en klapte die weer dicht.

'Je bent wát?' vroeg hij bijna grommend. Ze wist niet wat ze moest doen, want ze wist niet wat hij ging doen. Dat kon van alles zijn: schreeuwen, haar slaan, de kamer uit stormen. Zo slecht kende ze hem. En wat moest ze doen als hij wegging? Hier wachten? Verdergaan met het onderzoek? Ze verstijfde en keek hem recht aan.

Na enkele angstaanjagende momenten zakten zijn schouders en hij sloeg zijn ogen neer. Het zou goed komen.

'Ben jij... de dochter van Olivia?' vroeg hij met schorre stem.

Ze knikte, hoewel hij omlaagkeek en dat niet kon zien. 'We zijn met z'n drieën. Ik ben de oudste. Mijn zussen zijn hier ook.'

'Heeft Olivia drie dochters? Drie volwassen dochters?'

'Ja, maar we zijn nog niet volwassen. Ik ben achttien. Giulia is zeventien en Emilia is net vijftien geworden.'

'En je moeder... Heeft zij jullie hiernaartoe gestuurd?'

Ze hield haar hoofd schuin en hoopte dat de waarheid niet al te hard zou aankomen. 'Mijn moeder is overleden. Jaren geleden al. Het spijt me.'

'Olivia... is dood,' zei hij. Hij liep naar het raam, stak zijn handen in zijn zakken en keek naar de Middellandse Zee. Daarna keek hij haar over zijn schouder aan. 'Wat is er gebeurd?'

'Ze is in het kraambed gestorven, bij de geboorte van nog een zus. Er waren complicaties. Ze hebben het beiden niet overleefd.'

'Was er geen arts bij?' riep hij. 'Kon er niets gedaan worden?'

'Dat weet ik niet,' zei ze. 'Ik was pas zes.' Ze herinnerde zich dat ze een nachtje bij de buren had gelogeerd. Toen ze de volgende ochtend thuiskwam, hoorde ze dat haar moeder en de baby overleden waren. Haar vader zat vrijwel roerloos bij het raam. Een verre tante van haar vaders kant van de familie was een paar maanden bij hen in huis geweest om te helpen. Toen die niet langer kon blijven, had een ander familielid haar taak overgenomen.

Annalisa had vrijwel geen herinneringen aan die eerste maanden. Het enige wat haar was bijgebleven was haar vaders intense verdriet. Hij had wekenlang gerouwd. Ze had geprobeerd zelf niet te huilen, omdat ze bang was dat hij zou weggaan als ze dat wel deed. Uiteindelijk vermande hij zich en ging hij weer aan het werk. Maar er hing altijd een triestheid om hem heen, een zwakheid die ook al duidelijk werd voordat hij hartproblemen kreeg. Annalisa wist nog dat ze op een bepaald moment besloten had dat ze het huwelijk niet vertrouwde, niet als dit het gevolg kon zijn, niet als het de ene helft doodde en de andere helft tot een leeg omhulsel reduceerde.

'Olivia… is dood,' herhaalde Patricio. Hij keek weer uit het raam, stond met zijn rug naar haar toe. 'En je bent hier voor je vader? Je wilt dat ik de man red die alles kapot heeft gemaakt?'

'Het is niet zijn schuld,' zei Annalisa. 'Hij hield van haar.'

'Is dat zo? Hield ze net zoveel van hem als ze tegen ons zei?'

'Natuurlijk. Ze heeft alles voor hem opgegeven.'

'Heeft ze je dat verteld?'

'Dat heb ik gezien. Ik was nog jong, maar dat herinner ik me. Ze vond het fijn om mijn vader te helpen in de kleermakerij. Ze hielden vaak elkaars hand vast. Ze vond mijn vaders handen mooi om het werk dat ze deden, ook al waren die door eelt en speldenprikken beschadigd. Ze zei tegen me dat dat een teken van liefde was, als je blij was als je iemands hand vasthield.

Professor Parissi… Oom,' vervolgde ze. De herinnering aan haar ouders gaf haar moed. 'Ik hield van mijn moeder en ik hou van mijn vader en ik wil niet dat hij doodgaat. Ik wil dat hij beter wordt, zodat ik hem naar een veilige plek kan brengen. Sommige mensen zullen zeggen dat het dom was om stiekem hiernaartoe te komen, zodat ik u kon ontmoeten en ervoor kon zorgen dat u me aardig zou vinden. Misschien was het ook wel dom dat mijn moeder haar familie verliet, maar ze deed het en nu ben ik hier.'

Hij liet zijn kin zakken en schudde zijn hoofd. 'Ik heb haar in de studeerkamer ruzie horen maken met mijn vader,' zei hij. 'Hij maakte je vader voor van alles en nog wat uit. Hij zei dat hij alle banden met haar zou verbreken als ze haar dwaze plan doorzette. Maar het was geen dwaas plan. Ik kende je vader, had hem een paar keer gesproken. Hij was een goed man.'

Hij zweeg even. 'Ik heb niet eens geprobeerd haar te helpen. Ik was te bang. Mijn vader zei de hele tijd dat ik een slappeling was. Ik had iets kunnen doen, maar dat heb ik niet gedaan. Ik wilde aan mijn vader bewijzen dat ik niet zo was als hij dacht.'

'Ze nam u niets kwalijk.'

Hij keek haar sceptisch aan. 'Weet je dat zeker?'

Ze knikte. 'Ze heeft me verteld dat ze een broer had van wie ze veel hield.'

'Ze schreeuwde die avond tegen me, noemde me een lafaard. Ze heeft niet eens afscheid genomen.'

'Ze heeft u vergeven. Ze had goede herinneringen aan u. Ze vertelde dat jullie hier over het strand liepen en schelpen en stenen opraapten. Ze vertelde dat u de rotsen aandachtig bekeek en dat u zich afvroeg wat er helemaal binnenin zou zitten. Ze vertelde dat ze u vragen stelde over de zon en de regen en de wolken. Ze zei dat u de slimste mens was die ze kende.

Ze vond u geen lafaard,' voegde ze eraan toe. 'De lafaard was haar vader. Uw vader.'

Hij liep terug naar het raam. 'Na de dood van mijn vader heb ik haar gezocht,' zei hij. 'Maar ik wist niet waar ze woonden.'

'In een dorpje vlak bij Rome,' zei ze tegen hem. 'We waren heel gelukkig. Ik herinner me vrienden en feestjes en vele mooie momenten. Ze was gelukkig, dat kan ik u verzekeren. Het enige waar ze spijt van had, was dat ze geen contact meer had met haar grote broer.'

Hij liep weer naar zijn tafel en ging in zijn stoel zitten. 'En je vader... Die is ziek?' vroeg hij.

'Hij is ernstig verzwakt. Hij kan bijna niet meer lopen.'

'Wil hij hulp van mij?'

'Nee,' zei ze. 'Hij weet niet dat mijn zussen en ik hier zijn. Als hij dat zou weten, zou hij boos zijn. Hij geeft u en uw familie de schuld van de dood van mijn moeder. Net als u hem de schuld geeft.'

'Maar je bent toch gekomen.'

'Ja, omdat u haar broer bent. We hebben u nodig. Het moet toch mogelijk zijn dat we nu met elkaar overweg kunnen?'

Hij gniffelde zacht. 'Je lijkt op haar, zo open, zo nieuwsgierig, zoals je geen nee accepteert.'

Ze glimlachte. 'U doet me ook aan haar denken. Dat viel me de eerste keer dat ik u zag al op. Soms vond ik het daardoor lastig om me te concentreren...

Ze zou gewild hebben dat u mijn vader hielp. Dat zou ze zien als een manier om alles weer goed te maken.'

Hij zette zijn elleboog op de tafel en wreef over zijn voorhoofd. Ze zag hem even naar de tafel kijken. Toen hij weer opkeek, waren zijn ogen en wangen rood. Er verscheen een vriendelijke glimlach en ze meende de persoon te zien die haar moeder had gezien toen ze een jong meisje was.

'Ik ben blij dat je bent gekomen, Annalisa,' zei hij. 'Ik ben blij dat je hier bent. En ik weet dat ze zou willen dat ik doe wat je van me vraagt. Dus laten we de schianto afmaken. Dan zullen we daarna eens zien wat we nog meer samen kunnen bereiken. Ik zal het goedmaken met haar. Ik zal een wetenschapper van je maken, de wetenschapper die ze zelf had kunnen worden als ze was gebleven. Dat zal mijn geschenk aan haar zijn. Dat zal haar nalatenschap zijn.'

Hij stak zijn armen naar haar uit. Zonder enige aarzeling rende ze op hem af en ze omhelsde hem. Even had ze het gevoel dat ze haar moeder terug had. Ze wist dat haar moeder trots zou zijn dat ze een familiereünie had georkestreerd en dat ze hoofd en hart had herenigd: het hoofd van haar oom en het hart van haar moeder.

En binnenkort zou haar vader genezen zijn.

Vanaf dat moment had Patricio nieuwe energie, alsof hij weer een tiener was. Annalisa kon nauwelijks geloven dat hij zo was veranderd. Ze besefte dat hij zichzelf jaren verantwoordelijk had gehouden voor de breuk in zijn familie, het verlies van zijn zus, de angst die hij voor zijn vader had gevoeld. Nu zij in zijn leven was gekomen, zag hij dat als een kans om het goed te maken.

Die avond nam ze haar zussen mee naar de keuken, waar op dat tijdstip van de dag nooit iemand was, en ze vertelde hun dat Patricio – de baas van het hele kasteel, de wetenschapper die ze had willen ontmoeten omdat hun vader dankzij zijn uitvinding beter zou kunnen worden – niemand minder was dan hun oom. Aanvankelijk konden ze dit nieuws amper bevatten en ze hadden talloze vragen. Hoe was ze te weten gekomen dat hij bestond? Hoe reageerde hij toen ze vertelde wie ze was? Wat zou papa hiervan vinden? En wat ging er nu gebeuren? Ze probeerde het uit te leggen, maar signora Russo was degene die met het antwoord op die laatste vraag kwam. Ze stapte de keuken binnen terwijl Annalisa aan het woord was en zei tegen hen dat hun spullen uit de bediendekamers waren gehaald en naar een gastensuite waren overgebracht waar ze ieder een eigen slaapkamer hadden.

Ze hadden nog nooit zoveel luxe gezien. De veren matrassen en veren kussens, de grote kasten en de prachtige mahoniehouten meubels. Ze hadden zelfs een schitterende privébadkamer met een groot marmeren bad en veel dikke, zachte handdoeken.

Tegen de tijd dat ze hun intrek hadden genomen en hun spullen in hun eigen kamer hadden neergezet, was het over elven. Ze waren bekaf. Opeens drong het tot Annalisa door dat ze niet meer achter de steen had gekeken of Aldo een briefje voor haar had achtergelaten en op haar wachtte. Ze voelde zich rot dat ze hun afspraak had gemist. Hij had haar gewaarschuwd dat zodra Patricio erachter kwam wie ze was, dat het einde van hun vriendschap zou betekenen. Ze had gedacht dat hij het mis had en dat geloofde ze nog steeds. Ze zou hem zo gauw als ze kon haar verontschuldigingen aanbieden dat ze niet was komen opdagen. Dat zou hij snappen en hij zou blij voor hen allemaal zijn dat het zo gelopen was.

In de daaropvolgende dagen maakte Patricio kennis met Giulia en Emilia. Hij zei dat de drie meisjes hem 'oom' moesten noemen. Hij nodigde hen uit om hun maaltijden in de eetzaal te gebruiken, zorgde er zelfs voor dat hij daar ook was, zodat hij hen aan alle gasten kon voorstellen. Toen hij hoorde dat Emilia van koken hield, mocht zij voortaan de menu's samenstellen en kreeg ze deels de leiding over de kookploeg. En toen hij hoorde dat Giulia graag naaide, stelde hij haar voor aan een schilder, Savio Peralta. Ze werd zijn leerling en hij zette haar aan het werk om alle jurken te vervaardigen die hij had ontworpen, inclusief een prachtige, ingewikkelde trouwjurk.

Zijn enthousiasme voor verandering werd grenzeloos, evenals zijn energie. Hij gaf signora Russo instructies om de aankleding van de toren volledig te vernieuwen. De zware gordijnen werden weggehaald en daarvoor in de plaats kwam vitrage die zonlicht doorliet. Hij beval dat al het versleten tapijt verwijderd moest worden. Daarvoor in de plaats kwamen kleden in kleuren die het aquamarijn van de zee en het blauw van de lucht weerspiegelden. Hij ging zelf de geschenken – boeken en snuisterijen – uitdelen aan personeelsleden die hij wilde belonen. Hij zette zelfs hoogstpersoonlijk de oranje driehoekjes in signora Russo's notitieboek.

En in de toren werkten Annalisa en Patricio nog harder om de schianto te voltooien. De schianto was niet meer alleen een theoretisch of wetenschappelijk object. Er waren nu echte consequenties, er was een bestaande persoon die baat kon hebben bij hun werk. De wetenschap dat deze persoon de vader van zijn nichtjes was, maakte Patricio nog gedrevener. Annalisa en hij werkten tot zo laat op de avond door dat Annalisa soms op haar plantenboeken in slaap viel, wakker werd met een bladzijde tegen haar wang. Dan schudde ze haar hoofd heen en weer om weer alert te worden en ging ze door met haar onderzoek. Ze noteerde plantennamen en hun eigenschappen:

Psyllium: bevordert spijsvertering, kan hartspier versterken
Rozemarijn: ontstekingsremmend, kan mogelijk infecties behandelen

Ondertussen werkte Patricio in zijn lab aan het scharnier van het hamertje. Hij zocht naar de optimale spanning om het mengsel van mineralen en plantaardig materiaal tot een poeder te pletten dat oplosbaar was in water en zo een doeltreffend brouwsel werd dat gedronken kon worden.

Het enige wat aan Annalisa's leven ontbrak was Aldo. De dagen vlogen voorbij. Voordat ze het doorhad was er een week voorbij, daarna twee weken. Ze leek nooit tijd te hebben om naar beneden te gaan en door de keuken te lopen om buiten te gaan kijken of er een briefje achter de losse steen zat. Ze wilde dat ze meer tijd voor hem had en hoopte dat hij wist dat ze erg op hem gesteld was, dat ze zou willen dat hij de trap op kon rennen om haar in haar gastensuite op te zoeken, zoals hij haar die eerste avond dat ze in het kasteel verbleef in de personeelsvertrekken had opgezocht. Ze hoopte dat signora Russo hem had verteld dat Patricio en zij bezig waren het medisch instrument te vervolmaken dat haar vader kon genezen. Ze hoopte dat hij snapte waarom er dingen waren veranderd. En ze hoopte vooral dat hij nog steeds haar vriend wilde zijn. Ze miste hem: zijn glimlach, zijn lach, zijn interesse in haar, zoals hij naar haar luisterde en haar het gevoel gaf dat ze belangrijk was. Ze had graag naar hem geluisterd als hij vertelde hoe hij over muziek, de gasten in het kasteel en de toekomst dacht. Ook dat miste ze.

Op een dag, toen ze er echt niet meer tegen kon dat ze niet wist hoe het met hem ging, liep ze naar de keuken om met signora Russo te praten.

'Hebt u Aldo gezien?' vroeg ze, waarbij ze probeerde te klinken alsof er een officiële reden was dat ze dit vroeg.

Signora Russo glimlachte, wist duidelijk de werkelijke reden dat Annalisa dat vroeg. 'Vandaag niet. De laatste tijd ook niet. Hij heeft het druk. De laatste keer dat ik hem sprak, had hij nieuws. Heb je het niet gehoord?'

Annalisa schudde haar hoofd.

'Hij werkt weer aan zijn muziek,' zei ze. 'Ook al was hij daar allang mee gestopt. Zijn vastberadenheid is helemaal terug. Hij heeft zelfs gevraagd of hij volgende week donderdag 's avonds een concert mag geven. Dat is vandaag precies over een week. We horen hem elke avond oefenen.' Ze trok haar wenkbrauwen op. 'Ik denk dat hij dit voor jou doet, Annalisa. Hij wil dat je hem bewondert, zoals iedereen hier jou bewondert.'

Er verscheen een glimlach op Annalisa's gezicht. Haar borst tintelde toen de spanning wegvloeide. Wat een opluchting, wat een geweldig nieuws. Het ging goed met hem en hij dacht nog steeds aan haar! 'Fijn om te horen,' zei ze. 'Ik zie hem niet meer, dus ik wist hier niets van. Kunt u dat tegen hem zeggen als u hem weer ziet?'

'Natuurlijk.'

'Kunt u tegen hem zeggen dat ik naar het concert kom? Dat ik haast niet kan wachten en dat ik heel blij voor hem ben?'

'Dat zal ik doen. Hij zal blij zijn dat te horen.'

Annalisa rende de trap op om weer aan het werk te gaan. Ze voelde zich een stuk beter dan toen ze naar beneden ging. Ze was nu drie weken op het kasteel en ze had zichzelf een maand gegeven voordat ze terug moest naar haar vader. Binnenkort zou ze naar huis gaan, met het medisch instrument.

Ze was blij dat ze er met Aldo's optreden nog zou zijn, want dat wilde ze voor geen goud missen.

TWINTIG

2018

Woensdag

'Ik ben moe en behoorlijk in de war,' zei Mia met een zucht in de telefoon. 'Het lijkt erop dat ze zussen had en met hen naar dit eiland is gereisd en in de leer is gegaan bij deze zeer belangrijke man. Maar daar mocht ik kennelijk pas na haar dood achter komen. Waarom?'

'Ik zou het niet weten,' zei Ryan, 'maar ze was altijd al een beetje raar, Mia. Jij weigerde dat te zien omdat ze de enige familie was die je had, maar alle anderen zagen dat wel en jij moet dat nu ook onder ogen zien. Ze was niet zo geweldig.'

'Wacht, wat zei je?' vroeg Mia.

Ze kon haar oren niet geloven. Nadat ze de tekening van de trouwjurk had gezien, had ze tegen Leo gemompeld dat ze hoofdpijn had en was ze direct naar haar kamer gegaan omdat ze moest nadenken over wat ze had ontdekt en wat dit betekende. Ze was in haar hotelkamer op het kleed gaan zitten, met haar benen voor zich uit gestrekt en haar rug tegen het matras. Ze was blij geweest dat Ryan vroeg wakker was geworden om haar te bellen. Hij kon haar helpen met verwerken wat ze gezien en ontdekt had. Ze hoopte dat hij haar een veilig gevoel zou geven, zoals hij dat meestal deed. Dat hij zou zeggen dat het goed kwam, wat er verder ook gebeurde. Waar ze beslist geen rekening mee had gehouden, was dat hij kritiek op Lucy zou hebben. En ook nog eens stevigere kritiek dan ooit.

'Waar heb je het over?' zei ze. Haar rug verstijfde. 'Wat heeft dat ermee te maken? Ze is nog maar net overleden. Dat probeer ik te verwerken en ik probeer allerlei dingen te bevatten waar ik niets van snap. Waarom wil je me een rotgevoel bezorgen?'

'Dat doe ik helemaal niet!' zei Ryan met stemverheffing en agressiever, wat altijd gebeurde als hij zich aangevallen voelde. 'Ze is niet nog maar net overleden, Mia, dat is een maand geleden. Het wordt tijd dat je onder ogen ziet wie ze was. Dat je het beestje bij de naam noemt.'

Mia ging staan en ijsbeerde door de kamer, was te boos om te zitten. 'Je hebt het helemaal mis!' riep ze. 'Ze was geen slechte persoon, Ryan. Dat was ze niet en wat jij ook mag denken...'

'Ik heb niet gezegd dat ze een slechte persoon was, maar ze was niet de heilige die jij van haar maakt. Ze was geen innemende vrouw, ze was niet eens normaal.'

'Normaal? Waar slaat dat nou weer op?'

'Wat ik bedoel, is dat ze nooit zo kon zijn als jij wilde, als jij deed of ze was. Eerlijk gezegd zie ik haar er best voor aan om dat stomme ding te stelen. Maar ik snap het wel. Toen je opgroeide wilde je net zo zijn als je vriendinnen en je wilde dat je grootmoeder net zo zou zijn als de moeders van je vriendinnen. Dat wil ieder kind. En dus heb je jezelf wijsgemaakt dat ze een beetje vreemd en afstandelijk was, maar op een vertederende manier omdat er in haar een wetenschapper school. Maar die persoon is ze nooit geweest, die heb je verzonnen, die bestaat niet. Het was voor jou noodzakelijk dat ze...'

'Hou op!' riep Mia, waarbij ze haar handpalm opgeheven naar voren stak. 'Je denkt te weten hoe ik in elkaar zit, zo is het toch? Nou, ik zal je eens iets zeggen, dat is niet zo. Ik zit er niet op te wachten dat je zegt hoe ik als kind was en wat ik toen wilde. Dat kun je helemaal niet weten.'

'Wat ik je duidelijk probeer te maken is dat je niet objectief naar jezelf...'

'Ik heb je nooit gevraagd mijn jeugd voor me te verklaren,' riep Mia met een stem die trilde van woede. 'Wat ik van je vraag, nee, van je verwacht, is dat je me troost, dat je me steunt bij wat ik hier doe en dat je tegen me zegt dat je snapt dat het belangrijk voor me is. Al was het alleen maar omdat ik tegen je gezegd heb dat dit belangrijk voor me is. Kunnen we het er niet over eens zijn dat alles wat er was voordat wij ter wereld kwamen verkend en herinnerd en misschien zelfs wel geëerd moet worden, als het eer verdient? Waag het niet om ooit nog zo over mijn grootmoeder te praten! Ze heeft dingen meegemaakt. Zij en de mensen die hier woonden, hebben onvoorstelbare gruwelijkheden doorstaan. Daarbij vergeleken heb jij een luizenleven. Je deals, je projecten die doorgaan, je vergaderingen en je diners stellen niets voor vergeleken met het leven van mijn zogenaamd abnormale grootmoeder!'

'Mia, wat heb je?' zei Ryan. 'Je lijkt een heel andere persoon sinds die nacht dat je vorige week in het huis van je grootmoeder hebt geslapen...'

'En ik zal je nog eens iets over mijn grootmoeder zeggen,' onderbrak Mia hem. 'Ik heb nooit beweerd dat ze een heilige was. Ik heb haar nooit innemend genoemd. Maar ze hield van me, had alles voor me over. Ze stond vierkant achter mij en al mijn dromen. Ze was ontzettend trots op elke stap die ik zette om hogerop te komen, mijn baan, mijn plannen...'

'Waarom is het dan nog niet gelukt?' vroeg hij zelfvoldaan.

'Waarom is wat nog niet gelukt?'

'Waarom ben je nog geen wetenschapper?' vroeg hij. 'Waarom ben je nog steeds een onderzoeksassistent? Je hebt het al zo lang over een eigen lab dat het inmiddels afgezaagd klinkt. Mia, je hebt deze carrière alleen maar gekozen om haar goedkeuring te krijgen.'

'Dat is niet waar,' riep ze. Ze was woedend over deze ongefundeerde, oneerlijke voorstelling van Lucy.

'Waarom heb je dan nog geen stappen gezet om te promoveren?'

'Omdat ik eerst genoeg geld moet hebben om mijn baan te kunnen opzeggen en weer fulltime te gaan studeren,' zei ze. 'Niet iedereen heeft familie die dat studiegeld zo neertelt alsof het om het kopen van een beker koffie gaat. Nadat mijn grootvader was overleden, werkte mijn grootmoeder als corrector, zodat ze geld kon verdienen en toch thuis kon zijn om mij groot te brengen. Weet je hoe zwaar dat voor haar was?'

'Het was zwaar omdat ze er geen zin in had,' zei hij. 'Dat was glashelder. Ze was niet geschikt om een kind op te voeden, laat staan een kleinkind. Jij bent je hele leven bezig geweest het haar naar de zin te maken, omdat je bang was dat ze je in de steek zou laten als je haar boos maakte, en dan had je niemand meer. Mia, het is tijd dat deze waanzin ophoudt. Ze is er niet meer. Geef die kom aan Milt, geef die trouwjurk in de kast aan degene die je die tekening heeft laten zien, verkoop dat stomme huis en laten we ons richten op wat het best voor onze toekomst is.'

'Wat het best is voor jouw toekomst, bedoel je.'

'Ik bedoel wat het best is voor ons allebei. De vergaderingen gingen niet goed, ze gingen geweldig. Daardoor weet ik dat ik mijn baan kan opzeggen en dat ik over zes, hooguit acht maanden voor mezelf kan beginnen. Dan heb ik jou aan mijn zij nodig om mijn eigen bedrijf op te starten. Ze is er niet meer, dus sta niet toe dat ze je achtervolgt met alles wat ze van je vroeg. Dat is voorbij. Je bent haar niets verschuldigd!'

Mia stond bij het bed, weerstond de neiging de telefoon op het nachtkastje te smijten, want dat loste niets op. Bovendien had ze de telefoon nodig omdat ze iets moest zeggen en ze wilde dat Ryan dat luid en duidelijk zou horen.

'Nu moet je eens goed naar me luisteren,' zei ze met een lage stem waar woede in doorklonk. Ze wist het niet zeker omdat ze niet vlak bij een spiegel was, maar ze voelde dat haar lippen samentrokken en dat haar ogen zich vernauwden tot spleetjes. Het was de gezichtsuitdrukking die Erica had beschreven die avond dat ze bij Caryn's gingen eten, de gezichtsuitdrukking die Erica ook bij Lucy had gezien. Er was geen twijfel mogelijk. Ze was beslist Lucy's kleindochter.

'Je hebt geen idee waar je over praat,' zei ze tegen hem. 'Je zit er helemaal naast: wat je zei, en dat belachelijke idee dat ik dat zou willen horen. Hoe slim je ook denkt te zijn, je weet niets over mijn grootmoeder. En wat nog erger is, is dat je mij na al die tijd ook niet kent. Ik ben niet veranderd, Ryan. Ik ben nog dezelfde persoon als voordat ik vorige week in het huis van mijn grootmoeder ging slapen. Dit ben ik, Ryan, of je dat nu leuk vindt of niet. Dit is wie ik ben!'

Ze hing op en gooide met een luid 'argh!' de telefoon op het bed. Ze wilde de spanning kwijt, die aanvoelde alsof haar borst in een bankschroef zat. Ze liep het balkon op en keek naar het kasteel. Hoe was het zover gekomen? Ryan en zij hadden veel tijd samen doorgebracht, deelden dezelfde ervaringen, hadden dezelfde situaties gezien, beschikten zogezegd over dezelfde data. Hoe kon hij dan zeggen dat haar droom om te promoveren slechts een wilde poging was om Lucy's genegenheid te winnen?

Ze liep de kamer weer in, ging op de loveseat zitten en trok haar knieën op naar haar kin. Ze dacht aan die avond dat ze haar grootmoeder buiten had aangetroffen, huilend om haar vader. Mia was naar boven en naar bed gegaan, had onder het dekbed liggen rillen hoewel het een warme avond was, was zo lang mogelijk wakker gebleven. Ze had gehoopt Lucy's voetstappen op de trap te horen, de gloed van de slaapkamerlamp onder de deur door te zien schijnen, geluiden in de badkamer te horen als Lucy haar gezicht waste en haar tanden poetste, maar ze was in slaap gevallen voordat dat gebeurde. De volgende ochtend was ze de trap af gerend en zag ze Lucy bij het fornuis staan om havermoutpap te koken.

'Wat is er? Je gezicht ziet helemaal rood. Ben je ziek?' had Lucy gevraagd.

'Nee... Alles is goed,' had Mia gestameld.

'Was het vannacht te warm in je kamer?'

'Dat denk ik niet.'

'Gooi koud water in je gezicht en ga je aankleden, want je moet zo naar school. Het ontbijt is bijna klaar.'

Mia had geknikt, was de trap op gegaan en was even voor de badkamer blijven staan. Ze had tegen de muur geleund en had haar ogen gesloten, had diep adem gehaald terwijl ze haar vingertoppen tegen haar borst duwde en haar hartslag geleidelijk trager voelde gaan. Ze was gisteravond heel bang geweest dat Lucy nooit meer de trap op zou komen. Dat de herinnering aan haar vaders verjaardag de druppel was geweest. Dat ze eindelijk besloten had dat ze hier niet meer kon wonen.

Nu ze aan die avond terugdacht, veronderstelde Mia dat iemand als Ryan inderdaad gemakkelijk kon concluderen dat ze verlatingsangst had en er alles voor overhad om ervoor te zorgen dat Lucy bleef. Maar Ryans theorie was te eenvoudig. Niet haar angst maar juist haar liefde voor Lucy had Mia ertoe gebracht dat ze wetenschapper wilde worden. Na die bewuste avond had ze het gevoel dat ze er alles aan moest doen om te herstellen wat er in haar grootmoeders binnenste kapot was gegaan, om alle droefheid te helen die Lucy had ervaren, droefheid die begonnen leek te zijn met haar vaders hartkwaal. Zelfs op die jonge leeftijd begreep Mia al dat de pijn die Lucy voelde, en die generaties oversteeg, iemand kon veranderen in wie die niet hoorde te zijn. En Mia wist dat ze die pijn moest bestrijden, dat ze de mysterieuze bron moest vinden en moest ontkrachten. Dat was de reden dat ze wetenschapper had willen worden. Ze wilde de pijn die ze dagelijks in haar eigen huis had gezien tot op de bodem uitzoeken. Pijn die zelfs liefde – haar liefde voor Lucy – niet had kunnen verzachten.

Natuurlijk had Ryan dat allemaal niet door. Hij kon niet tussen de regels door lezen. Ze herinnerde zich dat een van Ryans collega's afgelopen voorjaar in het diepste geheim onderhandeld had en voor een geweldig bedrag in Manhattan een perceel met woningen had aangekocht. Ryan was woedend geweest, niet omdat hij jaloers was op die man of mee had willen doen aan die deal, nee, hij had gewoon op de hoogte willen zijn. Ze dacht opeens aan de instructies die hij haar voor het huis had gegeven voordat ze naar Italië vertrok: timers voor de lampen regelen, camera's en bewegingsmelders installeren, regelen dat de tuinlieden de bladeren opruimden. Dat waren uiteraard geen slechte voorstellen, maar hij was altijd geneigd overal licht op te werpen. In tegenstelling tot Lucy vertrouwde hij het donker niet. Hij wist niet dat de belangrijkste antwoorden soms verstopt waren: in hoeken en gaten, in oude kunstboeken, op zolders of in opslagruimten of in kastelen die lang geleden al aan hun lot waren overgelaten.

Of diep in iemands hart.

Mia bleef lang op de loveseat zitten. Ze wist niet hoelang, maar toen ze op een bepaald moment haar telefoon pakte, zag ze dat het vijf uur was. Er was ruim een uur verstreken sinds Ryan had gebeld.

Haar huid jeukte van al het stof in het kasteel en ze ging douchen. Toen ze in de badkamer haar legging en T-shirt uittrok, stond ze versteld van de hoeveelheid vuil aan haar kleding. Dat kwam van de muren, vloeren en plafonds van het kasteel toen ze daar die ochtend met Leo was geweest. En het kwam van de kust, de trap, de rotsen. Die waren daar al jaren, zo niet eeuwen, en de natuurelementen waren daar zelfs nog langer. Ze vroeg zich af of haar grootmoeders schoenen of haar huid ooit in aanraking waren geweest met het stof en vuil dat nu aan haar kleefde. Of Giulia's of Emilia's huid erlangs was gestreken. Of de huid van Patricio of Aldo of Leo's grootvader. Wie waren deze mensen? Deze arme, onschuldige mensen die nog zoveel creatieve, productieve, liefdevolle jaren voor zich hadden moeten hebben? Ze liet haar vingertoppen over haar arm glijden voordat ze onder de douche stapte. Wat zou ze hen graag gekend hebben, wat zou ze graag hun warmte en licht geabsorbeerd en omhelsd hebben.

Ze stak haar kin omhoog en liet het koele water over haar gezicht stromen. Ergens wilde ze dat ze niet had opgenomen toen Ryan belde toen ze net terug was in haar kamer, want ze wist niet hoe ze dit gesprek ooit achter zich konden laten. En het was lastig dat te accepteren nu ze in haar eentje ver van huis was. Ze was op hem gaan rekenen, omdat hij tot nu toe altijd leek te weten hoe hij haar weer met beide benen op de grond moest krijgen. Zeker de afgelopen maanden toen haar grootmoeders gezondheid achteruitging en de arts steeds slechter nieuws had. Het was een opluchting dat haar vriend altijd rustig bleef.

Ryan was opgegroeid in een groot huis in Michigan. Zijn ouders waren geweldige mensen. Ze had hen één keer gezien toen ze op bezoek kwamen. Ze hadden drie zoons. Ryan was de middelste. Ze hadden aan beide kanten een grote familie. Die avond tijdens het diner hadden ze Ryan aldoor nieuwtjes verteld over ooms en tantes die reizen maakten die op hun bucketlist stonden, over neven en nichten die een kind kregen, over grootouders die al plannen maakten voor de kerst. En zijn ouders waren ook slim, hadden het over de ingewikkeldste boekhoudkundige zaken. 'Wat heb je uiteindelijk met dat individuele pensioenplan gedaan?' had zijn moeder aan Ryan gevraagd. 'Dat benut je toch wel, hè?' Iedereen had gelachen, al had ze geen idee waarom.

Ze vond hen heel aardig, zeker zijn moeder. Die had er heel stijlvol uitgezien in een geelbruine pantalon met wijde pijpen en een mouwloos zwart topje. Heel zelfverzekerd en aanwezig. Dat had haar nog het meest geraakt, een moeder die er was. Dit in tegenstelling tot haar eigen moeder. Ze herinnerde zich dat ze zich bijna verlamd voelde toen ze opgroeide. Ze wist niet hoe ze moest reageren als vriendinnen vroegen waarom ze bij haar grootmoeder woonde en ze lieten hun medeleven blijken als ze vertelde dat haar ouders bij een auto-ongeluk om het leven waren gekomen. Dan voelde ze zich dom, omdat ze geen details kon opnoemen, maar haar grootmoeder weigerde er met haar over te praten. Soms probeerde ze via een omweg over het onderwerp te beginnen, in de hoop dat haar grootmoeder in elk geval iets zou loslaten.

'Ik wilde dat ik een moeder had zoals Erica's moeder,' zei ze op een zaterdag nadat ze thuis was gekomen van een slaapfeestje bij Erica voor haar twaalfde verjaardag. 'Die heeft een moeder die mooi is en haar omhelst en kietelt.'

Even was ze bang dat haar grootmoeder zich beledigd zou voelen, maar Lucy toonde geen enkele emotie. 'Wensen zijn tijdverspilling,' antwoordde ze, toen ze Mia's lunch op de keukentafel neerzette.

'Maar zo denk ik erover,' zei Mia, die op haar stoel ging zitten. 'Ik kan mijn gevoelens niet sturen.'

'Nee, dat is zo, maar gevoelens leiden tot slechte keuzes. Gevoelens moeten in toom worden gehouden.'

'Is liefde een slechte keuze? Is het een slechte keuze dat ik van u hou? Of dat u van mij houdt?'

'Liefde is geen keus,' had Lucy gezegd. 'Liefde geeft verdriet, liefde houdt op. Als het kon, zou ik ervoor kiezen om niet lief te hebben, maar toch hou ik van je, Mia. Dat is het enige wat ik niet kan verklaren. Mensen hebben een zwakke plek. Mensen willen liefde.'

Toen ze die avond in bed lag, putte Mia troost uit de woorden van haar grootmoeder. *Maar toch hou ik van je.* Jaren later, toen ze een tiener was, voelde ze boosheid als ze aan dat gesprek terugdacht. *Als het kon, zou ik ervoor kiezen om niet lief te hebben.* Wat was dat voor verwrongen boodschap om een kind mee te geven? Wat had haar grootmoeder ertoe gebracht zoiets te zeggen?

Toen ze klaar was met douchen trok ze een spijkerbroek en een T-shirt aan en terwijl ze met een handdoek haar haar droogde, viel haar blik op Leo's hoed, die aan een knop van de ladekast hing. Was haar grootmoeder de Annalisa op de verbleekte lijst die Leo in zijn handen had gehouden? Maar als dat zo was, waarom had ze dan nooit gezegd dat ze zussen had? Wie weet klopte de lijst niet en was het haakje bedoeld om een ander groepje zussen aan te duiden. Maar hoe viel dan te verklaren dat Lucy de door Giulia genaaide trouwjurk in haar bezit had? Was Giulia dan toch de zus van haar grootmoeder, en dus haar oudtante?

En wat moest ze denken van dat concert, Aldo's concert, dat Patricio en Annalisa beiden hadden bijgewoond? Was haar grootmoeders bijnaam Pippa? Was zij de inspiratiebron voor het meesterwerk van deze musicus? Mia ging met de natte handdoek om haar schouders op het bed zitten. Haar grootmoeder moest niets hebben van romantiek. En toch was er één keer een zweempje van die magie geweest, herinnerde Mia zich opeens weer. Dat was in augustus, twee maanden geleden. Haar grootmoeder en zij waren op de veerboot over de Sound gestapt voor hun jaarlijkse uitstapje naar Shelter Island. Daar hadden ze op strandstoelen gezeten, Lucy met een sjaal om, en hadden ze naar de opkomende maan gekeken. Op een bepaald moment had Lucy langzaam en ritmisch iets gemompeld. Het leek wel Italiaans. Mia was verbaasd. Ze had haar grootmoeder nog nooit Italiaans horen spreken.

'Wat zei u?' vroeg ze.

In het Engels zei haar grootmoeder zo'n mooie zin dat Mia haar tot tweemaal toe vroeg die te herhalen, zodat ze de zin woord voor woord in haar geheugen kon prenten. 'Je bent te ver weg om vast te houden, te dichtbij om te weerstaan, te sterk, maar niet te sterk om weg te moeten gaan,' zei ze. 'Ik verlang naar je, buig voor je, omhels je op afstand, mijn ster, mijn muze, mijn woorden, mijn muziek.'

'Wat is dat? Een gedicht?'

Lucy schudde haar hoofd. 'Gewoon de woorden van een vriend.'

'Welke vriend?' Haar grootmoeder had het nooit over vrienden of vriendinnen gehad.

'Dat doet er niet toe,' zei Lucy. 'Het was allemaal heel ver weg. Het zou nooit kunnen. Hij had het over de maan, niet over mij.'

'Wat betekent dat?' had Mia gevraagd.

'Wat betekent wat, liefje?' Lucy leek geen idee te hebben waar Mia het over had, ook al had ze die woorden vlak daarvoor uitgesproken.

Later had Lucy per se naar het centrum gewild voor een nagerecht. Met behulp van de zaklamp op Mia's telefoon waren ze voorzichtig over het zand naar hun auto op de parkeerplaats gelopen. Ze vonden een Italiaans restaurant dat nog open was, gingen aan een tafeltje op het terras zitten en keken naar de boten die bij de aanlegsteiger aangemeerd lagen. Lucy had limoncello voor hen besteld en had gelachen en geflirt met de knappe jonge ober die hun drankjes kwam brengen. Het was alsof er die avond op het strand een verandering in haar grootmoeder had plaatsgevonden. Er was iets wat haar rust had geschonken en ze straalde een vrijheid uit die Mia nooit eerder bij haar had gezien.

Achteraf bleek het de laatste avond te zijn die ze met haar grootmoeder doorbracht.

Nu ze terugdacht aan dat gesprek riep dat ook weer de vraag op die ze aan het begin van het rampzalige telefoongesprek met Ryan had gesteld: waarom had Lucy zoveel verborgen gehouden? Ryan had aangevoerd dat ze gevoelloos was, maar ze had juist te veel liefde gevoeld. Alles wat ze deed of zei, kwam voort uit enorm verdriet, hartzeer en verlies. Mia vermoedde dat Lucy geheimen had gehad omdat ze het niet aankon de waarheid onder ogen te zien. Misschien durfde ze de confrontatie met haar demonen niet aan.

Wat de reden ook was, dacht Mia toen ze uit het raam naar het kasteel keek, ze had de lessen van haar grootmoeder ter harte genomen, want ook zij had geheimen. Dat ging vanzelf als ze dacht dat dat nodig was.

Ze had Ryan niet verteld over Erica's paspoort, want ze had niet gewild dat hij er nog meer op zou aandringen dat ze niet zou gaan, wat zeker het geval was geweest als ze het wel had verteld. Ze had Milt niet over de opslagruimte verteld. Ze had zichzelf wijsgemaakt dat ze dat deed om hem te beschermen, maar ze wist dat ze het ook deed omdat ze niet wilde dat hij ook maar een moment zou denken dat er een kern van waarheid zat in de beschuldigingen die tegen haar grootmoeder waren geuit. Ze had Leo niet de waarheid over de schianto en de trouwjurk verteld, omdat ze bang was dat hij haar niet meer wilde helpen als ze te snel te veel informatie prijsgaf.

En er was meer, dat durfde ze nu wel te erkennen. Ze loog al jaren tegen haar beste vriendin, Erica. Die dacht dat Mia's ouders bij een auto-ongeluk om het leven waren gekomen. Dat verhaal had Mia verzonnen toen ze elkaar op de basisschool leerden kennen. Ze was namelijk bang dat Erica haar niet meer aardig zou vinden als ze zei dat haar ouders haar in de steek hadden gelaten toen ze nog een baby was, eerst haar vader en toen haar moeder. Een auto-ongeluk klonk 'normaal'. Het was niet lastig om dat verhaal geloofwaardig te brengen of eraan vast te houden. Op een bepaald moment was ze het zelf bijna gaan geloven. Het had toch ook een auto-ongeluk kunnen zijn? Die verklaring was toch net zo aannemelijk als andere verklaringen?

Uiteindelijk had Lucy besloten toch openheid van zaken te geven, dacht ze. Ze moest spijt hebben gehad van haar geheimen. Ze moest besloten hebben dat het beter was als mensen het echte verhaal kenden, ook al had ze dat tijdens haar leven niet durven vertellen.

Mia wilde ook zeggenschap over haar eigen verhaal, met dat verschil dat ze dat nu wilde.

Ze kon niet langer toestaan dat Ryan haar verhaal bepaalde. De illusie van veiligheid die hij bood, was een te hoge prijs. Ze had een greintje initiatief en individualiteit getoond toen ze in haar eentje in het huis in Soundport logeerde. Daar had ze nog een schepje bovenop gedaan toen ze naar Italië besloot te gaan om haar grootmoeders goede naam te zuiveren.

Hoeveel individualiteit zou ze de rest van haar week hier in Italië laten zien? Een kopje? Een vat? Een hoeveelheid die zo groot was dat die niet te meten viel?

Ze wist het niet, maar ze wist wel dat zij, en zij alleen, het antwoord zou bepalen.

EENENTWINTIG

2018

Woensdag

Na het telefoongesprek met Ryan was Mia te gespannen om in haar kamer te blijven en dus ging ze naar beneden, naar de lobby.

Het was zes uur en ze hoopte dat Leo nog in het gebouw was, achter de receptiebalie zat of met gasten praatte. Misschien zou hij weten wanneer het graafwerk bij het kasteel klaar was en ze er weer naartoe konden, misschien zelfs wel vandaag, want het was nog licht en de veerboot voer nog. Maar toen ze op de begane grond kwam, zag ze hem nergens. Buiten hoorde ze de bus starten en ze overwoog naar de kust te gaan om daar koffie te drinken. Wie weet was Leo daar. Ze liep naar de trap aan de voorkant van het gebouw en zag dat de bus vol met passagiers zat. Leo stond in de bus, met zijn rug naar de voorruit. Toen herinnerde ze zich weer dat hij gezegd had dat hij vanavond met de groep een boottocht langs de overige eilanden ging maken en dat ze daarna op het vasteland een banket hadden.

Ze begon te zwaaien, want het leek haar prettiger om met de groep en Leo mee te gaan dan hier de hele avond in haar eentje te zitten, maar de bus reed al en niemand zag haar. Ze liet haar arm zakken. Ze kende Leo's werkrooster niet, wist niet wanneer hij weer naar het kasteel zou gaan. Het enige wat ze wist, was dat hij vannacht op het vasteland zou blijven. Ze zou hem op z'n vroegst pas morgen spreken. Dan kon ze de waarheid over Annalisa en Giulia vertellen en was er misschien een mogelijkheid om weer naar het eiland Parissi te gaan.

Ze liep het hotel in en ging in de lobby zitten, zag hoe het briesje dat door de openstaande deuren blies de witte vitrages van de ramen daar vlakbij liet wapperen en dansen. Ze kon nu in elk geval, zonder afleiding, nadenken over alles wat ze vandaag had ontdekt. Zoals het feit dat haar grootmoeder, ervan uitgaande dat ze inderdaad Annalisa was, in augustus 1943 in het kasteel was aangekomen als iemand die deel uitmaakte van de laatste groep personeel die het vasteland verruilde voor het eiland Parissi. Dan was ze dus pas achttien geweest. Wat had haar ertoe gebracht om, met twee zussen op sleeptouw, naar het kasteel te gaan? Waar kwam ze vandaan en wat was de reden dat ze weg wilde? Mia wist niet waar haar grootmoeder oorspronkelijk vandaan kwam in Italië. Hoe ver had ze moeten reizen? Hoe was haar thuissituatie? Had ze nog meer familie? Mia wist niet eens of Lucy's ouders – en dus haar grootouders – in 1943 nog in leven waren. Ze wist helemaal niets over hen. Het enige wat ze wist, was die flard informatie die Lucy die avond op het terras had onthuld: dat ze dol was op haar vader en dat hij aan een hartkwaal was overleden.

Dus wellicht was het logisch dat ze Patricio wilde ontmoeten. Maar was ze voor of na haar vaders dood naar het kasteel gekomen? Had ze geweten dat Patricio aan een medisch instrument werkte of kwam ze daar pas achter toen ze er eenmaal was? Geloofde ze in de achterliggende logica van deze vergezochte uitvinding? En stel dat ze inderdaad wist van Patricio en zijn project, hoe kwam zo'n belangrijk man dan in aanraking met haar? Ze was immers maar een keukenhulpje? Waarom koos hij juist haar uit als leerling? Er liepen tientallen personeelsleden rond op het kasteel, misschien zelfs wel meer. Waarom nam hij een leerling aan als hij zo op zichzelf was dat mensen hem een kluizenaar noemden? Was er een verband tussen haar komst en zijn besluit om het concert van Aldo Verga bij te wonen?

Wat was de draad, het bindweefsel tussen Patricio Parissi en haar grootmoeder? En hoe had dat ertoe geleid dat ze zijn schianto in bezit had en ervoor koos die te verstoppen?

Mia stond op en liep door de lobby om naar de zee te kijken. Wat bijna nog raadselachtiger was, was de onthulling dat er twee zussen waren. Zelfs als Mia kon toegeven dat Lucy misschien een goede reden had om de schianto te verbergen, waarom had ze dan in vredesnaam het bestaan van Giulia en Emilia ontkend, de zussen waar haar dochter en kleindochter naar waren vernoemd? Mia en haar grootmoeder waren altijd slechts met z'n tweeën geweest – een piepkleine gesloten kring – met zorgzame mensen als Milt en Erica daaromheen. Ja, Lucy had zichzelf voor veel mensen afgesloten met wie ze toch wel iets van een familieband had, zoals de familie van Mia's grootvader en de familie van Mia's vader. Maar dat was vanuit Lucy gezien familie van de koude kant. Haar zussen vielen in een heel andere categorie. Waar waren die zussen nu? Het was een vreselijke gedachte, maar zouden ze in het kasteel gedood zijn? Of waren ze net als Lucy ontsnapt? Zou Mia ergens achterneven of achternichten hebben? Waarom had haar grootmoeder daar nooit over willen praten en waarom had ze die mogelijkheid nooit willen onderzoeken?

Op dat moment ging haar telefoon. Hopelijk was het Leo. Ze wilde met hem praten over zijn en haar familie, over wat er nog meer aan het licht kon komen tijdens de werkzaamheden aan het kasteel. Ze had hem nooit haar mobiele nummer gegeven, maar dat kon hij waarschijnlijk zo opzoeken in de hotelreservering. Ze pakte haar telefoon uit haar tas en zag dat het Erica was. Ze hadden afgesproken dat ze elkaar later vandaag zouden bellen, maar Erica was vast nieuwsgierig hoe haar bezoek aan het kasteel was verlopen. Mia besefte dat ze heel blij was dat ze nu met haar vriendin kon kletsen.

'Hoi, hoe is het vanochtend gegaan?' vroeg Erica. 'Is het gelukt om met die gids terug te gaan naar het eiland? Hoe was het?'

'Ja, en ik weet niet wat ik moet denken. Ik heb daarstraks aan de telefoon enorme ruzie gehad met Ryan. Hij zei vreselijke dingen over mijn grootmoeder, maar ik denk dat het meer over mij ging en waarom ik hiernaartoe was gegaan en wat dat over ons zegt... Eerlijk gezegd denk ik niet dat ik nog met hem verder kan...'

'Gaan jullie uit elkaar? Mia, wat is er in vredesnaam gebeurd? Begin bij het begin.'

Mia zat in de lobby op de bank en vertelde wat ze allemaal te weten was gekomen over Parissi, de lijst, de zussen, de naam Annalisa en de bijnaam Pippa, de trouwjurk. 'Ze heeft zoveel voor me verzwegen,' zei ze. 'En nu zit ik met allerlei vragen. Ze had me dit allemaal moeten vertellen in plaats van me achter te laten met een puzzel met veel ontbrekende stukjes. En toen belde Ryan. Ik vertelde dit allemaal aan hem, maar in plaats van dat hij me helpt om te snappen waarom ze dat heeft gedaan, zegt hij dat dit precies klopt met hoe ze was: kil en raar en niet bepaald aardig. En hij vertelde nog meer dingen die hij altijd al van haar had gevonden.'

'Dat is belachelijk. Hij heeft het mis... Dit heeft hij al vaker gedaan, Mia. Dat doet hij om zijn zin te krijgen.'

'Ja, dat weet ik. Ik wist heus wel dat hij mijn grootmoeder niet mocht, maar het komt toch hard aan als hij zoiets zegt. Want ze was niet kil. Ik denk dat ze gekwetst en ernstig beschadigd was. Iemand die zegt dat hij van me houdt en de rest van zijn leven met mij wil delen, tja, die moet dat snappen.'

'Ja, natuurlijk.'

'En wat ik vandaag allemaal ontdekt heb… Het is veel groter dan we dachten. Jij en ik hadden op internet over de nazi's en het kasteel gelezen, en dat was vreselijk, maar het valt in het niet bij wat ik hier te weten ben gekomen. De nazi's hebben het eiland bestormd, hebben alle mensen daar mishandeld en vervolgens gedood of naar concentratiekampen gestuurd. Mensen die in leven hadden moeten blijven, die de tijd hadden moeten krijgen om te beminnen, dingen te creëren, een gezin te stichten, herinneringen te maken. Mijn grootmoeder was hier toen dat plaatsvond. En ik weet niet hoe, maar ze is ontsnapt. Ik heb geen idee wat ze gezien heeft, maar wat ze heeft doorgemaakt heeft een verwoestende uitwerking op haar gehad. Zonder deze gebeurtenis was ze een heel andere persoon geweest.'

'O, wat erg,' zei Erica. 'Mia, ik vind het vreselijk dat je dit allemaal in je eentje ontdekt. Het spijt me zo dat ik er niet bij ben.'

'Dat weet ik en het is oké. Ik kan het aan. Wat ik vooral vervelend vind, is dat ik niet weet hoe ik de beschuldigingen kan weerleggen. Dat ze na alles wat ze heeft doorstaan als een dievegge wordt weggezet en zo de geschiedenis ingaat, dat mag ik niet laten gebeuren. Maar ik ben weer terug bij af. Leo is ervan overtuigd dat de schianto gestolen is. En zelfs als ik hem een karakterschets van haar zou geven, zou ik niet weten waarom hij me zou geloven…'

'Is er een verklaring waarom ze de schianto mee naar New York heeft genomen? Die rijke man bij wie ze in de leer was. De eigenaar…'

'Patricio.'

'Ja. Zou het kunnen dat hij hem aan haar heeft gegeven?'

Mia dacht na over die mogelijkheid en schudde haar hoofd. 'Daar lijkt het niet op. Er was een huishoudster die alles bijhield, tot in detail. Ze hield ook bij wie wat kreeg, want hij gaf veel geschenken weg. Die huishoudster noteerde dat door een driehoekje achter de naam van de ontvanger te zetten. Bij de naam van mijn grootmoeder staat geen driehoekje. En het is ook niet logisch dat hij de schianto aan haar of aan wie dan ook zou geven, want het was zijn levenswerk.'

Erica zweeg even. 'En nu?' vroeg ze voorzichtig.

'Ik zal Leo moeten vertellen wie ik ben en wat ik in mijn koffer heb,' antwoordde Mia. 'Hij heeft er recht op dat te weten en ik wil niet meer tegen hem liegen. Tot gisteren had ik daar geen moeite mee, nu wel. Ik leer hem steeds beter kennen en ik snap waarom het voor hem noodzakelijk is dat alle stukjes in elkaar schuiven. Zijn motieven zijn… nobel. Het gaat hem om de nalatenschap van Patricio en van alle mensen die hier ooit hebben gewoond. Hoe kan ik van hem verwachten dat hij gelooft dat mijn grootmoeder dat voorwerp niet gestolen heeft?'

Mia zuchtte. 'Ik weet niet meer wie ik kan vertrouwen en wat ik moet doen. Ik kan moeilijk doorgaan met proberen mijn grootmoeders naam te zuiveren als er geen enkel bewijs in haar voordeel spreekt.'

Ze zwegen beiden even. Toen zei Erica: 'Belangrijke zaken eerst. Zet alles wat Ryan heeft gezegd uit je hoofd. Oké? Je grootmoeder was een lieve vrouw. Hou die gedachte vast. Ze had een goed hart en diepe gevoelens, ook al liet ze dat niet altijd blijken. Er schiet me iets te binnen. Ik weet niet eens of ik dat tegen je gezegd heb, maar vorige maand ben ik met haar meegegaan naar de huisarts. Jij moest werken en kon niet. Ze was die dag vrij stil. Toen we naar buiten liepen, zei ze opeens een paar regels uit een gedicht. Heel mooi. Iets over een ster en een muze…'

'Je bent te ver weg om vast te houden, te dichtbij om te weerstaan, te sterk, maar niet te sterk om weg te moeten gaan,' zei Mia. 'Ik verlang naar je, buig voor je, omhels je op afstand, mijn ster, mijn muze, mijn woorden, mijn muziek.'

'Ja, dat!' zei Erica. 'Jij kent die tekst dus ook?'

'Ze zei dat tijdens ons laatste uitstapje naar Shelter Island,' zei Mia. 'Ik vroeg haar om de regels te herhalen, zodat ik ze in mijn geheugen kon prenten. Ik had haar die regels nooit eerder horen zeggen.'

'Wat betekent het?' vroeg Erica.

'Dat weet ik niet, maar er is nog iets. Leo vertelde me over een concert, een paar avonden voordat de nazi's het eiland bestormden. Mijn grootmoeder was daarbij aanwezig, en Patricio ook. Het was een concert van een Italiaanse componist die later wereldberoemd werd en vorig jaar is overleden. Leo dacht dat het belangrijk was dat mijn grootmoeder en Patricio daar allebei bij aanwezig waren...' Ze dacht weer aan het gesprek tijdens de lunch toen Leo het had over de musicus Aldo Verga. En over de compositie die hij vlak voor zijn dood opnieuw had uitgevoerd, dezelfde compositie die hij tijdens zijn enige kasteelconcert had gespeeld en...

'O, mijn god. Ik moet ophangen,' zei Mia gehaast. 'Er schiet me net iets te binnen. Ik bel je later, Erica. Ik moet nu echt gaan.'

Ze hing op en rende door de lobby naar de serre waar Leo het over had gehad. Daar stonden hoge boekenkasten. Ze liet haar ogen over de ruggen glijden tot ze het boek had gevonden: een zwarte harde kaft en goudkleurige letters: *Pippa: Memoires* door Aldo Verga.

Ze pakte het uit de kast en bekeek het omslag, waar een foto op stond van een jonge man, waarschijnlijk begin dertig, in een zwarte smoking die op een groot concertpodium een orkest dirigeerde, met onscherp op de achtergrond het publiek. Hij was knap: donkere krullen tot op zijn kraag, een rond gezicht met zachte maar toch hoekige trekken, een breed voorhoofd en grote ogen. Ze sloeg het boek open en zag een kleinere foto van hem als oude man, met een verweerd en gerimpeld gezicht, maar nog altijd knap met witgrijs haar dat nog steeds bij zijn kraag krulde.

Ze bladerde erdoorheen, wist niet wat ze eigenlijk zocht. Ze zag een foto waarop hij een buiging maakte, een foto van hem als knap jongetje en een foto van hem met vermoedelijk zijn familie: volwassenen, kinderen en jonge kinderen. Naast hem zat een oudere forse vrouw, ongetwijfeld zijn echtgenote.

Ze bladerde verder. De tekst was gedrukt in een zwaar lettertype en ze had geen geduld om die te lezen. Ze ging naar de inhoudsopgave, waar een lijst bleek te staan van podcasts die hij had gemaakt toen hij aan zijn wereldtournee voor het debuut van *Voor Pippa* begon. Veel van die podcasts waren in een vreemde taal, maar er stond er een tussen bij een lokale radiozender in Pittsburgh, waar zijn tournee was gestart. Ze wist niet wat ze kon verwachten, maar dat weerhield haar er niet van om haar telefoon te pakken en de link in haar browser in te tikken. Ze hoopte dat het interview in het Engels was.

Dat was zo.

De interviewer introduceerde zichzelf en Aldo, en stelde de eerste vraag. 'Meneer Verga, kunt u me vertellen wat u geïnspireerd heeft om *Voor Pippa* te componeren?'

'Ach, er waren vele invloeden,' zei Aldo met een lachje. Zijn stem klonk iel maar vriendelijk. Zijn accent was zwaar en melodisch. 'Het grootste gedeelte heb ik geschreven toen ik als jongen van achttien in de leer was op Isola della Notte Brillante, in dat geweldige kasteel waar kunstenaars verbleven. De lucht daar was zo helder dat je de maan en de sterren nauwelijks kon zien. Ik had heel sterk het gevoel dat ik iets wilde vasthouden wat van voorbijgaande aard was. Het zou oorlog worden. Dat was overduidelijk, maar niemand wilde dat onder ogen zien.'

'O, ja. Het kasteel. De Parissi-dynastie,' zei de interviewer. 'Ik heb gehoord dat u daar een tijdje hebt gewoond.'

'Ik was met mijn mentor meegekomen, maar die overleed kort na onze aankomst daar. Ik bleef en probeerde met wat ik van hem had geleerd mijn eigen muziekstukken te componeren. Daarnaast werkte ik in het botenhuis en in de keuken. Tot het misging, was het een geweldige plek. Zoveel kunst, zoveel schoonheid. Zoveel liefde.'

'Dit stuk gaat toch over de liefde? Is dat de reden dat u vele jaren later naar het eiland bent teruggekeerd?'

'Er waren heel veel mensen op dat eiland die me dierbaar waren,' zei hij. 'Voor hen ben ik teruggegaan, voor hen allemaal.'

'Iemand in het bijzonder? Zat daar een vrouw bij die Pippa heette?'

'Hmm,' zei Aldo, alsof hij aarzelde om te antwoorden. 'Zoals ik al zei was het voor hen allemaal. Voor signor Parissi, signora Russo...'

'Ja, signora Russo. Er gingen geruchten dat ze voor de geallieerden spioneerde. Was u daarvan op de hoogte?'

'Nee, daar ben ik vele jaren later pas achter gekomen,' zei hij, 'al vermoedde ik dat wel. Ze verstopte boodschappenlijsten in een kleine ruimte achter een losse steen op het terras. Die lijsten nam ik mee naar het botenhuis om ze aan de bevoorradingsboten mee te geven als die teruggingen naar het vasteland. Vermoedelijk bevatten ze verborgen boodschappen. Ze was zo dapper. Helaas komt het waarschijnlijk door haar dat de nazi's zo wreed optraden toen ze op het eiland aankwamen. In die tijd dachten we allemaal dat we onoverwinnelijk waren, maar dat was niet zo.'

'Hoe bent u ontsnapt?'

'Een aantal van ons werd naar een nabijgelegen eiland gestuurd,' zei hij met overslaande stem. 'Ogenschijnlijk om graafwerk voor een nieuw kasteel te verrichten, maar ik vermoed dat signora Russo dacht dat degenen die haar hielpen met berichten overbrengen daar veiliger zouden zijn. We waren er dus niet toen de nazi's kwamen. Aanvankelijk hadden we geen idee wat er aan de hand was. We hadden verwacht dat een boot ons zou komen ophalen. Toen dat niet gebeurde, wisten we dat er iets mis was. Gelukkig hadden we voldoende eten en water bij ons, en ook gereedschap, zodat we een vlot konden bouwen. Nadat we drie dagen op zee hadden rondgedobberd, werden we door vissers opgepikt. We wilden helpen om de mensen in het kasteel te redden, maar het was al te laat.'

'En uiteindelijk bent u naar huis teruggekeerd?'

'Ja. Ik ben getrouwd, kreeg kinderen. Die kinderen groeiden op en kregen op hun beurt kinderen. De ultieme daad van verzet, van moed. Van geloof. Ik heb een goed leven gehad. Ik was een goede echtgenoot en een goede vader. Wat kun je uiteindelijk nog meer doen?'

'En uw muze, Pippa?' vroeg de interviewer. 'Die bestond toch echt? Kunt u dat bevestigen?'

'Ach, ik weet niet wat ik daarop moet zeggen,' antwoordde Verga. 'De Pippa uit mijn herinnering is een ideaalbeeld dat ik gecreëerd heb. Als ik naar de nachtelijke lucht kijk, meen ik haar soms te zien.'

'Mag ik nog één vraag stellen?' vroeg de interviewer. 'Wilt u het opschrift van het muziekstuk voordragen? De tekst die in het programmaboekje voor het concert van vanavond staat afgedrukt?'

'Natuurlijk,' zei Verga. 'Je bent te ver weg om vast te houden, te dichtbij om te weerstaan, te sterk, maar niet te sterk om weg te moeten gaan. Ik verlang naar je, buig voor je, omhels je op afstand, mijn ster, mijn muze, mijn woorden, mijn muziek.'

De rest van het interview ging volledig langs Mia heen. Zijn woorden weergalmden in haar hoofd. Ze voelde zich verdoofd en beluisterde het eind van het interview opnieuw. Terwijl ze dat deed, kwam er een tekstbericht binnen. Ze herkende het telefoonnummer niet, maar het was een nummer in Italië. Ze opende het tekstbericht:

> Mia, dit is Leo. Ze zijn klaar met graven. Ik ga morgenochtend na het ontbijt naar het kasteel. Ik kan regelen dat de veerboot jou om elf uur oppikt. Als je mee wilt, zien we elkaar bij de aanlegsteiger.

Ze begon direct te typen.

> Natuurlijk wil ik mee. Ik zal er zijn.

TWEEËNTWINTIG

1943

Augustus

Die week werkte Annalisa harder dan ooit.

Het nieuws over Annalisa's identiteit en de verslechtering van haar vaders gezondheid stimuleerde Patricio, die net zo vastberaden als zijn nichtje werd om het medisch instrument te vervolmaken, zodat haar vader zou kunnen genezen. Het tweetal stond over haar aantekeningen gebogen en was het erover eens dat planten met een ontstekingsremmende eigenschap waarschijnlijk de beste toevoeging waren aan de helende mineralen die Patricio in zijn mengsel wilde gebruiken. Hij zette haar aan het werk met ontstekingsremmende planten die hij van het vasteland had laten aanvoeren en die hij op het eiland had gevonden. Ze moest van hem de stengels eraf trekken en de bladeren en bloemblaadjes scheuren. Daarna moest ze met verschillende ruwe en gladde stenen eroverheen wrijven en noteren hoe ze reageerden. Scheurden ze? Versnipperden ze? Brokkelden ze af? Waren er krassen of pigmentveranderingen te zien? Patricio benadrukte dat al die veranderingen belangrijk konden zijn om te bepalen of zijn medisch instrument werkte en welke dosering er nodig was.

Terwijl Annalisa met de planten bezig was, dwaalden haar gedachten soms af en zag ze voor zich dat Aldo muziek componeerde en oefende. Ze was trots op hem, was blij dat hij eindelijk een manier had gevonden om door te gaan na het verlies van zijn mentor en alle vragen die hij zichzelf had gesteld over het eiland en zijn nut hier. Het gaf haar een goed gevoel dat ze beiden iets maakten wat er nog niet was geweest. Dat spoorde haar aan zich nog beter te concentreren en sneller te werken, omdat ze wist dat hij dat ook deed. Ze kon niet wachten om hem te horen spelen.

Toen ze op donderdag klaar was met haar werk, verliet ze de toren om zich klaar te maken voor het grote optreden. Terwijl ze door het kasteel liep, zag ze dat er uitgebreide voorbereidingen werden getroffen. Het leek erop dat alle gasten en personeelsleden die Aldo's mentor hadden gekend ook dol op Aldo waren. Iedereen spande zich in om er een spectaculaire avond van te maken.

Ze wierp een blik in de balzaal en zag dat die helemaal was schoongemaakt, want de kroonluchters glinsterden en de marmeren vloer glom. Aan de raamkant was een breed podium opgebouwd. Erboven, aan een stang, hingen roodfluwelen gordijnen en op de vloer stonden spotjes die op het podium gericht waren. Tegenover het podium waren rijen met balzaalstoelen met dikke kussens met een bloemenpatroon neergezet, en langs de voorkant van het podium stonden porseleinen vazen met lelies en lekker ruikende eucalyptusbladeren. Tegen de verste muur stond een lange tafel met een rooddamasten tafelkleed, waar na het concert ongetwijfeld zoetigheden – signora Russo's verrukkelijke taarten, custardpuddingen, vruchtentaartjes en chocolaatjes – zouden worden neergezet om er een echt feest van te maken.

Het moest de magnifiekste avond ooit in het kasteel worden. Dat kwam niet alleen door Aldo's debuut, het zou ook de allereerste keer zijn dat Patricio zelf een avondvoorstelling zou bijwonen. De afgelopen dagen gingen er hardnekkige geruchten dat Patricio ook zou komen en hoewel ze niet aan hem durfde te vragen of dat klopte – ze wilde hem niet afleiden als hij zo hard werkte om haar vaders leven te redden – concludeerde ze uit de uitzonderlijke voorbereidingen in de balzaal dat hij bevestigd moest hebben dat hij zou komen. Het kledingvoorschrift voor die avond luidde formele kleding. Ze was dan ook blij toen Giulia hun suite binnenstapte en zei dat Savio, haar mentor, de zussen had uitgenodigd om een van de jurken te dragen die voor zijn schilderijen waren gemaakt.

Nadat Annalisa, Giulia en Emilia vlug hun avondeten naar binnen hadden gewerkt, brachten ze het begin van de avond door in het enorme zijvertrek van Savio's atelier, waar ze allerlei jurken pasten. Emilia koos uiteindelijk een felroze jurk met glitters. Giulia koos een blauwe jurk met een V-hals en een laag uitgesneden rug. Annalisa's keuze viel op een zedige, hooggesloten, purperviolette jurk met een strak lijfje en uitlopende rok. Ze gaf niet veel om mode, maar ze vond de stof van de jurk fascinerend, zoals de rok in symmetrische plooien vanuit haar taille naar de vloer liep.

Ze wist dat het frivool was om zich druk te maken om een jurk. Het enige wat er nu immers toe deed was haar vaders gezondheid. Toch kon ze niet wachten tot Aldo haar in zoiets moois zou zien. Ze had hem niet meer gezien sinds de avond voordat ze aan haar oom had verteld wie ze was. En o, wat herinnerde ze zich die avond nog goed! De omhelzing, dat hij zo lekker rook en zijn sterke arm om haar heen. Ze had nooit eerder de armen van een jongeman om zich heen gevoeld. Ze vroeg zich nu af of het voor haar moeder ook zo had gevoeld toen haar vader haar voor het eerst omhelsde. Als dat zo was, snapte ze dat haar moeder vaker bij hem had willen zijn. Door hoe het gevoeld had toen Aldo die avond zijn arm om haar heen had geslagen, kon ze zich voorstellen dat je er alles voor overhad om dat nog eens te ervaren. Het leek aannemelijk dat iemand alles zou opgeven om dat te kunnen voelen, zulk genot, telkens weer, de rest van hun leven.

Ze hoopte maar dat hij ook zo over haar dacht, want de enige manier waarop ze elkaar na vanavond nog konden zien, was als ook hij de band tussen hen niet kon ontkennen. De kans leek klein dat het iets zou worden, had Aldo gezegd, de laatste keer dat ze hem zag. Ze kwamen uit verschillende werelden, had hij gezegd. Zodra ze aan haar oom vertelde wie ze was, zou hun vriendschap veranderen. Ze vroeg zich af of het toeval was dat hun paden elkaar de laatste tijd niet hadden gekruist, of had hij haar ontlopen sinds ze haar oom had verteld wie ze was? Of had ze hem onbewust gemeden? Ze snapte nu dat haar moeder een zware afweging had moeten maken, haar ene leven voor een ander leven had moeten verruilen, want ook haar moeder had tussen twee werelden gezeten. Als de schianto af was, waren er andere experimenten die ze moest uitvoeren en moest ze andere geneeswijzen zien te vinden. Ze was nu de partner van haar oom, zijn medeonderzoeker. Hij wilde van haar maken wat haar moeder nooit was geworden: een echte wetenschapper.

En toch voelde ze dit verlangen naar Aldo, naar zijn vriendschap en zijn mooie glimlach en zijn armen om haar heen. Hoe maakte een mens een keuze? Het was als tussen de zon en de maan kiezen. Tussen alles waar Patricio voor stond en alles wat Aldo haar kon bieden. Ze wilde het allebei. Ze had het allebei nodig. Maar kon dat?

Het werd negen uur en in het kasteel gonsde het van energie. Annalisa voelde het toen ze met haar zussen de balzaal binnenliep en ze op de stoelen op de voorste rij gingen zitten die voor hen gereserveerd waren. De openstaande ramen deden haar denken aan de nacht dat ze hier waren aangekomen, zoals ze door de openstaande ramen een glimp van dansende mensen had opgevangen toen Aldo hen de trap op leidde naar het kasteel. O, wat wilde ze graag deel uitmaken van deze wereld, een wereld van glamour en studie en passie. Aldo had gezegd dat niemand van de gasten lette op wat er in de wereld gebeurde, omdat ze helemaal opgingen in hun eigen gedachten en het bedwelmende effect van kunst en ontdekkingen.

Ze voelde iets van bevreesdheid, wat er die avond in de balzaal vermoedelijk ook had gehangen. Ze had een zieke vader, de oorlog verhevigde, het werd voor Joden steeds onveiliger en wie weet was er binnenkort niemand meer veilig. Misschien had Aldo gelijk en dansten en dronken de gasten om de wereld strijdlustig uit hun gedachten te bannen.

Ze hoorde de menigte naar adem happen en stil worden, en keek naar de achterkant van de balzaal. In de deuropening stond haar oom, Patricio, een combinatie van dapperheid en verlegenheid. Hij droeg een smoking die hem iets te groot was. Hij keek naar het podium en ze wist niet of de glazige blik in zijn ogen door tranen veroorzaakt werd of dat het gewoon de weerspiegeling van het spotlicht was. Ze had met hem te doen. Hij hield niet van zulke uitbundigheid. Nee, hij was een rustige, onbeholpen man die het prima had gevonden als hij niet als een Parissi geboren was, die zich alleen maar wilde bezighouden met zijn boeken, zijn experimenten en zijn liefde voor wat het menselijk brein kon voortbrengen. Toen zag ze dat hij haar en haar zussen in de gaten kreeg en wist ze zeker dat hij huilde. Hij had er al die jaren voor gekozen om alleen te zijn, maar nu was duidelijk dat hij niet alleen had willen zijn. Hij was het slachtoffer geworden van zijn opvoeding en zijn familienaam.

De stilte werd opeens verbroken toen de gasten gingen staan en applaudisseerden. Ze zag haar oom rondkijken alsof hij niet kon geloven dat ze genegenheid voor hem koesterden. Hij had een zwaar leven: was zonder moeder opgegroeid, was doodsbang voor zijn vader en daarna had hij het enige lichtpuntje in zijn leven verloren, namelijk zijn zusje. Hij had zich afgesloten voor de wereld, had misschien het gevoel dat hij geen recht had op genegenheid omdat hij zowel zijn vader als zijn zus teleur had gesteld. Ze was blij dat al deze liefde en dankbaarheid hem ten deel viel. Hij had hier voor al deze mensen een geweldige plek gecreëerd. Hij was een goed mens.

Even later stapte Savio het podium op. Hij was een elegante man met lange ledematen en een grote bos strak achterovergekamd bruin haar. Omdat hij hier het langst te gast was, was hij ceremoniemeester als er iets te doen was, had Giulia haar verteld. Hij had de hele week aan zijn toespraak gewerkt.

'Signor Parissi, we zijn vereerd dat u er vanavond bij bent,' zei hij. 'En het is een eer om uw nichtjes in ons midden te hebben. Hun jeugd en energie zijn inspirerend voor ons allemaal. We zijn u zeer dankbaar dat u ons de ruimte geeft om het beste in onszelf naar boven te halen en hopelijk kunst en schoonheid in de wereld te brengen. Dankzij u kunnen we iets aan deze kwetsbare, gebroken wereld bijdragen.'

Er werd opnieuw geapplaudisseerd toen haar oom door het gangpad liep tot hij bij haar was. Giulia en Emilia schoven een stoel op, zodat hij tussen Annalisa en Giulia in kon zitten. Ze pakte zijn hand en voelde dat die trilde. Hij leek op dat moment heel kwetsbaar en behoeftig. Hij bracht zijn hand omhoog en gaf haar een klopje op haar wang. Ze was blij dat ze het risico had genomen om naar het eiland te komen.

'We hebben vanavond een bijzondere verrassing,' vervolgde Savio. 'We weten dat u gecharmeerd bent van jong talent en dat u de volgende generatie wilt helpen om te leren. We zijn dan ook blij dat vanavond de debuutcompositie wordt uitgevoerd van een van de talentvolste nieuwkomers van de laatste tijd. Hij is naar het kasteel gekomen als leerling van Flavio Rusetti, die ons helaas ontvallen is, maar Flavio's talent en nalatenschap leven voort in de prachtige compositie die vanavond ten gehore zal worden gebracht. Dames en heren, Aldo Verga met zijn debuutstuk *Voor Pippa*.'

Annalisa hapte naar adem, bracht automatisch haar hand naar haar lippen. Hij had het stuk naar haar genoemd. Het was de bijnaam die hij Emilia had horen gebruiken. Het was als een grapje dat alleen haar zussen en zij snapten. Ze liet haar hand langzaam zakken, voelde zijn nabijheid die inherent was aan zijn besluit om dat te doen.

De gordijnen gingen open. Er stond één houten stoel op het podium. Het publiek klapte opnieuw. Met een viool onder zijn arm betrad Aldo het podium. Hij zag er prachtig uit in zijn smoking, had een zijscheiding in zijn keurig gekamde haar. Ze voelde dat Giulia haar elleboog aanraakte. Aldo bleef even bij de stoel staan, zocht haar in het publiek en toen ze elkaar aankeken, dacht ze dat ze nooit meer ergens anders naar kon kijken. Ze kende hem pas een paar weken, had slechts een paar avonden met hem doorgebracht, maar opeens wist ze dat ze van hem hield. En ze voelde dat hij ook van haar hield. Hij haalde een vel papier uit zijn borstzakje en las de tekst voor die erop stond: 'Je bent te ver weg om vast te houden, te dichtbij om te weerstaan, te sterk, maar niet te sterk om weg te moeten gaan. Ik verlang naar je, buig voor je, omhels je op afstand, mijn ster, mijn muze, mijn woorden, mijn muziek.'

Hij nam plaats op de stoel en bracht de viool naar zijn kin terwijl de lichten dimden, zodat er slechts één spotje op hem gericht stond. Er stond geen muziekstandaard. Kennelijk kende hij het stuk uit zijn hoofd. Hij bracht zijn kin iets omlaag en begon te spelen.

Annalisa wist zeker dat dit de mooiste muziek was die ooit was gecomponeerd. Ze had nog nooit zoiets moois gehoord en dat zou de rest van haar leven waarschijnlijk ook nooit meer gebeuren. Het begon langzaam met een soepel deel, een meeslepende melodie die zich twee noten hoger en twee noten lager herhaalde. Daarna een vluggere melodie, speels, een heerlijk ritme dat haar hart sneller deed kloppen, gevolgd door een triester deel. Ze had het gevoel dat dit hun verstandhouding uitdrukte. Het trage begin, het vrolijke middengedeelte en het gespannen laatste gedeelte met de suggestie dat het misschien binnenkort afgelopen zou zijn. Het was een volledig liefdesverhaal, levensverhaal, gevangen in één stuk. Hij zat helemaal alleen op het podium en het was alsof hij het intiemste verhaal van een liefde vertelde. Een liefde die heel mooi, sterk, persoonlijk en eeuwig was. Zijn arm leek te dansen terwijl hij de strijkstok bewoog. De strijkstok was een verlengstuk van zijn arm, en zijn arm was een verlengstuk van de muziek. Ze kon haar ogen niet van hem afhouden, ook al voelde ze tranen over haar wangen stromen en merkte ze dat haar oom naar haar keek. Ze was gebiologeerd.

Het stuk eindigde in een lange, angstaanjagende, bijna vragende noot, en hij liet de strijkstok langs zijn zij zakken. Het duurde even voordat het publiek doorhad dat het stuk was afgelopen. Toen barstte er een groot applaus los. Iedereen ging staan en riep 'bravo', terwijl de spotlichten weer aangingen. Ook Annalisa ging staan en ze bleven elkaar aankijken alsof ze de enige twee mensen op aarde waren die ertoe deden. Ze wist dat ze dat ene had gevonden wat het leven de moeite waard maakte. Ja, wetenschap en kunst waren belangrijk, maar het was de verbinding tussen twee mensen, dat magisch samenkomen, dat zin gaf aan het leven. Ze snapte dat haar moeder haar familie en haar toekomst had opgegeven. Dat snapte ze helemaal.

Aldo boog zijn hoofd. De spotlichten gingen uit en de gordijnen gingen dicht. Ze rende langs haar oom heen om de zaal te verlaten, want ze moest hem zien. Maar er waren heel veel mensen die haar en haar zussen wilden aanspreken. Toen ze eindelijk de zaal uit was, probeerde ze te bedenken waar hij kon zijn. Er waren vele gangen en hoeken. Ze bleef rennen tot ze uiteindelijk in een smalle gang kwam die slechts verlicht werd door de nachtelijke lucht die door de ramen naar binnen stroomde.

Toen zag ze hem. Ze rende in zijn armen en voelde dat hij haar kuste, en ze beantwoordde zijn kus, kuste hem hard en vurig. Ze had niet geweten hoe ze moest kussen, maar het ging vanzelf. Ze kuste hem om alle liefdesverhalen die al geschreven waren en nog geschreven zouden worden, om alle liefdesverhalen die door haat, angst en oorlog vernietigd waren. Ze kuste hem om iets blijvends te ervaren, iets wat niet vernietigd kon worden. Ze beet op zijn lip en voelde zijn tranen op haar wangen. Ze wilde hem zeggen dat hij mooi was, dat zijn compositie mooi was, dat ze samen mooi waren. Dat ze, na hoe ze zich nu voelde, nooit meer van iemand anders zou kunnen houden. Dit was de betekenis van het leven, om deze reden waren mensen op de aarde gezet. Hoe was het mogelijk dat de vader van haar moeder, dat de wereld niet snapte dat...

'Ophouden!' klonk een luide, boze stem. Er ging een wandschakelaar aan. Het was Patricio.

'Oom,' zei ze. 'Het is in orde. Dit is...'

'Het is niet in orde!' blafte hij, terwijl hij Aldo aan zijn arm wegtrok. 'Waag het niet om haar met je muziek en je woorden te betoveren. Ze is voorbestemd voor grootse dingen! Sta haar niet in de weg!'

'Ik sta haar niet...' begon Aldo.

'Je bent niets. Je komt niet eens in de buurt van Flavio. Je bent het niet waard dat...'

'Oom, hou op!' zei ze. 'Niet doen! U hebt het mis. Hij heeft talent, is briljant. Hij weerhoudt me nergens van en...'

'Annalisa,' fluisterde Aldo in haar oor. 'Laat maar.'

'Nee,' zei ze tegen hem. Ze deed een stap naar achteren, zodat ze hem in de ogen kon kijken. 'Hij mag mijn gevoelens niet vernietigen! Hij mag jou niet vernietigen! Oom, hou op. U snapt het niet. U hebt het mis, net als bij mijn moeder!'

'Jij bent je moeder niet,' bromde Patricio. 'Jij bent anders, beter. De toekomst ligt...'

'Ik ben niet beter,' zei Annalisa. 'Ze had gelijk dat ze wegging om bij mijn vader te kunnen zijn. U ziet het helemaal verkeerd.'

'Annalisa, niet doen,' zei Aldo, en hij kneep in haar hand. 'Je oom is overstuur. Niet tegen hem schreeuwen. Hij verdient je respect.' Hij boog zich even naar voren en ze voelde zijn wang langs die van haar strijken. Toen liep hij langs haar naar het donker verderop in de gang.

Ze draaide zich om naar Patricio. 'Kijk nou wat u hebt gedaan! U hebt hem gekwetst op de avond waar hij zo naar uitkeek! Waarom doet u dit? Ik hou van hem.'

'Je weet niet wat liefde is.'

'Dat weet ik wel. Ik hou van hem.'

'Er liggen belangrijkere dingen voor je in het verschiet. Je kunt wetenschapper worden!' riep hij. 'Je staat op het punt grootse dingen te doen. Je kunt de wereld veranderen. Vergooi je leven niet zoals je moeder dat heeft gedaan.'

'Ze heeft haar leven niet vergooid. Ze hield van mijn vader.'

'Ze heeft niets bereikt. Ze is gestorven zonder ook maar...'

'Ze heeft veel bereikt. Ze hield van mijn vader. Ze heeft mij en mijn zussen op de wereld gezet.'

'Ze had zoveel meer kunnen bereiken.'

'Nee, dat kon ze niet. Ze moest kiezen. Dwing me niet om te kiezen!'

'Als je je aan de wetenschap wilt wijden, moet je daar volledig voor gaan. Je vader wacht...'

‘Ik ga er ook voor! Ik wil het allebei!’

‘Je moet geen aandacht schenken aan een jongen die een leuk deuntje kan spelen. Zet die dwaasheid uit je hoofd!’

‘Nee! Dwing me niet om te kiezen, oom! Ik kan niet kiezen tussen mijn vaders gezondheid en de liefde. Ik kan het beide hebben.’

Ze rende door de gang naar de grote trap, stoof langs de gasten en het eten en de wijn en het dansen in de balzaal. Dat leek nu allemaal volkomen onbelangrijk. Ja, ze kon eten en drinken en dansen en leren en de rest van de wereld uit haar hoofd zetten. Maar dat wilde ze niet. Ze wilde haar huidige leven niet opgeven voor een ander leven. Ze wilde niet hier blijven en ze wilde niet weglopen. Ze had een hoofd én een hart, en vond dat ze er recht op had te proberen het leven te krijgen dat ze wilde. Het hele leven. Ze had recht op die vrijheid. Dat gold voor iedereen.

Ze kwam op de begane grond, ging door de keuken en hoopte dat Aldo op het terras zou zijn, zoals op die avonden toen zij en haar zussen nog tot het personeel behoorden. Maar er was niemand op het terras. Ze bedacht dat hij misschien naar het botenhuis was gegaan en ze liep al in de richting van de steile trap toen ze bij de loszittende steen iets uit de terrasmuur zag steken. Ze rende ernaartoe en verschoof de steen. In de opening lag een vel papier met het korte gedicht dat Aldo aan het begin van het concert had voorgelezen, het gedicht waarin hij haar zijn muze noemde. Daaronder stond slordig en bibberig nog iets geschreven. Het was onmiskenbaar Aldo’s handschrift.

Je oom heeft gelijk. Je past niet bij me. Het was verkeerd van me om voor je te spelen en het muziekstuk naar jou te noemen. Leef het leven dat je hoort te leven, Annalisa. Veel geluk. Aldo

Ze kon gewoon niet geloven dat hij haar zo gemakkelijk opgaf. Hoe kon hij haar laten gaan? Ze liet zich tegen de muur zakken. Misschien had haar oom gelijk en was hij anders dan ze dacht.

Ze verfrommelde het vel papier, pakte het notitieblok en de pen uit de opening en schreef een bericht aan hem terug.

Prima. Jij ook veel geluk.

DRIEËNTWINTIG

2018

Donderdag

De volgende ochtend trok Mia een spijkerbroek en sneakers aan, en ze ging naar beneden. Er was niemand in de lobby. De groep was nog op het vasteland. Het ontbijt werd op het terras geserveerd. Ze ging aan een tafeltje zitten en bestelde een cappuccino, waar een schaaltje heerlijk uitziende biscotti bij bleek te horen. Ze nam een slokje van de warme drank en zette zich schrap voor het karakteristieke aan Italiaanse koffie dat ze inmiddels kende: de sterke, bijna bittere smaak onder de licht schuimende melk en het cacaopoeder bovenop.

Terwijl ze naar het eiland Parissi keek, dacht ze na over het interview met Aldo dat ze had beluisterd, zoals hij cryptisch en toch aangrijpend over Pippa sprak, de vrouw die vermoedelijk haar grootmoeder was. Uit de woorden die hij aan het eind van het interview had voorgedragen, maakte ze op dat hij heel veel van haar had gehouden. Dat Lucy die woorden tientallen jaren later nog kende en aan het eind van haar leven opzei, toonde aan dat zij ook veel van hem moest hebben gehouden. Toen de nazi's kwamen, waren ze van elkaar gescheiden, zaten ze op verschillende eilanden. Waarom waren ze niet herenigd? Wat had Lucy ertoe gedreven zonder hem naar New York te gaan? En waarom had hij haar niet gezocht?

En waarom was Lucy uiteindelijk met Mia's grootvader getrouwd, een man van wie ze nooit echt had gehouden? Dat was zelfs goed te zien op de trouwfoto thuis, op wat de gelukkigste dag van haar leven hoorde te zijn. Ze kon het niet eens opbrengen om voor de foto te glimlachen. Wat was er gebeurd met het meisje dat Aldo tot het maken van muziek geïnspireerd had?

Ze wist het niet, maar als ze Leo uiteindelijk de waarheid vertelde, moest ze hem duidelijk maken wat voor iemand haar grootmoeder was geweest. Hoe kon ze hem ervan overtuigen dat Lucy een goed mens was, dat ze de schianto niet had gestolen, ook al had het daar alle schijn van? Ze moest eerlijk tegen hem zijn, want de waarheid was dat zij en haar familie er, onbewust, voor hadden gezorgd dat zijn speurwerk niets had opgeleverd, en daardoor waren ze verantwoordelijk voor een deel van zijn grootmoeders verdriet. Zijn familie had slechts een schets van de trouwjurk, terwijl zij de echte jurk had. Hij had een oude, verbleekte tekening van de schianto, terwijl het echte object in haar koffer zat.

Ze wist niet of haar grootmoeder had geweten dat er mensen op zoek waren naar deze voorwerpen. Hoe dan ook was het een verontrustend idee dat Lucy en zij veilig in hun bubbel op Long Island hadden gezeten, terwijl Leo en zijn familie naar stukjes zochten die hun het gevoel konden geven nauwer verbonden te zijn met Leo's omgekomen grootvader. Zou Leo geloven dat Lucy het niet had geweten? Of zou hij aanvoeren dat Lucy nooit onwetend was geweest, dat ze had geweten wat ze in haar bezit had? Kon ze hem doen inzien dat Lucy beschadigd was door alles wat er in het kasteel was gebeurd? Uiteindelijk had ze namelijk zijn hulp nodig. Zou hij, nadat ze onthuld had dat zij de schianto had, bereid zijn haar te helpen om te bewijzen dat Lucy die niet had gestolen? Of was er te veel bewijs tegen Lucy? Mia wilde hun tijd samen niet bederven door te onthullen wat ze allemaal wist, maar hoe langer ze wachtte, hoe bozer hij zou zijn als hij erachter kwam.

Waar het op neerkwam, was dat hij recht had op het verhaal van zijn grootvader, zoals zij recht had op dat van haar grootmoeder. Haar grootmoeders weigering om openheid van zaken te geven had bij hem pijn veroorzaakt. En nu deed zij hem ook pijn, door net als Lucy informatie achter te houden.

Na het ontbijt ging ze de trap op om haar tas en Leo's hoed te pakken. Toen ze haar kamer binnenkwam, knipperde er een rood lampje op het telefoontoestel op haar nachtkastje. Ze kon zich niet voorstellen wie er via het hotel contact met haar zou willen opnemen, omdat iedereen – zelfs Leo – haar op haar mobiele telefoon zou bellen. Ze gooide haar sleutel op het bed, drukte op het knopje en na een mededeling in het Italiaans waar ze niets van begreep, klonk er een piep en werd het voicemailbericht afgespeeld.

'Hallo Mia, met Missy! We hebben je deze week niet meer gezien bij de uitstapjes, dus ik bel even om te horen of het goed met je gaat. Charlie dacht dat hij je gisterochtend op de veerboot naar Parissi zag stappen en we vroegen ons af hoe je dat voor elkaar had gekregen. We hebben zelf namelijk nog zoveel vragen. Het kasteel is prachtig, maar we vragen ons af of het wel gaat werken met die lift de heuvel op. En we zouden ook graag een luxere overtocht hebben. Als mensen een fortuin neertellen voor zo'n reis, zullen ze een prettigere oversteek willen. Maar goed, mocht je meer weten, wil je ons dan bellen? Alvast bedankt.'

Mia zette het telefoontoestel terug in de houder. Het was aardig van Missy dat ze had gebeld om te vragen of het goed met haar ging, al belde ze natuurlijk ook omdat ze haar met Leo hadden gezien en nieuwsgierig waren of ze een speciale regeling had getroffen om terug te gaan naar het kasteel, en dus misschien over meer informatie beschikte dan zij. Op zich snapte ze dat wel. Als zij in hun positie was, waarbij er zoveel op het spel stond voor hun bedrijf, zou ze misschien ook proberen meer informatie uit Leo los te krijgen of vragen of ze nog eens naar het kasteel kon. Het grappige was dat Missy en zij in feite hetzelfde wilden. Ze waren op zoek naar antwoorden. Dat gold waarschijnlijk voor iedereen. Wat mensen menselijk maakte, bedacht ze, was misschien niet hun opponeerbare duim, maar de behoefte om altijd meer te weten.

Ze ging weer naar beneden en stapte in de bus. De groep was nog op het vasteland en de chauffeur – ze was erachter gekomen dat hij Giuseppe heette – keek verveeld, maar leek blij haar te zien. Ze bedacht dat ze nog maar een paar dagen hier zou zijn en toen de bus harder ging rijden besefte ze dat een van de dingen die ze het meest zou missen dit ritje naar de kust zou zijn. Ze vond het niet langer eng als de bus een scherpe bocht nam, deed haar raam open en gaf zich over aan het geschommel en gehobbel dat haar van links naar rechts deed gaan. Ze hield van de geur van de zee, die naarmate ze verder naar beneden gingen steeds sterker werd, en van het geluid van het water dat op de rotsen sloeg. Beneden aangekomen stapte ze uit de bus en ze liep naar de aanlegsteiger. Het was warm. De zon stond bijna pal boven haar hoofd en ze was blij dat ze Leo's hoed ophad. Het water was lichtblauw en leek zich eindeloos uit te strekken. Vanaf deze kant leek Isola di Parissi lang en smal, en was het kasteel bijna tweedimensionaal. Eerder een tekening, een verzinsel, dan een echt gebouw.

'Mia!' riep een stem vanaf het dek van de veerboot. Ze draaide zich om, en zag Leo met zijn armen zwaaien om haar aandacht te trekken. Ze zwaaide terug en liep haastig naar de boot.

Hij was netter gekleed dan de vorige dag, droeg een wit buttondownoverhemd en een spijkerbroek. Dat zou wel komen doordat hij rechtstreeks van het uitstapje op het vasteland kwam. Mia was blij hem te zien, en niet alleen omdat hij haar toegangskaartje tot het eiland was. Ze genoot van zijn gezelschap, vond het mooi dat hij zich druk maakte om alles wat er voor hun bestaan was geweest. Ze pakte zijn hand en stapte op de boot, terwijl ze zich afvroeg of hij ook blij was om haar te zien. Ze foeterde stilletjes op zichzelf om die gedachte. Hoe het ook zat met Ryan, of ze bij elkaar zouden blijven of niet, ze had nog steeds een relatie met hem. Het voelde verkeerd om gevoelens voor een andere man te hebben en ze voelde zich schuldig, ook al kon ze er niets aan doen.

De motor ronkte zacht terwijl ze op een bank op het dek zaten. De kapitein zwaaide naar Leo en ze vertrokken, koersten af op de oogverblindende gele zon. Net als de vorige dag leek het kasteel groter en steviger te worden. Het zoog zonlicht op als een kind dat voedingsstoffen naar binnen werkt om te groeien. Het deed haar denken aan zo'n timelapse-documentaire op tv, waarbij je een bloem met warpsnelheid ziet uitkomen of een drukke straat in een grote stad in een paar tellen leeg ziet worden als de zon ondergaat. Ze besefte opeens dat niets echt constant was. Alles was relatief. Het kasteel zag er nooit hetzelfde uit, het veranderde afhankelijk vanaf welk punt en wanneer je het naderde.

Leo's stem onderbrak haar gedachten. 'Waar denk je aan?' vroeg hij.

'O, niets bijzonders,' zei ze, 'gewoon hoe het kasteel eruitziet. Of het vroeger net zo op de mensen overkwam als nu op mij. Dat het groter en steviger lijkt te worden als je dichterbij komt. De hele ervaring van straks voet aan land zetten en die trap op gaan.'

'Waarschijnlijk wel,' zei hij, 'al zullen we dat nooit zeker weten. Ik kan nooit ervaren hoe het voor mijn grootvader was. Ik kan me er een voorstelling van maken, maar ik kan me nooit echt in zijn wereld verplaatsen.'

'Je hebt vast gelijk,' zei ze, 'maar ik zou het graag zeker weten. Ik wil weten wat mensen voelden als ze op het eiland aankwamen, hoe hun verblijf hier hen veranderde en hen stimuleerde om te doen wat ze deden. Daar probeer jij toch ook achter te komen? Je hebt je carrière in de ijskast gezet om op deze afgelegen plek te zijn. Je probeert te herscheppen wat er was. Wat heeft dat voor zin als we de waarheid niet kunnen weten?'

'Ik denk dat we wel dicht bij de waarheid kunnen komen,' zei hij. 'Maar je hebt gelijk. Ik heb er veel voor opgegeven. En ik kan je verzekeren dat ik niet alleen hier ben om een tentoonstelling voor rijke toeristen samen te stellen, die ze dan tussen hun zevengangendiners en het shoppen bij exclusieve winkels door kunnen bezoeken. Waar ik het voor doe? Tja, voor mijn grootvader en de anderen. Wat er voor mij zal veranderen als ik meer werken van mijn grootvader ontdek? Ik zou het niet weten, maar toch is het belangrijk.' Hij haalde zijn schouders op en liet die zakken. 'Belangrijk genoeg om een relatie voor te verbreken.'

'O?' zei ze. De opmerking maakte haar nieuwsgierig.

'Niet iedereen snapt dat er mensen zijn die het verleden moeten kennen voordat ze een toekomst kunnen opbouwen,' zei hij. 'We hebben onze relatie verbroken toen ik hiernaartoe ging. Ze zei dat ik spoken najoeg en wilde daar niet bij betrokken raken. En ik kon mezelf niet voor haar veranderen. Dat leek me geen goede basis voor een relatie.

Maar genoeg over mij,' zei hij, toen de boot sneller ging varen en er water opspatte dat deels op hen neerkwam. 'Vertel eens over je werk als wetenschapper.'

'Zoals ik pasgeleden al tegen je zei, vind ik mezelf nu nog geen wetenschapper,' bekende ze. 'Ik werk voor wetenschappers. Dat zijn echt genieën. Ik hou van mijn werk, maar ik zou eigenlijk hoofdonderzoeker willen worden, wat betekent dat ik de leiding over een eigen onderzoekslaboratorium zou hebben.'

'O, en wanneer gaat dat gebeuren?'

'Dat duurt nog wel even,' zei ze met een beschaamd lachje. 'Ik moet eerst sparen om weer te kunnen gaan studeren en dan moet ik me aanmelden en toegelaten worden.'

'Waar ga je studeren?'

'Dat weet ik nog niet. Het liefst aan de universiteit in Boston. Daar is een professor die fascinerend onderzoek doet naar moleculaire mechanismen die tot hartkwalen leiden. Het punt was dat ik nooit te ver weg van mijn grootmoeder wilde wonen.' Ze keek naar haar handen. 'Maar dat is nu geen punt meer,' voegde ze eraan toe.

'Hoezo?' vroeg hij zacht. 'Sorry, dat zijn mijn zaken niet...'

'Nee, het geeft niet. Ik vind het alleen moeilijk om erover te praten. De reden dat ik niet meer in New York hoef te blijven... Nou ja, mijn grootmoeder is nog niet zo lang geleden overleden.'

'Je grootmoeder? De grootmoeder die je heeft opgevoed? Gecondoleerd,' zei hij. 'Is zij ook degene van wie je vermoedt dat ze dienbladloper in het kasteel was?'

Mia knikte.

'Gecondoleerd,' herhaalde hij. 'Daar had ik geen idee van.' Hij legde zijn hand op de hare. 'Is dat de reden dat je hiernaartoe bent gekomen?' vroeg hij. 'Voor haar? Om meer over haar leven te weten te komen?'

'Ja, in bepaalde opzichten wel. Ik loop met vragen rond, zoals jij vragen over je grootvader hebt.'

'Dus we hebben beiden ons leven gepauzeerd om antwoorden te vinden.'

Ze kwamen bij de aanlegsteiger aan. Mia liep achter Leo aan naar het trapje van de boot. Hij bukte zich om twee flesjes water te pakken en wisselde in het Italiaans vlug wat woorden met de kapitein. 'Hij heeft beloofd op ons te wachten,' zei hij tegen haar toen hij haar een flesje water overhandigde. 'Ben je klaar voor de grote klim?'

Ze stapten van de boot af en liepen naar de trap. 'Ik ben blij dat je vandaag meekomt, Mia, zeker na wat je me hebt verteld,' zei hij. 'Je zult het geweldig vinden waar we naartoe gaan.'

'Hoezo? Hebben ze bij het graven iets gevonden?'

'Nee, volgens mij niet,' zei hij. 'Vandaag gaan ze het stenen terras bij de keuken weghalen om daar een nieuw terras te maken dat aan de huidige bouwvoorschriften voldoet. Ik wil je meer lijsten laten zien van mensen die eerder hier zijn aangekomen. Je zei toch dat degene voor wie je hier bent – je grootmoeder – misschien in de keuken heeft gewerkt? Die lijsten zijn er en die kunnen we doornemen als je dat wilt.'

'Ik vind het heel aardig dat je dat voor me wilt doen,' zei ze. Ze voelde zich schuldig, want ze had de lijst al gezien waarop de naam van haar grootmoeder – Annalisa – stond. Dat had ze hem alleen nog niet verteld.

Hij bleef op het eerste tussenstuk staan. Ze leunden tegen het muurtje en namen een paar slokken water. 'En er is nog een reden dat ik je terug wilde brengen,' zei hij. 'Je keek zo zorgelijk toen we gisteren die lijst met nieuwaangekomenen vonden en later opnieuw toen ik je mijn grootvaders schets van de trouwjurk liet zien. Het is veel, deze ontdekkingen, deze verhalen over mensen die lang geleden onder gruwelijke omstandigheden zijn omgekomen. Je was daar niet op voorbereid. Ik wil het goedmaken.'

'O, nee, er was niets aan de hand,' zei ze. Hij dacht kennelijk dat ze ontdaan was door al die namen van overledenen die hij haar had laten zien. In werkelijkheid was ze verbijsterd over de onthullingen over haar grootmoeder en het verband tussen haar grootmoeder en zijn grootvader. En ze voelde zich verantwoordelijk voor veel van wat er ontbrak. 'Er valt niets goed te maken,' voegde ze eraan toe.

'Ik ben blij dat je mee wilde,' zei hij stellig. 'Je moet namelijk ook weten wat Patricio hier heeft gecreëerd. Jarenlang was dit een plek van genialiteit, schoonheid en licht. Iedereen die hier kwam, wist en voelde dat. Ik wil iets met je delen wat ik op een dag ontdekt heb. Het aantal mensen dat ooit voet heeft gezet op de plek waar jij straks naartoe gaat, is op de vingers van één hand te tellen.'

Hij klom verder en ze liep achter hem aan. Ondanks haar schuldgevoelens was ze nieuwsgierig waar hij haar naartoe zou brengen. Ze kwamen bij het binnenplein en hij nam haar mee naar de ingang aan de voorkant en de trap op, dezelfde route die ze twee dagen geleden bij de rondleiding hadden genomen. Ditmaal liepen ze door bij de deur naar de tentoonstellingsruimte. Vlak daarna gingen ze onder een boog door, waarna de ruimte drastisch veranderde. Ze waren nu buiten het gerestaureerde gedeelte van het kasteel. Hij nam haar mee door de gang en door dubbele houten deuren. Voor hen lagen weer dubbele deuren – met kleine ruitjes en houten glaslatten die kraakten en rot waren – en via die deuren kwamen ze bij een van de verbluffendste bouwwerken die Mia ooit had gezien.

Het was een gigantisch, halfrond balkon, dat uitstak boven de eronder gelegen helling.

'Kom,' zei Leo, en hij wenkte dat ze achter hem aan het balkon op moest lopen.

Mia aarzelde. 'Is het veilig?'

'Volkomen veilig,' zei hij. 'Dit is een van de eerste dingen waar de ingenieurs aan gewerkt hebben, juist omdat het zo geweldig is. Het is goed gebouwd. De bouwploeg was verbijsterd hoe stevig dit was. Patricio noemde dit het *terrazzo galleggiante*.'

'En dat betekent?' vroeg ze.

'Dat betekent "zwevend terras". Hij heeft het door een van de beste architectenbureaus in Rome laten ontwerpen. Hij zei dat hij zo ver bij de rand van het eiland vandaan wilde zijn dat hij zich niet door tijd of ruimte beperkt voelde. Dat hij het gevoel zou hebben dat hij op een magisch tapijt zweefde. Hij wilde dicht bij de lucht zijn en overweldigd worden door de uitgestrektheid daarvan. Kun je je voorstellen dat alle grote denkers hierop zijn gestapt in de periode dat ze aan hun meesterwerken werkten? Kun je je voorstellen hoe ze zich voelden? Ze maakten deel uit van het universum maar waren er tegelijkertijd ver vandaan. Aan de ene kant waren ze oneindig klein, aan de andere kant waren ze almachtig. Patricio hield van tegenstrijdigheden en dit is het ultieme voorbeeld daarvan.'

Ze zwegen, terwijl Mia nadacht over dat magnifieke en raadselachtige verlangen. Hoe kan iemand zich tegelijk nietig en almachtig voelen? Het gekke was dat ze zelf ook dat gevoel had. Ze was een deel van het universum, maar was ook volledig in zichzelf gekeerd. Het was geniaal dat Patricio dit had uitgedacht en aan zijn gasten had geschonken. Het was zo goed gebouwd dat het de tand des tijds zou doorstaan. En dat kreeg ze allemaal te horen van iemand die zijn relatie had opgeofferd om hier te zijn.

Daar had ze bewondering voor. Zij zou waarschijnlijk precies hetzelfde hebben gedaan.

Hij nam haar mee terug naar de gang en deed de dubbele deuren achter hen dicht.

'We zullen nu die personeelslijsten gaan doornemen, want ik heb weinig tijd,' zei hij. 'Ik moet terug naar het hotel voor wat administratieve zaken. Daarna moet ik me omkleden en meehelpen met de voorbereidingen voor vanavond, want dan wordt er voor de reisagenten een banket en een dansavond in het hotel georganiseerd.'

'Klinkt leuk,' zei Mia.

'Ik zou liever hier blijven en verder zoeken, maar het hoort bij mijn werk. Het blijkt dat ik vanavond groot nieuws bekend mag maken. Ik heb vandaag bericht gekregen van de advocaat in Rome die het onderzoek regelt. Ze hebben reispapieren en passagierslijsten doorgenomen en hebben zelfs foto's bekeken die in havens zijn genomen in de dagen vlak voordat de nazi's het eiland bestormden. Ze denken iemand gevonden te hebben die concrete informatie over de schianto heeft. Een vrouw die Lucy heet en al tientallen jaren in de Verenigde Staten woont. Volgende week sturen ze een team naar haar huis in een of ander dorp dat Soundport heet.

Jij weet ook iets over de schianto,' zei hij. 'Klopt dit met jouw informatie? Of wil je dat nog steeds niet zeggen? Je hoeft niet direct te beslissen. Laten we naar beneden gaan en die lijsten doornemen.'

'Leo,' zei ze, waarbij ze zijn arm aanraakte. Ze kon het niet langer voor zich houden. Ze stond los van hem maar was ook een deel van zijn verhaal. Het was zo'n tegenstrijdigheid waar Patricio dol op was. En wat nog belangrijker was, ze gaf om hem. In tegenstelling tot Ryan was hij heel goed voor haar geweest. Hij snapte haar behoefte om hier te zijn, ook al kende hij niet alle feiten.

'Hmm?' antwoordde hij.

'Die mensen die naar die vrouw in Soundport gaan, die zullen haar niet vinden. Ze is namelijk overleden. En ze zullen de schianto ook niet vinden.'

'Wat?' zei hij. 'Hoezo?'

'Die vrouw is Annalisa. Toen ze in New York aankwam, heeft ze haar naam in Lucy veranderd. Ze is de Annalisa die je twee dagen geleden op de lijst hebt gevonden. De reden dat ik dat weet, is dat ik haar kleindochter ben.

Die twee dingen die je al zo lang hoopt te vinden?' zei ze. 'Die heeft mijn grootmoeder al die tijd in haar bezit gehad.'

VIERENTWINTIG

1943

September

De volgende ochtend bleef Annalisa nog lang in bed liggen nadat Giulia en Emilia vertrokken waren om aan hun dag te beginnen. Ze wisten niet wat er was voorgevallen met Patricio en toen ze ver na middernacht allemaal weer in hun suite waren, had ze het niet aan hen willen vertellen. Toen Giulia en Emilia vanochtend wakker werden, had ze gedaan of ze sliep, en ze had Giulia tegen Emilia horen zeggen dat ze haar niet wakker mocht maken.

'Laat haar maar,' had Giulia gezegd. 'Ik heb het idee dat er gisteravond iets vervelends is gebeurd.'

'Wat dan?' fluisterde Emilia terug.

'Dat weet ik niet, maar laat haar maar. Ze zal het ons vanzelf vertellen als ze daaraan toe is.'

Toen ze vertrokken waren en zij nog in bed lag, wist ze dat ze moest opstaan en naar het lab moest gaan. De schianto was nog niet af en ze moesten nog een mengsel maken dat haar vader beter zou maken, maar ze wilde haar oom niet zien. Ze vroeg zich af of ze in het lab aan de planten zou kunnen werken zonder hem tegen te komen. Wie weet wilde hij haar ook ontlopen. Dat zou wat haar betreft ideaal zijn. Ze hield niet meer van hem, vertrouwde hem niet meer. Wat een verschil met gisteravond toen hij op de drempel naar de balzaal had gestaan en het applaus in ontvangst had genomen. Haar genegenheid voor hem was toen grenzeloos! Maar die avond had hij zijn ware aard getoond. De reden dat haar moeder hem een lafaard had genoemd.

Want hij had iets kapotgemaakt wat heel belangrijk en heel kostbaar voor haar was: wat ze had met Aldo. Ze was gisteravond zo gelukkig toen Aldo zijn prachtige compositie uitvoerde. Ze was niet alleen gelukkig, ze was ook trots op hem. Trots dat hij zoiets moois en bijzonders had gemaakt. Het stuk was zo mooi dat mensen tot tranen toe geroerd waren. Muziek kon mensen veranderen. Daar waren ze het al eerder over eens geweest. En hij had het stuk *Voor Pippa* genoemd. Hij was haar de afgelopen weken niet vergeten. Ze was al die tijd dat hij aan het stuk schreef en zijn muziek oefende zijn inspiratiebron geweest. Voor haar gold hetzelfde: ze had aan hem gedacht en had hem gemist.

Ze ging rechtop zitten en trok de la van haar nachtkastje open, waarin ze het verfrommelde briefje had gestopt dat hij gisteravond achter de steen had achtergelaten. Ze streek het met haar handpalm glad en las het gedicht. *Je bent te ver weg om vast te houden, te dichtbij om te weerstaan, te sterk, maar niet te sterk om weg te moeten gaan. Ik verlang naar je, buig voor je, omhels je op afstand, mijn ster, mijn muze, mijn woorden, mijn muziek.* Er stond dat ze zijn muze was.

Maar waarom was hij weggelopen als hij zo over haar dacht? Ze snapte dat hij bang was haar te benadelen door haar weg te houden van haar familie: haar oom, met wie ze net herenigd was, en haar vader, die haar nodig had. Waarschijnlijk wist hij dat haar moeder van haar familie vervreemd was geraakt en wilde hij voorkomen dat haar hetzelfde lot zou treffen. Maar waarom was hij niet gebleven om dat allemaal tegen haar te zeggen en om haar te laten zien hoe zwaar het hem zou vallen haar kwijt te raken, als het zover zou komen? Ze had hem haar diepste geheimen toevertrouwd, over haar ouders, haar angsten en haar vaders gezondheid. En hij had haar over zijn verleden verteld. Hoe kon dat er niet toe doen nu er zoveel in hun leven en in de wereld gebeurde?

De enige verklaring daarvoor was dat hij nooit zoveel om haar had gegeven als zij om hem. Dat het verhaal dat ze over hun tweeën in haar hoofd had zitten een verzinsel was, ongeacht hoe hij aan het eind van de uitvoering naar haar had gekeken, ongeacht het gedicht dat hij voor haar had geschreven, ongeacht dat ze elkaar in de ogen hadden gekeken toen de lichten op het podium uitgingen. Wat hij voor haar had gevoeld, kon niet zoiets zijn als wat haar ouders hadden gedeeld, want haar moeder was niet in staat geweest om weg te lopen.

Ze kleedde zich traag aan, nam een paar happen van het ontbijt dat haar zussen voor haar kamer hadden neergezet en ging naar de toren. Het dienblad met het ontbijt van haar oom stond nog onaangeroerd op het tafeltje. Ze vroeg zich af of hij net zo gebukt ging onder hun ruzie van gisteravond als zij. Aan het begin van de avond was ze zo trots geweest dat haar zussen en zij de reden waren dat hij besloten had zich weer aan de buitenwereld te tonen. Nu had hij zich weer teruggetrokken. Wat had ze verkeerd gedaan? Als ze hem voor het concert gesproken had, had ze misschien een beter beeld kunnen schetsen van wie ze was en wat ze wilde in het leven. Dan had ze hem kunnen vertellen dat ze op haar moeder leek, meer dan ze ooit had beseft. Maar ze had pas bij die onbeschrijflijke omhelzing na het concert geweten hoe sterk haar gevoelens voor Aldo waren. Hoe had ze haar oom over haar gevoelens kunnen vertellen als ze die zelf niet kende?

Ze keek naar Patricio's dichte deur en wilde dat ze terug kon naar hoe ze zich voelde toen ze net op het eiland was aangekomen, toen ze nog toegewijd was aan de wetenschap en vastbesloten was om kennis te maken met Patricio en zijn experiment mee terug naar huis te nemen. Ze had één doel gehad. Hoe had ze laten gebeuren dat dat doel ondergesneeuwd was geraakt?

Omdat ik ook maar een mens ben, dacht ze. Het lag in de aard van de mens om van andere mensen te houden en verbinding te zoeken. Ze was blij dat ze een menselijk wezen was. Ze had haar gevoelens voor Aldo beslist niet willen missen. Ze was blij dat ze hem gekust en omhelsd had. Als het aan haar lag, zou ze het zo weer doen, ook nu ze de consequenties kende. Ze zou niet in staat zijn geweest om naar zijn concert te luisteren en dan zo de balzaal uit te lopen.

Annalisa bleef nog even staan en ging toen het kleine zijvertrek in, waar ze plantaardig materiaal bewaarde dat ze nog moest sorteren en inspecteren, en waarvan ze de bladeren en bloemblaadjes moest pletten en dan haar bevindingen moest noteren. Na een paar uur – ze had haar oom nog steeds niet gezien – begon ze zich zorgen te maken, en ze ging naar beneden om te vragen of iemand hem vandaag al had gezien. Ze kwam bij de eetzaal op het moment dat de lunch werd geserveerd. Zelf had ze geen trek en ze bleef in de deuropening staan. De stemming aan tafel was bedrukt, heel anders dan de drukke, luidruchtige lunches die ze gewend was. Ze hoorde het zilveren bestek over de porseleinen borden gaan, hoorde vloeistof ruisen als bedienden limonade en water inschonken. Die geluiden had ze nooit eerder gehoord, omdat die gewoonlijk door gesprekken en gelach overstemd werden. Was iedereen moe? Was het dansen tot zonsopgang doorgegaan, net als die nacht toen haar zussen en zij hier aankwamen? Of hadden de gasten haar ruzie horen maken met haar oom? Wisten ze dat Patricio zich weer in zijn kamer had teruggetrokken? En als ze dat wisten, gaven ze haar dan de schuld? Ze liep weg, want ze wilde zichzelf niet hoeven verdedigen, als het inderdaad door haar kwam dat iedereen zo triest keek, als zij alles had verpest.

Ze ging naar de keuken om te vragen of signora Russo haar oom vandaag al had gezien, maar de vrouw leek net zo afgeleid als de gasten in de eetzaal. Ze zat aan haar werktafel voor zich uit te staren. Haar kin steunde op haar hand en haar vingers lagen tegen haar lippen. Ze leek diep in gedachten verzonken en schrok toen Annalisa binnenkwam.

'O, signorina Parissi!' zei ze. 'Ik was er even met mijn gedachten niet bij. De lunch wordt geserveerd. Wil je ook iets eten? En je oom? Komt hij ook naar beneden?'

'Nee, bedankt,' zei ze. 'En wat mijn oom betreft, die heb ik de hele dag nog niet gezien. Hebt u hem wel al gezien?'

Signora Russo schudde haar hoofd. 'Vreemd. Hij heeft zich niet meer zo verstopt sinds hij weet wie jullie zijn. Misschien is hij hard aan het werk of slaapt hij nog. Ik heb begrepen dat het feest gisteravond na het optreden van Aldo lang is doorgegaan.'

'Is iedereen daarom vandaag zo rustig?' zei ze. 'Er hangt een sombere stemming in de eetzaal.'

'Ik denk het,' zei ze. 'Er is vanochtend ook nieuws vanaf het vasteland gekomen. Het goede nieuws is dat de geallieerden Sicilië hebben bevrijd, maar er zijn zorgen over wat de Duitsers nu zullen gaan doen. Het is mogelijk dat de situatie verslechtert voordat die verbetert. Alhoewel... De gasten volgen het nieuws amper, die denken nauwelijks aan wat er buiten dit eiland gebeurt, zeker na zo'n groot feest als gisteravond. Ik heb Aldo vandaag trouwens ook nog niet gezien. Ik wilde afscheid van hem nemen voordat hij wegging,' zei ze.

'Wegging?' vroeg Annalisa. Het was niet haar bedoeling, maar ze klonk ontdaan. 'Waar is hij naartoe dan?'

'Ze zijn met voorbereidende werkzaamheden bezig op een klein eiland ten westen van hier. Je oom overweegt het te kopen. Ze maken paden vrij en zo. De groep die bij het botenhuis werkt is ernaartoe.'

‘Weet u hoelang ze weg zullen blijven?’ vroeg Annalisa.

‘Een paar dagen, misschien langer. Dat hangt ervan af hoe snel het werk gaat.’

‘O.’ Annalisa keek omlaag terwijl ze dit tot zich liet doordringen.

Ze vroeg zich af of Aldo vertrokken was omdat hij haar bericht had gelezen. *Prima. Jij ook veel geluk.* Had ze hem weggejaagd? Ze was boos en gekwetst toen ze dat schreef, maar ze had niet gedacht dat ze hem nooit meer zou zien. Ze probeerde niet al te bezorgd over te komen en ging naar buiten, naar de losse steen in de muur. Ze hoopte dat er een briefje voor haar zou liggen waarin hij zijn ongelijk toegaf, waarin zou staan dat ze het beiden mis hadden, dat het ertoe deed wat ze gevoeld hadden toen ze elkaar gisteravond kusten en dat ze dat niet mochten verliezen, dat ze haar oom moesten zien te overtuigen dat ze samen wilden zijn.

Ze schoof de steen opzij en keek in de holte. Niets. Haar briefje was weg. Hij had haar bericht gelezen en was vertrokken.

Ze ging in kleermakerszit op het stenen muurtje zitten, haar handen in haar schoot. Ze moest met hem praten, over alles, over zijn optreden en haar oom en haar vader, over de stemming in het kasteel en het nieuws dat ze zojuist van signora Russo had gehoord, over de waarschuwing dat de situatie kon verslechteren voordat die verbeterde. Wat betekende dat? Aldo had gezegd dat er oorlog zou komen en dat de gasten in het kasteel net struisvogels waren die hun kop in het zand staken. Uit hoe ze voor zich uit zat te staren toen Annalisa de keuken binnenkwam, maakte ze op dat signora Russo zich ernstig zorgen maakte. Had Aldo gelijk en zat er een einddatum aan het shangri-la dat haar oom had gecreëerd? Wat betekende dat voor hen? Wat betekende dat voor iedereen hier?

Ze duwde de steen terug op zijn plek en liep naar binnen. Zou ze signora Russo om meer informatie vragen? Ze dubde nog toen signora Russo met een envelop op haar afkwam.

'Signorina Parissi, dit moest ik je nog geven,' zei ze. 'Deze envelop zat bij de voorraden die vanochtend vanaf het botenhuis naar boven zijn gebracht. Het is van die aardige jongen die meel en zo brengt, van Vincenzo. De mannen zeiden dat ik deze envelop zo gauw mogelijk aan je moest geven. Ze wachten bij het botenhuis op antwoord.'

Ze pakte de envelop aan en haalde het briefje eruit.

Annalisa,

Er is mij verteld dat het slechter gaat met je vader. Hij heeft nu elke nacht pijn op de borst, heeft moeite met ademhalen en is ernstig verzwakt. Hij kan amper staan. Hij lijkt er niet meer in te geloven dat hij jou en je zussen ooit nog zal zien. Geef alsjeblieft een bericht voor hem mee, zodat hij het nog wat langer kan volhouden tot jullie er klaar voor zijn om terug te keren. Ik wacht op je antwoord.

V

O nee, dacht Annalisa. Wat heb ik gedaan?

Ze deed het briefje in haar zak en ging naar boven, naar Savio's atelier. Tot haar opluchting trof ze Giulia daar in haar eentje aan, want Savio was nog niet terug van de lunch om vanmiddag verder te werken.

Giulia keek op. Ze zat op een stoel met een witte avondjapon op haar schoot en naald en draad in haar hand boven een lijfje met kraaltjes. 'Wat is er? Wat is er aan de hand?' vroeg ze.

Annalisa gaf haar het briefje.

'O, Pippa,' zei Giulia, nadat ze het had gelezen. 'Wat moeten we doen? Hij heeft ons nodig. Moeten we terug?'

Annalisa schudde haar hoofd. 'Dat kan niet. De schianto is nog niet af. Ik heb het geneesmiddel niet.'

'Maar hij gaat eraan onderdoor als hij nog langer moet wachten. Denk je echt dat het zal werken? Of is onze oom net zo'n dromer als de rest?'

Annalisa keek haar aan. Ze had niet doorgehad dat Giulia zo opmerkzaam kon zijn. Ze had zichzelf die vraag ook gesteld.

'Ik weet het niet,' zei ze, 'maar ik wil het nog niet opgeven. Het zou kunnen werken. Ik neem aan dat hij weet wat hij doet.' Ze dacht even na. 'Papa kan niet meer alleen blijven. Laten we Emilia terugsturen om voor hem te zorgen. Ze kan hem opvrolijken en ze kan tegen hem zeggen dat ik aan iets werk en dat jij en ik binnenkort terugkomen.'

Giulia knikte.

'Ga naar het botenhuis en zeg tegen Vincenzo wat we van plan zijn,' zei Annalisa. 'Hij wacht daar. Ik ga Emilia zoeken en dan help ik haar met inpakken. Zeg tegen hem dat we zo gauw mogelijk komen.'

Iets meer dan een uur later kwamen Annalisa en Emilia bij de kust aan. Emilia droeg de reiskleding die ze aan had gehad die nacht dat ze naar het eiland waren gekomen. Emilia was stil. Annalisa wist dat ze gemengde gevoelens had over naar huis gaan. Ze zag ertegen op om te zien hoe ziek hun vader was en ze was er niet van overtuigd dat het haar in haar eentje zou lukken hem te laten aansterken. Dat snapte Annalisa. Ze had nooit gedacht dat ze Emilia zo zou terugsturen. Die nacht dat ze de duizelingwekkende overtocht waagden, had ze niet kunnen voorzien dat alles zo ingewikkeld zou worden. Nu besefte ze dat ze naïef was geweest. Ze had gedacht dat ze haar vader beter kon maken, haar oom voor zich kon winnen en haar hele wereld weer goed kon maken. Ze had er niet eens over nagedacht dat de oorlog alles kon veranderen of dat haar vader veel zieker kon worden als zij weg waren.

Vincenzo stond bij de boot, had Giulia's hand vast. Hij pakte Emilia's koffer aan en hielp haar in de boot. De lucht betrok. Er was storm op komst.

'We kunnen beter gaan,' zei Vincenzo. 'En jullie moeten terug naar het kasteel, want daar doen jullie wel een tijdje over.'

'Zorg goed voor papa,' zei Annalisa tegen Emilia. 'Zeg tegen hem dat we binnenkort terugkomen met een geneesmiddel. En let op dat hij goed eet en dat hij zijn medicijnen inneemt.'

'Dat zal ik doen,' zei ze. 'En schiet op! Kom zo gauw mogelijk.'

'Geen zorgen, ik hou je op de hoogte over hen,' zei Vincenzo tegen Annalisa. Hij draaide zich naar Giulia en ze raakte zijn wang aan. Annalisa keek naar haar zus en besefte dat Giulia en Emilia de afgelopen weken ouder waren geworden. Emilia was geen klein kind meer, en Giulia geen flirtend schoolmeisje.

Vincenzo stapte in de boot en even later voeren ze weg.

'Komt het goed met papa?' vroeg Giulia.

'Ik denk dat hij het nog wel even volhoudt. Hij zal blij zijn dat Emilia terug is. Dat zal hem opvrolijken.'

'En is dat geneesmiddel al bijna klaar, zodat je het bij hem kunt brengen?'

'Dat denk ik wel,' zei ze.

Giulia keek haar streng aan. 'Wat is er aan de hand? Wat is er gisteravond gebeurd? We hebben je na het concert overal gezocht. En Aldo en onze oom waren ook onvindbaar. En vanmorgen weigerde je uit bed te komen.'

Annalisa schudde haar hoofd. 'Er is niets aan de hand. Het gaat goed.'

'Iemand zei dat hij onze oom had horen schreeuwen. Had dat met jou te maken?'

Annalisa gaf geen antwoord.

'En ik heb gezien hoe Aldo naar je keek toen hij speelde,' vervolgde Giulia. 'Iedereen heeft dat gezien. Die compositie is naar jou vernoemd, hè?'

'Het was zomaar een naam. Dat gaat niet over mij.'

'Natuurlijk wel. Doe nou niet alsof ik dom ben, Annalisa. Ik weet wat ik gezien heb.'

Annalisa stak haar armen op alsof ze zich overgaf. 'De titel van de compositie doet er niet toe. Het sloeg nergens op dat we zo naar elkaar keken. Dat had nooit mogen gebeuren.'

'Maar hij is een goed mens, een zeer goed mens.' Ze zweeg even. 'Denk je dat mama over grote dingen nadacht toen ze weg-ging? Over een erfenis, de toekomst en haar rijke familie? Dat denk ik namelijk niet. Ze wist gewoon dat ze een goede man had leren kennen. Dat lijkt me het enige wat telt, dat er een zeer goede persoon is die van je houdt. Denk aan de oorlog, de gevechten, al het gevaar, ziekten... Zou het er uiteindelijk niet om gaan dat er één persoon is die van je houdt, al is het maar een tel?'

Annalisa keek naar het water en zag Vincenzo's boot steeds verder verdwijnen. Ze wist niet wat ze Giulia moest antwoorden. Niet nu, nadat ze de liefde van haar oom en Aldo was kwijtgeraakt. Ze stond naar de enorme zee en de eilanden en bergen in de verte te kijken, naar de lucht die zelfs na zonsondergang licht bleef. Kon een mens iets doen wat eeuwigheidswaarde had? Of kwam het uiteindelijk neer op wat Giulia had gezegd? Dat je een grote liefde had, ook al duurde die nog zo kort? Als Patricio's geneesmiddel werkte, kon het leven van haar vader met een paar jaar, misschien tien jaar, verlengd worden. In de geschiedenis van het universum was dat toch slechts een speldenprik?

Ze draaide zich om en begon aan de klim naar het kasteel. Ze zag Giulia een laatste blik op de boot werpen. Ze vroeg zich af wat haar moeder haar zou hebben aangeraden.

Maar daar kon ze met geen mogelijkheid achter komen.

VIJFENTWINTIG

2018

Donderdag

Mia zag dat Leo probeerde te bevatten wat ze hem zojuist had verteld.

Hoewel ze hem nog geen week kende, had ze veel tijd met hem doorgebracht en ze had de uitdrukking die nu op zijn gezicht lag nog nooit gezien. Hij leek niet boos of verbijsterd. Zijn gezicht was bijna uitdrukkingsloos. Hij had zijn kin in de lucht gestoken en zijn lippen licht op elkaar geperst, maar zijn ogen drukten veel meer uit dan hij kwijt wilde. Hij keek alsof hij een klap in zijn gezicht had gekregen en probeerde te bedenken waaraan hij dat verdiend had, niet om terug te slaan, maar om te bepalen waar hij de mist in was gegaan, wat hij fout had gedaan, hoe het kon dat zijn vertrouwen zo misplaatst was.

Toch had ze hem niet misleid. Mia had de regels gevolgd zoals elke goede wetenschapper dat zou doen. Maar dit was geen wetenschap, dat was het hele punt. Ze waren twee mensen die hun afkomst probeerden te begrijpen. Ze zochten bevestiging dat wat hun voorouders hadden doorstaan van betekenis was. Ze wilden weten hoe het verder moest, verlangden naar innerlijke rust, omdat dan ook degenen die er niet meer waren rust zouden krijgen. Net als haar grootmoeder had ze haar geheim te lang bewaard.

Ze liepen zwijgend via de entreehal naar buiten. Toen ze op

het binnenplein waren, liep ze een eindje voor hem uit. Ze draaide zich om en keek hem recht aan.

'Leo, het spijt me,' zei ze. 'Het spijt me dat ik het je niet eerder heb verteld. Sorry dat je dacht dat ik verdrietig was over het eiland, terwijl ik gewoon verbijsterd was door wat ik over mijn grootmoeder te weten was gekomen.'

Hij stak zijn handen in zijn zakken en schudde zijn hoofd, keek naar de grond. 'Het geeft niet,' zei hij op effen, emotieloze toon. 'Je kwam voor informatie. Je had gezegd dat je me pas iets zou vertellen als je had wat je wilde.'

'Dat weet ik. En dat heb ik gezegd,' zei ze. 'Maar toen je me vandaag mee hiernaartoe nam en het prachtige zwevende terras liet zien en uitlegde wat dat zei over ontwerp en fantasie en visie… Toen besefte ik dat ik het mis had. Wat we hier doen is zoveel meer dan informatie uitwisselen.'

Hij wendde zijn gezicht naar de stenen trap aan het eind van het binnenplein, leek doelbewust van haar weg te kijken. 'Kom,' zei hij. 'De boot ligt te wachten.'

Ze zwegen weer toen ze de heuvel af gingen. In feite had hij niets om boos over te zijn, maar toch had ze een rotgevoel. Ze gaf om Leo en hoopte dat ze hun prille vriendschap niet kapot had gemaakt.

De veerboot lag inderdaad te wachten. Ze namen plaats op een bank, zij aan het eind en hij een centimeter of dertig van haar af. Hij stak zijn hand in de koelbox onder de bank en haalde er twee sandwiches uit, die hij uit het hotel had meegenomen. Hij gaf er een aan haar, maar ze hadden beiden geen trek. Mia keek naar voren, wilde niet zien hoe het kasteel langzaam kleiner werd en uit het zicht verdween. Leo had vast geen zin en zou zich niet verplicht voelen om haar nog eens mee naar het eiland te nemen. Ze zou er waarschijnlijk nooit meer komen en dat vooruitzicht was bijna ondraaglijk. Ze wilde zijn waar haar grootmoeder was geweest, wilde meer te weten komen over haar leven en dat van haar zussen. Ze wilde meer weten over Patricio, waarom hij uitgerekend haar grootmoeder als leerling had aangenomen. En ze wilde meer weten over Aldo, en hoe hij en haar grootmoeder aan de nazi's waren ontsnapt. En dat had misschien allemaal gekund als ze eerder openheid van zaken had gegeven.

De boot ging sneller varen en ze wendde zich tot Leo. 'Je moet weten hoe het voor mij was voordat ik hiernaartoe kwam,' zei ze. 'Jij en ik zijn heel verschillend. Jij komt uit een hechte familie die er na het overlijden van je grootvader weer bovenop is gekomen. Ik weet dat je grootmoeder treurde nadat ze haar man had verloren, maar ze had haar kinderen en kleinkinderen. Ze vertelde wat ze wist, zodat jullie dat ook allemaal zouden weten. Ironisch toch? Jouw grootvader stierf en jouw familie bleef sterk. Mijn grootmoeder overleefde en was zeer beschadigd. Ze hield van me, maar anders dan grootouders normaal van een kleinkind houden. Liefde bood haar geen troost. Ze zag het als een teken van onvolmaaktheid. Ik denk dat ze niet altijd zo is geweest, maar dat ze veranderd was.'

Ze liet haar kin zakken. 'En nu weet ik hoe dat komt,' zei ze gelaten. 'Ik was niet de kleindochter die ze wilde. Het gezin dat ze wilde, was het gezin dat ze met Aldo had kunnen hebben. Want zij was Annalisa, zijn muze. En toen ze hem kwijtraakte, raakte ze ook zichzelf kwijt.'

Even gebeurde er helemaal niets. Toen schoof Leo haar kant op en hij sloeg zijn arm om haar schouders. 'O, Mia,' mompelde hij, en hij trok haar tegen zich aan.

Ze stond zichzelf toe tegen hem aan te leunen en voelde de welkome warmte van zijn lichaam door zijn overhemd heen. Ergens voelde ze zich schuldig omdat ze naar die nabijheid verlangde terwijl ze officieel een relatie had, maar ze kon zich er niet toe zetten het contact te verbreken. Hoewel ze Ryan een jaar kende en Leo nog geen week, wist ze zeker dat Leo veel beter snapte wat ze doormaakte dan Ryan dat ooit zou kunnen.

'Ik heb nooit geweten dat mijn grootmoeder zussen had,' zei ze, met haar hoofd vlak bij zijn schouder. 'Ik heb nooit geweten dat ze een grote liefde had gehad, iemand die veel belangrijker voor haar was dan mijn grootvader. Ik heb nooit geweten dat ze wetenschapper wilde worden, en dat ze dat zo graag wilde dat Patricio haar in de leer nam. Ik heb nooit geweten dat ze zijn leerling was. Ik wist niet eens dat ze ooit hier had gewoond. Daar wist ik allemaal niets van tot ik een week geleden een brief onder ogen kreeg van een advocaat in Rome. Dat heeft alles in gang gezet.

En de enige reden dat ik die brief te zien kreeg, was omdat mijn grootmoeder zelf inmiddels was overleden,' zei ze. 'Dat is ook de enige reden dat ik de schianto en de trouwjurk heb gevonden. Want na je overlijden... komen er dingen aan het licht.'

Ze voelde dat hij zacht zijn kin op haar hoofd legde. 'Het spijt mij ook, Mia,' zei hij. 'Ik vind het vervelend voor je dat je dit allemaal te weten komt nu je zo ver van huis bent en je grootmoeder nog maar kort is overleden. Je hebt gelijk. Op een of andere rare manier heb ik geluk, ook al is mijn grootvader overleden. En ook al heeft je grootmoeder het overleefd, op een of andere rare manier zijn de overlevers niet altijd de winnaars. Zo is het toch?'

Hij maakte zich van haar los en ze bracht haar hoofd omhoog, zodat ze elkaar konden aankijken. 'Kun je me iets vertellen over de trouwjurk? Heb je hem gezien?'

'Ja, hij is prachtig,' zei ze. 'Een ongelooflijke combinatie van belijning en schoonheid, waardoor de jurk lijkt te zweven. Er zijn van die glimmende stenen kraaltjes op aangebracht en de stof valt in soepele plooien... Ik kan het niet goed omschrijven. Je moet het met eigen ogen zien en dat zal gebeuren, want ik zal hem naar je opsturen.'

'En de schianto?' zei hij. 'Heb je die ook gezien?'
Ze glimlachte. 'Ja, en die kan ik je straks laten zien.'

Toen de boot de kust naderde, stuurde Leo een bericht naar Giuseppe dat hij hen met de bus moest komen ophalen. Even later waren ze terug in het hotel. Ze nam hem mee naar haar kamer, knielde bij de koffer neer en ritste die open. Ze verwijderde de truien en stak hem de schianto toe. Hij hurkte neer en ze voelde zijn warmte vlak naast haar toen hij hem van haar overpakte. Zijn vingers hielden de schianto vlak onder de rand vast. 'Ongelooflijk,' zei hij zacht. 'Wow. O, Mia, weet je wel hoe dit voelt? Ik ben hier al zo lang naar op zoek.'

'Verbluffend, hè?' zei ze. 'Ik besefte al dat dit heel bijzonder was voordat ik het hele verhaal erachter kende.'

'Hij is nog geweldiger dan ik dacht,' zei hij bijna fluisterend. Hij ging staan en liep ermee naar het raam, hield de schianto zo vast dat de stralen van de ondergaande zon er dwars door de ruit langs streken. 'Moet je kijken! Prachtig. Zie je die facetten in het glinsterende graniet, die aderen in het marmer? Patricio was een wetenschapper maar ook een kunstenaar. Hij correspondeerde hier met mijn grootvader over, liet brieven van de toren naar het atelier brengen, omdat hij er met iemand over moest praten. Hij heeft de steenhouwers er maanden aan laten werken, stuurde de schianto telkens terug. Dat schreef mijn grootvader aan mijn grootmoeder. Hij beschreef tot in detail hoe het marmer eruit moest zien, waar de aderen moesten lopen. Met dit object hoopte hij de wereld te verbeteren. Hij wilde mensen genezen, omdat hij zelf zo ernstig beschadigd was.'

'Het is ontzettend triest,' zei Mia. 'Hij wilde zo graag dat het zou werken.'

'Het is triest dat hij geen familie had om dit in ere te houden. Mijn grootvader had in elk geval mij. Patricio had niemand. Niemand die de magie zou voelen die ik voel als ik mijn grootvaders schetsen aanraak. Die ik zal voelen als ik de trouwjurk zie.'

Hij schudde zijn hoofd en liep weg van het raam. Hij gaf haar de schianto en ging op het voeteneind van het bed zitten. 'Heeft je grootmoeder hem al die tijd gehad? En heeft ze jou er nooit over verteld? Hoe heb je hem dan gevonden?'

Mia wikkelde de schianto weer in de truien en legde hem in haar koffer. Daarna ging ze naast hem zitten. 'Ze wilde dat ik hem na haar overlijden zou vinden. Ze liet aanwijzingen achter. Die aanwijzingen brachten me naar de zolder. Daar vond ik de jurk en die leidde me naar een opslagruimte waar de schianto was.

Wat gaat er nu mee gebeuren?' vroeg ze. 'Verwacht de advocaat dat ik er afstand van doe?'

'Heb je een ander idee dan?' vroeg hij. 'Hij is van Patricio. Hij hoort in het kasteel. Hij hoort op het eiland. De projectontwikkelaar heeft alles gekocht, daarom gaat die er zo fanatiek achteraan. Dat is toch logisch?'

'Ja... maar nu is het net of ze van diefstal wordt beschuldigd. En ik denk niet dat het zo gegaan is. Ze was geen heilige en had veel tekortkomingen, met als gevolg dat ik nu behoorlijk in de war ben. Maar ze was integer, ze was eerlijk.' Ze vertelde hem het verhaal over de poster op school en hoe fel ze haar reputatie had verdedigd.

'Dat is de reden dat ik hiernaartoe ben gekomen,' zei ze. 'Om op de een of andere manier te bewijzen dat ze geen dievegge was.'

'Tja, ik geloof je, Mia,' zei hij. 'Maar dat is niet genoeg. Die mannen willen de schianto terug voor de tentoonstelling. Tenzij er bewijs is, zullen ze niet accepteren dat zij de rechtmatige eigenaar was.'

'Patricio kan hem toch aan haar hebben gegeven?'

'Denk je dat het een geschenk was?'

'Ik weet het niet. Je zei dat hij geschenken uitdeelde...'

'Ja, potloden, snuisterijen. Ik heb je verteld dat dat allemaal werd bijgehouden. Als hij iets weggaf, werd er een driehoekje achter een naam op een lijst gezet. Er ging niets buiten die lijst om.'

Hij keek haar aandachtig aan. 'Mia,' zei hij. 'Wil je de schianto houden? Is dat je doel? Wil je dat hij in die opslagruimte verstopt blijft? Vind je dat hij daar thuishoort?'

'Nee, nee, ik wil hem niet achter slot en grendel. En als hij hier hoort, zal ik hem met alle plezier afstaan, maar ik kan de gedachte niet verdragen dat mensen zullen denken dat ze hem had gestolen.'

'Dat zal niemand denken. Niemand zal dat weten. Ze willen hem gewoon terug in het kasteel.'

'Maar ík zal het weten en zij ook, waar ze ook is. Het is gewoon verkeerd. Ze zal de geschiedenis ingaan als een dievegge. Dat kan ik haar niet aandoen.'

Hij ging staan. 'Wat is het alternatief? We kunnen jaren zoeken en misschien vinden we dan nog steeds niets wat bewijst dat ze het volste recht had de schianto mee te nemen. Je wilt het onmogelijke. Of je houdt hem en vecht ervoor, of je staat hem af. Maar wat jij wilt... Ze zullen weigeren die mogelijkheid in overweging te nemen als daar geen bewijs voor is. Je moet kiezen, Mia,' zei hij. 'Als je wilt dat ik doe of ik niets heb gezien, zal ik mijn mond houden. Uiteindelijk zullen ze bij jou uitkomen. Ze zullen de naam van je grootmoeder door het slijk halen om de schianto terug te krijgen. En dan?'

'Vind jij dat ik hem moet opgeven en moet weggaan?' zei ze. Aan haar toon was te horen dat ze er niet over piekerde dat te doen.

'Ik weet niet wat ik tegen je moet zeggen. Ik weet het gewoon niet.'

Ze liep naar de tafel en plofte neer op een stoel.

Hij liep naar de deur. 'Ik moet me gaan omkleden en dan moet ik helpen om het banket voor vanavond klaar te zetten,' zei hij. 'Kom anders ook naar beneden en zet dit even uit je hoofd.'

'Nee, ik heb geen zin in een feestje,' zei ze.

'Je moet iets eten,' zei hij, en hij wees naar de koelbox met sandwiches die hij van de boot had meegenomen.

'Dat zal ik doen,' zei ze tegen hem.

Hij zuchtte. 'Ik vind het vervelend je zo achter te laten,' zei hij, 'maar ik moet naar beneden. Dat hoort bij mijn werk.'

Ze glimlachte, vond het lief dat hij het nodig vond haar uit te leggen waarom hij weg moest. Alsof hij liever hier wilde blijven. Maar hij was haar niets verschuldigd. Dit was haar probleem. Hij had van haar gekregen wat hij wilde en hij zou haar willen geven waar zij op uit was, maar dat was onmogelijk. Hij had niets in zijn bezit wat bevestigde dat haar grootmoeder de schianto niet gestolen had. En zoiets zou hij ook niet kunnen vinden.

'Natuurlijk moet je gaan,' zei ze. 'Het gaat goed met me.' Maar het ging niet goed, ook al probeerde ze nog zo overtuigend te klinken. En ze wist dat hij dat ook wist.

'Zeker weten dat je niet naar beneden komt?'

'Ja, dat weet ik zeker. O, ik wil je nog waarschuwen,' voegde ze eraan toe in een poging tot luchthartigheid. 'Missy heeft wat vragen voor je. Ze wil een luxere manier om haar klanten van en naar het eiland te vervoeren dan een eenvoudige oude veerboot.'

Hij haalde zijn schouders op. 'Ze heeft een punt. Bedankt voor de waarschuwing.'

Ze stond op om hem uit te laten. Toen hij bij de deur was, draaide hij zich naar haar om. 'Als je van gedachten verandert, kun je altijd nog naar beneden komen. Zo niet, dan zie ik je morgen. Afgesproken? Dan kunnen we nog iets samen gaan doen voordat jij terug naar huis gaat.'

'Dat lijkt me leuk,' zei ze.

Hij vertrok en ze liep weg van de deur. Ze ging op het kleed zitten, haar benen voor zich uitgestrekt en haar rug tegen het bed, en stuurde korte tekstberichten naar Erica en Ryan om hun te laten weten dat het goed ging maar dat ze het druk had en dat ze hen morgen zou bellen. Ze wilde nu met niemand praten. Dit was niet hoe ze zich de reis had voorgesteld. Hier had ze geen rekening mee gehouden toen ze de zon bij luchthaven JFK had zien ondergaan. Ze was vastbesloten geweest de naam van haar grootmoeder te zuiveren, haar van die vreselijke beschuldigingen te bevrijden.

Opeens voelde het weer alsof ze gefaald had, alsof ze haar grootmoeder opnieuw teleurgesteld had. Het was haar nooit gelukt om haar grootmoeder echt gelukkig te maken. Ze was er niet in geslaagd haar te laten zien dat liefde, zelfs de liefde tussen een grootmoeder en kleindochter, verre van onvolmaakt was. Het was het mooiste wat er bestond. Ze had zich haar hele leven schuldig gevoeld dat haar ouders ervandoor waren gegaan, eerst haar vader en daarna haar moeder, alsof zij dat door haar geboorte had veroorzaakt. Ze had heel hard haar best gedaan om het goed te maken tegenover haar grootmoeder. Ze had willen bewijzen dat het leven en de liefde nog steeds de moeite waard waren, ondanks het verdriet dat haar grootmoeder voelde.

En ze had zo haar best gedaan om met weinig toe te kunnen, omdat haar grootmoeder dat had gemoeten. Dat ze nooit verder was gaan studeren – de waarheid die ze nu, nu ze er helemaal doorheen zat, pas aan zichzelf durfde te bekennen – kwam slechts deels doordat daar veel geld voor nodig was en ze niet te ver weg van haar grootmoeder wilde wonen. Het kwam ook doordat ze zich er niet toe kon zetten zich in te schrijven en haar opleiding en carrière voort te zetten. Dat had altijd te egoïstisch geleken. Ze kon de gedachte niet verdragen dat ze verder zou komen dan haar grootmoeder, die slim en getalenteerd was, en met minder genoegen had moeten nemen.

En wat ze nu het allerliefst voor haar grootmoeder zou doen – haar reputatie redden – dat ging niet gebeuren. Haar grootmoeder zou de geschiedenis ingaan als een dievegge. Mia was hiernaartoe gekomen en zou het enige afstaan wat Lucy geheim had willen houden. Ze zou er niets aan kunnen doen dat Lucy een trieste en oneerlijke nagedachtenis wachtte.

Er werd op de deur geklopt. Ze stond op en liep ernaartoe. Het zou Missy wel zijn, om te vragen of ze mee naar beneden ging om voor het feest alvast een drankje met Charlie, Pete en haar te doen. Ze probeerde al te bedenken hoe ze de uitnodiging beleefd kon afslaan toen ze de deur opendeed en Leo zag staan.

Ze keek hem aan en schudde haar hoofd. 'Ik kan echt niet...' zei ze, al had ze geen idee wat ze verder wilde zeggen. Dat ze niet naar het feest kon gaan? Dat ze hem niet meer kon zien? Dat ze niet naar huis kon? Dat ze geen nacht meer in deze kamer kon blijven omdat ze dan het eiland zag en wist dat ze gefaald had? Maar het enige wat ze over haar lippen kreeg was nog een keer 'ik kan echt niet...'

Ze maakte aanstalten om de deur dicht te doen, want ze wilde niet dat hij nog een poging zou doen haar ervan te overtuigen dat ze een goede kleindochter was of dat ze haar best had gedaan of allerlei andere zinnetjes die waarschijnlijk op het puntje van zijn tong lagen. Maar hij legde zijn hand op de deur en hield die open.

'Nee, wacht,' zei hij. 'Ik heb iets bedacht. Het kan zijn dat het niets oplevert, maar het is het proberen waard. Het enige is dat je mijn instructies moet opvolgen. Je moet precies doen wat ik zeg. Kun je dat?'

Dat hoefde hij geen twee keer te vragen.

ZESENTWINTIG

1943

September

De daaropvolgende dagen waren voor Annalisa bijna niet te doen. Ze probeerde verder te gaan met haar werk, maar had moeite zich te concentreren. De stemming in het kasteel bleef gespannen en signora Russo leek steeds verstrooider en deed alsof ze het mis had gehad, want de gasten waren zich er nu wel degelijk van bewust dat de oorlog verhevigde en dat er gevaar dreigde voor henzelf en de gezinnen die ze hadden achtergelaten. Annalisa maakte zich zorgen over haar vader en Emilia, was elke ochtend bij het ontwaken zenuwachtig en raakte elke avond in paniek omdat er weer een dag voorbij was zonder bericht van Vincenzo. Ze kon zich er niet toe zetten het terras bij de keuken op te lopen, want dan werd ze herinnerd aan hoezeer ze Aldo miste. Ze vond het ook vervelend om in de werkruimte te zijn, want als ze daar naar buiten keek, zag ze haar oom ver beneden bij de kust, waar hij grond bij de waterrand opraapte en tussen zijn vingers door liet gaan.

Zelfs vanaf deze hoogte leek hij een schim van zichzelf, zwak en terneergeslagen. Ze vroeg zich af wat er door zijn hoofd ging als hij de grond aandachtig bekeek. Had hij er spijt van dat hij haar en haar zussen in zijn leven had toegelaten? Wilde hij dat ze nooit naar het kasteel was gekomen? Maar wat had ze dan voor vreselijks gedaan? Ze was verliefd geworden. Had het verleden hem zo verbitterd gemaakt dat hij dat niet kon accepteren? Snapte hij dan niet dat er meer in het leven was dan wat hersens konden bedenken en handen konden maken?

Toen ze dacht aan zijn onverzettelijke gehechtheid aan zijn uitvinding moest ze denken aan hoe Aldo de gasten had omschreven die naar het kasteel kwamen: dromers zonder grip op de realiteit. En ze moest denken aan Giulia's vraag toen ze vanaf de kust terugliepen nadat ze Vincenzo's boot hadden zien vertrekken: zouden ze binnenkort echt naar huis kunnen met een geneesmiddel voor papa? Of bouwde Patricio luchtkastelen?

Er was zoveel misgegaan. En toen, zes dagen nadat Emilia en Vincenzo waren vertrokken, gebeurde het ondenkbare.

Annalisa werd vroeg wakker door het geluid van rennende en schreeuwende mensen. Zonder Giulia wakker te maken, stak ze haar hoofd om de deur. Het kasteel was in rep en roer. De gasten, die gewoonlijk op dit tijdstip op hun ontbijt wachtten, haastten zich hun kamer uit. Velen droegen koffers of zeulden hutkoffers mee, mengden zich onder het personeel, wat ongekend was. Deuren naar gastensuites werden opgegooid en vanaf waar ze stond, leek het alsof veel kamers niet meer bezet waren. Boeken en fotolijstjes waren weg. Bedienden die normaal met dienbladen liepen, liepen nu met grote kartonnen verhuisdozen.

Nadat ze zich vlug en stilletjes had aangekleed, om Giulia niet wakker te maken voordat ze wist wat er aan de hand was, rende Annalisa de trap af naar de keuken. Daar trof ze signora Russo aan die brood sneed en dat met kaas en worst belegde, waarna een keukenhulp elke sandwich afzonderlijk in een stoffen servet verpakte.

'Wat is er aan de hand?' vroeg ze.

Zonder op te kijken van haar werk antwoordde signora Russo kalm: 'Vanochtend vroeg hoorden we van de mannen op de bevoorradingsboten dat Italië zich aan de geallieerden heeft overgegeven en dat het land nu door de Duitsers wordt aangevallen. De nazi's zijn in het noorden het land binnengedrongen. Rome is al in handen van de nazi's.'

Annalisa liet zich op een stoel zakken. Hoewel Aldo haar gewaarschuwd had dat het oorlog zou worden, had ze zich daar, net als de anderen op het eiland, weinig van aangetrokken. Het was een grote opluchting dat de oorlog tegen de geallieerden voorbij was, maar de aanval door de nazi's was een ramp. Ze had Emilia naar huis gestuurd, naar Caccipulia, om voor hun vader te zorgen. Hun dorp lag vlak bij Rome. Hoe kon ze hen nu redden?

'Het is niet veilig om hier te blijven,' vervolgde signora Russo. 'Als de nazi's verder oprukken, zullen ze ongetwijfeld ook naar de eilanden in deze regio komen. Je zus en jij kunnen beter ook gaan inpakken. Ik heb nog nooit zoiets gezien. We hebben niet veel tijd.'

'Weet mijn oom dit?' vroeg Annalisa.

'Niemand heeft hem gezien,' zei signora Russo. 'Ik heb een paar dienbladenlopers naar de toren gestuurd, maar hij doet niet open. Ik zou willen dat hij naar beneden kwam. Iemand moet hier de leiding nemen.' Ze wees naar de entreehal, waar mensen heen en weer renden en naar elkaar schreeuwden dat ze uit de weg moesten gaan. 'Het is een gekkenhuis,' zei ze.

'Hoelang hebben we, denkt u?' vroeg Annalisa.

'Ik denk dat de nazi's over een paar dagen hier zullen zijn. Dat zeiden de mannen op de bevoorradingsboot.'

'En de mensen die op het andere eiland werken?'

'Het eiland waar Aldo is bedoel je? Ik maak me ook zorgen over hen. We proberen hun een bericht te sturen. Hopelijk komen ze later vandaag terug, zodat ze met de anderen mee kunnen naar het vasteland.

O, dat vergat ik bijna,' zei ze. 'Een van de mannen op de boot had een bericht voor je.' Ze stak haar hand in haar zak en haalde er een envelop uit. 'Alsjeblieft.'

Annalisa scheurde de envelop open en begon te lezen.

Beste Annalisa,

Helaas moet ik je meedelen dat de situatie op alle fronten is verslechterd. Ik heb gehoord dat je arme vader twee dagen geleden naar bed is gegaan en niet meer wakker is geworden. Hopelijk is hij nu op een betere plek. Ik bid voor zijn ziel. Het ziet er slecht uit voor Emilia. Haar leven is in gevaar door de verandering in de oorlog en doordat ze Joods is. Ik heb gehoord dat ze is ondergedoken. Ik ga haar zoeken en helpen om naar Zwitserland te ontsnappen. Zorg goed voor Giulia. Zeg tegen haar dat ik aan haar denk. Ik hoop dat we binnenkort weer allemaal bij elkaar zullen zijn.

Groet,
V

Annalisa liep van signora Russo naar het raam en keek naar buiten, naar het terras. Ze was zo verdrietig dat er geen tranen kwamen. Haar vader was dood. Ze had hem niet gered, was er niet eens bij geweest om hem te troosten of afscheid van hem te nemen. Die vreselijke taak had ze aan Emilia overgelaten, die nu zelf in groot gevaar verkeerde. Waarom was ze zo egoïstisch geweest, was ze er zo op gebrand hem een geneesmiddel te brengen dat er nooit was gekomen? Ze was geen haar beter dan alle gasten die de afgelopen maanden hier waren geweest, die dansten en aten en hun kop in het zand staken, die weigerden te zien wat er gebeurde.

Alleen Aldo was helder van geest. Hij had door dat de gasten gevaar liepen, zichzelf misleidden. Hij zei dat ze dwaas en naïef waren, net kinderen. Dat had ze hem zelf horen zeggen. En toch had ze haar plannen niet gewijzigd. Ze had niet moeten blijven, ook al was het hier nog zo fijn, ook al vond ze Patricio's onderzoek nog zo interessant, ook al was ze nog zo gek op Aldo. Ze had weken geleden met haar zussen naar huis moeten gaan en haar vader uit Italië moeten zien te krijgen. Ja, hij was zwak, maar ze hadden hem kunnen helpen bij het reizen. Als ze dat hadden gedaan, zou hij nu misschien nog leven.

Ze stak Vincenzo's briefje in haar zak. Later mocht ze boos op zichzelf zijn, nu moest ze verantwoordelijkheid voor haar zussen nemen. Giulia was hier in gevaar en Emilia was thuis in gevaar. Zij had hen hiernaartoe gebracht en nu moest ze een manier zien te vinden om hen in veiligheid te brengen. Maar hoe?

Direct nadat ze zichzelf die vraag had gesteld, wist ze het antwoord. Ze moest haar oom zover zien te krijgen dat die haar hielp. Ze moesten hier samen doorheen komen. Ze bedacht hoe blij hij uiteindelijk was geweest toen hij erachter kwam dat ze zijn nichtje was. Iedereen verliet het eiland, ging naar familie, ging naar huis. Patricio was haar familie. Ze moesten hun ruzie bijleggen.

Ze rende de trap op naar de toren en keek in zijn kamer, maar daar was hij niet. Opeens wist ze waar hij was. Ze verliet de toren en trof hem aan op het zwevende terras. Hij droeg zijn gebruikelijke kleding: een ruimvallend wit overhemd en een wijde broek. Hij keek naar de zee. Haar blik viel op de kleine kale plek op zijn achterhoofd die haar eerder al was opgevallen. Hij stond daar met gebogen rug en afhangende schouders. Hij zag alles waar hij ooit om had gegeven, het enige wat hij goed had gedaan in zijn leven, in duigen vallen.

'Professor,' zei ze. Ze wachtte even en fluisterde toen: 'Oom.'

Hij draaide zich om. 'Maakt iedereen plannen om te vertrekken?' vroeg hij.

Ze knikte.

'Is er paniek?'

'Nee, geen paniek. Wel vastberadenheid om snel weg te gaan.'

Hij schudde zijn hoofd en keek weer naar de zee. 'Waarom zijn er steeds weer veranderingen, Annalisa? Dan heb je iets moois gecreëerd wat alleen nog maar beter kan worden... Waarom is dat niet blijvend?'

Ze zweeg even, wist niet wat ze moest zeggen. Ze vond het naar hem zo te zien. Het was beangstigend als je erachter kwam dat de mensen in je leven die de antwoorden hoorden te hebben het ook niet meer wisten. 'Ik weet het niet,' zei ze uiteindelijk. 'Maar dat kennen we toch uit de wetenschap? Niets blijft hetzelfde. De seizoenen, de getijden. De ondergaande zon, de opkomende maan. Dat weet u. Daar hebt u uw uitvinding op gebaseerd, op het feit dat natuurlijke elementen helend kunnen worden als die op de juiste wijze gemanipuleerd worden. Dat hebt u me geleerd.'

'Ja,' zei hij. 'Ja, maar ik dacht dat dingen die volmaakt waren zo konden blijven. Muziek. Kunst. Genialiteit. Alles hier. Dat dat blijvend is juist doordat het voortkomt uit de menselijke verbeelding. Dat is niet veranderlijk, maar evolutief. Dingen horen steeds beter te worden als ze hier vandaan komen.' Hij tikte tegen zijn hoofd. 'Uit gedachten, uit de genialiteit van het menselijk brein. Dat is niet veranderlijk zoals zaken van het hart. Het is anders dan de zee en de getijden en de maan. Het is kennis. Het is geestkracht.

Ik moet iets fout hebben gedaan,' zei hij, en hij schudde fel zijn hoofd. 'Ik had het mis, anders zou dit niet eindigen.'

'U hebt niets fout gedaan,' zei ze tegen hem. 'Het is de oorlog. Het is het kwaad. Daar hebt u geen zeggenschap over.'

‘Ik dacht dat ik eraan kon ontsnappen. Ontsnappen aan het kwaad en de lelijkheid. De schoonheid omarmen die altijd deel heeft uitgemaakt van de menselijkheid.’

‘Dat is u ook een tijdje gelukt.’

‘Ik dacht dat ik er voorgoed aan kon ontsnappen. Dat was mijn stommiteit. Mijn dwaasheid. Ik heb mezelf nooit dom gevonden, Annalisa, maar dat ben ik wel.’

‘Dat is niet waar...’

‘Hoe verklaar je dit dan?’ zei hij, met zijn gezicht naar het raam terwijl hij zijn armen ophief. ‘Al mijn beslissingen. Een mislukkeling. Precies zoals mijn vader zei.’

‘Nee, zo is het niet,’ zei ze. Ze wilde niet dat hij zo zou denken. Ondanks wat er tussen hen was voorgevallen, ondanks dat hij Aldo had afgewezen, gaf ze om hem, meer dan ze tot op dat moment voor mogelijk had gehouden. Ze waren toch ook maar mensen? Alle mensen in het kasteel deden hun best, leefden in de waan dat ze meer macht hadden dan ze in werkelijkheid hadden, dachten dat ze zeggenschap over hun lot hadden. Ze was niet beter dan hij, of dan de gasten in het kasteel. Ook zij had gedacht dat ze zeggenschap had. Waarom ook niet? Kon je op een andere manier leven dan? Ook haar moeder had gedacht dat ze zeggenschap over haar lot had, had nooit gedacht dat ze zou sterven en een treurende man en drie moederloze dochters zou achterlaten. Als Patricio dom was, dan gold dat voor hen allemaal. Maar ze waren niet dom, ze waren menselijk.

Hij was geen mislukkeling. Hij had iets prachtigs gecreëerd, ook al had dat in de lange geschiedenis van het universum slechts even bestaan. Dat was wat telde. En hij had dat vanuit zijn hart gedaan. Dat wist ze nu. Daar was geloof, hoop en overtuiging voor nodig, en dat waren zaken van het hart.

Ook al ontkende hij het, hij had zijn hart gevolgd. Dat was de betekenis van mens-zijn.

Hij draaide zich naar haar om. 'Maar ik was niet naar jou toe gekomen, jij kwam naar mij. Wat is er?'

'Ik kom om hulp vragen,' fluisterde ze.

'Hulp om naar je vader terug te gaan?'

Ze schudde haar hoofd. 'Vanmorgen hebben we bericht gekregen... dat hij is overleden.'

'Ach, kind toch,' zei hij, en hij liep op haar af. 'Gecondoleerd. Ik vind het heel erg voor je. Ik dacht dat we hem konden redden. Als ik daar niet van overtuigd was, had ik je niet hier gehouden.'

'Dat weet ik,' zei ze. 'Dat dacht ik ook, anders was ik niet gebleven. Maar er is nog iets,' zei ze. 'Emilia is een paar dagen geleden vertrokken om voor hem te zorgen en is nu ondergedoken. Vincenzo, onze vriend die op een van de bevoorradingsboten vaart, probeert haar in veiligheid te brengen. Ik moet naar het vasteland om hem te helpen.'

'Dat gaat niet,' zei hij tegen haar. 'Je kunt niet terug. Je bent een dochter van je vader. Jij bent ook Joods.'

'Ik kan mijn zus niet in de steek laten. En ik kan al die verantwoordelijkheid niet bij Vincenzo leggen.'

'Nee, ik heb een beter idee.' Hij liep naar zijn bureau. 'Je kunt op een boot mee naar New York. Dat heb ik al eerder geregeld, dat jij en ik dat zouden doen als onze uitvinding klaar was en je vader weer gezond was. Het plan was om tijdelijk bij een oudleerling van me te logeren die daar nu lesgeeft. Ga alvast zonder mij vooruit. Neem Giulia mee, ga met z'n tweeën.' Hij liep naar zijn bureau en overhandigde haar een pakketje. Zo te zien waren het reisdocumenten. Daarna pakte hij een stapeltje bankbiljetten uit de la.

'Neem dit mee. Dat zul je nodig hebben,' zei hij, en hij drukte haar het geld in handen. 'Het adres van mijn leerling staat op een briefje bij de tickets. Als er betaald moet worden, doe dat dan, het maakt niet uit aan wie.'

'En u dan?'

'Ik ga Emilia en Vincenzo zoeken. Ik loop veel minder gevaar dan jij. En ik heb geld, en je vriend Vincenzo heeft dat vast niet. Ik zal ze vinden en dan zien we elkaar weer in New York.'

Hij liep naar de kast en pakte de schianto. 'Hier, neem die ook mee.'

'Wat?' zei ze. 'Uw experiment. Nee, nee, de schianto is van u.'

'Die is hier niet veilig en ik kan hem zelf niet meenemen. Neem jij hem alsjeblieft mee, Annalisa. Ik heb er nu niets aan.'

Ze dacht even na en pakte de schianto toen aan. 'Goed, ik neem hem mee en zal er de komende tijd op letten,' zei ze, 'maar alleen omdat uw reis onzekerder is dan die van mij. Ik zal hem goed bewaren zodat we er in New York aan verder kunnen werken. Samen. Als eerbetoon aan mijn vader. Ter nagedachtenis aan mijn ouders.'

Hij stak zijn armen uit en nam haar gezicht tussen zijn handen, drukte een kus op haar wang. Ze hield de schianto met één hand vast en omhelsde hem met haar vrije arm, omdat hij familie was. Ze waren weer een familie.

Ze slikte haar tranen weg en liep naar de deur. 'Annalisa?' hoorde ze hem zeggen.

Ze draaide zich om. 'Ja?'

'En Aldo?'

Bij het horen van zijn naam kreeg ze tranen in haar ogen. Spijt was een nutteloos gevoel, en toch kon ze alleen maar bedenken hoe dom het was geweest dat ze dat briefje aan Aldo had geschreven. Ze zag voor zich hoe hij, zijn wangen ingevallen en zijn mooie ogen neergeslagen, bij de steen neerknielde om haar briefje te lezen. Ze zou willen dat ze alles kon terugdraaien wat er was gebeurd sinds ze hadden gezoend nadat hij het muziekstuk had gespeeld dat hij aan haar had opgedragen.

'Ik weet het niet,' zei ze met overslaande stem. 'Ik weet niet wat er met hem gaat gebeuren.'

'Waar is hij?'

'Hij is na het concert vertrokken. Hij is mee naar het andere eiland. Ze proberen een bericht aan hen door te geven, zodat zij ook weten wat er aan de hand is, maar...'

'O, nee,' zei Patricio met een diepe zucht. Hij stak zijn hand uit en raakte haar schouder aan, maar trok zijn hand direct terug, alsof hij het gevoel had dat hij er geen recht op had zijn nichtje te omhelzen of te troosten. 'Het spijt me zo wat ik heb gedaan,' zei hij.

Ze keek hem aan, wist hoe moeilijk het voor hem was om dat te zeggen. 'Het was uw schuld niet,' zei ze tegen hem.

'Maar wat ik allemaal tegen hem gezegd heb...'

'Daar komt het niet door,' zei ze tegen hem. 'Geloof me.' Hij was niet degene die Aldo had weggestuurd. Dat had zij gedaan met haar kille briefje. Ze sloot haar ogen, wist dat ze zich moest vermannen. Ze mocht nu niet instorten. Ze moest haar zussen redden.

'Ik ga Giulia zoeken,' zei ze, terwijl ze met haar vingers over haar ogen streek. 'We moeten alles in gang gaan zetten.'

'Dat klopt,' zei hij. 'Ga! Ga Giulia zoeken. Als we alles op alles zetten lukt het, Annalisa. Wij zijn degenen die onze familie kunnen redden.'

Ze knikte en met de schianto in haar handen rende ze de trap af naar Savio's atelier. Daar was niemand. Alle schilderijen waren opgeborgen. Ze draaide zich om en rende naar hun suite. Daar trof ze Giulia aan, die hun spullen inpakte.

'O, Annalisa! Ik wist niet waar je was,' zei ze. Ze rende op haar zus af en omhelsde haar. 'We moeten naar papa en Emilia. We kunnen niet wachten op Patricio's geneesmiddel.'

Annalisa zette de schianto op de ladekast en dwong Giulia te gaan zitten. 'Je weet nog niet alles. Het is erger dan je denkt,' zei ze. Ze stak haar hand in haar zak en haalde Vincenzo's briefje eruit.

Giulia las het en keek op. Er stonden grote tranen in haar ogen. 'Wat hebben we gedaan?'

'We hebben gedaan wat ons het best leek,' zei Annalisa, en ze slikte moeizaam. 'We hebben papa proberen te redden, maar hij was te ziek.'

Giulia knikte. 'En nu?'

Annalisa vertelde over Patricio's plan om Emilia en Vincenzo te zoeken en over de oversteek naar New York die hij geboekt had.

'En Aldo?' vroeg Giulia.

'Die zit op het andere eiland.'

'Maar hij komt toch terug?'

Annalisa haalde haar schouders op en haar ogen vulden zich opnieuw met tranen. 'Ik weet het niet. Hij is een paar dagen geleden met de ploeg mee naar het andere eiland gegaan. Ze proberen een bericht te sturen dat ze zo gauw mogelijk terug moeten komen. O, Giulia. Ik... Ik kan nu niet aan hem denken. Als ik dat doe, kan ik nergens anders meer aan denken. Dan denk ik alleen maar aan hoeveel ik van hem hou...'

Ze keek omlaag en even later sloeg Giulia voorzichtig haar armen om haar heen. 'Dat was een domme vraag van me,' zei ze. 'Natuurlijk komt hij terug. Ze sturen bericht naar hen. Zodra hij hoort wat er aan de hand is, zal hij terugkomen. Hij houdt van je. Hij hoort met jou mee naar New York te gaan. Hij hoort dat tweede ticket te gebruiken dat onze oom aan je gegeven heeft.'

'Nee, jij moet met me mee. Je bent mijn zus.'

'Ik red me wel,' zei Giulia. 'Savio gaat terug naar Buenos Aires en heeft aangeboden mij en twee anderen die aan de jurken hebben gewerkt mee te nemen. Ik kan vanuit Buenos Aires naar New York reizen. Dan kun jij met Aldo met de boot mee.' Ze stond op, liep naar de kast en haalde de trouwjurk eruit die ze voor Savio's schilderij had vervaardigd. 'Neem deze mee.'

'De trouwjurk die jij hebt gemaakt? Waarom?'

'Savio wil dat ik hem heb. En ik vind dat hij in New York bij jou en Aldo hoort te zijn. Je zult hem dragen als je met hem trouwt en dan dansen we de hele nacht, net als we de mensen hebben zien doen toen we op dit rare eiland aankwamen. We zullen jullie bruiloft vieren en we zullen nooit vergeten hoe Aldo en jij elkaar hebben leren kennen. Ik heb altijd geweten dat jij hem zou dragen. Ik had jou in gedachten toen ik hem naaide. En weet je... Misschien zal ik hem zelf op een dag ook dragen. Als we herenigd zijn met Vincenzo. We hebben een hele toekomst om naar uit te kijken.'

Ze omhelsden elkaar een laatste keer. Toen pakte Giulia haar koffer en ze liep naar het atelier om Savio te zoeken. Annalisa keek haar na, dwong zichzelf om te geloven dat ze over niet al te lange tijd allemaal bij elkaar zouden zijn in New York. Daarna liep ze naar de trap om te horen of er al nieuws over Aldo en de anderen op het kleinere eiland was. Overal om haar heen renden mensen met koffers langs: musici, kunstenaars, auteurs en ook personeel, jong en oud. Ze dacht even aan alle prachtige creaties waar hier aan was begonnen maar die nooit afgemaakt zouden worden. Aldo had gezegd dat de gasten veel talent hadden en dat velen van hen nog naam moesten maken in de wereld. Ze hadden nog jaren creativiteit voor zich. Wat zou er gebeuren met alles waar ze aan begonnen waren, met alle ideeën die nog in hun hoofd zaten? Wie had zelfs de dag ervoor kunnen denken dat het zo zou gaan met hun talent?

Ze wilde net de trap af gaan toen ze haar oom achter zich hoorde roepen.

'Annalisa! Wacht!' zei hij. 'Ik moet nog één ding doen.'

ZEVENENTWINTIG

2018

Vrijdag

De volgende avond ging Mia, zoals haar was opgedragen, om zes uur naar de lobby. Leo had tegen haar gezegd dat ze geen spijkerbroek en sneakers moest dragen, want hij moest niet hebben dat mensen zouden denken dat ze weer naar de bouwlocatie op het eiland Parissi ging. Ze moest zich kleden alsof ze bij de groep zou aansluiten voor een laatste cocktailparty en dinerbuffet op het terras. Daarna was er een boottocht die hen uiteindelijk naar het vasteland zou brengen, waar ze hun laatste nacht zouden doorbrengen, waarna ze morgenochtend vroeg met de trein naar Rome zouden gaan.

Omdat ze nauwelijks stil kon zitten en zo zenuwachtig was dat ze geen normaal gesprek zou kunnen voeren als ze iemand in de lobby tegenkwam, was Mia het grootste gedeelte van de dag op haar kamer gebleven. Ze was alleen even naar beneden gegaan toen de muren op haar afkwamen en was op het rustige gedeelte van het terras gebleven. Ze had Leo's instructies opgevolgd en droeg een uitlopende rok met een mouwloos topje en haar jasje, want het zou 's avonds fris zijn op het water. Ze had haar mooie sandaaltjes aan, omdat die geschikter waren voor een cocktailparty dan platte schoenen. Ze hoopte maar dat het zou lukken om met die sandaaltjes de stenen trap op te klimmen, en snel, want Leo had gezegd dat ze weinig tijd hadden.

Het was druk in de lobby, want alle reisagenten moesten uitchecken. Bij de receptiebalie stonden koffers van allerlei afmetingen en kleuren, allemaal met een lintje of ander versiersel, zodat ze gemakkelijk te herkennen waren op de bagagecarrousel als hun eigenaars eindelijk op de luchthaven van hun eindbestemming geland waren. Leo had haar opgedragen bij de liften te blijven tot ze hem bij de hoofdingang zag. Hij keek haar recht aan en knikte, en ze liep haastig op hem af. Hij wachtte niet eens tot ze bij hem was en ging het hotel al uit. Buiten stond Giuseppe bij de bus te wachten. Zodra hij hen zag, kroop hij achter het stuur. Mia stapte na Leo in en Giuseppe vertrok direct. In de bus werd geen woord gezegd. Het enige geluid kwam van Leo's vingers die zacht tegen de metalen paal tussen de banken en de bestuurdersstoel trommelden. Ze had door dat hij gespannen was, dat hij iets deed wat niet hoorde. Hoewel ze niet wist wat er mis was, werd ze al zenuwachtig als ze alleen maar naar hem keek.

Toen ze bij de kust waren, stapte ze na Leo uit en ze bleef even staan om het uitzicht te bewonderen. De schemerende lucht was lavendelkleurig, met oranje en goudkleurige vlagen net boven de horizon. Had de lucht er zo uitgezien toen het eiland de naam Isola della Notte Brillante kreeg? En had haar grootmoeder dit gezien tijdens de eerste nacht die ze hier doorbracht? Was Lucy net zo onder de indruk geweest als Mia nu?

'Ongelooflijk,' mompelde ze.

Leo wisselde een paar woorden in het Italiaans met Giuseppe, waarna die terugging naar het hotel. Ze liepen in de richting van de aanlegsteiger. 'Kom, Mia,' zei Leo. 'We hebben maar iets meer dan twee uur als we willen dat Giuseppe ons terugbrengt naar het hotel. Als we later terug zijn, heeft hij het druk met de groep en moeten we gaan lopen. Kom, we moeten opschieten.'

Ze liep achter hem aan naar de veerboot en ging aan boord, voelde het inmiddels vertrouwde deinende water onder haar voeten. Ze liep naar haar vaste plek en ging op de bank zitten. Er klopte iets niet en algauw had ze door wat dat was. Er was geen kapitein. En toen zag ze waarom. Leo ging het trapje naar de stuurhut op en ging op de plek staan waar de kapitein hoorde te zijn.

'Leo!' riep ze, terwijl ze ging staan. 'Wat doe je?'

Hij keek haar aan vanaf de bovenste trede. 'Ik breng ons naar het kasteel.'

'Ga jij de boot besturen? Weet je hoe dat moet?'

'Hopelijk wel.'

'Waarom is er geen kapitein?'

'Omdat we ergens naartoe gaan waar niemand mag komen. Ga zitten. Het wordt waarschijnlijk een ruigere overtocht dan je gewend bent.'

Ze ging op de bank zitten. Ze wist niet wat ze moest zeggen en zo te horen zat hij niet op nog meer vragen te wachten. Als ze echt niet durfde, kon ze nu de boot verlaten, maar ze vertrouwde hem. Als dit de enige manier was waarop ze terug kon naar het eiland om te kijken of zijn vermoeden klopte, was ze bereid op de boot te blijven.

Ze keek over de zijkant van de boot toen die sneller ging varen. De lucht was nu iets donkerder. Doordat de maan niet zichtbaar was, was het wateroppervlak blauwzwart. Het leek of er een tapijt van piepkleine goudkleurige stippen overheen lag, reflecties van de lichten van het hotel. Het kasteel leek wel van onyx en tekende zich iets verderop af als een dicht silhouet.

'Mooi, hè? Op een bepaalde manier is het zo nog mooier dan overdag, vind je niet?' hoorde ze Leo vanuit de stuurhut roepen.

'Ja,' zei ze. Ze ging staan en liep wat dichter naar het trapje van de stuurhut, ontspande zich nu ze besefte dat hij de boot kon besturen. 'Adembenemend mooi. Er zit een vreemde helderheid in de lucht, vind je ook niet?'

Hij zweeg even. 'Misschien.'

'De lucht lijkt te gloeien.' Ze keek nog wat beter. 'Ja, de lucht gloeit.'

Leo stuurde de boot netjes naar de aanlegsteiger en kwam uit de stuurhut. Hoewel de lucht lichter was dan ze had verwacht, was het door de bomen en struiken aardedonker op de grond. Leo pakte zijn telefoon en Mia deed dat ook. Ze schakelden de zaklamp op hun telefoon in om hun pad zo goed mogelijk te verlichten. Toen ze bij de steile stenen trap kwamen, hurkte Leo neer bij een geïmproviseerd elektriciteitskastje dat haar niet eerder was opgevallen en aan een paal op een plank bevestigd was. Hij maakte het kastje open en haalde een schakelaar over, waardoor de trap opeens aan de zijkanten met een rij piepkleine witte lampjes werd verlicht.

Mia hapte naar adem. 'Wat mooi,' zei ze.

Leo deed het elektriciteitskastje dicht en kwam overeind. 'Dit is uiteraard niet authentiek. Dit is voor het resort gedaan, zodat er rond middernacht natuurwandelingen en spooktochten en zo georganiseerd kunnen worden. In Patricio's tijd gebruikte niemand die trap als het donker was. Dat was veel te gevaarlijk met maar een paar lantaarns om het pad te verlichten.'

'Maar we horen hier toch niet te zijn? Ben je niet bang dat ze ons vanuit het hotel kunnen zien?'

'Ik denk niet dat de verlichting daarvandaan te zien is. Er is veel interferentie van andere lichtbronnen en deze lampjes zijn vrij klein. Maar dit is de enige manier om boven te komen. Met alleen de zaklamp van onze telefoons lukt het niet.'

Ze gingen de trap op. Boven aangekomen liep Leo naar een elektriciteitskastje om de verlichting uit te doen en ze liepen verder met alleen de zaklamp van hun telefoon. Via de voordeur gingen ze naar binnen en namen weer een trap. Leo knipte net genoeg lichten aan om wat te kunnen zien. Ze kwamen langs de plekken waar ze eerder waren geweest: de balzaal, de tentoonstellingsruimte en het zwevende terras. Ze liepen verder door de gang naar een volgende trap. Eenmaal boven greep hij naar een snoer waar een schakelaar aan vastzat. Hij duwde het palletje met zijn duim naar voren. Er gingen enkele peertjes aan die aan het plafond hingen.

Hij nam haar mee door een smalle gang naar een dichte deur. Ze vroeg zich af wat hij haar in dit gedeelte van het kasteel, dat nog niet af was, wilde laten zien. Zodra hij de deur opendeed, veranderde alles. Het was alsof ze tachtig jaar teruggingen in de tijd. In tegenstelling tot de ruimten beneden was dit geen gerenoveerde replica van hoe het hier vroeger was. Hier was niets veranderd. Op de vloer lag een verschoten, blauw kleed en ze zag een lange gang met sierlijke kroonlijsten. Op de wanden zat blauw linnen behang dat op sommige plaatsen gescheurd en gevlekt was.

'Waar zijn we?' fluisterde ze.

'Dit gedeelte zal nooit toegankelijk zijn voor het publiek,' zei Leo. 'Dit is de suite van Patricio Parissi. Het privégedeelte waar hij al zijn tijd in zijn eentje doorbracht. Hij kwam nooit buiten deze vertrekken, tot een week voordat de nazi's kwamen. Toen is hij naar beneden gegaan om Aldo te horen spelen.'

'Was je hier nog nooit geweest?'

Hij schudde zijn hoofd. 'Zelfs als je ons meerekent, is het aantal mensen dat hier ooit een voet over de drempel heeft gezet op één hand te tellen.'

Hij nam haar mee naar een andere deur, die bijna in tweeën was gespleten en half uit de scharnieren hing. Ze waren nu in een grote ruimte. De ramen, die van de vloer tot aan het plafond liepen, waren gebarsten en waren met tape provisorisch geplakt. De vloerplanken lagen los en waren kromgetrokken. Op de vloer stond een rij op batterijen werkende lantaarns en hij knipte er een paar aan. Mia keek om zich heen en zag een groot bed met nachtkastjes aan weerszijden en ze zag een houten bureau met zes laden. Aan de andere kant van het vertrek stond een hoge houten kast met een gebogen bovenkant en er stond ook een metalen tafel.

'Was dit zijn slaapkamer?' vroeg Mia.

'Zijn slaapkamer en studeerkamer,' zei Leo. 'Ik denk dat de nazi's dit vertrek als kantoor hebben gebruikt, wat verklaart waarom het niet is leeggeroofd, in tegenstelling tot vele andere kamers hier.'

'Het is alsof we teruggegaan zijn in de tijd,' mompelde Mia.

Leo knikte. 'Hier deed hij al zijn werk. Er zijn slechtere plekken om je schuil te houden. En… O, wacht. Kom eens kijken.' Hij liep naar de kast en deed de dubbele deuren open. Boven de middelste plank was de meeste ruimte en onder de plank erboven leek een lampje bevestigd te zijn dat hetgeen eronder kon aanlichten.

'Ik ken deze plank alleen uit boeken,' zei hij. 'Hier stond de schianto…'

Mia kreeg kippenvel op haar armen. 'Niet te geloven dat die hier stond terwijl hij aan het werk was.'

'Hij haalde de schianto elke dag uit de kast om eraan te werken. En 's avonds borg hij hem weer veilig op.'

'Wat gaan we doen?' vroeg Mia.

'We gaan zoeken,' antwoordde hij. 'Dit is de enige plek die ik kan bedenken die nog niet is uitgekamd. Ik heb nog niets gezien waaruit blijkt dat je grootmoeder de schianto mocht meenemen, maar als daar bewijs van is, zal dat ergens in deze kamer liggen. Sinds de nazi's zijn vertrokken, is hier niemand meer geweest. Laten we alles openmaken wat open kan en kijken of daar iets in ligt.'

Ze knikte en ze gingen aan de slag. Mia deed de bureauladen

en Leo de nachtkastjes. Ze keken met z'n tweeën onder het bed en onder de vergeelde matras. Mia ontdekte een kledingkast en keek erin. Algauw hadden ze de hele kamer doorzocht. Alleen stof en lege ruimten, afgezien van onbeschreven vellen papier en oude pennen in het bureau, en een beker en weegschaal op de tafel.

Mia keek naar Leo, die aan de andere kant van het vertrek bij de kast was. 'Er is niets. Hoe kan dat?'

'Dat had ik niet verwacht,' mompelde Leo. 'Of hij heeft zelf alles vernietigd, of de nazi's hebben dat gedaan. Het kan ook zijn dat de nieuwe eigenaar iemand hiernaartoe heeft gestuurd om het hele kasteel te doorzoeken.' Hij schudde zijn hoofd en wilde al op het bed gaan zitten, maar bedacht zich kennelijk toen hij besefte dat het bed ongetwijfeld oud, stoffig en gammel was. Hij stak zijn handen in de lucht ten teken dat hij zich overgaf. 'Het spijt me,' zei hij. 'Gisteravond bedacht ik dat als er ergens bewijs lag dat hier zou zijn, in Patricio's privévertrekken. Als hij iets over de schianto had opgeschreven, waar hij wilde dat die terecht zou komen, moest dat hier liggen. Maar ik had het mis.'

Ze zuchtte. 'Daar kun je niets aan doen. Bedankt dat je het wilde proberen. Ik weet dat je een groot risico hebt genomen door dit te doen.'

Hij haalde zijn schouders op. 'Ik heb mijn best gedaan. Kom, ik moet de boot terugbrengen voordat iemand merkt dat die weg is.'

Mia liep achter hem aan alle trappen af en het kasteel uit. Het enige wat ze kon bedenken was dat ze haar grootmoeder teleur had gesteld. Ze was hiernaartoe gegaan in de volle overtuiging dat ze op het eiland Parissi het vereiste bewijs zou vinden, maar ze stond met lege handen. Over minder dan twee dagen vertrok haar vlucht vanuit Rome naar New York en ze weigerde te accepteren dat ze het nooit zou weten. Er was een gat, een kloof, tussen wat er was gebeurd en de informatie die ze kon vinden. Toch was ze er nog steeds van overtuigd dat het mogelijk moest zijn de waarheid te achterhalen. Ergens op dit eiland was het bewijs dat haar grootmoeder het recht had de schianto mee te nemen naar Amerika, sterker nog, dat haar dat was gevraagd.

Dat het bewijs niet in Patricio's privévertrekken lag, wilde nog niet zeggen dat het niet bestond, hield ze zichzelf voor. Wie kon er nog meer geweten hebben dat Lucy de schianto rechtmatig in haar bezit had? Wie had de waarheid geweten en had die opgeschreven? En had dat papier daarna ergens neergelegd waar het nog steeds lag...

Ze perste haar lippen op elkaar en vernauwde haar ogen tot spleetjes, ging in gedachten al het bewijs af waar ze op was gestuit sinds haar eerste uitstapje naar het kasteel: het balkon, de lijsten van signora Russo, de brochure die ze in het koffietentje had gelezen, de opname van het interview met Aldo... *Ik omhels je op afstand, mijn ster, mijn muze, mijn woorden, mijn muziek.*

'O mijn god!' zei ze. 'Leo, wacht!'

'Wat?' zei hij, terwijl hij zich omdraaide.

'Stel dat we onze aandacht de verkeerde kant op richten: op de verkeerde verstopplek, op de verkeerde persoon die het geweten kon hebben. Stel dat de communicatie over de schianto niet plaatsvond tussen Patricio en mijn grootmoeder, maar tussen mijn grootmoeder en Aldo.'

'Je bedoelt dat Aldo haar de schianto heeft gegeven? Dat slaat nergens op.'

'Nee, wat Aldo zei in een interview dat hij in Pittsburgh heeft gegeven bij de debuutvoorstelling van *Voor Pippa*. Hij zei dat signora Russo berichten voor de geallieerden achterliet achter een loszittende steen op het terras en dat hij die berichten meenam naar het botenhuis. Wie weet liet hij daar ook andere berichten achter. Hij kende mijn grootmoeder heel goed. Ze hielden van elkaar, ze zullen alles gedeeld hebben. Stel dat het bewijs waar we naar op zoek zijn niet door Patricio is geschreven, maar door Aldo.'

'Ik weet het niet, hoor,' zei Leo. 'Maar het kan geen kwaad om daar te gaan kijken.'

Ze liepen het kasteel weer in, door de keuken en het terras op, waar de grond nog steeds met triplexplaten bedekt was. Ze gingen op handen en knieën zitten en kropen met de zaklamp van hun telefoon op de stenen gericht langs de muur, voelden of er ergens een steen loszat. Er zaten inderdaad een paar stenen los, maar dat bleek vals alarm te zijn, want die konden niet uit de muur worden gehaald. Maar toen vond Mia aan het eind van de muur een loszittende steen die direct meegaf toen ze eraan trok.

'O mijn god,' fluisterde ze. Haar adem stokte in haar keel. 'Dit is de loszittende steen waar Aldo het in het interview over had.' Daar had hij de berichten achter vandaan gehaald die hij aan de geallieerden moest geven. Ze had het gevoel dat ze de geschiedenis aanraakte.

Ze haalde haar vingertoppen open aan de randen van de steen toen ze die wegschoof en het stof erachter met haar vingers wegveegde. Toen stak ze haar hand verder naar binnen. 'Leo, hier ligt iets!' zei ze.

Ze stak haar hand nog verder in de kleine opening en haalde er een vergeeld papier uit waar modder op zat en dat op de vouwnaden gescheurd was. Ze streek het papier glad en scheen er met haar zaklamp op. De letters waren verbleekt, maar ze herkende het handschrift direct. Het was toch niet dat van Aldo, dit was haar grootmoeders handschrift.

Ze gaf het papier aan Leo en hij vertaalde het bericht uit het Italiaans terwijl hij het hardop voorlas.

Mijn liefste Aldo,

Ik ben hiernaartoe gekomen voor de wetenschap, voor een geneesmiddel voor mijn vader, en ik vertrek met gevoelens en dromen die ik nooit voor mogelijk had gehouden. Gevoelens van liefde voor jou en dromen dat we altijd samen zullen zijn. Ik vertrek vanavond naar Amerika en ik wil dat je met me meegaat. Mijn oom heeft voor twee personen een overtocht geboekt. Alle gegevens staan op het vel dat in deze brief gevouwen zit. Giulia gaat met Savio mee naar Argentinië en reist daarvandaan door naar Amerika. Mijn oom gaat Emilia zoeken en dan komen zij ook naar ons toe. Als alles goed gaat, zal iedereen elkaar in New York weer zien. Giulia heeft me de trouwjurk meegegeven, en ik heb ook de schianto, dus we zullen altijd herinnerd worden aan wat we hier hadden. Ik hou van je, Aldo. Ik wil de rest van mijn leven met je delen. Ga alsjeblieft met me mee naar Amerika. Ik verlang naar je, buig voor je, omhels je op afstand.

Veel liefs,
Annalisa

Mia pakte het vel papier van hem aan en keek naar de Italiaanse woorden. Als ze zo iemand was die weleens een traantje wegpinkte, zou ze nu zeker huilen.

'O, Leo,' zei ze. 'Dit heeft mijn grootmoeder geschreven. Het is haar handschrift.'

'En hij heeft dat bericht nooit ontvangen,' zei Leo. 'Hij wist niet dat ze op hem wachtte. Hij is nooit naar het eiland teruggekomen. Hij heeft dit bericht nooit gekregen.'

'Nu snap ik waarom ze altijd zo triest was,' zei ze. 'Ze was verliefd. Ze dacht dat ze allemaal herenigd zouden worden. En ze heeft waarschijnlijk nooit geweten of hij dit briefje heeft gelezen of niet. Of hij het nooit gezien had of dat hij het gezien had en de liefde niet wederzijds was.'

Ze zuchtte. 'Maar dit bewijst niets over de schianto. Het bewijst dat ze de schianto in haar bezit had, maar er staat nergens dat ze de rechtmatige eigenaar was. Zo is het toch?'

Leo knikte. 'Dat klopt.'

Mia kwam overeind en liep naar het eind van het terras, keek in de verte, voorbij de bomen naar het water. 'Ik weet niet meer wat ik moet denken,' zei ze. 'Misschien heb ik mezelf al die tijd voor de gek gehouden. Of ik heb haar verkeerd begrepen. Wie weet heeft ze de schianto toch zomaar meegenomen, dacht ze hem te redden, omdat ze wist dat de nazi's zouden komen. Wie weet waren haar bedoelingen goed. Maar het staat er gewoon, je hebt het zelf net voorgelezen: ik heb de schianto.'

'Oordeel niet te streng over haar,' zei Leo, die bij haar kwam staan.

'Ze was goudeerlijk. Stelen was niets voor haar.'

'Misschien is dat de reden dat ze de schianto heeft verstopt, omdat ze zich al die jaren schuldig heeft gevoeld.'

Mia schudde haar hoofd. 'Ik weigerde het te geloven,' zei ze. 'Maar nu zal dat wel moeten. Ik moet de waarheid onder ogen zien en ik moet de schianto teruggeven. Die had altijd al hier moeten zijn.'

Leo streelde haar haar. 'Wie weet had ze gelijk. Ze kan hem gered hebben door hem mee te nemen.'

'Maar waarom zou ze hem na de oorlog nog tientallen jaren verstoppen?'

'Misschien was ze bang dat men haar van diefstal zou beschuldigen of wist ze niet hoe ze hem terug kon geven.'

'En toch had ze dat moeten doen,' hield Mia vol, waarbij ze hem aankeek. 'Het was verkeerd om iets te houden wat niet van haar was, ongeacht de reden. Ze had een manier moeten vinden om hem op te sturen naar de plek waar hij thuishoorde.' Met het briefje nog tussen haar vingers sloeg ze haar hand tegen haar voorhoofd. Ze was terug bij af.

'O mijn... Niet te geloven! O, Mia!' riep Leo.

'Wat? Wat?'

'Kijk! Kijk naar de achterkant van dat briefje!'

Ze draaide het briefje om en zag nog meer woorden in het Italiaans, maar ze zag ook iets wat niet vertaald hoefde te worden.

Er stond een driehoekje. Het teken van een geschenk van Patricio.

Ze las de woorden voor, ook al had ze geen idee wat die betekenden: '*Per Annalisa, mia nipote. Lo schianto di terra. Da tuo zio, Patricio.*

Wat betekent dat?' vroeg ze aan Leo. 'Is dit Patricio's handschrift?'

'Jazeker,' zei hij. 'Ik heb het heel vaak in boeken gezien.'

'Het is een geschenk, hè, met dat driehoekje erbij?'

'Er staat nog meer,' zei hij tegen haar. '"Mia nipote" betekent "mijn nichtje" en "tuo zio" betekent "je oom". Je grootmoeder was niet zomaar een leerling. Ze was zijn nichtje. Hij heeft de schianto aan zijn nichtje gegeven. Ze was een Parissi,' zei hij glimlachend. 'En dat betekent dat jij ook een Parissi bent, Mia.'

ACHTENTWINTIG

2018

Zaterdag

Het was rustig op het terras, want de groep was weg en het hotel was leeg. Mia droeg de enige chique kleding die ze bij zich had: een donkerblauwe strokenjurk met spaghettibandjes en een strak lijfje. Ze had van Erica nette kleding moeten meenemen voor het geval ze die ene avond in Rome uit zouden gaan. Mia had gedacht dat die kans klein was, omdat ze de volgende ochtend heel vroeg op moesten om met de trein naar de kust te gaan. Nu was ze blij dat ze die jurk bij zich had. Ze nam zich voor Erica te bedanken dat die erop had gestaan kleding voor een speciale gelegenheid in te pakken.

Leo leunde tegen de stenen muur, maar ging rechtop staan zodra hij haar zag. Ook hij was anders gekleed dan ze hem de rest van de week had gezien. Hij zag er prachtig uit met zijn blauwe, gestreepte buttondownoverhemd en geelbruine pantalon, zijn gladgekamde haar en stoppelbaard.

Over zijn schouder zag ze de vage contouren van Castello del Poeta. Hoewel de maan maar een dun strookje was, leek de lucht te stralen. Net als de vorige avond, toen Leo haar met de boot naar het eiland Parissi had gebracht. Waar werd dit licht, dat notte brillante, door veroorzaakt? Ze vroeg zich af of daar een geologische verklaring voor was. Of misschien waren het de geesten van de vele, vele zielen van mensen die lang geleden overleden waren, die deze plek zo magisch hadden gemaakt. Te magisch om permanent te zijn. Wie weet hing hun geest hier nog, want energie verdween niet, die veranderde slechts van vorm. Dat wist ze. Ze was een wetenschapper in hart en nieren. Net als haar grootmoeder.

'Buona sera,' zei hij, toen hij haar hand pakte en haar op de wang zoende. 'Je ziet er prachtig uit.'

Ze sloot haar ogen en genoot van de kus. Toen ze haar ogen weer opendeed, zag ze hem naar een kleine ronde tafel midden op het terras wijzen. Die was prachtig gedekt voor twee, met roze linnen servetten, kristallen wijnglazen en glimmend zilveren bestek. Midden op tafel stond een tafelstukje met een lelie met eucalyptus eromheen. Aan de rand van het terras schepten twee obers in smoking eten uit schalen op twee dinerborden.

'Wat een avond,' zei ze. 'Niet te geloven dat je dit...'

Hij gniffelde. 'Dit heb ik niet geregeld. Dat was signor Dorria. Het nieuws is pas vierentwintig uur bekend en je bent nu al een beroemdheid. Niemand had gedacht ooit een echte Parissi te ontmoeten.'

'Ik kan het nog steeds niet geloven,' zei ze. 'Ik snap het gewoon niet.'

'Ja,' zei hij, 'ik had ook nooit gedacht dat deze week zo zou eindigen.'

'Je dacht dat ik een irritante toerist was die geheime informatie probeerde te krijgen.'

'En jij vond mij machtsbelust en dacht dat ik alle kaarten in handen had.'

Ze lachte. 'Ik ben heel bij dat je die avond voor me gelogen hebt.'

'Ik ook, signorina Mia,' zei hij.

Hij raakte zacht haar rug aan en leidde haar naar hun tafel. Het verbaasde haar dat ze wakker was. Gisteravond hadden ze het kasteel haastig verlaten om met de boot terug naar het vasteland te gaan, zodat ze binnen het tijdslot dat Giuseppe hun had gegeven de bus terug konden nemen. Ze hadden de groep zien vertrekken, waren in de lobby gaan zitten en hadden elkaar uitdrukkingsloos aangekeken, terwijl ze probeerden te bevatten wat ze hadden ontdekt. Na een tijdje was Leo het kantoor achter de receptiebalie in gegaan om een e-mail naar zijn werkgevers te sturen dat hij een afstammeling van de familie Parissi had gevonden en dat de schianto terug was.

Mia was toen rechtstreeks naar haar kamer gegaan, had er behoefte aan alleen te zijn. Ze ging op het pas opgemaakte bed zitten met het briefje van haar grootmoeder aan Aldo in haar handen en opeens – volkomen onverwacht – begon ze te huilen. Ze huilde zoals ze nog nooit had gehuild, met lange uithalen en happend naar adem. Toen Milt haar belde om te vertellen dat Lucy was overleden had ze niet gehuild, en ze had ook bij de begrafenis niet gehuild. Hoe kon je huilen om iemand die je amper had gekend? Want zo was het. Ze had haar grootmoeder nauwelijks gekend tot ze dat briefje vond dat in de stenen muur verstopt was.

Ze had uiteraard haar hele leven gedacht dat ze Lucy kende. Er was geen reden om te denken van niet. Haar grootmoeder was de strenge, rustige, vreemde maar altijd liefdevolle vrouw met wie ze haar hele leven had doorgebracht. Afstandelijk tegenover onbekenden, maar zeer toegewijd aan bekenden om wie ze gaf. En op de een of andere manier waren mensen als Milt en Erica erg op haar gesteld. Die hadden haar bewonderd om haar rechtlijnige, meedogenloze benadering van het leven. De vrouw die meer van de nachtelijke lucht, de nachtelijke uren en het water hield dan ze ooit kon uitdrukken. De vrouw die in haar eentje doorbikkelde om haar kleindochter groot te brengen.

Nu zag Mia de echte persoon diep vanbinnen. De jonge vrouw die naar een eiland was gegaan voor de wetenschap, voor een geneesmiddel voor haar vader, en die daar verliefd was geworden. De jonge vrouw die hoge verwachtingen had en achterbleef met verlies en verdriet. Het verlies van haar zussen, haar vader, haar oom en de man met wie ze haar leven had willen delen. Ze had geprobeerd aansluiting te vinden bij Aldo en was hem uiteindelijk kwijtgeraakt. Had ze gedacht dat hij haar had afgewezen? Of had ze gedacht dat hij net als de anderen was omgebracht? Hoe dan ook, hij had haar briefje nooit gelezen. Hij had nooit geweten dat ze wilde dat hij met haar naar New York zou ontsnappen, en zij had nooit geweten dat hij haar bericht niet had ontvangen. Logisch dat ze met iemand was getrouwd van wie ze niet hield. Logisch dat ze zich haar verdere leven had afgesloten. Logisch dat ze nooit gedanst of gezongen of gereisd had. Logisch dat ze altijd heel stil was geweest. Hoe ga je verder na zo'n verlies? Hoe verwerk je het verdriet en de schuldgevoelens dat je het overleefd hebt? Ze doorliep de levensfases maar werd nooit meer wie ze ooit was.

Wat waren ze jong, dacht ze. Lucy en Giulia en Emilia en Aldo. Zelfs Patricio was pas in de veertig. En ook de gasten, had Leo haar verteld: de kunstenaars en auteurs en uitvinders. Jong, en vol belofte en ijver. Maar dat had geen standgehouden en voor Lucy betekende dat niet eens een overgang naar een volwassenere en net zo hoopvolle manier van leven. Nee, er was geen hoop in hun huis geweest, herinnerde Mia zich. Er waren feiten en klusjes en dagelijkse plichten en verplichtingen. Dingen die gedaan moesten worden. Was dat de reden dat Mia's moeder was vertrokken? Kon ze niet meer tegen het overweldigende verdriet dat er in het huis hing? Mia huilde om haar grootmoeder en om alle mensen die op dat eiland waren geweest. Voor iedereen op aarde die met onuitsprekelijke slechtheid geconfronteerd werd. Voor iedereen die uit het leven was gerukt en voor alle mensen die het weliswaar overleefd hadden maar die hun onschuld, hun dromen, hun openhartigheid en alles wat hen menselijk had gemaakt kwijt waren geraakt. Hun vermogen om van iemand te houden, om vrijuit en met blijdschap liefde te geven en te ontvangen.

Ze besefte nu dat haar grootmoeders voorliefde voor het donker, voor de nacht, misschien een manier was geweest om zich veilig te voelen, om undercover te leven. Ze vroeg zich af hoe het voor haar grootmoeder was geweest om bang te zijn voor de zonsopkomst of voor een rit naar een bestemming die ruim een uur van huis lag. Hoe het was geweest om zich vast te klampen aan mensen als Milt en Janet, die ze ondanks alles vertrouwde. Wat was Lucy dapper geweest toen ze afscheid nam van Mia omdat die voor haar studie het huis uit ging. Wat moest het moeilijk zijn om afscheid te nemen als je al zo vaak dierbaren had verloren. Mia had geen idee gehad wat haar grootmoeder in haar binnenste verborgen hield, had geen weet van al het verdriet. Ze wist niet waarom Lucy nooit overwogen had om openhartiger te zijn. Misschien had ze haar kleindochter willen beschermen. Of misschien dacht ze dat het te pijnlijk zou zijn om het te onthullen.

Maar één ding had Mia altijd geweten en dat was dat haar grootmoeder van haar hield. Ze had zielsveel van Mia gehouden, had haar beschermd en goed op haar gelet. Haar grootmoeder had meegedaan aan schoolactiviteiten, ook al moest ze daar niets van hebben. Ze was aanwezig geweest bij verlotingen, picknicks en balletvoorstellingen, ook al kon ze er niet tegen om andere mensen om zich heen te hebben. En het belangrijkste, toen de tijd daar was, gaf ze Mia een afscheidszoen. Ondanks alles wat ze had verloren – al die mensen die ze nooit meer zou zien, al die keren dat ze op tragische wijze afscheid had moeten nemen – was ze in staat om afscheid van Mia te nemen toen die aan haar eigen leven begon, klaar om uit te vliegen.

Dat was liefde. Het was opmerkelijk dat Lucy ondanks alles nog in staat was geweest om lief te hebben.

Nu ze tegenover Leo aan deze prachtig gedekte tafel zat, besloot Mia dat het tijd was om alle droefheid achter zich te laten en te genieten van haar laatste avond in Italië. Ze was blij dat ze hier was, op dit mooie terras, op deze stille, donkere avond. Soms was duisternis geen ontwijking, dacht ze, maar de poort naar een plek waar je nog nooit was geweest. En soms was het precies de plek waar je wilde zijn. Soms was het leven echt een Isola della Notte Brillante, al was het maar in je verbeelding.

Vlak nadat Leo en zij waren gaan zitten, verschenen er vier muzikanten, die hun instrument oppakten. Ze begonnen een langzaam jazznummer te spelen.

‘Wat is dit?’ vroeg ze.

‘Dorria heeft dit geregeld,’ antwoordde Leo. ‘Hij denkt dat alle Amerikanen van jazz houden, dus hij wilde dat je jazz zou horen op je laatste avond hier.’

‘Maar waarom?’

Hij lachte. ‘Ik zou ruimhartig kunnen zijn en kunnen zeggen dat hij wil dat je hier een geweldige laatste avond hebt. Of ik zou cynisch kunnen zijn en kunnen zeggen dat hij je in zijn kamp wil hebben als blijkt dat je een eigendomsbelang in het kasteel hebt.’

‘Wat betekent dat? Denkt hij dat ik hem de toegang tot het kasteel kan ontzeggen?’

‘Ik denk dat hij zich daar zorgen over maakt en zich wil indekken. Dit komt allemaal nogal onverwacht. Er kan van alles gebeuren. Daarom wordt dit in de pers breed uitgemeten.’ Hij had vast gelijk. Gisteravond laat had Leo een e-mail naar de eigenaar van het eiland gestuurd. Nu belden er verslaggevers naar het hotel, ze kwamen zelfs vanaf het vasteland hiernaartoe, om te vragen of de geruchten waar waren.

'Maar waarom? Waarom is dit zulk groot nieuws?' vroeg ze.

'De Parissi's hebben bijna een mythische status hier in Italië en men is nooit vergeten dat Patricio door de nazi's is omgebracht. Er is jarenlang gesteggeld over van wie het eiland en het kasteel waren. Ik weet niet eens hoe het kan dat het vorig jaar is verkocht. Als er een legitieme erfgenaam is...'

'Ik denk niet dat ik dat ben...'

'Tja, je zult eraan moeten wennen dat mensen naar je kijken alsof je dat bent,' zei hij. 'Maar vanavond niet. Vanavond ben je Mia. En we gaan dineren. Laten we het er maar op houden dat Dorria wil dat we een mooie avond hebben. Een notte brillante.'

Mia knikte. Dat was het enige wat ze op dit moment wilde. De muziek was prachtig en omdat het eten toch nog niet geserveerd was, wilde ze dansen. Ze pakte Leo's hand en nam hem mee naar de dansvloer, sloeg haar armen om zijn nek toen ze op het ritme van de muziek bewogen. Zo werden ze een met het briesje en de duisternis en de schoonheid van de Middellandse Zee.

'Oma,' fluisterde ze tegen zichzelf terwijl ze Leo nog dichter tegen zich aan trok, 'deze dans is voor u.'

'Goed, dan ga ik dat voor je regelen, Mia, als je zeker weet dat je dat wilt,' zei Milt.

Ze knikte. 'Het is tijd.'

Ze was een maand geleden uit Italië teruggekeerd en had zojuist de laatste losse eindjes in haar leven aan elkaar geknoopt. Nu was ze klaar voor de volgende fase.

Milt stond op en liep om zijn bureau heen. 'Ik weet niet of ik ooit langs dat huis zal kunnen rijden als er andere mensen wonen,' zei hij. 'Hoe vaak is het niet gebeurd dat ik papieren had die ze moest ondertekenen en dat ze dan zei dat ik maar na zonsondergang moest komen? Soms vroor het gewoon! Ze zei dat ze op het terras altijd beter kon nadenken. Ik heb dikwijls voorgesteld dat ze er een serre van zou maken, er verwarming zou laten aanleggen. Maar nee, alles moest op haar manier.'

'Ze hield van de nacht,' zei Mia glimlachend. 'Altijd al.'

'Ik zal het huis direct in de verkoop zetten. Het zal vast snel verkocht zijn.'

Ze knikte. Het was moeilijk om het huis op te geven, maar ze hoorde daar niet. Er waren nu zoveel andere dingen in haar leven, zoveel andere delen van de wereld waar haar verhaal van start was gegaan. Het voelde alsof ze nu pas ontdekte wie ze was, want ze wist nu zoveel meer dan eerst. Ze was het product van meerdere tradities. Ze was de achterkleindochter van een Joodse kleermaker en een verstoten Italiaanse erfgename die afkomstig was uit een van de rijkste en meest antisemitische families van Italië. Dat was verwarrend én stimulerend. Ze was Joods én ze was de achterachterkleindochter van iemand die zo'n hekel aan Joden had dat hij zijn dochter verstootte en alle banden met haar verbrak. Hoe moest ze verder? Zou ze veranderen nu ze dit wist? Hoorde ze te veranderen?

'Wanneer ga je terug naar Rome?' vroeg Milt.

'Vanavond.'

'Maak je geen zorgen, ik zal alles regelen.'

'Dat weet ik.'

Hij ging op de hoek van zijn bureau zitten. 'Ik zou alleen willen dat je het tegen me...' begon hij.

'Ik wilde je niet in de problemen brengen, wilde niet dat je voor mij concessies moest doen,' zei ze. Dat had ze al eerder aan hem uitgelegd, maar kennelijk had hij er behoefte aan dit opnieuw te horen.

'Dat weet ik, maar het idee alleen al dat je met dat vermoedelijk gestolen object in je tas door Italië reisde... Echt, Mia, het had helemaal verkeerd kunnen aflopen.'

'Maar dat is niet gebeurd, en ik ben blij dat ik het zelf heb afgehandeld.'

'Ik heb je grootmoeder moeten beloven dat ik op je zou letten. Dat was een van de laatste dingen die ze me vroeg.'

'Maar als ze gewild had dat jij het zou doen, had ze er wel voor gezorgd dat jij de sleutel van de opslagruimte vond en niet ik. Ik denk dat ze wilde dat ik in mijn eentje op onderzoek uit zou gaan, omdat ze wist dat haar verhaal ontdekken iets was wat ik zelf moest doen. Daar lijkt het in elk geval op door hoe ze het geregeld had.'

Hij haalde zijn schouders op alsof hij het nog steeds vervelend vond wat ze had gedaan, maar haar redenen accepteerde. 'En wat ga je daar doen?' vroeg hij.

'Dat staat nog niet vast, maar er zijn nog zoveel dingen waar ik achter wil komen,' zei ze. Zo wilde ze uitzoeken wat er met haar oudtantes Giulia en Emilia was gebeurd. Het verhaal ging dat Giulia tijdens de belegering door de nazi's was gedood, maar daar was geen bewijs van. Ook het lot van de jongste zus, Emilia – de zus naar wie Mia was vernoemd – was onduidelijk. Zou het kunnen dat ze allebei ontsnapt waren en dat Mia nog ergens familie had?

Bovendien was er, zoals Leo steeds zei, de kwestie of ze als afstammeling van de familie Parissi aanspraak kon maken op het eiland of het kasteel, ook al was Olivia van haar familie vervreemd. Het was verbijsterend dat haar grootmoeder altijd had geweten dat ze een Parissi was maar daar nooit iets mee had gedaan. Mia vermoedde dat dat kwam doordat Lucy het gevoel had dat ze daar geen recht op had. Ze had de schianto en de trouwjurk waarschijnlijk verstopt omdat ze vond dat ze daar geen aanspraak op had, ook al had ze beide voorwerpen gekregen. Of omdat die voorwerpen haar verdrietig maakten. Hoe dan ook, Mia had met haar grootmoeder te doen, omdat die zich schuldig en radeloos moest hebben gevoeld. Ze wilde dat ze op antwoorden had aangedrongen toen dat nog kon. Ze had haar grootmoeder teleurgesteld doordat ze geen manier had gevonden waarop haar grootmoeder haar verhaal kon doen en haar last kon verlichten.

Daar zou ze zich altijd schuldig over voelen, maar niet zo schuldig dat ze zich zou terugtrekken, zoals haar grootmoeder had gedaan. Lucy had niet gewild dat Mia zichzelf voor de buitenwereld afsloot. Dat had ze duidelijk gemaakt door de aanwijzingen achter te laten die Mia naar Isola della Notte Brillante hadden geleid.

'En je baan dan?' vroeg Milt.

'Ik neem onbetaald verlof,' zei ze. Ze wist niet of ze ooit zou terugkomen. Ze was veranderd, en het was tijd om grotere dingen te gaan doen, zoals weer studeren en uiteindelijk promoveren, zodat ze het onderzoek kon doen dat ze wilde. Daar kon ze de opbrengst van het huis voor gebruiken. Ze wist zeker dat haar grootmoeder geen betere manier had kunnen bedenken voor het bekostigen van de volgende stap van haar studie. Van haar hele leven.

Ze stond op en omhelsde Milt. Het was verdrietig om afscheid te nemen, maar ze keek ernaar uit om naar Rome terug te keren. Om vele redenen, maar de belangrijkste was toch wel dat Leo op de luchthaven op haar zou staan te wachten. Leo maakte deel uit van een nieuw hoofdstuk in haar leven zoals ze dat nu voor zich zag. Het oude hoofdstuk, waarin ze afstevende op een toekomst met Ryan, behoorde nu tot het verleden.

Op de dag dat ze uit Italië vertrok, had ze Ryan vanaf luchthaven Da Vinci Airport een tekstbericht gestuurd dat ze onderweg was naar huis. Hij had geantwoord dat hij binnenkort ook terug zou gaan naar New York.

Aan het eind van het tekstbericht schreef hij: *Ik weet dat je bij thuiskomst veel moet inhalen en dat geldt ook voor mij. Misschien is het beter om pas over een week af te spreken.*

Terwijl ze bij de gate zat te wachten, had ze enkele tellen naar die laatste zin gekeken. Hem kennende betekende dit dat hij dacht dat ze hun relatie zouden beëindigen. Ze was niet verbaasd of ontdaan. Het was een opluchting dat hij kennelijk doorhad dat er iets drastisch was veranderd tussen hen. Het zou geen verrassing zijn als ze tegen hem zei dat ze hun relatie wilde verbreken. Dat was prettig, want ze wist dat hij het vreselijk vond om ergens door overvallen te worden. Nu ze hier zat te wachten om aan boord te gaan, nam ze even de tijd om na te denken. Ryan was geen slechte man, hij was alleen niet langer de man voor haar. Het overlijden van haar grootmoeder was een relatietest gebleken. Haar dood had hun band niet versterkt, maar had juist de zwakheden blootgelegd. Ook in de donkerste momenten kan het licht de overhand krijgen.

De eerste zaterdagavond dat ze terug was, ging ze met Ryan uit eten in een Mexicaans restaurant vlak bij zijn appartementencomplex. Hij droeg een blauw streepjesoverhemd en een grijze trui met rits, een gestreken spijkerbroek en bruine instappers. Zijn honingkleurige haar, waar gel in zat, was van zijn voorhoofd weg gekamd. Hij zag er zoals altijd stijlvol en verzorgd uit, en hoewel ze het waardeerde dat hij moeite had gedaan om er op zijn voordeligst uit te zien, zag ze onwillekeurig Leo weer voor zich, die donderdagochtend dat hij haar mee naar het kasteel had genomen, hoe zijn haar in zijn nek bewoog toen het warme briesje sterker werd toen ze eenmaal op het water waren.

Ze werden naar hun tafel gebracht en vrij snel nadat ze hadden besteld werd het eten al gebracht. Terwijl ze taco's en nachochips aten, vertelde ze hem over het briefje dat haar grootmoeder vrijpleitte en hij vertelde dat hij in Los Angeles een collega had gesproken die wilde uitzoeken of het mogelijk was om samen met hem een eigen bedrijf te starten.

'Over twee weken ga ik terug om daar verder over te praten,' zei hij. 'Het is waarschijnlijk het handigst om ons bedrijf daar te vestigen. Ik hou van Los Angeles. Ik denk dat ik daar gelukkig kan zijn. En jij?' vroeg hij. 'Wat ga jij doen?'

Ze vertelde dat ze aan het eind van de maand terugging naar Italië. Ze zou erbij zijn als de schianto, die ze bij Leo had achtergelaten, in de tentoonstellingsruimte van het kasteel werd neergezet. Verder was ze van plan om in haar familiegeschiedenis te duiken. 'Het zou zomaar kunnen dat ik tantes, ooms, neven en nichten blijk te hebben. Op zich heb ik het antwoord gevonden dat ik zocht, maar dat heeft ook veel nieuwe vragen opgeworpen.'

'Wil je niet overwegen om met me mee te gaan naar Los Angeles?' vroeg hij. 'Kunnen we het niet opnieuw proberen?'

Ze hield haar hoofd schuin. De vraag ontroerde haar. Toen schudde ze haar hoofd. 'Nee, dat zou voor ons allebei niet werken.'

Hij keek een andere kant op, keek haar toen weer aan en haalde gelaten zijn schouders op. 'Is er een ander in het spel?' vroeg hij.

Ze knikte, want ook al wilde ze hem geen pijn doen, ze wilde eerlijk zijn. 'Maar ook als dat niet zo was, zou het niet goed zijn om bij elkaar te blijven,' zei ze tegen hem. 'We hebben het fijn gehad samen, maar dat is nu voorbij. En jij?' vroeg ze. 'Heb jij een ander?'

Hij schudde zijn hoofd. 'Er zijn wel wat mogelijkheden voor de toekomst. Maar tot vandaag... ben jij altijd de enige voor me geweest, Mia.'

Ze vernauwde haar ogen tot spleetjes, zocht naar woorden voor wat ze hem duidelijk wilde maken. 'Ik zag dit ook niet aankomen,' zei ze. 'Als mijn grootmoeder niet was overleden, of als ze niet al die aanwijzingen had achtergelaten, zouden we misschien vanavond hier niet zo zitten. Maar dan was dat later alsnog gebeurd, want ook dan was ik uiteindelijk veranderd. Is het niet beter om er nu een punt achter te zetten? Voordat het allemaal nog serieuzer wordt. Voordat het nog lastiger wordt.'

Hij nam een slokje bier. Daarna hield hij zijn hoofd schuin alsof hij niet graag toegaf dat ze gelijk had.

'Ik zal je missen, Mia,' zei hij. 'Het was geweldig zolang het duurde.'

Hij had gelijk. Ze hadden een tijd een fijne relatie gehad, maar nu ging de wereld voor haar open, zoals dat voor haar grootmoeder nooit was gebeurd.

Nadat ze afscheid had genomen van Milt en Janet, was ze het kantoorgebouw uit gelopen en was ze naar het huis van haar grootmoeder gegaan om haar koffer te halen. Milt had gezegd dat ze het huis zo kon laten. Het was niet overdadig ingericht en de makelaar had gezegd dat men zo een goede indruk van het huis kreeg. Het enige wat ze meenam, was de trouwjurk, die ze aan Leo zou geven. Haar grootmoeder had gehoopt in die jurk met Aldo te trouwen. Mia vroeg zich af of ze, als alles goed ging, de jurk zou laten restaureren, zodat ze hem zelf kon dragen. Misschien wel als ze met de kleinzoon trouwde van de man die de trouwjurk had ontworpen.

Maar dat verhaal moest nog geschreven worden.

Toen ze klaar was met pakken, ging ze naar beneden om te wachten tot Erica haar kwam ophalen, net als die avond dat ze besloten had om naar Italië te gaan. Erica zou haar naar de luchthaven brengen, maar daarvoor zouden ze nog bij Caryn's gaan eten. Ze zouden burgers en frites en bier bestellen, zoals altijd als Mia terug was in Soundport. Ze zouden ongetwijfeld herinneringen ophalen, over de toekomst praten en elkaar vertellen dat ze elkaar ontzettend zouden missen, maar dat ze blij waren dat ze hun leven op de rit hadden.

Want ze waren vriendinnen en dat zou altijd zo blijven. Uit eten gaan met Erica was het beste afscheidscadeau dat Mia kon bedenken. Een manier om het verleden dat ze kende af te sluiten en het verleden dat ze niet kende te gaan onderzoeken.

Toen ze Erica's auto op de oprit hoorde, deed ze de deur van de gangkast open en ze pakte Leo's hoed van de haak, waar die sinds haar terugkeer had gehangen. Ze had de hoed vastgehouden toen Leo met haar meeliep van de bus naar de veerboot, aan het begin van haar terugreis naar Soundport. Ze had de hoed aan hem teruggegeven en had beloofd hem een berichtje met de vluchtgegevens te sturen zodra ze haar vlucht naar Italië had geboekt.

Hij had de hoed aangepakt en op haar hoofd gezet, precies zoals hij dat had gedaan die eerste keer dat hij haar zag. Daarna had hij haar gezicht tussen zijn handen genomen en had hij haar gekust, een tedere, betekenisvolle kus waardoor ze de rest van de wereld even vergat. Hij had de rand omhooggehouden en had haar opnieuw gekust.

'Neem hem maar mee,' zei hij. 'Als je weer naar Italië komt, sta ik op de luchthaven op je te wachten en dan kun je hem teruggeven.'

Ze had de hoed steviger op haar hoofd gedrukt en had hem nog één keer gekust. Ze was blij dat ze zijn hoed mee mocht nemen naar New York.

Toen ze voor de laatste keer uit het huis van haar grootmoeder stapte, moest ze lachen toen ze bedacht wat een opgave het na haar eerste bezoek aan het eiland Parissi had geleken om Leo te vinden en de hoed terug te geven. Ze had niet geweten of ze hem wel wilde zien. Ze had niet geweten of hij een vriend of een vijand was.

Ditmaal zou het geen enkele moeite kosten om de hoed aan hem terug te geven. Hij zou op de luchthaven staan te wachten, op zijn hoed, op haar. Zodat ze de laatste losse eindjes van hun verleden aan elkaar konden knopen.

En samen aan hun volgende avontuur konden beginnen: de toekomst.

EEN BRIEF VAN BARBARA

Ik wil u enorm bedanken dat u *De geheimen van het Italiaanse eiland* hebt gelezen. Ik hoop dat u het een mooi boek vond.

Afgelopen zomer, toen ik druk bezig was met het schrijven van dit boek, had ik het geluk dat ik twee maanden in Greenport was, een mooi dorp op de noordelijke uitloper van Long Island. Greenport ligt tussen de inham in het zuiden en de baai in het noorden. De zonsondergang en maansopgang, de rotskust en het kabbelende water, de veerboot van en naar Shelter Island, en de warme dagen en rustige nachten die zich aaneenregen, dat alles hielp me om me in te leven in Mia en Annalisa, terwijl die op sleutelmomenten in hun leven belangrijke beslissingen namen.

Maar Long Island had nog een extra lading voor me toen ik daar afgelopen zomer was, want ik ben er opgegroeid. En hoewel ik er allang weg ben, voelde het alsof ik terugging naar mijn roots, iets wat ik niet had verwacht toen ik mijn reisplannen maakte. Als u mijn eerdere boeken hebt gelezen, weet u dat 'thuis' een van de terugkerende thema's in mijn boeken is. Waar voelen we ons thuis? Wat maakt een huis een thuis? En wat gebeurt er als je huis niet als een thuis voelt of als je geen thuis hebt? Die periode op Long Island was zeer inspirerend, want *De geheimen van het Italiaanse eiland* gaat over je ergens thuis voelen, over de moed hebben om door te gaan als je erachter komt dat het met je thuis en je familie anders zit dan je dacht.

De geheimen van het Italiaanse eiland gaat ook over een kleindochter en een grootmoeder. Tijdens het schrijven voelde ik me nauwer met mijn eigen grootouders verbonden, hoewel die allemaal al voor mijn tienerjaren overleden waren. Ik ben me nu scherp bewust van de les die Mia leert, dat ik ben wie ik ben door wie zij waren.

Ik hoop dat u genoten hebt van *De geheimen van het Italiaans eiland*. Als dat zo is, zou ik het op prijs stellen als u een recensie wilt schrijven. Ik wil graag weten wat u van het boek vond en u helpt er lezers mee die nog nooit een boek van mij hebben gelezen.

Ik vind het fijn om contact te hebben met mijn lezers. Dat kan via een van de onderstaande links.

facebook.com/barbarasolomonjosselsohnauthor
twitter.com/barbarajoss
instagram.com/barbara_josselsohn_author
tiktok.com/@barbarajosselsohnbooks

DANKWOORD

Ik wist dat het schrijven van dit boek, mijn eerste historische roman, een uitdaging zou zijn, maar o, wat heb ik dat onderschat. Nog meer dan anders ben ik de mensen dankbaar wier steun, deskundigheid, aanmoediging en vriendschap van onschatbare waarde zijn geweest in dit zeer intensieve schrijfjaar. Ik ben blij dat ik de kans krijg om mijn dank uit te spreken nu ik dit boek, waar ik ontzettend trots op ben, de wereld in stuur.

Zoals altijd ben ik veel dank verschuldigd aan mijn agent, Cynthia Manson, een fantastische lezer, een wijze vakvrouw, een standvastige cheerleader en dierbare vriendin ineen. Haar betrokkenheid bij elke fase van dit boek was zoals altijd van onschatbare waarde. Het is dat ik weet dat ze veel auteurs vertegenwoordigt, anders zou ik denken dat ik de enige ben. Ze heeft mijn carrière met veel zorg en wijsheid gestuurd, en daar ben ik haar enorm dankbaar voor.

Als auteur is het al geweldig om met één fantastische redactrice te werken, dus ik prijs me bijzonder gelukkig dat ik er ditmaal twee had. De geweldige Jennifer Hunt – de redactrice bij mijn recentste vier romans – heeft me eind 2021 onvermoeibaar bijgestaan toen ik met ideeën voor dit boek speelde en begon te schrijven, en bood zoals altijd haar geweldige inzichten en begeleiding. Toen ze met zwangerschapsverlof ging, werd ik doorgeschoven naar de geweldige Jess Whitlum-Cooper. Hoewel ik Jess niet kende, herkende ik direct haar deskundigheid.

Ik vertrouwde op haar inzichten, leerde van haar scherpe blik op het verhaal en de personages, en ging haar steeds aardiger vinden. De overstap van Jen naar Jess verliep verrassend probleemloos en stressvrij, en ik ben dan ook heel blij met hoe het jaar is gegaan.

Dank ook aan de uitgeverij-, marketing- en redactiemedewerkers bij Bookouture. Ik ben ontzettend trots en dankbaar dat ik bij jullie team hoor. In het bijzonder wil ik Kim Nash, directeur Digital Publicity, en de getalenteerde pr-medewerkers bedanken. Ook applaus voor mijn medeauteurs bij Bookouture. Bij elk nieuw boek ben ik onder de indruk van hun talent.

Ik heb het geluk dat ik een geweldige groep bevriende auteurs heb die me inspireren en van wie ik elke dag nog bijleer. Uit de grond van mijn hart wil ik de volgende auteurs bedanken: Jimin Han, Patricia Dunn, Jennifer Manocherian, Marcia Bradley, Veera Hiranandani, Diane Cohen Schneider, Patricia Friedrich, Maggie Smith en Susan Schild.

Dank ook aan Patty Friedrich, Ines Rodrigues, Paolo Aversa, Kathy Curto en Laura Tommaso, voor hun hulp met de Italiaanse en Portugese termen in dit boek. Jullie deskundigheid en snelle antwoorden worden zeer gewaardeerd. En een speciaal woord van dank aan Kerry Schafer, die supergoed is met sociale media en ook nog eens een geweldig auteur en fantastisch persoon is.

Verder wil ik mijn grote waardering uitspreken voor Women's Fiction Writers Association, het Writing Institute van Sarah Lawrence College, Scarsdale Library Writers Center en Westport Writers Workshop. En een dikke virtuele knuffel voor de geweldige boekbloggers en recensenten die zo'n groot deel van mijn auteursleven zijn gaan uitmaken. Hoewel we alleen online contact hebben, voel ik me sterk met jullie verbonden en ik ben blij dat ik met jullie bevriend ben.

Een groot gedeelte van dit boek is geschreven tijdens een intensieve periode van twee maanden vorig jaar in het mooie dorp Greenport op de noordelijke uitloper van Long Island. Ik heb genoten van mijn verblijf daar en om die reden heb ik het fictionele dorp Soundport daar gesitueerd. Het nabijgelegen Shelter Island komt voor in enkele hoofdstukken die me na aan het hart liggen. Tijdens mijn verblijf op Long Island heb ik geweldige mensen leren kennen die net als ik dol zijn op boeken. Dank aan Scott Raulsome, eigenaar van Burton's Bookstore in Greenport, en ook aan Janet Olinkiewicz van Floyd Memorial Library, Jessica Montgomery van Shelter Island Public Library en Dennis Fabiszak van East Hampton Library. Jullie hebben mijn verblijf gedenkwaardig gemaakt. Dank ook aan Rosemary Nickerson die haar prachtige huis openstelde voor mij en mijn gezin.

Dank aan Ben Pall voor zijn geweldige kennis over Italië en aan Brittany Glassberg voor het kritisch nalezen van de stukken over medisch onderzoek. Verder wil ik Jessica Kaplan en Mark Fowler, eigenaars van Bronx River Books, de boekwinkel in mijn woonplaats, hartelijk bedanken omdat ze mij en vele andere auteurs steunen.

Tot slot, als altijd, innige dank aan mijn man, Bennett, en aan onze kinderen: David, Rachel en Alyssa. Jullie zijn altijd bereid allerlei suggesties te doen, van mode tot academische termen, van carrière tot levensdoelen. Mijn personages mogen blij zijn dat jullie me soms corrigeren. Maar ik wil jullie vooral bedanken voor het feit dat jullie mijn gezin zijn. Jullie zijn alles voor me en ik hou zielsveel van jullie.

Lees ook de andere delen van de serie *Het Italiaanse eiland*

ISBN 9789046832530

ISBN 9789046833841

Meer over deze serie vind je op
oceaanboeken.nl/series/het-italiaanse-eiland

Lees ook de andere boeken van uitgeverij Oceaan

ISBN 9789046833261

ISBN 9789046832899

Meer over deze serie vind je op
oceaanboeken.nl/series/de-cornwall-serie

ISBN 9789046833131

Lucrezia haalt diep adem wanneer ze haar ouderlijk huis ziet liggen tussen de glooiende Toscaanse heuvels. Nu haar vader overleden is, kan ze eindelijk terug naar huis. Maar haar zussen weten niet waarom ze destijds werd weggestuurd, dus zullen ze haar wel met open armen ontvangen? Alle vier hebben ze een bijzondere gave. Zelf kan Lucrezia aan de hand van kleuren de ware gevoelens van iemand zien. Haar tweelingzus Bianca heeft contact met overledenen. De gaves van haar jongere zussen Mia en Nora kent ze niet, zij waren nog te jong toen ze het huis moest verlaten.

Maar hoe langer Lucrezia blijft, hoe meer vragen ze heeft. Ook haar jeugdliefde lijkt iets te maken te hebben met het geheimzinnige verleden van haar familie.

Meer over deze serie vind je op
oceaanboeken.nl/series/de-toscaanse-zussen